U0926262

编委会

总主编

白旭旻

主任

周文娟

成员

包建国　顾雄林　张　丹　郁林兴

主编

周明磊

副主编

金璐明

执行主编

罗戎平　余红艳

编辑

怀　悦　吴　云　王　蕾　周　旋　汤小娟

文字统筹

秦　露　周彤云　高雨晴　张　桢

中国好故事

2017 中国故事节

“白蛇传传说”故事会

优秀作品集

镇江民间文化艺术馆
镇江市非物质文化遗产保护中心 编

镇 江

图书在版编目(CIP)数据

2017 中国故事节·"白蛇传传说"故事会优秀作品集/镇江民间文化艺术馆,镇江市非物质文化遗产保护中心编.—镇江：江苏大学出版社,2017.12(2019.8 重印)
ISBN 978-7-5684-0695-6

Ⅰ.①2… Ⅱ.①镇… ②镇… Ⅲ.①民间故事—作品集—中国—当代 Ⅳ.①I277.3

中国版本图书馆 CIP 数据核字(2017)第 295113 号

2017 中国故事节·"白蛇传传说"故事会优秀作品集
2017 Zhongguo Gushijie · Baishezhuan Chuanshuo Gushihui Youxiu Zuopinji

编　　者/镇江民间文化艺术馆　镇江市非物质文化遗产保护中心
责任编辑/吴小娟
出版发行/江苏大学出版社
地　　址/江苏省镇江市梦溪园巷 30 号(邮编：212003)
电　　话/0511-84446464(传真)
网　　址/http：//press.ujs.edu.cn
排　　版/镇江文苑制版印刷有限责任公司
印　　刷/句容市排印厂
开　　本/718 mm×1 000 mm　1/16
印　　张/19.25
字　　数/320 千字
版　　次/2017 年 12 月第 1 版　2019 年 8 月第 2 次印刷
书　　号/ISBN 978-7-5684-0695-6
定　　价/48.00 元

如有印装质量问题请与本社营销部联系(电话：0511-84440882)

讲好新时代中国故事

2017 中国故事节优秀作品集总序

当代中国社会正在发生翻天覆地的变化，这个变化从国家层面上，表现为从站立起来到富裕起来，再到强大起来，进一步朝实现鸦片战争以来中华民族志士仁人追求的“富国强兵”梦想前行。在文化领域，中国社会的文化自信表现得越来越普遍，中华传统文化在老百姓日常生活、在社会建设和在新旧媒体传播中越来越彰显。我们这个时代，民间每日每时都在产生新版中国故事，既有表现为新时代宏大叙事的史诗性故事，也有表现为微型叙事的民间故事。后者，我姑且名之为“新版民间中国故事”。

“新版民间中国故事”这一概念，植根于当代中国社会现实，特别是根植于 20 世纪 90 年代至今的中国改革实践活动。我们都知道，传统中国农业社会产生了海量的民间故事，积淀着 5000 多年中华民族的集体智慧、思想、情感，是文化宝库。这些故事包括中华民族的日常生活、生产劳动的内容，也包括对天地人的理解，还有各区域文化的显现。5000 多年以来，各族人民就依托着这些民间故事思想思维、表情达意，甚至以此为生产生活的知识。今天，人们对这些故事仍耳熟能详。但是，显然，我们中华民族仍在不断产生着新故事，因为我们在一个全新的时空下从事着全新的事业，这个事业及其信念为整个中华民族所共有，深深地根植于我们的日常生活，我们不由自主地述说它、歌唱它、传播它。而新版民间中国故事的述说者，正是新时代的中国民众，他们是新时代正在发生的中国故事的实践者、亲历者。

我理解,新版民间中国故事有它的时代特征。首先是活态性。所谓活态性,指新版民间中国故事讲述的是我们正在经历的中国社会发展变化的事件,在中国城乡诸如张家村、王家店、黄泥街、汉正街、麦子店社区等正在发生的那些事件,与其植根的社会风习、经济关系、劳动手段、家庭伦理及文化习惯等相融合,共同形成活生生的当下的人间喜剧。其次是新手段传播。新版民间中国故事走的不是传统农业社会民间故事传播路径,依靠的不再是民众世代口口相传,而是经由现代社会搭建的平台(例如故事会、故事大赛、评奖会等)讲述、依托现代传播手段(例如书本、期刊、电视、网络及其衍生产品)来传播,形成了海量信息和全新表现方式。这一系列传播方式远不是传统社会所具有的。再次是个人创说。所谓个人创说,指新版民间中国故事是由单一个人进行创作、进行讲述、进行言说的,不像传统民间故事形成的模式(例如集体创作),如何看待这一现象,在学术界应予讨论。在中华民族里是否存在着个人讲述而为全民族传播的先例呢?在我们的时代,形成故事的方式多种多样,湖北故事大王刘德芳讲述了上千种(具体多少,他自己也说不清楚)故事,有的是传统社会积累下来的,有的是他自己创作出来的,有的故事有文字记载,有的没有。上海金山、浙江嘉善等地新旧故事也是这样,不过,可能个人创说的多一些,毕竟新时代人们的文化水平高一些,有能力记录、加工、改造那些亲历或听闻的事件,并予以传播。这是否属于或者在多大程度上属于“民间”故事?可以讨论。最后是革命故事。新版民间中国故事有大量的革命故事,包括井冈山、延安、东北抗联、洪湖等革命根据地故事,这是传统民间故事里缺少的内容,也是我们今天文化建设的重要组成部分。当然,还可以从更为科学合理的角度来总结新故事的时代特征。

新版民间中国故事是新时代中国社会文化的载体之一。习近平总书记在中国文联第十次、中国作协第九次代表大会开幕式上讲话里指出:“今天,在我国 960 多万平方公里的大地上,13 亿多人民正上演着波澜壮阔的活剧,国家蓬勃发展,家庭酸甜苦辣,百姓欢乐忧伤,构成了气象万千的生活景象,充满着感人肺腑的故事,洋溢着激昂跳动的乐章,展现出色彩斑斓的画面。”我们今天推出的新版民间中国故事集子,按我的理解,正是讲述总书记所指出的中国社会发生的巨大新变化,是以民间讲述故事的方式荷载着当下社会文化，中国故事节组委会、《民间文学》杂志社编辑汇聚为 2017 年“中国好故事”，以期更大范围传播，求得全社会共识，为形成新时代新风尚贡献力气，我认为值得嘉许。

但愿我们民间故事家为新时代创说更多更动听的好故事！

中国民间文艺家协会分党组书记
邱运华
2017 年 10 月 24 日

前　言

习近平总书记说：文化是一个国家、一个民族的灵魂。为充分发挥中华民族强大的文化创造力和先进文化的积极引领作用，以传说故事这一民间文艺样式育人化人，中国民间文艺家协会故事专业委员会、江苏省民间文艺家协会、镇江市文化广电新闻出版局、镇江市文学艺术界联合会联合举办了“2017 中国故事节·‘白蛇传传说’（全国）故事会”。该活动得到了全国故事爱好者的积极响应，取得了圆满成功。

本次征稿共收到来自 20 多个省份近 100 个城市的作者的投稿，从征集到的 180 篇作品中我们可以看出，新创作故事成果远远大于老故事收集。这里所讲的新故事是指在原有的“白蛇传传说”基础上，对其中的人物形象和某些故事情节进行立意创新、延伸创编的新作品；老故事是指经采集而记录成文的有一定地方文化特色，能反映当地风俗、景观和地名的“白蛇传”异文故事。总体来说，这些创编的新故事与采录的老故事，前者占绝对比重，就如本书在“总序”中提到的“新版民间中国故事”，其特点是“由一个人进行创作、进行讲述、进行言说的，不像传统民间故事形成的模式（例如集体创作）”。在其中我们可看出沉淀在人民大众心里、蕴藏了千百年的“白蛇传传说”至今所焕发出的无比强劲的生命活力，它们鲜活地延续在乡镇田野，让我们感受着乡土文化中的民间文学力量，也让我们了解到人民大众的心理需求。

民间文学依靠人民群众来传承、传播，有着变异性、传承性、人民性等特点，在文体分类上包括了神话、史诗、民间传说、民间歌谣、谚语等。进入现当代社会，由于政治、经济、文化和人民的生活、思想等发生了历史性剧变，其中的民间传说也出现了日新月异的发展变迁。如本次故事征集中的《寻找朱砂痣》就讲述了穿越时空的“白蛇传”故事，古时的白娘子穿越到了现代社会，还玩起了社交软件，在微信朋友圈中寻找许仙；在《许仙救白蛇》中，其内容也发生了新变化，它由旧时的白娘子救许仙，转换为许仙救白娘子；在《素珍本是蚕娘子》中，法海的形象也由过去的反面人物转变为抑恶扬善的正面和尚；另外还有《白蛇全传之发生在大团圆之后的故事》中的白娘子出征、《青蛇巧遇有情郎》中的爱情奇遇等，这些都反映了民间传说在新时期故事传承中的发展流变。无论是采录的老故事，还是创编的新故事，“白蛇传”故事始终成为人们在不同社会历史时期对于生活和爱情的一个倾诉载体，它们既是民众智慧的结晶，也是我们中华民族本土文化的精华，故事所反映的社会生活和审美情趣均体现了中国百姓的心理愿望与道德情怀，表达的无疑是人民的立场与价值观。

“白蛇传传说”是我国四大民间传说之一，2006 年被列入国家第一批非物质文化遗产名录。故事肇始于唐五代时期，基本成型于南宋，至迟到元代已被文人编成杂剧和话本。而镇江在初唐时就萌芽了金山寺和尚降伏白蛇的原始传说，距今也有千余年历史。明代冯梦龙编纂的拟话本《白娘子永镇雷峰塔》就将镇江的一些真实地名如“针子桥”“五条巷”“镇江渡口码头”等写入了话本，历代有关“白蛇传”话本和唱本中的“金山寺”“白龙洞”“法海洞”也已成为镇江与“白蛇传传说”密切关联的风物遗存，其中发生在这里的高潮情节“水漫金山”，也转变成一句口头俗语在社会上广泛流行。据统计，我国各民族、各地区 300 多个戏曲剧种和 300 多个曲艺曲种中，大都有据“白蛇传”改编的传统剧目和曲目。“白蛇传”异文故事层出不穷，“白蛇传”为老百姓所津津乐道而深入人心，镇江也因此成为白蛇传口头文化遗产和文化空间最具代表性的文化要素。所以，由镇江发起举办的这次全国性的“白蛇传传说”故事征集大赛意义深远，它既为广阔的社会更多地了解镇江，也为进一步巩固和提升镇江在全国民间文艺界的地位和知名度铺垫了又一基石。同时，本书的出版也必将为我们传承和传播祖国优秀的非物质文化遗产，为广大专家学者和民间文化爱好者深入开展“白蛇传”故事研究，着力打造民族文化品牌，振奋民族精神，提供不可多得的精神食粮。

编委会

目　录

第四批
中国好故事

第一批

中国好故事

许仙救白蛇

一、素贞中计

法海被小青打败，慌不择路躲进了蟹壳。这老和尚看上去像在盘腿打坐，在蟹壳里静静悔过，其实，他内心怒火中烧，一心想着如何复仇。

这天，法海终于琢磨出一条毒计，他从蟹壳里悄悄钻了出来，摇身一变，变成一个卖梨膏糖的小贩，挑着货担直奔镇江保和堂药铺。

来到保和堂附近，法海摇起了拨浪鼓，一边摇一边大声吆喝："卖梨膏糖啦，又香又甜的梨膏糖，一文钱一块。"片刻工夫，法海身边就聚拢了十多个小孩，有两个孩子掏铜板买了梨膏糖，其他孩子则眼巴巴瞅着货担直咽口水。

法海取出一块梨膏糖，对紧挨货担的一个胖男孩引诱道："告诉我阿宝在哪里，这块糖就送给你吃。"

胖男孩用舌尖舔舔嘴唇，问道："你说的，是保和堂许掌柜的儿子阿宝吗？"

法海点了点头。

胖男孩道："他在家里画画。"

法海把梨膏糖递给胖男孩，笑眯眯道："你想办法把阿宝叫到这儿来，我再送给你十块梨膏糖。"

胖男孩将梨膏糖塞进嘴里，一边嚼一边问："你说话算数？"

法海道："当然算数，但有个条件，千万不能让阿宝的爹娘知道。"

胖男孩点点头，一溜烟朝保和堂奔去。

约莫过了半炷香工夫，胖男孩领着梳冲天辫的阿宝，蹦蹦跳跳来到了法海身边。

法海一把抓起阿宝，塞进麻袋捆好，然后取出一张纸条交给胖男孩，凶神恶煞般说道：“赶紧把这纸条送到保和堂，去晚了阿宝就没命啦！”言毕，扛起麻袋扬长而去。

孩子们都看呆了，等回过神来，他们惊恐地一哄而散。胖男孩则慌慌张张，一头扎进了保和堂。

白素贞从胖男孩手里接过纸条一看，只见上面写道：若想要回阿宝，带上五百两银子，到茅山天元洞来找我。看完纸条，白素贞向胖男孩详细询问了事情的经过。

一旁的许仙听了，着急地说道：“阿宝被歹人绑架了，咱们赶紧报官吧！”

白素贞冲丈夫笑道：“莫说这镇江府，便是京里的皇帝老儿，也没奴家的本事大。”

许仙这才想起妻子并非凡人，便问：“那该咋办？”

白素贞道：“我这就去茅山天元洞，把阿宝要回来，顺便教训一下那毛贼。”

许仙知道以白素贞的法力，对付一个毛贼不费吹灰之力，便放心地点了点头。

白素贞包了一袋沉甸甸的鹅卵石，冒充五百两银子，然后她念动咒语，瞬间化作一股清风，来到了茅山天元洞。

一进洞，白素贞就呼唤道：“阿宝——阿宝！”才喊了两声，就听山洞深处传来阿宝微弱的哭泣：“娘！我在这里，快来救我！”白素贞心中一紧，快步循声找去。

奔到山洞尽头，眼前赫然出现一只丈把高的大酒坛。阿宝的哭泣，就是从这酒坛里传出来的。白素贞扒着坛口往里瞅，只见阿宝手脚乱蹬，正在酒水里拼命扑腾。因为坛口小，白素贞钻不进去，伸手又够不着，救子心切的她来不及多想，当即化作一缕青烟飘入酒坛……

这时，法海箭一般从角落里蹿出来，操起一个浸透雄黄酒的盖子，一把盖住了酒坛。随后，他冲着酒坛狰狞地笑道：“白素贞啊白素贞，你也有今天！嘿嘿，把你这妖蛇泡上九九八十一天，老子就能喝到大补功力的白蛇酒了！”说罢，法海扛起酒坛，离开了茅山。

等到红日西沉，白素贞仍未回家，许仙焦急起来。一夜无眠挨到天亮，还不见妻儿的踪影，许仙再也沉不住气，揣上一些干粮直奔茅山。

赶到茅山，许仙从清晨找到黄昏，寻遍了天元洞，又把整座茅山仔细踅摸了一番，依旧没找到白素贞和阿宝。此时天色已黑，许仙困累至极，倒在一块青石上睡了过去。

朦胧中，许仙闻到了一股浓烈的酒味，接着又听到一阵嘤嘤的哭泣。他抬头一瞧，只见白素贞浑身湿淋淋地抱着阿宝，冲他哭道："许郎，我中了法海的奸计，被他困在酒坛里，若泡上九九八十一天，就没命了！"

许仙吓坏了，期期艾艾地说道："我去找小青，求她来救你！"

白素贞摇头道："小青已修炼了九百九十九年，马上就可成仙，眼下她在做最后的冲关，处于无知无觉的入定状态，没法来救我。"

"那，那该怎么办?!"许仙哭了起来。

白素贞道："扬子江畔有个红头发的老渔翁，你去求求他，拜他为师，或许能救我们母子一命。"

许仙连连点头，道："好，我这就去找他。"

白素贞叮嘱道："红发渔翁脾气古怪，许郎一定要有耐心，要用真诚打动他！"交代完这些，白素贞和阿宝倏然消失了。

许仙想追上去，却怎么也迈不开腿，他心急如焚，猛然间醒了过来，原来是南柯一梦。可是，空气里分明飘着一股浓烈的酒味，地上也残留着斑斑酒渍。许仙这才明白，刚才是白素贞给自己托梦。他顾不上擦脸上的泪痕，风风火火地朝扬子江赶去。

二、许仙拜师

来到扬子江边，许仙一路打听，费尽周折终于找到了红头发的老渔翁。

老渔翁住在一艘破得不能再破的小船上，那船既没有舵也没有橹，看上去似乎随时要被大风掀翻。

许仙跳上船，发现老渔翁正在满是窟窿的船舱里酣睡，呼噜打得比雷还要响。这老渔翁年近八旬，衣衫褴褛，披着一头火红的长发，模样十分古怪。许仙不敢吵醒老渔翁，就坐在旁边静等他醒来。

从清晨等到黄昏，又从黄昏等到清晨，足足等了三天三夜，老渔翁终于睡醒了。

见老渔翁睡醒，许仙“扑通”一声跪到他面前，哀求道：“老人家，我想拜您为师。”

老渔翁伸了伸懒腰，打着哈欠说道：“拜我为师有啥好处，了不起多打几网鱼罢了。”

许仙道：“我不是来学打鱼的，我想向您学习铲除法海的本领。”

接着，许仙把自己的来意详详细细讲了一遍。

等许仙讲完，老渔翁摸着肚皮道：“哎哟哟，我肚子饿得咕咕叫，当务之急是要弄点东西，把肚子填饱了再谈别的。”

许仙慌忙取出随身所带的干粮，双手呈给老渔翁。

不料，老渔翁没接干粮，连连摇头道：“我不吃这种东西，我一日三餐只吃扬子江里的鱼。”

许仙道：“那我这就上岸，去给您买鱼。”

老渔翁又连连摇头，说道：“我不吃买来的鱼，我只吃现捞现煮的鱼！”

许仙听明白了，老渔翁想让自己捕鱼给他吃。于是，许仙站起身，恭恭敬敬对老渔翁说道：“那您稍等一会儿，我这就撒网捕鱼。”

老渔翁点头道：“好，我继续睡觉，等锅里飘出鱼香时，我就会醒来。”说完，他倒头又睡着了。

许仙四下踅摸，在船尾找到了一张渔网，可提起来一看，这渔网竟然是破的。破网没法捕鱼，只得先补网。幸好，船上有补网用的梭子和网线，许仙坐在船尾，一下一下，耐心地补起网来。

花了半天时间，渔网被补好了，许仙把渔网撒入江中，但等捞起来一看，网内空空如也。咦，好奇怪，这扬子江里有的是鱼，为啥一网下去，居然一条鱼都没捕到呢？许仙仔细检查渔网，这才发现，刚才补过的地方又破了。真是蹊跷，自己明明补得很结实，咋一下水新补的地方就破了呢？

纳闷解决不了问题，许仙只好耐着性子继续补网，这回他补得格外仔细。又花了半天时间，渔网重新被补好了。

但第二次撒网仍一无所获，问题还出在渔网上——补过的地方又破了！许仙惊得目瞪口呆，看来，这是老天爷故意要为难自己啊！然而，许仙早已下定决心，无论多难多苦，都要把心爱的妻儿救出来。所以，他没有半句埋怨，没有半点犹豫，拿起梭子继续补网。

好几回，许仙补着补着就打起了瞌睡，为了不让自己睡着，他不停地把脑袋伸入冰冷的江水，使自己保持清醒。

许仙来来回回补了七次，直补到两眼通红、双手鲜血淋漓，那张网终于没有再破。第七次拉起渔网时，网里出现了一条一尺多长的大鲤鱼。许仙高兴极了，立刻动手杀鱼、煮鱼。

可是，接下来奇怪的事又发生了，这条大鲤鱼在锅里煮了一天一夜，仍然是生的。为了让鱼尽快煮熟，许仙从早到晚不停地加柴、扇风，累得腰都直不起来。

整整煮了七天七夜，锅里终于飘出了鱼香。

闻到鱼香，红发老渔翁睁开眼睛，从床上爬了起来。

吃完鱼、喝完汤，老渔翁抹着嘴对许仙道："你是个有恒心、有毅力的后生，我可以把铲除法海的计策告诉你，接下来就要看你的勇气和智慧了。"

随后，老渔翁开始讲述计策：法海本是扬子江中的一只老鳖精，要除掉它，必须制作一张能射杀妖孽的神弓。制作神弓所需的原料长在云台山，是一根开花的万年枯藤。

讲到此，老渔翁对许仙道："至于那根枯藤究竟长在何处，要靠你自己去寻找，等找到了枯藤，我再指导你把它做成神弓。"

许仙听完，恭恭敬敬地给老渔翁磕了个响头，然后离开小船，大踏步朝云台山进发。

三、历尽艰险

云台山连绵起伏，山高林密，猛兽成群。许仙从这座山找到那座山，苦寻了半个多月，愣是没发现开花的万年枯藤。情急之下，许仙想到了那些在云台山采药的药农，他们去过绝壁、到过悬崖，涉足过人迹罕至的隐秘地带，也许有人见过那根开花的万年枯藤……打定主意后，许仙挨家挨户访问当地药农，向他们询问是否见过开花的万年枯藤。拜访到第九十九位药农时，终于有了重大收获。

那是位须发皆白的老药农，他告诉许仙，自己年轻时，曾在仙女峰西侧的绝壁上见过开花的万年枯藤。听到这个消息，许仙欣喜若狂，再三向老药农道谢。得知许仙要取万年枯藤做神弓，老药农的脑袋摇得像拨浪鼓，劝他赶紧打消这念头。

老药农说：“几年前，仙女峰上出现了四只凶恶的猛兽，分别是豺、狼、虎、豹，它们占据了仙女峰，从此任何人不敢靠近那儿，贸然前往，肯定有去无回！”

许仙感谢老药农的提醒，但为了救白素贞，别说四只猛兽，就是四十只、四百只，他也要上仙女峰。

来到仙女峰，许仙果然发现了豺、狼、虎、豹四只恶兽。这四只恶兽非同寻常，以许仙一人之力，根本不是它们的对手。怎么办？硬拼无异于送死，许仙不怕死，但他不能死，白素贞还等着自己去拯救哩。此时，许仙想起了红发老渔翁对自己讲过的话：“接下来，就看你的勇气和智慧了。”

对，战胜强敌不仅要斗勇，更要斗智。想到这儿，许仙决定开动脑筋，用计谋除掉四只恶兽。

经过缜密观察，许仙首先选中豺和狼作为下手目标。

豺所住的洞穴和狼所住的洞穴紧挨着，里面藏着不少猎物。当豺和狼都外出捕猎时，许仙悄悄进入豺穴，取走了一只羊羔，然后他又来到狼穴，取走了一只鸡。接着，许仙吃掉了羊羔和鸡，把羊骨头丢进狼穴，把鸡骨头丢进豺穴。

豺回到洞穴，发现少了一只羊羔，便闻着气味寻找，很快在狼穴里找到了吃剩的羊骨头。豺认定狼偷吃了自己的羊羔，便找狼论理，狼也憋着一肚子气呢，怀疑豺偷吃了自己的鸡。于是，两只恶兽吵成一团，很快就从相互谩骂发展成相互撕咬，结果双双毙命。

接下来，许仙又在豹子必经的路上挖了一个陷阱，将豹子一举杀死。

见豺、狼、豹先后死于非命，老虎又惊又怕，立刻变得多疑而谨慎。

许仙找了个狭窄的山洞，作为躲藏之处，然后故意去激怒老虎，引得它来追赶自己。等老虎追到那个狭窄的山洞时，许仙迅速钻入山洞，用一块大石头将洞口牢牢堵死。老虎无法进洞，只得怏怏退走。这样连着引诱了几次，老虎体力渐渐衰弱，最后许仙用猎叉杀死了它。

除掉了豺、狼、虎、豹四只恶兽，许仙顺利登上仙女峰，在一处云雾缭绕的悬崖上找到了万年枯藤。看上去，这根枯藤已死去多年，但枯藤的顶端却开着一朵艳丽的红花。当许仙把枯藤从泥土里拔出来时，那朵红花突然变成了一只红色的小鸟。小鸟绕着许仙飞了三圈，然后拍拍翅膀飞向了远方。

四、一家团圆

许仙背着万年枯藤，昼夜兼程赶回了扬子江畔。那艘小渔船仍泊在原处，许仙一个箭步跳上船，把万年枯藤交给了红发老渔翁。

老渔翁接过万年枯藤，冲许仙感慨道："事实证明，你不仅坚强勇敢，而且聪明智慧，现在我可以教你如何制作神弓了。"

随后，在老渔翁的悉心指导下，许仙用了七七四十九天，将万年枯藤做成了一张精巧的大弓。老渔翁对大弓很满意，当场送给许仙一支闪着金光的利箭。

然后，老渔翁对许仙道："有了这副能射杀妖孽的弓箭，铲除法海就不难了。"接着，他告诉许仙："法海住在金山的云霞洞，每隔三天要变回老鳖到中泠泉喝一次水，射杀法海的最佳方法，是在他弯腰喝水的当儿，从背后开弓放箭射中他的脖颈。"

许仙谨记在心，跪下来给老渔翁磕了三个头，当他直起身子时，发现老渔翁不见了。这时，半空中传来了老渔翁爽朗的笑声。许仙抬头仰望，只见老渔翁变成了长袖飘飘的赤脚大仙，正冲着自己挥手告别。许仙这才明白，红发老渔翁是赤脚大仙变化的，他向空中拜了三拜，感谢赤脚大仙的教导之恩。

随后，许仙离开扬子江，直奔金山云霞洞。

当天夜里，正赶上法海变回老鳖，慢吞吞爬到中冷泉喝水。许仙悄悄躲在暗处，等到老鳖伸长脖子把脑袋往泉水里探时，他拉开神弓，一箭射中了老鳖的后脖颈！老鳖惨叫一声，跌入了中冷泉……

可惜许仙这一箭的劲道略差了些，并没有把法海射死，但他丧失了所有功力，又逃入蟹壳，从此再也不敢出来了。法海曾经躲藏的云霞洞，后来改名法海洞，今天已成为金山一景。

射中法海后，许仙一阵风似地冲入云霞洞，砸碎那个大酒坛，救出了白素贞和阿宝，一家三口相拥而泣。

白素贞哽咽着对丈夫道：“过去是我救你，现在换成你救我了。”

许仙摸着爱妻的秀发，动情地说道：“百年修得同船渡，千年修得共枕眠，夫妻之间，本就该相亲相爱！”

陈效平（浙江·宁波）

白蛇前传之龙衣传

一

话说大唐年间入暑时节，金山绿柳满山。清晨时分，山腰一位衣着朴素的年轻男子背着一只竹篓，正在树荫浓草间仔细寻觅什么。突然他面现惊喜，探身从草丛中捋出一条玉带样的物品，在朝阳中显得晶莹剔透，竟是一整条完好无缺、被称为"龙衣"的蛇蜕，原来年轻男子是采集龙衣的采药人，名叫许宣，独自住在金山下。许宣把龙衣放进竹篓继续前行。当走到一道柳荫前时，许宣再次停住脚步侧耳细听，随后轻手轻脚上前撩开柳枝，却有一阵腥风扑面而来，只见林间出现一片空地，地上竖着几块突兀的山石，一条碗口粗的白蛇正在山石上磨蹭头、颈，而尾部不停拍打地面，显得焦躁无比。

许宣见状，赶紧快步跨骑上去，双腿压住蛇身，双臂摁住蛇颈，白蛇顿时动弹不得，许宣这才腾出右手，从腰间抽出一把锋利的柴刀，刀刃在半空中闪闪发亮，白蛇看到刀后绝望地低下头等死。而许宣挥动柴刀划下，只轻轻地竖着划开了白蛇的头皮，顿时白蛇头顶现出一道长长的缝隙。许宣赶紧跳到一边，而从裂隙里竟然又探出一只蛇头，随后是蛇颈、蛇身，最后从裂缝里竟然钻出一整条白蛇。白蛇费尽力气窜到旁边，盯着许宣喘着粗气，却再也动弹不得，而在原地留下了一条完整的龙衣，栩栩如生，仿佛另一条白蛇。旁边的许宣却收起柴刀，望着刚脱壳而出的白蛇，打躬说道："白蛇大仙啊，我看你如此硕大，一定年深日久，必是有灵有性，能懂我的话。小子我是个采药人，平时靠捡拾龙衣做药材，从来不敢伤害蛇命，见蛇受困还会出手救助。刚才若不是我用刀帮你剖开龙衣,你定会被活活憋死。但即使如此,我也不求你感恩,只求你把蜕下的龙衣送给我就好。如果愿意,就请点点头吧。”

白蛇果然听懂了许宣的话,点了点蛇头,许宣这才上前团起地上的龙衣,小心翼翼地放进竹篓,又对白蛇打了个躬,这才背上竹篓下山了。而剩下的白蛇也渐渐恢复了活力,然后蠕动起来,最后化作一个容貌姣好的白衣少女,偷偷跟着许宣下山了。

再说许宣刚到山下,迎面走来一位身材高大的中年头陀,这位头陀俗家姓裴,人们称他为“裴头陀”。裴头陀出身不凡,乃是大唐当朝宰相裴休之子,河南济源人,但他却不贪恋荣华富贵,自愿出家为僧,四处云游寻佛问法。最近他来到金山,发现山上有一座破败的金山寺,觉得此地风水极佳,就想四处化缘翻修金山寺,作为自己的修行之所,却被信众告知:金山寺始建于东晋,本来香火鼎盛,但数十年前,金山上来了一条白蛇盘踞于此,此蛇体型硕大无比,估计活了上千年,已经成妖,不但呼风唤雨,还时常化作人形出没。虽然不曾伤过人,但和尚和信众都不敢再上山,而裴头陀为了翻修金山寺,发下誓愿要驱除蛇患。今日正是赶来金山驱蛇,却迎面遇到了许宣。许宣是认识他的,于是赶紧低头快走,却被裴头陀拦住。裴头陀皱着鼻子闻了又闻,又盯着许宣的竹篓看了又看,最后劈手一把夺过竹篓,从里面取出白蛇的龙衣,展开之后就盯着许宣质问:“许施主,这条龙衣如此硕大、如此完整,而且还很柔软湿润,像是刚蜕下的,却不知是在哪里寻获的啊?”

许宣赶紧双掌合十,弯腰行礼:“原来是裴大法师啊,失敬失敬。刚才我在金山半山腰,遇到一条正在蜕皮的白蛇,被旧皮困住脱不了身,已经奄奄一息。我赶紧过去帮它蜕去旧皮,它才没被憋死,而后我就取了它的龙衣做报酬了。”

裴头陀听完就瞪大双眼,眼露凶光:“许施主,这条白蛇年深日久已经成妖,蛇类本就难以对付,成妖的更难降服,能够呼风唤雨,幻化人形蛊惑人心,数十年来盘踞金山为害一方。但蛇蜕皮乃是它们的天性,而且蜕皮时最是虚弱,哪怕成妖了也是一样,我想你一定明白这道理,却为何不趁机杀了它为民除害?”

许宣听了赶紧摇头:“裴大法师啊,我常年靠捡拾龙衣维生,对蛇类很是感激,怎么能下此狠手?况且……”

许宣说到此，一把夺回龙衣重新盘起，放回自己的竹篓，还笑嘻嘻说道：“裴大法师，金山又不是你家的，凭什么就只能由你建寺宣佛，却不准白蛇栖身，不准我捡龙衣维生？而且您是出家人，怎么满口都是杀啊除啊，不觉得脸红吗？如果您想要驱除蛇患，就请自己动手吧。”

许宣说完背上竹篓，自顾走了。裴头陀被说得面红耳赤，望着许宣的背影咬牙切齿，随后不禁摇头叹息，而暗处的白衣少女看得喜笑颜开。

二

之后，金山顶峰的金山寺开始翻修，裴头陀事务繁忙，无暇驱除白蛇。白蛇又化作少女等待许宣再次上山，结果数日没有再见，白蛇按捺不住，决心下山去寻找许宣。一日阳光灿烂，金山脚下一处简陋的院落里，许宣正在院中晒制龙衣，其中包括那条完整、硕大的龙衣。白蛇在山腰远远看到，于是抬起蛇头呼动云雨，随后又化作少女下山了。

再说院中正在忙碌的许宣，突见乌云翻滚，狂风大作，眼看一场大雨就要来临，赶紧把龙衣都端进屋里。此时院外有人敲门，许宣又去开门，门外进来一位白衣少女，长得楚楚动人，万福后说道：“这位大哥，我是过路之人，因突遇大雨无处藏身，所以求大哥让我进屋避雨。”

许宣赶紧请少女进屋，外面暴雨如期而至，屋内许宣烧起炉火、煮起热水给少女御寒，少女询问了许宣的姓名，随后看着旁边晒制的龙衣很是惊奇，不禁问道：“许大哥收集龙衣，是要卖给药店吗？我家世代行医，刚从峨眉山搬到镇江府，仍在家中行医。适逢此地瘟病多发，我家正需要购买一批龙衣入药。而我今天出来就是采购龙衣的。”

许宣听完很高兴：“不知小姐贵姓？家住哪里？如果小姐要买我的龙衣，我自然同意。”

少女说道：“小女子姓白，未曾婚嫁没有夫姓，人称白氏。我父母早亡，却留有弟妹，全由我一人照顾。”白氏说完又拿出一锭银子和一张名帖放到桌上，继续说道：“许大哥，这是定金，希望明日天晴之后，您能亲自送龙衣到我家。这是地址，我家就住在江边。”

许宣接过银子和地址，再看外面天色已经放晴，于是白氏辞别，飘然而去。转天许宣背着装满龙衣的竹篓，按照地址去送货，结果出了城门来到江边，果然看见江边有一片宅邸，牌匾上写着“白府”。许宣不禁快步走去，却被一个和尚拦住，正是裴头陀，裴头陀盯着许宣问道：“许施主，来江边有什么事啊？”

许宣赶紧双掌合十行礼：“裴大法师，江边有家白姓人家开了药馆，需要龙衣入药。昨天给我下了定金，我今天是来送龙衣的。”

裴头陀冷哼一声：“它们本就是蛇类，还会缺龙衣？你是被它们骗来的。”

裴头陀说完一抖衣袖，江边白府顿时化作一片滩涂，只见数尾小蛇逃入江中，而一位白衣少女站在两人前面，此人正是白氏，她对着裴头陀怒目横眉：“裴头陀，我只是以购买龙衣为名，希望与许宣结下姻缘，报答他的救命之恩。然后共同开设保安堂，救济镇江百姓以赎前罪。如此好事，你为何前来阻拦？”

裴头陀同样怒目而视：“大胆蛇妖，之前你为害金山就已罪不可恕，但我忙于修缮寺庙，暂时饶你一命。没想到你趁我修缮寺庙之际，非但不逃走，反而妄想与凡人许宣婚配。你是蛇身，与许宣交媾只能害了他性命，在本佛爷眼前，怎容发生如此违背天道之事？今天本佛爷就要除妖卫道！”

白氏大叫：“竟敢拦我！”说完恢复蛇状腾空飞起，张开大嘴向裴头陀咬去，裴头陀扬手，一道掌心雷打在白蛇身边，白蛇变回白氏惊恐万端，先望着许宣双目垂泪：“许郎，我本想以身相报，却被裴头陀阻拦，看来我们今生无缘了！”又望着裴头陀恨恨说道：“裴头陀，既然你不准我报恩许宣，那你也休想在金山落脚！”

说完白氏又变回白蛇潜入江中，随后爬上金山山顶，把正在翻修的金山寺夷为平地，和尚、工匠见状全都抱头鼠窜，白蛇也窜入江中逃匿，裴头陀赶回来，看到此等情形不禁大怒，仰天大叫：“白蛇妖，我定要除妖卫道，要你神形俱灭！”

三

许宣目睹了白蛇与裴头陀的争斗，吓得屁滚尿流，逃回了自己家里，扔下背后的竹篓，又赶紧关闭门窗，缩在床上瑟瑟发抖。直到掌灯之后，才回过神，下地打开竹篓，取出龙衣，却发现白蛇的整条龙衣已经破碎，和别的龙衣混在一起，他想要重新拼凑起白蛇的龙衣，却分辨不出哪片才是白蛇身上的，不禁喃喃自语："白氏对我一片真情，是我辜负了它啊。只是人蛇怎么能在一起？看来这缘分真是孽缘啊。"

许宣痴痴呆呆过了半月，才又清醒过来，毅然把龙衣全都卖掉，自己又背起竹篓，到城外山上林间继续寻找龙衣。这日，许宣刚出城门，就见裴头陀迎面走来，看到许宣就迎过来施礼："许施主，白蛇妖变幻人形欲迷惑你、害你性命，被我说破又毁我金山寺，如果你下次再遇到它蜕皮难以成功，请不要再施救，一定要让它作茧自缚！"许宣没有回答，转身离去。

三年后的一天，许宣在一座林中又听到熟悉的响动，于是赶紧上前观看，只见白蛇又被困在旧皮里，不得不磨蹭山石想要破壳而出，却无法成功，奄奄一息。白蛇看到许宣出现，就挣扎着摇头摆尾向他示意求援。许宣犹豫片刻，就赶紧上前帮忙，刚抽出柴刀帮白蛇剖开旧皮，却没想到裴头陀从身后林中跳出来，举起禅杖来杀白蛇。许宣立即起身阻挡，裴头陀大怒，施展掌心雷向白蛇轰去，白蛇已经动弹不得、危在旦夕，许宣见状大叫："法师不可啊！"

许宣奋力挡住白蛇，自己却中了掌心雷，顿时绝气身亡，而白蛇终于奋力蜕下龙衣，化作白氏，望了一眼许宣的尸体，就要逃入长江，却被裴头陀拦住，白氏与他怒目相视，终于，裴头陀长叹一声，收回禅杖："白蛇妖啊白蛇妖，许宣为你而死在我手里，看在他对你的情分上，我就再饶你一次，今后你不可再害人，去好好清修以赎罪恶。走吧。"

白氏冷冷说道："裴头陀，是你害死了许郎，但我也不追究于你。只是许郎下辈子若再为人，我仍要以身相许！"

裴头陀摇摇头，拣起白蛇刚褪下的完整龙衣，对着白蛇严肃说道：“白蛇妖，你是蛇，再怎么修炼也是蛇身，人蛇怎么能通婚？现在我将你的龙衣取走，如果你再次见到它，就是你再来人间迷惑世人时被我发现，那时，我惩治你不会手下留情！”

裴头陀团起龙衣，背起许宣的尸首，扬长而去，而白氏也化作白蛇游入长江。

四

此后，白蛇仍对许宣念念不忘，时常化作白氏四处寻找许宣的转世，二十年了却一直没有结果，于是它来到南海紫竹林，向观音求解：“观音大士请大发慈悲，告知小蛇，我的恩人许宣托生去了何处？”

观音掐指一算，说道：“杭州府钱塘县许姓人家，名仙。年已弱冠。”

白蛇想起上辈子与许宣的经历，又连连磕头：“观音大士，小蛇想要放弃蛇身，彻底成为人身，以身相许，以报许仙恩德。”

观音不禁面现难色，摇头回道：“白蛇啊，此许仙非彼许宣啊。当初许宣虽然是村人，但为人正直，颇有侠气；而今人许仙不过一介书生，懦弱胆小。你还要以身相许吗？”

白蛇听完，毫不犹疑地点头：“我愿意，只求观音大士成全。”

观音登时无语，许久才又开口：“人蛇之间无法婚配是天理，人、蛇身躯自然也就无法相互转变，如果你想彻底为人，以求与许仙婚配，除非是借尸还魂！”

白蛇顿时恍然大悟，离开南海在山水之间苦苦寻找，终于在河南济源一处河边寻到一具少女女尸，少女容貌绝美，是跳河而死，刚咽气不久，白蛇欣喜若狂赶紧携带女尸去找到观音，请求观音将自己的灵魂附在女尸上还魂。观音看到女尸，掐指一算，不禁长叹一声：“白蛇，放弃蛇身成为人身，你的法力也就没有了，除非再恢复蛇身。但你的蛇身会在转换中销毁，你将无法恢复蛇身和法力，而且此举会给你带来无边灾祸，你仍愿意吗？”

白蛇坚定地点头:“我愿意。”

观音也被感动,点点头:“既然如此,我就答应为你借尸还魂,并赐你凡人的姓名,就叫‘白素贞’吧。白素贞,希望你好自为之。”

观音说完,施展法力把白蛇灵魂从蛇躯体内抽出,附在女尸之上,而蛇尸顿时化为青烟,女尸也睁开双眼。镇江金山寺内,已经改称“法海禅师”的裴头陀正在禅堂静坐,突然门外一阵哭声,法海禅师睁眼一看,只见济源老家的亲侄子跪在脚下,法海禅师不禁神色大惊问道:“家里出了什么事啊?”

亲侄子哭哭啼啼说出一番话,法海禅师不禁目瞪口呆,久久说不出话来。

五

三年后的端午节,在镇江保安堂后堂,白素贞与许仙正在对饮雄黄酒,白素贞毫无醉意,而许仙已经不胜酒力,对着白素贞喃喃自语:“娘子,自从杭州西湖借伞相识之后,我因‘库银案’发配苏州,娘子不离不弃追随至此,又一起投奔镇江的姐夫、姐姐,共同开设保安堂悬壶济世。其间不断有人说你是白蛇所变,可是雄黄酒你也喝了,并没有现形啊,可见世人都冤枉你了。娘子,我累了,先去休息了。”

许仙踉踉跄跄回到卧室,揭开幔帐,却见一条硕大的白蛇悬在帐中,对着他摇头摆尾,许仙顿时大叫一声,吓昏过去。堂上的白素贞听见大惊,赶紧追进卧室,先看到地上躺着昏死的许仙,又看到帷幔中若隐若现的蛇影,赶紧揭开帷幔仔细一看,原来悬着的是一条硕大、完整的龙衣,正是她当年自身蜕下、被裴头陀收去的龙衣,而耳边又响起裴头陀当年的话语:“白蛇妖,你是蛇,再怎么修炼也是蛇身,人、蛇怎么能通婚?现在我将你的龙衣取走,如果你再次见到它,就是你再来人间迷惑世人时被我发现,那时,我惩治你不会手下留情!”

白素贞不禁气恼,上前去摘龙衣,一个身材魁梧、戴着风帽的男子突然出现,挡住了白素贞。男子扯下风帽露出光头,正是已经眉须花白的法海禅师,他望着白素贞冷笑:“在下金山寺住持法海,白蛇妖,你违背誓言,罪不容诛,今天本佛爷来跟你算总账!”

白素贞辩解道:“不管你是法海,还是裴头陀,如今我已经借凡人尸首还魂,去除了蛇身,不再是当初的白蛇了,所作所为与你何干,你为何仍苦苦相逼?”

法海禅师苦笑一声:“白蛇妖,因为你借的尸首与我相干,她乃是我俗家孙辈女。三年前我济源老家的侄子跑来金山寺告诉我,他的女儿为情所困跳河自杀,他亲眼看到尸首被一条白蛇掳去,而你现在的样子与她一般无二,你还有什么话说?她死时仍是处子之身,但你和许仙却将她的尸首亵渎。所以我要将许仙抓去金山寺出家,向我孙女谢罪。而你为情所困,贱弃蛇尸,窃取人尸,同样罪不容诛。如果不服,就来金山寺找我吧!”

法海禅师说完挟起许仙,腾空而去。白素贞想要腾空追去,才发觉自己全无法力,回想起观音的话,不禁望空咬碎银牙。此时房门大开,一个更年轻貌美的女子推门而入,正是小青。看到房中情形就要转身腾空追去,却被白素贞劈手拉住,小青惊诧问道:“姐姐,姐夫被法海掳去,为什么不让我去追赶?”

白素贞摇头说道:“小青,你修炼不过五百年,法力浅薄,替我呼风唤雨、盗取库银是够了,但怎么会是法海的对手?”

小青急得连连顿足:“姐姐,那怎么办?你现在是人身,全无法力,就让法海得逞吗?”

白素贞望着半空的龙衣,咬紧牙关说道:“我腹中已经有了许郎的骨肉,等借这个人身把孩儿生下后,我们再去找法海算账。虽然蛇身已经毁了,但龙衣还在,我也能借它取回六七成法力,誓要与法海拼个鱼死网破!”

小青只能点头称是,此后白素贞专心养胎。过了十个月,白素贞生下儿子,交给许仙的姐夫、姐姐抚养,她和小青回到保安堂,揭开卧室的帷幔,只见龙衣犹在。白素贞施法,灵魂出壳钻入龙衣,化作一条白蛇腾空而去,小青也化作一条青蛇随之而去,而地上留下的白素贞的尸首悄然化作灰烬。而双蛇这一去,就开启了水漫金山、断桥相会、永镇雷峰塔等精彩故事。

刘龙飞(河北·保定)

白娘子妙手仁心斗瘟神

一

南宋年间,杭州保安堂药铺内,有个年轻男子走了进来,对一个青衣少女道:“姑娘,我找你看病。”

青衣少女道:“公子,请往里面走,坐堂看病的是许大夫。”

年轻男子满脸轻浮:“我这病只有你能看,相思病!”

青衣少女仔细看了对方两眼:“公子贵姓?”

“我姓吴,吴功。”

“吴公子,这相思病大庭广众下没法看,你跟我到后院来。”

吴功大喜,一边随着青衣少女往后走,一边心想今天运气真不错,轻轻松松就钓到一个美女。来到后院,眼见四周无人,他就迫不及待地扑了上去,青衣少女抬手就给了他一记大耳光。

吴功一怒之下现出原形,竟是一只大蜈蚣,心想这还不把美女给吓晕了?没想到青衣少女给他来了个更刺激的,现出了青蛇真身,这个少女就是小青。吴功心惊胆寒下转身就跑,口中还喊着:“算你狠!”

吴功垂头丧气地走在大街上,忽然一个游方道士拦住了他:“施主,看你气色不佳,贫道赠你几句?”

吴功刚想骂个“滚”字,对方伸出两根手指铁钳般夹住他手腕拉向僻静处,他竟挣脱不得,心中暗惊:今天咋净碰见厉害主儿!

到了无人处,游方道士对吴功道:“刚才在保安堂发生的事儿我都知道,你在街上看见那个小青容貌俏丽,就尾随到店中调戏,可惜被吓跑了出来,但又心有不甘,对不对?”

吴功点点头：“没想到她竟是条蛇精，好厉害！”

游方道士笑了：“她只修炼了五百年而已，她的姐姐白素贞是条千年蛇精，那才厉害呢！”

吴功惊疑道：“这两条蛇不好好在山中修炼，竟然跑到凡间开起了药铺，真是奇怪。”

游方道士笑了：“这都是因为白素贞为了报恩嫁给了那个叫许仙的大夫，这些以后有空我再跟你细说。如果你还想染指小青，我可以助你一臂之力，不过有件事你得给我当个帮手。”

吴功已经看出这游方道士本事不小：“请道长示下。”

游方道士低声道：“贫道姓史，上文下业。”

吴功惊道：“你，你竟然是……”

游方道士拿出一个小葫芦：“你若肯跟我合作，就隔一条街找一口水井，把里面的药粉倒入其中，我保你得偿所愿抱得美人归。”

保安堂药铺内，坐堂大夫许仙忙了一整天，送走了最后一个病人，他终于放松地舒了口气，接过娘子白素贞端过来的热茶轻呷了一口，道：“娘子，虽然我听了你的建议参加了三皇祖师会下届会首的竞选，但还是觉得有些不妥，咱们开药铺当大夫是为了治病救人，何必去争那些虚名？”

白素贞微微一笑：“你今早才参选，晚上就后悔了？当三皇祖师会的会首绝不是虚名，而是要干实事的。现在杭州城内医风医德败坏，很多药铺为了多赚钱强卖给病人没用的保养药，诊金也变着花样地飞涨，这些都是亟待整顿的。”

许仙点点头：“还是娘子看得深远……”话还没说完，一个妇人扶着个男子急走了进来：“许大夫，我家相公中午喝了一碗井水后就周身不适，方才更是腹痛如绞，您快给看看。”

许仙见那男子苔白如积粉、舌质红绛，眉头一皱，刚想询问几句，对方就双眼一翻，竟然气断身亡了！

许仙大惊，连忙施救却已是无力回天。白素贞秀眉紧锁，悄悄朝小青招了招手。两人来到后院，白素贞道：“小青，待会儿黑白无常就会来拘魂，你要在那病人的身体旁边守住了，千万不能让相公和死者之妻移动尸身，我要把魂魄抢回来让其还阳。”

小青不解道："姐姐，那人应是阳寿已尽，得了急症暴毙的，咱们为何还要逆天而行？"

白素贞道："今早相公才参选三皇祖师会会首，不能在竞选期内第一天咱药铺就死人啊，尽管逆天我也要试一试。"

话音刚落，一阵阴风吹过，白素贞神色一凛："黑白无常来了，你去守尸，我去追魂！"

二

黑白无常拘了死者魂魄正赶往地府，忽地眼前多了一白衣美妇，向他俩道："二位上差辛苦了！"

白无常细眉一挑，怪声怪气道："你是何来路，竟认得我哥俩？"

白素贞微微一笑："大名鼎鼎的白七爷、黑八爷，阳世阴间谁人不知哪个不晓？我姓白，家夫就是保安堂药铺的许仙大夫，想恳请二位上差高抬贵手，放这死者一条生路！"

黑无常冷然道："既然已经是死者了，还哪里来的生路？你阻挠我俩办差可是逆天大罪！"

白素贞道："此人乃是我家街坊，我知他家上有八旬老母、下有待哺婴孩……"

白无常道："世间境况凄惨的人家多了，这人阳寿已尽，就是玉帝来了也改不了阎王爷的生死簿，你死心吧！"

黑无常不耐烦道："你同她啰唆什么，快走，莫要误了时辰受罚！"

白素贞抽出白乙剑："那就不要怪奴家无礼了。"

黑无常一挥哭丧棒，与白素贞战在一起，白无常见他俩打得难解难分，情急之下脱口而出："白娘子，你好心想救人，但接下来死的人更多，你是救不过来的！"

白素贞闻言一愣，黑白无常趁机拘着鬼魂下了地府，等她回过神已经追赶不及了。

白素贞回到保安堂，心情沉重地重新检验了死者尸体，又从其妻口中得知死者喝了井水后就壮热烦躁,头痛如劈,半天工夫跑了十几趟茅厕,不由得叹了口气:“杭州城将有大灾了——瘟疫!”

死者妻子雇来木板车哭哭啼啼地运走了亡夫的遗体,许仙自听白素贞确定城中将发生瘟疫后,连夜研究医书配制汤药,白素贞却是有苦说不出,因为她不能直言相告:这种瘟毒凡间医药是解不了、治不好的!

小青看着白素贞愁眉不展的样子,道:“姐姐,上午发生了一件事我没来得及告诉你,不知瘟疫会不会和此事有关?”然后就把吴功来调戏她,却被她现原形吓走的事情说了一遍。

白素贞听了一皱眉头:“他区区一个蜈蚣精,哪有本事散播如此厉害的瘟疫?不过两件事紧挨着发生也不会只是凑巧,那咱们就试他一试。”说罢低声吩咐了几句。

次日一早,小青就来到西湖边断桥上,来来回回晃悠了大半天,终于“晃”来了要等的人——吴功。

吴功嬉皮笑脸道:“哟,小青姑娘,干吗皱着眉头?看来心情不佳啊!”

小青装着叹口气:“我家许相公第一天参选三皇祖师会会首,药铺里就死了病人,这事儿一大早就传开了,保安堂名誉扫地,会首之位更是想也别想了!”

吴功得意道:“这就是你得罪我的下场!”

小青一愣:“这事儿真跟你有关?你说来听听呗。”

吴功无赖道:“那你得先让我香一下。”说着就嘟嘴来亲小青的粉腮,小青轻巧闪过,笑道:“这大庭广众之下多不好意思,你跟我来。”

吴功笑道:“你又来这一套?不过现在你们有求于我,我也不怕你耍花样!”就跟着小青来到了一个无人处。

吴功又迫不及待向小青扑来,小青没动手,因为白素贞已经突然现身,并用白乙剑抵住了吴功的咽喉,吴功想变身逃生,但白乙剑的剑气封住了他全身,他一动也不能动,只得喊道:“史大神,救命啊……”

一阵雾气升腾,雾中现出一人,正是那游方道士。白素贞道:“我果然没有猜错,吴功背后的黑手就是你——五瘟中的主管中瘟神史文业,最恨你们这些到处散播瘟疫的瘟神!”

史文业冷笑道:“那你又能拿我怎样?”

白素贞白乙剑一挥,冲向史文业,口中道:“小青,我先攻下这老儿逼他拿出解药,蜈蚣精归你了!”

白素贞战史文业,小青斗蜈蚣精,这架打得真是一佛出世二佛升天,最后,史文业喷出一阵瘟气,趁着白素贞退身闪避之时救了吴功溜之大吉了。

三

白素贞和小青心情沉重地回到保安堂,才得知这大半天时间城中就瘟疫大爆发了。虽然昨晚有病人死在了保安堂,但是凭着对许仙以往高超医术的信赖,还是有不少感染了瘟疫的人前来求诊,但是许仙连夜研配熬制的清瘟败毒饮、白虎合犀角升麻汤却根本不管用,急得他两眼直冒火!

白素贞对小青道:“事到如今,我只有去向恩师求救了。根据我的推断,史文业和吴功肯定是在城中的井里下了毒,我走后,你要查验封闭有毒的水井,并协助相公把感染者隔离,尽力延长他们的生命,希望我能寻得灵方妙药回来救人!”

白素贞对许仙说在家乡曾认识一位神医要去求教,就出了杭州城,恢复白蛇真身,腾云驾雾来到骊山,拜见师尊黎山老母(一作骊山老母),求其怜悯世人、消除瘟疫。

黎山老母沉吟片刻,道:“昆仑山巅有种仙草,熬成汤药可解五瘟之毒,只不过要取之须经三番劫难……”

白素贞道:“莫说三难,就是九九八十一难,弟子也万死不辞。”

黎山老母又叮嘱道:“这仙草三百年才冒一茬,你此刻去采正是时候,虽可尽数割去,但不能连根拔起,否则断了仙根再不能生出新草了。”

白素贞说声弟子明白,对着师尊拜了三拜,就驾云往昆仑山去了。

来到山脚下,一片深潭拦在面前,水面上一条黑龙瞪着眼珠朝白素贞恶声恶气地怪叫。白素贞心道:虽然我是蛇你是龙,但今朝也得拼力与你斗上一斗了。随即抽出白乙剑,与黑龙厮杀起来。

只见寒潭上水雾缭绕，一黑一白两条长影在水面上穿梭追逐，这番剧斗整整持续了三个时辰，白素贞才找到黑龙的死穴一剑刺中。总算她手下留情，没有用尽全力，黑龙嘶叫一声，潜到潭底疗伤去了。

白素贞长舒一口气，正要飞过寒潭，忽觉得胸闷气短，抬眼一看，半空中瘴气弥漫，看来自己不得腾云驾雾，只能从潭中游过去了。

白素贞一入潭中，就感到潭水冰冷刺骨，阵阵寒意渗入每一寸肌肤，冻得她即使是千年的修行之身也直打冷战，而看似不宽的潭面，却仿佛永远也游不到对岸。

白素贞索性闭上眼睛咬紧牙关凭感觉游弋，也不知游了多久，只觉得触到了坚硬之物，睁开眼睛一看：到岸了！

白素贞上了岸，顾不得浑身湿漉漉，急忙往山巅爬去。这一路倒是太平，虽然山路崎岖坎坷，又怎会难倒她这自幼在险峻青城山中遨游的千年蛇精？

越接近山巅，白素贞越觉得暖和，身上的湿衣干透时，她也来到了山巅青草坪前。虽然眼前热气腾腾，但是白素贞心中却比方才身在寒潭时还要冰冷，因为此时横在她面前的，是一道火——墙！

虽然只是薄薄的一面墙厚度的火焰，火焰那边就是她梦寐以求的救命仙草，可是她却难以逾越一步，无论她架起多高的云雾想飞跃过去，那火焰就会窜起多高挡住她的身形。

就算她一咬牙想从火墙正面穿过，但是只要一靠近火墙，就会被灼身的热浪顶回来。白素贞想起杭州城内盼她拿回救命药的许仙、小青，想起那么多在生死线上垂死挣扎的病人，顾不得发尾被火焰燎焦，也顾不得裙角被火焰烧残，又一次冲向了火墙，但是，还是过不去。就在她即将再一次被热浪顶回时，她绝望地闭上了眼睛，一滴晶莹的泪水从脸庞滑过，滴入了熊熊火焰中！

“嗤……”一阵阵白烟冒起，热浪消失。白素贞睁眼一看，奇迹发生了，火焰竟然渐渐熄灭了，一片青翠的仙草坪就在眼前！

白素贞惊呆了，难道是方才那滴眼泪浇灭了火焰？可是，自己是妖精怎会有眼泪？随即她明白了，一定是自己只为救人的仁心善念感动了上天，才产生了那一滴宝贵的泪水。

白素贞不再多想，解下披风，用白乙剑割下了所有的仙草包裹在披风中，驾起云雾奔向杭州城！

四

来到杭州城外已经是午夜，白素贞在疾行中忽然听到了一阵凄惨的哭声，那是个稚嫩的童音，一边哭泣一边哀求道："求求你们放我回去吧，我爹已经不在了，我再得瘟疫死了，我娘就没有活头了，呜呜呜……"

白素贞举目一看，前面正是"老冤家"黑白无常，他俩此时正拘着一个孩童的魂魄赶往地府。

白素贞看着那个魂魄，他小脸上的凄惨令人动容，不由得拦住了他们的去路，对黑白无常道："二位上差，咱们又见面了！"

白无常无奈道："白娘子，你这是要跟我们哥俩杠上了是吧？"

白素贞道："七爷，上次我救那人不成，是因为我解不了瘟毒，我认了。可这个孩子不同，如果我早一点回来他就会有救，因为我已经取来了仙草，全城染上瘟疫的人都会有救！你们看看这孩子，他方才哭诉哀求了半天都是为了他的娘亲，小小年纪就有这样的孝心，难道就不能放他一条生路，还他母子二人的幸福吗？"

黑白无常对望一眼，不约而同地点点头："那好吧，我们送他魂魄回家，你也一起去，如果你的仙草果真能解他瘟毒的话，我们宁愿回地府受罚也放过他！"

白素贞大喜，随黑白无常进城来到了一座破屋前，屋子里一个憔悴的妇人正对着孩子的尸体哭泣。

白素贞来到灶间点火架锅、取水熬汤。她取了一根仙草在汤锅中熬煮，忽然心中隐隐不安起来，猛地转身一看，原本放在手边的披风包裹不见了！

白素贞大惊，冲到院子里，只见那一捆能救全城人性命的仙草已经在熊熊火光中瞬间被烧成了灰烬！

而破屋、妇人和孩子都已然消失得无影无踪，空中传来史文业与吴功放肆而残忍的笑声，原来这都是他们的阴谋诡计，一切都是假象！而救命的仙草却实实在在地成了泡影！

白素贞悔恨交加却于事无补，她失魂落魄地回到保安堂。小青一见，急道：“姐姐，你可算回来了，拿到灵方妙药了吗？”

白素贞点点头，又摇摇头，小青道：“到底有没有救命药啊，再耽误一会儿许相公就没救了！”

白素贞大惊，一问才得知许仙因为一直和病人在一起也染上了瘟疫，病情已经十分严重。白素贞扑到许仙的病榻前，却是什么话也说不出来。直到现在，许仙还不知道她和小青的真实身份，她又怎能说清事情的来龙去脉！

许仙看着娘子有口难言的样子，虚弱道：“看来这一切都是天意，我们也尽力了。娘子，我看窗外天快亮了，我想去西湖再坐一次船，我怕以后再没有机会了。”

小青悲伤地套上车子，和白素贞、许仙来到了西湖。她特地雇了姐妹俩第一次与许仙相逢时坐的船，老艄公含着眼泪把他们摆渡到了湖心。

天空又飘起了蒙蒙细雨，三人想起了断桥相遇、西湖同舟、借伞还情……这一路走过来的风风雨雨，难道在世间兜了这一大圈，今日又要回到原点吗？

许仙的气息越来越微弱，他握着娘子的手，就要闭上眼睛。小青忽然道：“姐姐，你裙角有根青草，是否就是那昆仑山上的仙草？”

白素贞一愣，低头一看，裙角上果然沾着株仙草，想来是她当时割草时无意沾上的。不禁狂喜：相公有救了！

小青忙借船上的炉灶熬好了一碗草药汤，白素贞颤抖着双手将药碗端到许仙面前。许仙接过来叹口气：“娘子，作为一个大夫，我没有本事救乡亲们的性命，却在生死关头独享这一碗救命汤药，我还有脸面对世人吗？还有脸苟活世间吗？算了，一切都是命，此生得妻如你，我已经死而无憾！”

说罢，一翻手腕，将最后一株仙草熬制的救命汤药倒入了西湖！白素贞心如死灰，正想自毁千年道行与许仙共赴黄泉，忽然西湖碧波起伏不定，这时天晴了，日光照耀下整个西湖湖水呈现五彩之色，说不出的生机盎然！

白素贞心中一震，忙用碗舀起一碗五彩西湖水：“相公，你喝下去试试!”

许仙一愣,忽然明白了,抢过碗一饮而尽!片刻,许仙苍白的面容重现血色,身上也有了力气,他狂喜道:“管用,管用,天啊,整整一湖的救命汤药啊!”

杭州城的瘟疫终于解除了,当最后一个瘟疫病人饮下五彩西湖水后,西湖又恢复了以往的碧水清波。

史文业与吴功垂头丧气地出了杭州城,黑白无常突然出现在他们面前。吴功赔笑道:“二位上差,这么巧啊?”

黑无常冷冷道:“不是巧,特地来找你俩的。竟敢化身假冒我们兄弟二人干坏事害人,你们也尝尝被拘魂的滋味吧!”

史文业眼望前方惊道:“阎君竟亲自来了!”

黑白无常回头一望啥也没有,知道上当了,史文业已经借机遁去。他俩抓住慢了一步的吴功,并往死里打,吴功惨叫道:“史大神,你也太不够意思啦!”

黑白无常一边打一边冷笑:“他逃不掉的,玉帝已经派天兵捉拿他了!”

“哎哟,哎哟……”一声声惨叫穿透云霄,而此时的杭州城内,则是欢歌笑语一片,庆祝许仙当选新一任三皇祖师会会首……

马剑(北京)

白素贞遭难记

世人都晓神仙好,岂知神仙多烦恼。白蛇娘娘白素贞为践前誓,下界为蛇,和许仙在西湖断桥边借伞传情,最终结为夫妻,双宿双飞。哪知喝了雄黄酒后暴露真相,被许仙识破庐山真面目,从此演绎出一段动人心魄的传奇故事。而在东北民间,还流传着这段往事的另一个版本,精彩不遑多让。且听我细细道来。

白素贞和许仙成亲后,每日里举案齐眉,耳鬓厮磨,长日相守,竟没有丝毫腻烦之意。没多久,白素贞就怀了身孕。许仙对娘子更加疼宠有加,须臾不舍得离开。白素贞的肚子一天大似一天,眼见将到瓜熟蒂落之日,不料她忽然生起病来,全身发热,脸色涨红,气喘吁吁,整夜辗转反侧,不能成眠。许仙忧心如焚,从药铺里给娘子抓回各种撤火的珍贵药材,可是白素贞坚持不肯服用,说怕对腹内胎儿不好。

许仙垂泪说道:“娘子,那依你说该怎么办好?你再继续发热下去,烧成呆子瘫子我不嫌,只怕是把孩子也烧坏了呢。”

白素贞含泪一笑,喘息着说:“官人,你别担心,我不妨事的。我从小就有这发热的毛病,自从嫁给官人,已经好久没犯过了。我自己知道该怎么治疗,但是要求官人配合我做一事。”

许仙急忙问:“所做何事?”白素贞告诉他:“明天是九月初九重阳节,请官人去附近的金山寺祈福满六个时辰,我就可以痊愈。”许仙一听,一边埋怨娘子不早点说,一边准备出发。床上的白娘子又叫住了他,嘱咐说:“官人千万记住,一定要跪足六个时辰,一刻不停地念诵,差一时半刻,我们娘儿俩的小命就难保了!”

许仙连声答应,出了家门,往金山寺行来。

到了寺里,许仙跪在准提老母之前,低声念诵准提神咒,不知不觉进入忘我之境。不知道什么时候起,一个老僧缓缓走到许仙身边,打个稽首和他打招呼。尽管娘子有令,必须时刻不停地念诵,不可停下,许仙还是睁开眼，见眼前是个慈眉善目的高僧，连忙施礼问候。老僧温言问许仙来此为谁祈福，所求何事。许仙简短说了一番，老僧点点头，说道："施主，你那娘子，是不是姓白，芳名素贞？她的身边，是不是有一个时刻不离的丫鬟，叫小青？"

许仙大吃一惊，急忙点头承认，还没等他问老僧为何知道自己的家事，老僧又说："老衲法海。如果老衲所料不错，你和娘子结篱数月，娘子却出身富裕，日常用度，都是她的私囊嫁妆，但是你却从没见过她的家人。我说得可对？还有，这次你娘子患病，浑身灼热火烫，面红目赤，日夜不眠不休，辗转病榻，不断饮水，老衲说的这些，可是有的？"

许仙一下爬起来，给法海老僧长揖到地，说："老神仙既然尽知我家之事，请问我娘子的病怎么才能治好啊？她下月就要生产了！"

法海和尚微微点头，把手里一个锦袋交到许仙的手上，说："老衲现在有事要做，施主请收好这只锦袋，如果过了一个时辰，老衲还没有回来，你立即赶回家中，否则你娘子将有性命之危。切记，切记！"

此情此景，哪还由得许仙怀疑，他在心里已经认定了这是一位得道高僧，是来解救自己娘子的世外高人。他诚惶诚恐地连声道谢，眼见那法海和尚飘然出去，连忙收摄心神，重新虔诚诵经。诵着诵着，他只觉眼前一花，出现了一个穿着朱红色长袍的男子，面目狰狞，青脸红发，头生双角，右手握一管大朱笔，左手持一只墨斗，右脚金鸡独立，脚下踩着海中的一条大鳌鱼。这形象诡异至极的怪物远远对着许仙一拜，大踏步走远了。不知道为什么，许仙忽然觉得心里慌张，不知不觉跟着男子飘了出去，见男子脚步飞快，居然径直进了自己家的院门，许仙更加吃惊，一边奋力追赶，一边喊让那人等一等，一起走。可那人头也不回，穿过大堂，直奔内室去了！

许仙更加吃惊，又很愤怒，这是什么鬼怪，居然随便闯进人家内室，不知道男女授受不亲么！他大喊大叫着："不得无礼，那是我家内宅！小青！小青快点出来啊，别让坏人进去！"却不见小青的影子，那男子推开内室的门，径直走到床边，扑到了白素贞的身上！

许仙大叫一声，蓦然睁开双眼，眼前只有佛母金身，宝相庄严，哪有什么鬼怪男子！刚才竟是南柯一梦。他回想起梦中那男子丑陋无礼的样子，还气得手脚发抖，怒骂着："无礼，无礼至极！"突然想起法海和尚走之前所说的事，急忙打开锦袋，见里面只有一张白纸，上面写着：娘子生死攸关，速速归家！

啊？许仙立刻爬起来，想起那老和尚的神通，再想想刚刚做的那个梦，难道，刚才是娘子在和我示警求救？此时他哪里还能理会临行前娘子的千叮万嘱，转身就往家奔去。

许仙一路飞跑，气喘吁吁进了院门，听到内宅里传出奇怪的声音，像是兽类的呻吟，又像是女人的喘息，却听不出是谁发出来的。

不好！果然出事了！许仙几步冲进内室，床上挂着白纱帷帐，正在剧烈抖动。隔着帷帐，隐约可见里面有个物体在抖动挣扎，听那娇喘的声音，似乎就是娘子！

许仙冲上前一把扯开帷帐，大叫一声“娘子！”，然后“啊呀”一声大叫，仰天栽倒，昏了过去。

床上盘着一堆雪白的蛇体，那大蛇的肚腹上部，一段刚刚褪掉的半透明的蛇蜕让人触目惊心。那大蛇看到许仙，也发出一声惊叫，喊的是："官人，官人你怎么回来了？"

这白色大蛇，自然就是白素贞了。

这白素贞原本是真武大帝座下的紫微星，只因尘缘未了，甘愿来到人间完成夙愿。不料投胎时出了差错，错成蛇体。虽然是一条白蛇，修炼过程却与人无异。经过千年苦熬，它已经修道成仙，能够任意改变形体，白日飞升。不过它的功力每深湛一分，形体也就增大一些，仍然需要像蛇类一样蜕皮。形体还小的时候，三五月蜕皮一次，到后来，则为半年一次。蜕皮之时，快时很快就会完成，最慢时却要两炷香光景。这时候的蛇体十分幼嫩，最怕袭击，如果遭遇凶险，皮蜕不下来，就会被活活憋死。所以白素贞和小青姐妹二人一直互为护法，这些年虽也遭遇过一些危难，好在都能顺利地渡过难关。

白素贞怀了身孕以后，肚子不断膨大，原来它和人交合有孕，怀胎就不是蛇蛋，而是一个人类胎儿。这胎儿在白蛇的肚子里不断长大，白素贞一直在担心蜕皮一事。直到近几日，她感到周身胀痛，寸寸皮肤如被火焚寸寸开裂一般，情知又到了蜕皮之时。她心里有数，自己的肚腹隆起那么大，蜕皮时不知要遭遇多少磨难，也不知道要耗时多少，所以她才哄着许仙去给自己祈福，本想六个时辰怎么也蜕完了，到时就可以安然迎接孩子的出生，皆大欢喜。

许仙走后，白素贞赶紧恢复成蛇形，吩咐小青在室外护法，她盘在床上，先把嘴巴在墙上磨破，然后一点点从旧皮中挣出了蛇头，这个过程都很顺利，可是正如她所料，在蜕到肚子的时候卡住了，鼓胀的肚腹穿不过已经蜕完的蛇皮，老蛇皮像紧箍咒一样紧紧箍住她的腹部，她用尽吃奶的力气也未能冲过！

就在这关键时刻，法海和尚冲进了院子，守护的小青见势不妙，立即拔剑和老贼斗在一起！白素贞情知来的是自己最大的对头，小青绝不是他的对手，于是更加努力挣扎，希望挣脱老皮以后能够出去帮小青一起联手斗贼，可是越着急越没用，她的蛇头挣得血红，始终不能脱离老皮的束缚，又担心这束缚会伤到肚里的宝宝，这一刻已经是心焦若焚。而室外，小青在引着法海边打边走，出了这院子，打斗的声音渐渐听不见了。白素贞略微冷静一下，深吸一口气，想再努力一下冲出去，突然听到了许仙的脚步声。这一惊骇的程度，丝毫不亚于适才，白素贞堪堪就要晕过去了。

见官人吓昏过去，白素贞奋力滚下床，吐出内丹在官人的鼻子下面反复推动，终于，许仙睁开了眼，可眼前的雪白大蛇让他立刻又紧紧闭上眼，一边摸索着连滚带爬逃了出去。

这一下白素贞反而省心，她收摄心神，继续努力蜕皮。不料，许仙去而复返，手里居然举着一把菜刀！

原来许仙跑出去以后，本来是想逃跑的，却突然想起来，这大蛇盘在床上，自己娘子去了哪里？难道说……他又惊又悲，哆嗦着返回，在窗外舔破一块窗纸，看着室内的情形。只见那白色大蛇在地上翻滚挣扎，似乎在忍受极大的痛苦，而她的肚子，居然膨出了好大一块。许仙大吃一惊：“天啊，我娘子一定是被大蛇吞到肚里去了！一定是的，那肚子里面还在动呢，看来娘子还没死，不行，我要救我娘子！”

许仙咬紧牙关，手头什么武器都没有，对了，厨房有菜刀！他奋力挪动双腿，推开厨房的门，抄起在案板上的菜刀，返身回去卧室。那大白蛇还在地上翻滚，看见许仙提刀进来，白蛇的眼里射出恐惧的光。

“官人，不要杀我，是我啊，我是你娘子啊！”

许仙此刻全部精力都集中在双手，哪还听得见其他！就算听到了，也只当是妖怪在迷惑人。他瞅准白蛇那乱动的大肚子，一咬牙，挥刀下去，在白蛇的肚皮上划开一道口子！

蛇腹翻开，一个婴儿滚落体外。“当啷”一声，许仙手里的菜刀掉在地上。

“原来肚子里的不是我娘子！那我娘子呢？我的娘子在哪里？”许仙悲痛欲绝，捡起菜刀对着蛇头怒吼。就在这时，奇迹出现了，那大白蛇吃痛，肚子又骤然缩小，它猛力一窜，那条又粗又长的透明蛇蜕完整地脱落下来，脱出一条雪白幼嫩的新白蛇出来。

许仙咬咬牙，正待挥刀砍断蛇头，却听到地上的婴儿在呱呱啼哭，一个熟悉的声音叫道：“官人，赶紧剪掉孩子的脐带！”这声音许仙太熟悉，太亲切了，这么长时间以来，他都迷恋这声音说出的每一句话，每一道指令。他几乎没有思考，就把菜刀转向到婴儿的脐带，一刀剁下去，脐带脱落，又听到那个娇柔亲切的声音说：“官人，儿子给我。”

许仙回过头，那条令人恐惧到窒息的大蛇不见了，眼前是半裸着雪白身体的千娇百媚的娘子。她裸露的肚皮上，还有一道笔直的红线，那条蛇蜕蜿蜒在他们身边，似乎在提醒许仙，刚才所见，绝不是一个梦。

突然，窗外传来一声冷笑：“兀那蛇妖，纳命来！”一道剑光闪过，法海和尚从窗子跃进室内，一剑刺向白素贞。白素贞闪身躲过，手中已经多了一把长剑，剑光霍霍，处处直逼法海要害。虽然她刚刚生产，又遭受重创，此刻闪转腾挪，竟是生龙活虎。两人翻翻滚滚斗在一起，许仙抱着婴儿看看这个，看看那个，目光茫然，心里更加迷惘。

那法海见一时半会斗不出胜败，急了，一瞥眼见到一旁的许仙和孩子，顿时恶向胆边生，长剑突然剑锋一转，对着许仙和孩子削了过去！

许仙被吓得瞠目结舌，连一声惊叫都发不出来，就在这一瞬间，白娘子飞身扑上，护住了许仙和婴儿。法海的长剑穿过白素贞的身体，剑尖从她的前胸凸出来，直达许仙怀中婴儿的囟门。许仙本能地抱紧娘子和婴儿，紧紧闭上了眼睛，他知道这一死已经不能避免。不料那剑尖触及婴儿的胎毛，竟然如刺入金刚不坏之体一般，发出一声金石交接的声响，法海顿觉一股大力捶击在他的胸口，一张嘴，竟喷出一大口鲜血。

正在此时，小青挥剑飞入，一剑刺进法海的身体，鲜血霎时涌了出来。法海情知今天无论如何也讨不到好了，于是飞身逃跑，出了院子才攒起气息，喝道："那许公子，你这娘子乃是白蛇妖现世，生下的也是个妖孽！你此后定会祸患无穷，小命不保！"法海已经跑得不见影子了，余音却仍然绕梁不绝。

小青见到姐姐受伤了，着急喊道："这贼人把我打伤后用符镇住，还好我懂得解咒之法，赶紧跑回来。姐姐你没事吧？"

这边白素贞深情地看着许仙，许仙也泪视他们母子。白素贞轻声说："官人，六界分神、魔、鬼、人、仙、妖，实不相瞒，我乃是下凡的……"

许仙抬手捂住她的嘴巴，哽咽着说："我才明白过来，只要我们之间真情常在，你是人也好，是妖也罢，再甚或你是鬼是魔，又有什么要紧呢？"

李绪廷（北京）

第二批

中国好故事

寻找朱砂痣

话说这一天，玉皇大帝忽然想起，白素贞、许仙和法海之间的恩怨应该化解了，不能老让法海躲在螃蟹腹内啊。于是颁下一道御旨，让三人一同转世投胎，化解恩怨。

白素贞接到旨意后，来到奈何桥准备投胎时，孟婆很是同情她，悄悄说道："玉帝虽然让你们三人化解恩怨，可是这次转世投胎对于你和许仙却是渡劫。如果你和许仙在人间修得正果，以后就脱离苦海，成为神仙眷属；如果和许仙失之交臂，还得在人世间不断地轮回。"

看见白素贞面露惊慌之色，孟婆接着说："其实，我很佩服你追求爱情的勇气，我决定帮你，汤里少了一点分量，给你留下一点慧根。你记住，我会在许仙的眉间点上一颗朱砂痣，你在人世间，只要找到眉间有朱砂痣的同龄人，那必是许仙无疑。"

白素贞万分感谢，便喝了孟婆汤。转世出生在杭州西湖附近宋诸城家里。宋诸城是开酒楼的大老板，酒楼里享誉国内的名菜，就是红烧螃蟹。宋老板喜得千金，让酒楼免费送了三天红烧螃蟹，酒楼差点没被挤破。都说女儿是父母的贴心小棉袄，宋老板就给女儿取名叫作宋心袄。后来，女儿读书时，觉得"袄"字太土气，吵嚷着要父亲改名字，就改成了"娇"字。

宋心娇打从记事起，眼睛就有意识地在别人脸上寻找朱砂痣，幼儿园里没发现，小学初中没发现，大学里没发现，等到上班后，同事圈里社交圈里仍然没有发现。这个许仙，难道没有投生在杭州附近？难道是投生到东北、西北、大西南去了？或者一不小心投生到台湾、香港或其他地方去了？眼看自己都快步入"剩女"的行列了，不能再等了，她可不想把孤独寂寞冷一直品尝下去，于是，她决定主动出击。

所谓的主动出击，无非就是在朋友圈里、微博里甚至社交软件里，表达自己想要找一个眉间有朱砂痣的男生的愿望。久而久之，所有认识的人里面，都知道了美如天仙的宋心娇之所以一直单着，不是眼光高，而是有特殊的癖好——有朱砂痣情结。

好心的朋友们也帮忙一起寻找，可是一直没有消息。这一天，有人忽然要加宋心娇的微信，她加了后，那人说他眉间就有一颗朱砂痣，想约她见面。

宋心娇喜不自胜，真命天子出现了！她精心地打扮一番，来到湖边的咖啡馆里，远远地，就看见一个眉心长着一颗鲜红痣的男人，她的小心脏就忍不住“扑通扑通”地狂跳，心里深情地呼喊道：“许仙，真的是你吗？”

那人长得比较帅气，可是一开口说话，就让宋心娇吓了一跳，竟然是个娘娘腔！再仔细一瞅，居然还穿着裙子，打扮得不伦不类，妈呀，这不是典型的“蛇精男”吗？再配上眉间的朱砂痣，简直就是一个现代版巫婆，要多恶心就有多恶心。宋心娇不由得在心里嘀嘀咕咕的，许仙转世投胎，怎么投了这么一个恶心的肉身？哎呀，难道这就是孟婆所说的渡劫，是在考验她和许仙之间的爱情吗？

这么一想，宋心娇就镇定地坐了下来，谈了一会儿，她觉得他除了有点女性化，其他方面都不错，说话也比较幽默有趣，慢慢地，也不觉得很恶心了。

喝了一会儿咖啡，那人竟然提出要开房，宋心娇一口咖啡差点喷了出来。这也太快太直接了吧！这人与她慧根里残留的许仙形象大相径庭。难道投胎转世后，品行也跟着时代化了？不过，既然是命中注定的良缘，该发生的早晚都要发生的，去就去吧，谁怕谁！

来到宾馆房间，那人就开始耍流氓，宋心娇比较好奇那颗朱砂痣，伸手去摸，没想到朱砂痣竟然掉了，假的！宋心娇尖叫一声，甩了那人一个巴掌，扭头就跑出了房间。她气呼呼地想，要不是投胎转世没有了法力，非现出原形一口把这个人渣吞掉不可！

回到家，宋心娇这才发现，还不知道那人姓甚名谁，只有微信上的一个虚假昵称。她拿出手机，恶狠狠地删除了那人的微信。可是心里还是难以平静，得找个人倾诉心中的苦闷，于是拨通了花不渝的电话。

花不渝是她的男闺蜜，虽然姓花，却一点也不花，有时甚至沉闷无趣。不过，他是一位好听众，又会安慰人，宋心娇一有烦心事，就把他当垃圾桶，把自己的情绪垃圾一股脑儿地倒给他。花不渝总是不急又不恼,慢慢地开导她,要是她不想听,就默默地陪着她。

接到宋心娇召唤的电话,花不渝急忙赶来,看见宋心娇正在喝闷酒,就毫不客气地夺下杯子。宋心娇已经喝得半醉,把今天遇到的不开心的事情,像机关枪扫射一样,"哒哒哒"地乱扫一通。花不渝默默地听完,忍不住问道:"真想不通,你为什么就那么喜欢眉心痣?"宋心娇喃喃地说:"因为有眉心痣的男人是许仙。"

花不渝恍然大悟:"许仙?哦,我明白了,你是《白蛇传传说》的故事迷。其实,我也非常喜欢这个传说故事,要不,我来扮演许仙,你扮演白素贞,演一出微型版的《白蛇传》?"宋心娇一巴掌抽在花不渝的脸上,怒道:"无聊,一点也不好笑,敢占我便宜,滚开!"花不渝委屈地摸着脸,说:"你为什么打我?"

宋心娇揉了揉花不渝的脸,哄着他。其实,宋心娇一点也不傻,知道花不渝打心眼里喜欢自己,只不过她一直把花不渝当闺蜜而已,她的心里,只容得下许仙。宋心娇累了,她在心里说:"老天,如果许仙再不出现,我干脆就嫁给花不渝了。"然后趴在花不渝身上睡着了。花不渝把她轻轻抱起来放到床上,盖好被子,锁上门,心里酸酸地走了。

过了几天,宋心娇决定去雷峰塔走走,故地重游,散散心。刚到雷峰塔,就被一个和尚拉住。宋心娇急忙斥责道:"放手,出家人怎么也是好色之徒!"和尚松开手,低声说:"白素贞,我是孟婆啊,等你好久了,你怎么现在才来?"

来到僻静处,宋心娇讶异地问道:"孟婆,你怎么也下凡了?"

孟婆说:"还不是为了你?"孟婆告诉宋心娇,就因为她好心,让白素贞少喝了一点孟婆汤,带着慧根,记得一些前世的事情,所以破了地府的戒律,才会被打入凡尘,化成净慈寺的悟憎和尚,帮他们渡劫。可是她道行不够,茫茫人海,也不知道白素贞降生在谁家,现在叫什么名字,只有看见白素贞转世的肉体凡身,才能认出来,所以她就守株待兔一样,每天在雷峰塔干等着。

宋心娇问道:"你等我有何事?难道是告诉我许仙投生在哪里?"

悟憎和尚急忙说:"我也不知道谁是许仙的转世,我想告诉你的是,朱砂痣点错了地方。"许仙过奈何桥投生时,孟婆咬破手指准备把血点在许仙的眉间,可是许仙不明缘由,身子一扭,那血就滴在了屁股上。也就是说，屁股上有朱砂痣的才是许仙。

宋心娇差点晕倒，难怪一直找不到眉间有朱砂痣的许仙，原来朱砂痣长在屁股上。可是那么隐秘的地方，她总不能个个扒开裤子检查屁股吧。她在心里叫屈：“孟婆啊孟婆，你差点误我终身，还好你有点良知，想办法告诉了我，不然我还在傻傻地寻找根本就不存在的眉间痣哩。”

临走时，悟憎和尚告诉宋心娇，一切随缘。宋心娇想想也没有别的好办法，只能顺其自然了。

刚回到家里，宋心娇忽然听到一个坏消息，花不渝出了车祸，躺在医院里。宋心娇的心差点儿就从嗓子眼里蹦出来了，便匆匆忙忙地赶到医院里。花不渝正在急救室里抢救。宋心娇在走廊里不停地走动，心神不宁。她脑海里突然蹦出一个念头，要是花不渝抢救不过来了，她会怎样？她不由得全身颤抖起来，要真是那样，她感觉自己会活不下去。她突然发现，原来自己心里早就住着花不渝，只不过被眉间痣这个假象迷惑了，掩盖住了，她内心深处其实是爱花不渝的。她突然决定，无论花不渝从急救室里出来后会怎样，她一定要把爱字说出口，不想在生命里留下遗憾。至于许仙，这个她命中逃不过的结，只能姑且随缘，走一步算一步了。

花不渝从急救室里出来后，挂着点滴，宋心娇守在床前，三天三夜没有合眼。当第四天花不渝苏醒过来时，宋心娇高兴得眼泪都出来了，急忙端过来鸡汤，喂给花不渝喝。

可是等到花不渝能够开口说话时，说的第一句话竟然是“你走吧，我不想看到你”，宋心娇当即泪奔。她说：“你不是喜欢我吗？为什么赶我走？告诉你，我偏不走！当你出事时，那种世界末日一样的担心，让我醒悟，我离不开你。”说完，俯身抱住花不渝不肯起来。

花不渝觉得自己一直是宋心娇心里的一根稻草，没想到他出了车祸后，剧情逆转，他倒成了宋心娇心中的宝。这幸福来得太突然了，他眼角含泪，伸手搂住宋心娇，再也不想松开。花不渝追求宋心娇，这一路追得好苦。他的家和宋家住得不远，打从幼儿园开始，他俩就是同学。后来，小学、初中、高中，他一直和宋心娇是同学，有时同班，有时不同班。当初读高中时，为了和宋心娇同校，他放弃了读重点高中的机会。等到读大学时，他套问出宋心娇填的志愿，也填了一模一样的。大学毕业后，宋心娇就进了爸爸的酒楼工作，花不渝也跑到酒楼里应聘，从服务员做起，他也心甘情愿。凭着才华和努力，他慢慢做到了主管的位置。花不渝的父母调到海外分公司工作，要带着他出国，他也不肯去。他就是想留在宋心娇身边，哪怕她一直把他当作闺蜜。

后来，宋心娇才得知，花不渝醒来后说气话，是因为她父亲宋诸城。宋诸城脱不了生意人精打细算的习惯，对员工比较苛刻，工作满三年后，就不涨工资了，也就说，工作十年的老员工和工作满三年的员工，拿的工资一样多。这种奇葩的工资制度，可能天下也只此一家。花不渝曾经为工资的事情向老板提过不少建议，都被拒绝。出车祸的那一天，花不渝又对宋诸城提出了调整基层员工工资制度的方案，宋老板骂道：“你是怎么回事？脑子少一根筋是不是？怎么一直在这个问题上纠缠不休？”一怒之下，宋老板把花不渝开除了。花不渝心情郁闷，开车不专心，就出了车祸。

花不渝的伤虽然好了，可是落了个残疾，成了跛脚大仙，心情无比郁闷。宋心娇信誓旦旦地安慰他：“没关系，无论你什么样，在我心里都是完美的，大不了以后我养你啊。”花不渝担心地问：“你父母会同意吗？”宋心娇坚定地说：“我的人生我做主！”

办出院手续时，宋心娇无意中听到两个护士在聊天，好像谈论的是花不渝，忙留神细听。一名护士说：“真是可惜了，那个姓花的那么帅，却成了跛脚。”另一名护士说：“他在急救室里抢救时，我在场，伤得那么深，能捡回一条命就非常幸运了。哎，你知道吗？他屁股上长着好大一颗朱砂痣。”接着两人嘻嘻哈哈地笑作一团。

宋心娇手续也不急着办了，转身就往病房里跑，掀开被子，就去脱花不渝的裤子，完全不顾旁人惊诧的目光。花不渝边挣扎边小声地抗议：“不许要流氓，好多人看着哩。”宋心娇拉开花不渝的裤衩，果然看到他的屁股上有一个朱砂痣，像一疙瘩凝固的血液。她仰天哈哈大笑，接着，抱着莫名其妙的花不渝，喃喃地说：“找到了，终于找到了，我的朱砂痣，我的许仙。”吓得花不渝摸着她的额头，关心地问道：“最近又看《白蛇传传说》了？中邪了？要不要看医生？”

宋心娇幸福得只想笑，她想尽快嫁给花不渝。可是当她回家把这个喜讯一讲，当即遭到了父亲的反对。宋诸城气咻咻地说：“我看这小子心机太重,来酒楼上班,就是为了我们家的财产。我早看他不顺眼了,你倒好,我刚把他赶出酒楼,你就想把他引到家里来,现今还成了瘸子。”宋心娇据理力争,坚持己见,两人之间的争执慢慢升级,后来宋诸城撂下一句狠话:“要嫁给他可以,你有选择的自由,不过以后你们别想拿我的一分钱。”

“我们自己可以养活自己,不稀罕你的钱。”说完,宋心娇就开始收拾自己的东西,搬到花不渝的家里去了。两个人重新找了工作,双栖双飞,日子虽然苦点,却很快乐。

就这么着过了一年,有一天,宋心娇忽然接到母亲的电话,说是她父亲快不行了。宋心娇急忙拉着花不渝赶到医院里,宋诸城已在弥留之际。听母亲讲,父亲心脏肿瘤,已经在医院里住了几个月了,昨天手术失败,恐怕活不过今天了。宋心娇撕心裂肺地喊道:“你为什么不早点告诉我啊?”母亲讲,父亲心里堵着一口气,不让告诉他们,直到今天,他才提出要见女儿最后一面。

宋心娇拉着父亲的手,哭着说:“爸爸,对不起。”宋诸城拉着女儿的手,断断续续地说:“是……爸爸……对不起你,你……能……原谅……我吗?”宋心娇哭着说:“女儿其实心里早就原谅您了!”宋诸城望向花不渝,花不渝急忙握着他的另一只手,动情地说:“爸爸,对不起,是我们年轻不懂事。”

父亲走后,宋心娇和花不渝搬回来和母亲一起住。这一天,宋心娇刚出门,就见悟憎和尚站在街边向她招手。她把悟憎和尚带到旁边的咖啡屋里坐下,问找她有什么事情。

悟憎和尚说:“我是来向你道别的,你们三人之间的恩怨已经化解,我该回去了。”

宋心娇惊问:“我们压根没有碰见过法海,怎么就化解了恩怨?”

悟憎和尚笑着说:“法海早投生了二十多年,他就是你父亲啊,你说过原谅他了。”

宋心娇始料不及,一下子惊呆住了。

悟憎和尚开导宋心娇说:“你父亲反对你和花不渝结婚,是为了你好,那是爱你,而你选择原谅了他。同样地,法海是修道之人,以普度众生为己任,许仙就是他要普度的众生中的一员,他反对白素贞和许仙在一起,也是出于爱护,只不过所站的角度不同罢了。”

这一席话如醍醐灌顶,宋心娇心中的那点总也挥之不去的积怨,忽然烟消云散。是的,当初她白素贞与许仙本就不是同路人,法海干涉,有他的道理。如今事情早就过去这么多年了,这块伤疤是该揭去了。想通了这一点,宋心娇觉得浑身轻松,一转头,却不见了悟憎和尚。

晚上躺在床上,看着鼾声如雷的许仙,宋心娇满心幸福感,她忽然想通了许多事情。当初她如果仍然坚持寻找“朱砂痣”,就会与许仙失之交臂。正因为她放弃了“朱砂痣”,追求了爱情,才意外地得到了梦寐以求的“朱砂痣”。一刹那,世界突然变得美丽起来。

曾凡洪(湖北·随州)

新白娘子外传

话说白素贞和小青赶到金山寺向法海要求归还许仙,法海以人妖殊途为由拒绝归还。白素贞和小青一怒之下水漫金山,不料法海用袈裟罩住金山寺。瞬间,狂风逆袭,海水倒流,镇江城内一片汪洋,就在白素贞和小青法力使尽时,一根禅杖狠狠地砸在了白素贞的背上,白素贞猝不及防,腹内神丹被打得吐了出来掉入汪洋,法力尽失的她和小青被狂风吹得天各一方……

阿婆心善泥潭救白蛇　　人心险恶娘娘屡遭险

海水退去,满目疮痍,十里之内,少见生灵。倒于淤泥之中的白素贞已显出原形,她艰难地蠕动了下身子,微弱地喊了两声“官人”,四周空旷无声。又喊几声“小青”,依然无人作答。白素贞虽然有千年道行,但身怀六甲,与法海缠斗又耗尽元神,法力尽失,想想官人被囚禁黑屋,小青又生死不明,一股怨气涌上,晕了过去。

白素贞醒来时已躺在矮屋之中,墙面虽然破败,身下倒铺着厚厚的干草,她想幻化成人形,可连试两次都没成功。这时,门外有个声音传来:“夏阿婆,听说你捡了条大白蛇,家中粮食都被冲走了,这条白蛇可够你吃两天了。”

白素贞这才知道,自己在昏迷中被门外这个夏阿婆逮了,看来,自己没死在法海之手,倒要死在这凡夫俗子之手了。没想到夏阿婆的声音传来:“瞎说,我老婆子接生不杀生,白蛇是条命,怎么可以吃它呢!”话音一落,一个衣衫褴褛、手拿草药的阿婆推门进了屋。不用说,这就是夏阿婆了。

夏阿婆走到干草边蹲了下来，将手中的草药细心地敷在白蛇的伤处。“白蛇呀白蛇，老婆子知道你长这么大不容易，以后就和老婆子做个伴吧！”说着，夏阿婆站起身，翻箱倒柜找了好一会儿，啥也没找到。她叹了口气，拿了只碗出了门。

大约过了一炷香的时间，门被轻轻推开，一个脑袋探了探，见没人，蹑手蹑脚地进来了，他看到干草上的白蛇，喜出望外，掏出个袋子，拿过门边的一根棍子，然后蹲下身，颤抖着手用棍子将白蛇装入袋中，嘴里自言自语地说着：“那么大的白蛇，卖给药店，估计可得二两银子。”原来这家伙是个小偷，来偷蛇的。白娘子想施法赶走这个小偷，可自己全身软绵绵的，根本无处发力，只好干着急。就在此时，夏阿婆捧了个碗从外面回来，一见有人偷蛇，边喊边抓了根棍子要和小偷拼命。那小偷本是邻村小混混，还是夏阿婆给接的生，不敢和夏阿婆动粗，忙扔下袋子，顺势推了夏阿婆一把，夺门而逃。

夏阿婆被推了个趔趄，额头重重地撞在了门框上，鲜血直流，她顾不得擦去血迹，忙不迭地松开袋子，见白蛇还在袋内，才长长地松了口气。

谁知一波未平一波又起，夏阿婆刚将白蛇放回干草上，门外响起了个公鸭嗓子：“有喘气的吗？”夏阿婆抬头一看，是东街贾老蛋，忙起身招呼。那贾老蛋鼻子里哼了声：“夏阿婆，上月你儿子在我这借了二斗米，也到了该还的时候了，现在你儿子被大水冲走了，这米账可不能赖呀！”

“贾大善人，你再宽限我老婆子一段时间，我儿子的账，我一定想办法还上。”

“你一个孤老婆子，拿什么还呀？再说了，我如果宽限时日，万一你两腿一伸走了，我不成冤大头了么？”咄咄逼人，不依不饶的贾老蛋根本不顾张阿婆的苦苦哀求，他朝干草上的白蛇看了眼，说：“要不这样吧，用这白蛇抵账。”

夏阿婆一听，“扑通”跪在地上哀求说：“贾大善人呀，我老婆子孤苦伶仃，身边除了老鼠也没个活物，你就让它留在这里和我做个伴吧！”

贾老蛋可不管夏阿婆愿不愿意，顾自将白蛇弄进袋子，临走还丢下了句：“便宜你了！”然后拎着白蛇喜滋滋地回到府上，吩咐下人将抓到的一只夜猫杀了，晚上用夜猫炖白蛇，也叫“龙虎斗”，晚上他要好好享用这“龙虎”大餐。

遭天谴娘娘四面楚歌　扣木盆阿婆再救白素贞

夕阳西下，村上已有炊烟袅袅升起，贾府厨房磨刀霍霍，下人阿福手持尖刀解开捆在袋子上的绳子，刚要探手去抓，袋口突然猛张，一张血盆大口迎面扑来，阿福猝不及防，吓得扔掉袋子返身就跑，也就跑了三四步路，身后并没声音，阿福壮着胆子停下脚步，返转去看袋子内的白蛇，咦！白蛇不见了。

原来，装在袋内的白蛇体力已有所恢复，张开血盆大口吓退了阿福后，就顺窗游出，恰巧窗下是条环城之河，白蛇当即隐于水下逃过了一劫。

入夜，白蛇从周家河水下探出头来，见四下无人，便上了岸。此时的白蛇法力恢复了些，一阵轻烟飘过，白蛇恢复了人形，成了娘娘白素贞。

白素贞心潮起伏，自己千年道行，失了内丹被凡夫俗子欺负，要想找法海报仇救回相公，必须先回大海寻回内丹。想到这里，白素贞打算返回大海。突然一个天雷打下，“咔”一声，白素贞边上的大树被劈掉了一半。白素贞猛一激灵，不好，自己作法水漫金山，违反了天条，现在又没了内丹，是个妖身，看来要遭天谴了。

天雷不断地在身边炸响，白素贞左躲右闪，狼狈之极，慌乱之中，见前方有一座茅屋，里面有女人凄厉地喊叫着。白素贞也顾不了许多，朝茅屋跑去。刚到门口，天雷打下，白素贞踉跄倒地。眼见天谴难逃，门开了，夏阿婆端着木盆出来倒水，她是来帮人接生的，见白素贞倒于雨水之中，忙跑过来施救，她将手中的木盆翻了个面，罩在白素贞的头上遮挡雨水。嘿！怪了，雷停了。原来，妇女生产之物，神鬼不侵，夏阿婆无意之中救下了遭天谴的白素贞。也就是从那个时候起，镇江留下了一个传统，凡箍桶匠给东家箍好木盆，都要漆成红色，以避鬼神。

夏阿婆扶起白素贞进了屋，床上刚生产完的产妇撑起身子说：“阿婆，这还有碗稀粥，让这姑娘喝了吧，看她的样子，好像也有身孕了。”

夏阿婆叹了口气：“唉，现在这家就剩你和刚出生的宝宝了，也不容易，让这姑娘先休息下，等会我带她去我家好了。”

“阿婆，这姑娘身子虚，估计是饿的，你就让她喝了吧，我家灶边的小罐子里还有些粮食，就别担心了。”

话已至此，夏阿婆拿过那碗稀粥喂进了白素贞的口中，不一会儿，白素贞缓过了气来。她虽失去内丹，但毕竟是仙家之体，不一会儿便行动自如了。白素贞虽然被夏阿婆救过一次，但当时是蛇身，根本不知道这是哪里，这次交谈中，白素贞得知夏阿婆居住的村落叫“夏家门”，夏阿婆是产妇莲儿的远房表姑，前几日涨洪水，莲儿的家人被冲走了，所以夏阿婆来帮忙接生。“唉！以后这娘俩可怎么活呀！”听到这里，白素贞心里一阵愧疚：自己为了救相公，违反天条水漫金山，没想到给平民百姓造成了那么大的伤害，作孽呀！

忙碌了一个晚上，虚弱的莲儿早已睡去，夏阿婆连打了几个哈欠后也趴着睡着了，白素贞偷偷起了身，见东方天已微明，当即化作一阵清风到了一座山下，见岩石上刻有“南山”二字，忙进山采了些草药，赶回莲儿家煎熬，一来一去也就花了一炷香的时间。待小孩的啼哭声惊醒了莲儿和夏阿婆时，白素贞已熬制好了草药，莲儿虽然搞不清白素贞怎么会在那么短的时间内弄来草药熬制，但心里对这个姑娘十分信任，喝下汤药后，顿觉神清气爽，奶水充足，小孩吮了奶水后，不哭不闹了。莲儿觉得神奇，就向白素贞询问这是啥汤药。白素贞毫无保留地将这方子告诉了莲儿。从那天起，镇江就多出了一个产妇养生催奶水的方子，直到现在，镇江的中医馆都有这方子，据说就是白娘娘留下来的。

娘娘幻术戏耍贯老蛮　　石桥踞猛虎永震不义徒

因为要照顾产妇，夏阿婆也没回家，她打开灶边的罐子看了看，里面啥也没有，这才想到，莲儿是为了让白素贞喝那碗粥，才骗说罐子里有米。其实，家中已经掏不出任何吃的东西了。正为难着，见脚边有一老鼠洞，洞边散落着几粒粮食，她大喜过望，找了根树枝，趴着身子在老鼠洞里扒拉起了粮食，不一会儿，还真扒拉出了一小把粮食。原来，莲儿家本有许多老鼠，而白素贞本是蛇仙所化，蛇是老鼠的天敌，白素贞到了莲儿家后,那些老鼠便逃了个精光,这才留下了这些粮食。

白素贞和莲儿开始并不知道夏阿婆在干啥。当两碗热气腾腾的稀粥端出厨房时,二人明白了,莲儿开始抽泣。白素贞打算帮助这两个好心的人儿。

也许是祸不单行,门外那个讨厌的公鸭嗓子再次响起:“莲儿在家呢,你吃吃睡睡好舒服呀!前几天你丈夫向我借的五两银子可是到期了,也该还我了。”

来者正是贾老蛋,旁边还站着耀武扬威的下人阿福。莲儿起身说:“贾老爷,我家相公借的可是一两银子呀!这么变成五两了呢?”

贾老蛋嘿嘿一声奸笑:“利生利,一两变五两很正常,你要是今天不还,明天就是六两了,明天要是再还不出,那我就拿人抵债,将你卖到窑子里去。”

厨房里的夏阿婆听到声音出来帮着求饶:“贾大善人,你就行行好,放过莲儿吧!她刚生了孩子。”

贾老蛋一看到夏阿婆,火气更大了:“好哇!你欠我家粮食,用条白蛇糊弄我,结果白蛇跑了,我啥也没得到。我可告诉你,这粮食也是利滚利,还五斗,如果还不上,就用你家的房子和门前的那块土地抵账。”

这时,白素贞从门外进来。这贾老蛋一看到白素贞,口水都下来了,一脸猥琐地喊着:“小娘子,你可真是美艳绝伦,怎么在这里受苦呢?不如跟老爷我去享福啊!”

白素贞冷冷地看了眼贾老蛋,问:“她们欠你多少银子呀?”

“小娘子,莫非你要替她们还账不成?”贾老蛋边问边伸出手,想去摸白素贞的脸蛋。没想到白素贞用手一指,贾老蛋伸出的手不但没摸到白素贞的脸,反而狠狠地一巴掌掴到了阿福的脸上。那阿福也不知道怎么回事,手也不由自主地一巴掌甩到了贾老蛋的脸上。贾老蛋莫名其妙被下人扇了个耳刮子,哪肯罢休,抡起手又打了阿福一个耳光。那阿福的手也不听使唤了,又一巴掌扇到了贾老蛋的脸上……

一连扇了七八下,贾老蛋知道碰到高人了,连忙讨饶。白素贞这才解了法术。然后朝门角落一指:“你们不是来要账的么?那里有二锭金子,足够还账了。”

贾老蛋朝门角落一看,哈哈,果然有两大锭金子,忙乐呵呵地捡起来，在嘴里咬了口，见两道黄黄的牙印，知道确真无疑，这才带着阿福乐颠颠地往家走。

到了家，贾老蛋脑子里全是白素贞漂亮的样子，他问阿福："莲儿家那个白衣服的姑娘漂亮吗？"

"老爷，漂亮！"

"莲儿漂亮吗？"贾老蛋又问。

"老爷，漂亮！"

贾老蛋奸笑着附在阿福的耳边说："晚上你多带几个人，将莲儿和那白衣姑娘绑了，卖到窑子去，肯定还能值两大锭金子。"说着，乐滋滋地从衣袖里掏刚才的那两锭金子，可掏出来一看，脸都气歪了，这哪是什么金子呀？分明是两大坨狗屎呀！自己咬过的牙印还在狗屎上留着呢！贾老蛋顿感嘴巴里一股酸臭，喉咙里黏糊糊的玩意儿翻江倒海地往外涌。过了好一会儿，贾老蛋缓过了神来，好哇！那白衣女子是个变戏法的，竟敢用狗屎骗人，看我怎么收拾你！贾老蛋当即让阿福找来人手，提着棍棒去莲儿家算账。

石桥是到莲儿家的必经之路，一行人气势汹汹地走到石桥时，只听桥上一声吼叫，贾老蛋一伙朝桥上一看，吓得魂飞魄散，那石桥上竟然趴着一只猛虎，正虎视眈眈地盯着他们……

也怪了，这路上行人不少，其他人过桥时，好像都没看到猛虎，镇定自如地过桥，而贾老蛋一伙想过桥，那猛虎却张着血盆大口等着，吓得他们再也不敢过桥了。贾老蛋回家后，人也变得疯疯癫癫的了，他的老婆和小妾席卷了家财跑了，没多久，这个作恶多端的贾老蛋掉进河里淹死了。从此之后，那座桥被人称为"虎踞桥"，这个地名也就一直保留了下来。据说，善良的人走过此桥，万事大顺。心术不正的人走过此桥，会东窗事发遭到报应。

小青送内丹姐妹重相逢　避涂炭甘愿被压雷峰塔

白素贞用法术惩治了贾老蛋后，那日发现夏阿婆蹲在门外抹着眼泪在烧纸，这才想起，自己水漫金山已经七天了，也就是说，阿婆和莲儿的亲人都到了头七。白素贞走上前去柔声安慰说：“阿婆，别难过了。”

夏阿婆抬头看了看白素贞：“我的老头子呀！活着的时候待我可好了，儿子也孝顺，可没想到哇，他爷俩扔下我先走了，就剩我这老婆子孤零零地活受罪喔！”

听了这哀怨的话，白素贞觉得鼻子酸酸的：自己和法海斗法，遭难的是百姓，是自己连累了这些无辜的人呀！

伤感的白素贞站了起来，她不知道怎样去安慰这个善良的阿婆，现在唯一能做的，是让阿婆一个人好好地待一会儿，和阴阳两隔的亲人说说话。她离开了夏阿婆，漫无目的地在路边徘徊着，突然，空中传来了一个脆脆的声音：“姐姐，是你吗？”

白素贞抬头一看，大喜过望，空中落下的正是小青。

原来，那天斗法，小青被法海打得显出了原形，遁入大海才逃过一劫，遍体鳞伤的小青已经无法恢复人形，又怕被法海撞见，只能在入夜时分才出洞寻找白素贞。前日晚，小青见一处地方有霞光溢出，钻入地下挖出了那霞光四溢的宝物，竟是白素贞的内丹，于是，她借用内丹治好了伤，恢复了法力才赶来寻找白素贞。那个内丹被挖出的地方，冒出了珍珠般的泉水，被人们称为“珍珠泉”。

小青将内丹还给了姐姐，白素贞吞下后，顿时又恢复了仙体，失去的法力又回来了。

白素贞让小青去南山找个地方安身，自己白天陪伴莲儿和夏阿婆，晚上到南山和小青一起修炼，相信用不了多久，姐妹联手，定能打败法海救出许仙。

再说法海和尚，他本是得道高僧，拆散白素贞和许仙，他并不认为有什么不妥，人仙相恋有违天条，自己囚禁许仙，让他每日诵经念佛，是为了挽救他迷失的灵魂。那日和白素贞斗法后，虽然自己大获全胜，但连累了无辜的百姓，这更加坚定了他除掉白素贞的决心。这几日，他总感觉心神不定，出禅房散心时，见两个扫地的小沙弥在窃窃私语，啊哼了声，小沙弥当即双手合十念了声“阿弥陀佛”。

法海呵斥说“佛门禁地，岂可交头接耳？”小沙弥回禀说：“师傅，弟子本不敢乱嚼是非，只不过几个香客说镇上出了怪事，一时好奇罢了，弟子知错了。”

“金山脚下,佛光普照,何来怪事?”

“听香客说,石桥之上,有猛虎出没,惊吓路人。”

法海听后掐指一算,便知原委,他告诫小沙弥,好生看管许仙,不得让他私出囚室。然后返回禅房,取禅杖托金钵,他要下山降妖。

再说白素贞吞回内丹后恢复了仙体,对许仙的思念也日益加重,那日正打算和小青上金山救回许仙,没想到法海竟然找上门来了。

仇人相见,分外眼红,白素贞和小青正要和法海一决高下,夏阿婆颤颤的声音传来:“白姑娘,你们要是动手了,老百姓可又要遭殃了。”夏阿婆的话像刺一样扎进了白素贞的心里,阿婆和莲儿失去亲人后的痛苦一幕幕地在白素贞的脑海中闪现。自己和许仙是两个人的幸福,但这一施法,将会毁掉千千万万老百姓的幸福……

“姐姐,动手吧,我们杀了这个老秃驴!”小青催促着。

白素贞摇了摇头:“小青,你走吧,我不想和他斗了。”小青急了,忙问:“为什么呀?”

“阿婆说得对,我们一动手,遭难的是无辜的百姓,那么,我们还修什么道成什么仙呀!”说着,白素贞一把推开了小青。法海举起金钵罩住了白素贞,钵光中传出了凄厉的声音:“法海,我和相公真心相爱,总有一天,我们会团聚的。”

法海冷笑了声:“要想团聚,除非雷峰塔倒!”

小青想出手相救已经来不及了,眼见大势已去,遂化作清风往峨眉山而去,空中传来她咬牙切齿的声音:“法海,我会回来找你算账的!”

目睹了一切的夏阿婆跪在地上,嘴里念叨着:“白姑娘,你避免了一场浩劫,我们百姓会天天祈求雷峰塔倒,让你和家人早日团聚。”

至于小青后来艺成归来、雷峰塔倒的故事,那是后话。

徐永革(浙江·杭州)

新白娘子传奇

话说唐朝中叶,金山寺还在长江之中。一天,住持裴头陀法海在江畔祈祷,突然发现一条遍体是伤的小白蛇,就抱着它到了住所裴公洞(又名法海洞)。仔细检查,小白蛇的伤不是人所为,而是同类加害。裴头陀懂中草药,便用磨碎的伤药粉撒在小白蛇的伤口之处,又让自己唯一的女弟子白素贞在白龙洞照看白蛇。

白素贞成为佛门居士,是缘分。白家住城里白莲池,就是现在的白莲巷。其父白总兵是润州刺史李琦麾下,负责水兵,驻军在此。当年裴头陀只身到这里坐禅,缺衣少食,都是白总兵相助。后来裴头陀开山得金,又是白总兵携金上交国库,皇上让裴头陀用此金就地建了金山寺。白总兵全家崇佛,他驻守在金山寺,出钱出力又出人。长女白素贞生来吃素,修行念佛,到了婚嫁年龄,不肯出嫁,一心传承梁武帝舍身遗志及观音度一切苦厄,行善积德之宏愿。白总兵送女修行,裴头陀破例收下,赐法名觉岸。

觉岸和恩师裴头陀,终日坐禅诵经,祈求佛祖保佑大唐国泰平安、家乡风调雨顺、子民安居乐业。但白蛇在白龙洞养伤期间,李琦企图弑君篡位,此举致使社会动荡。他的倒行逆施遭到人神共怨,润州大旱,百姓苦不堪言。白总兵坚决抵制叛乱,被李琦软禁在家。比觉岸小五岁的妹妹白素珍,以烧香拜佛为名,会见胞姐,带来父亲给住持的口信。新任驻金山总兵,是李琦心腹,有可能兵败后毁寺,要裴头陀小心提防。觉岸让妹妹照看小白蛇,自向师傅秉报不提。待觉岸回转白龙洞时,只见白蛇在妹妹掌上起舞,不是摇头,就是摆尾,活蹦乱跳,白素珍笑如百花之开,称白蛇为白娘子。见多病多灾的妹妹如此开心,觉岸掩面窃喜,她让妹妹转告父亲,自己定当与父亲同仇敌忾,保卫家园。为奖励妹妹爱国爱寺,觉岸决定将白娘子放生到白莲池,为白素珍的玩伴。

白娘子到了白莲池后,白家可热闹了,常有人到池边一面观赏白蛇,一面与白总兵制订平叛计划。后来李琦的叛乱被粉碎,金山寺逃过劫难,白总兵也官复原职。

至此,国泰民安。润州风调雨顺,人们安居乐业,如有心理或生理问题,一是找金山寺,请裴头陀指点迷津,诵经护佑;二是到五条街保和堂,找许仙望闻问切,解除顽疾。

保和堂生意甚好,一是药草多,保和堂南半里之遥便是寿丘山,即现在的江苏大学梦溪校区,此为南朝宋开国皇帝刘裕的降生之地,有人在山上种何首乌而长寿,故名,此后此山成了药草山。因刘裕首次发现有治蛇虫功效的药草,故称寄奴草,这是迄今为止用皇帝名字命名的唯一草药。二是地势好,保和堂地处市中心五条街,在康熙年间创建,至今仍在营业的唐老一正斋药店斜对面。三是药店许老板名气大,他医药书看得多,患者抓药多,白莲池白素珍的疑难杂症,润州各大名医名药家都互相推诿,唯独许老板不但敢治,而且能治,甚至出现奇迹,人称许仙。

这白素珍是药罐子,生下来就有病,但容貌好,瓜子脸,一笑两酒窝,魔鬼身材,人称"病西施",因白夫人相邀,都是许仙上门诊治。保和堂、寿丘山距离白莲池都不到一里路。"病西施"女大十八变,越变越好看,许仙常常不自主地就到了白莲池。白夫人看许仙,也是越看越欢喜,貌似潘安,仪表堂堂,是理想的乘龙快婿。白素珍最喜欢许仙为自己把脉,脉一跳一跳的,就像电流穿过全身。自从白娘子到了白莲池后,白素珍有了玩伴,病渐渐好转了,她把白蛇当成知己,有话便诉。这白娘子虽是白蛇,但渴望、享受人间生活。当初自己向同类表白,想变个美人鱼,希望人间男子爱慕,结果遭到同类的讥讽并遭拳脚相加,同类们是冷血动物,不知好歹。但是人是热血动物,善良、友好,自己被裴头陀、觉岸、白素珍抱过、亲过,每抱一次,自己的血液中就增加了一次人的热度,尤其是男性的温度。于是它叫白素珍装病,此计终于见效,许仙每次来,白素珍、白娘子总是"病得不轻",许仙细致耐心地为白素珍把脉,望闻问切,用手摸脑门测温度,俯身用耳听心跳,这一切白素珍感到很受用,病情立减大半。诊断完白素珍后,许仙又为气若游丝的白娘子诊断,白娘子肌肤如玉,它一动不动,却像小鸟依人,任其抚摸,许仙从没有接触过此等尤物,渐渐地白娘子身体动了,先是蠕动,继则爬动,最后昂起头,又不住做出磕头谢恩的动作。有一天,被抱在许仙怀里的白娘子说了句模糊不清的人话:“仙,爱你。”

重阳节后许仙的姐姐和金山的白素贞身体都出现不适,许仙到苏州,白夫人到金山各自去照料了,白莲池就剩下白素珍与白娘子,白娘子和白素珍白天影随,晚上宽衣相寝。白素珍的血气侵入了白娘子的肌体,白娘子体内人的热度和理智逐渐增加,蛇的冷度和兽性逐渐减少。白素珍、白娘子成了挚友和亲人,完全不把对方当成异类。不幸的是,白素珍身体每况愈下,竟到了弥留之际,便请白娘子替代自己。为了不让许仙失望、白家人伤心,加上自己也向往人间炊烟,白娘子便将自己的魂魄附入白素珍体内,以白素珍的面目示人。

待许仙和白夫人回白莲池时,白娘子的灵魂虽然到了白素珍体内,但并不适应,呈现昏睡、假死状况。许仙在白府家,整天侍候,白素珍与白蛇合二为一的新白娘子终于转危为安。白、许二家决定为白素珍冲喜。

卜得婚事年更为吉日,中午在保和堂附近京口驿举行,除白家人和许仙外,便是左邻右舍,两家都没至亲,贵宾只有两位,一是裴头陀,二是许仙的姐姐。但是被许仙治好病自发前来讨喜酒的不少,他们送上礼单,按礼回敬摆下酒宴。新娘难欢言,但不失礼节,满桌敬酒,许仙为其托词。在婚宴中,原想请两位长辈讲话,许仙姐姐是家庭妇女,锅边锈,在众人面前不敢讲;裴头陀见新娘有异样,一时不知道该如何讲,谚曰:宁拆百家庙,不破一门婚。在白家与许家大喜的日子里,出家人不宜讲不吉利的话,所以裴头陀不发一言。婚礼主持、讲话全是白总兵,白夫人和大女儿忙着向客人发喜糖。

婚宴后,裴头陀与觉岸原打算一起乘船回金山,但裴头陀改变了主意,他要徒弟觉岸过年在家多陪陪母亲。顺便到白莲池照看一下白娘子。

当裴头陀得知爱徒觉岸的调查结果后对白总兵夫妇说:“喜宴上,我见新娘子二眉之间有白蛇蠕动,如今白莲池那条白蛇不翼而飞。出家人不打诳语,白蛇的灵魂可能附在白素珍身体中替代了新娘。蛇是异类,我怕它伤害你们和许仙。现今人心不古,道德沦丧。润州李琦身为皇亲国戚,封疆重臣,权高位重,还要谋反作乱,被处腰斩连坐。何况蛇类属畜生类,化成美女,定会危害社会和人类。”白总兵说:“小女素珍与白娘子情同一人,没有相害的动机。住持高论,在下不敢苟同。李琦谋反,我们虽然是他的下属，但是坚决拥护朝廷，即使他的家人，如侍妾杜秋娘亦是，她写诗劝道：'劝君莫惜金缕衣，劝君惜取少年时。花开堪折直须折，莫待无花空折枝。'李琦被腰斩后，被罚到皇宫为奴的杜秋娘被皇上重用为皇子老师。"白夫人说："奴家头发长见识短。关于蛇怪，依奴家看法，蛇有有毒的和无毒的，无毒的不伤害人类，不是所有的蛇都会化成美女害人。"裴头陀道："我与爱徒觉岸，在人间看到许多假恶丑，俗人却认为是真善美，我们知道人们所说'宁拆百家庙，不破一门婚'的含义。但人与蛇怪生活在一起确实有危险。如果新娘确系白蛇所变，人们就要遭难。我们要保护二小姐、你们和许仙的安全，不让妖孽伤害恩公全家。一定要查清事实真相，降魔保民。"白总兵说："在下一介武夫，相信住持法力，也相信白蛇的善良。"裴头陀道："阿弥陀佛，我不入地狱谁入地狱。"

白娘子和许仙新婚，如鱼得水，如胶似漆，一点也不知道自身处境。新年过后一天，觉岸奉裴头陀法海命来到保和堂抓药，许仙上门为病者诊治去了。店里生意好，人头上接钱，白娘子没有注意到觉岸，觉岸一来到店堂却盯住白娘子两眉之间看，待二人照面时，竟是生意上买卖之处方，彼此间完全不像过去那样亲切。顾客走完后，觉岸就开始盘问小时候姐妹俩在一起的趣闻轶事，白娘子指着喉咙，示意喉咙哑，回答不了。觉岸用手势要白娘子把灵魂交还给白素珍，可以既往不咎。白娘子也用手势回答："大姐，你讲的话我一句也听不懂。"觉岸手语："好自为之。"白娘子答复："来日方长。"

白娘子对觉岸的做法颇为理解。老百姓可以卿卿我我，男欢女爱，出家人不食人间烟火，只能伴孤灯，诵佛经。觉岸是吃不到葡萄说葡萄酸。

裴头陀法海决意查出事实真相，他让觉岸在二月初八前发动金山僧众包饺子。这天是鹤林寺住持马怀素到江对岸扬州讲经说佛的日子，马和尚风里来雨里去，终年不断。裴头陀与马和尚是师兄弟，他们的师傅是金陵牛首山威法师。法海悟出因缘，今年今日午时上刻是马和尚圆寂日。临近中午，长江风狂浪急，马和尚所乘之舟返回润州，只见行船随着浪尖浪谷，一会儿窜到空中，一会儿沉入江底，反复多次。船行金山北岸时，突然不见了。裴头陀法海认为马和尚可能落水了，为了让他免受水怪的侵害，裴头陀法海吩咐觉岸他们把饺子全部倾倒江中，水中生灵纷抢美味，此时奇迹发生了，不慎落水的马和尚紧抓船帮，向金山游来。午时整，马和尚一行，全部上了岸，人们非常高兴，为仿效五月端午纪念屈原裹粽子的风俗，润州一带传承了只有镇江才有的独特习俗：二月八，吃了饺子（馄饨）病不发。此俗延续至今。

裴头陀法海让马和尚在金山进斋，斋后护送他乘船驶向南岸大京口。大京口（长江运河交汇处，在今长江路中华路交界处）有小舟在运河主支干道中航行，马和尚在支流四平河码头前往鹤林寺，裴头陀法海从运河主干道关河五条街码头到保和堂。裴头陀法海下船后，在码头旁的酒家租了提盒，放上在店家购买的一瓶般若汤（雄黄酒），一盘钻篱菜（鸡肉），一道水梭花（鱼），一碟花生米，一包熟牛肉，兴冲冲跑到保和堂。

晚餐在保和堂后作兼卧室开设，只有三个人，裴头陀法海开门见山地说：“此番我请新郎新娘，一改佛家的三德六味，纯系友情而来，欲与新郎新娘一醉方休。”新娘道：“使不得，佛家规矩破不得。”裴头陀法海说：“喝酒、吃肉，都是佛家禁止的。今天贫僧破戒，有两个原因：一是欣喜，照理，马和尚中午上刻理应水中升坐（圆寂），由贫僧发起信徒包饺子，倾倒江中，水族争相食用，马和尚免受水族侵扰，安然无恙，现已平安到达鹤林寺。二是皇上同意贫僧‘酒肉穿肠过，佛祖心中留’。”许仙与裴头陀法海都是润州名人，人家请吃，不能推诿，于是高兴地答应了。白娘子本想拒绝，突见裴头陀法海的后背，似乎有一只乌龟在爬动。原来他是乌龟精转世，彼此都是水族，都不善酒肉，裴头陀总不会同类相残吧。于是决定兵来将挡，水来土掩。但是裴头陀法海事先吃了解酒药。酒过三巡，白娘子便感到头昏，她借故小解，实到前店去找解药。没想到才进前店，雄黄发挥作用，白娘子显出了白蛇原形。许仙等了半个时辰，不见新娘子回来，便到前店探望。前店哪有娇妻，只有一条白蛇，许仙被吓得昏死过去，裴头陀法海左等右等，不见动静，也到前店，他指着躺在地下的白蛇，说：“休得伤害人类”，旋即为许仙掐人中……待许仙睁开眼时，躺在他身旁的竟是美娇妻，白蛇影儿都没有。

许仙将白娘子送到卧室睡妥后，与裴头陀法海退了食盒，到千秋桥畔京口驿。裴头陀法海说：“你的娘子是白蛇附身在白素珍身上，刚刚我们俩都看到了白蛇的原形。如今你的体内被蛇侵入，需要清除，才能恢复元气。你在保和堂有危险，跟我到金山，我为你清除蛇毒。”许仙敬佩裴头陀为人,想起昏死前的场景有点后怕,也就同意了。

白娘子见丈夫不归,忙去京口驿等地打听,得知许仙随裴头陀法海到金山去了。保和堂得有人照料,这是块金字招牌,是生活来源,必须守住。白娘子白天守店,晚上盘点,待店里一切走上正轨,她便在晚间跑到娘家白莲池向母亲白夫人哭诉。白夫人问:“素珍,是不是白蛇的灵魂进入你的七窍了?”白蛇怕说出真相吓坏婆母,自己从此不能享用人生,便反问道:“母亲,您相信女儿是白蛇借尸还魂吗?”白夫人说:“你姐信。”白娘子说:“姐是中了他师傅的毒。裴头陀法海是千年乌龟精投胎,姐与他明是师徒,实为夫妻。”白夫人说:“佛门是清净之地,他俩清白,不许你瞎说。”白娘子说:“他们至少是妒忌,我已怀了许仙的孩子。”白夫人问:“你既有身孕,应在家好好保胎,但不许作孽。”

白蛇怀孕之事很快传到金山,裴头陀法海和觉岸意见一致,人蛇结合,后代必是妖怪,危害人类和社会,必须阻止白娘子生子,不能再让许仙、白娘子住在一起。白总兵夫妇的看法相似,对于既成事实,只能劝导,不能强迫。马和驴相交,生的骡子,虽不能生育,但对社会和人类有贡献。说新娘是白蛇,不能定案,阻止其子出生,不合情理。而这时躲在金山寺的许仙精神恍惚,左右为难,他与新娘子有爱情,与白家所有人有亲情,与裴头陀法海有友情,他不想与任何一方为敌。

白娘子可不能等,她已怀孕六个月了,还要一边做药店生意,一边为孩子做衣被。她是白素珍和白蛇的结合体,有人的血统,也有人和蛇混合的血液,她自信生下的孩子是人不是怪。她跑到大京口渡口,想坐船到金山,艄公见她挺着大肚子,都不敢带她上船。白素珍在江边,悲愤地向老天爷,向长江呼喊:“我虽是白蛇附体,但没有危害他人和同类,我受白素珍委托,与她融为一体,目的是给许仙幸福,给白家传宗接代,给父母安享晚年。当然我有私心,也想得到人间的真爱,我有错吗?”说着大把眼泪流入长江,潜在水中的鱼虾蚌蟹,当初对白蛇施以暴力,亦流下悔过的泪水,船工因不能携带白娘子上船,也流下了同情的泪花。天空的飞鸟、江边行人等听了也不由自主地流下眼泪,这时雷电交加,大雨倾盆,潮水又在上涨。泪水随着猛涨的潮水,向金山漫去,眼看金山将有灭顶之灾。白总兵、法海、觉岸、许仙等在寺庙的人员全部投入到抗洪一线。许仙尝了下江水,似有咸味,他悲恸道:“泪漫金山,必有奇冤!”白总兵、法海、觉岸都尝了尝江水，果真有咸味，顿觉人神共愤。此念一出，江水立马落潮。

潮水退后，许仙乘船回到保和堂，白总兵回家让夫人照看二女儿生养。法海对觉岸说：“贫僧的做法不为俗间所容，白蛇附体的孕妇更是罪怪于我。贫僧何曾不想成全这对有情人，终日祈求佛祖大发慈悲，人蛇之子是无辜的，应以人的标准出生。但是孩子出生之时，便是产妇归天之日。”觉岸问：“能否有两全其美之法，让孩子平安出生，产妇经训导，还魂给我妹。”法海说：“我们共同为此而祈祷，请求观音再发慈悲吧。”

白娘子被接到白莲池生养、坐月子，白夫人、许仙精心照料。离分娩越近，白娘子身体越差，孩子临盆那刻，白娘子血流不止，如同死人一般。许仙使出浑身解数，均不见效，眼看白娘子就要到阎王那里报到了。觉岸按照师傅吩咐，从晨到暮，不食不眠，诵经不止，观音闻之，赐以昏睡，即现在植物人状态。

许仙和白家人都接受了这个事实，将白娘子与儿子梦姣分头照料，许仙在保和堂边经营药店，边照看病妻；白夫人在白莲池边做家务，边抚育外孙。但是孩子每天闹个不停，白娘子身上的碌疮接连不断。法海在金山也不安宁，这天他心血来潮，掐指一算：许仙和白家人有难，可在白莲池解决。爱徒觉岸回家探母，依稀看到娘家白莲池上，观音穿白衣，坐白莲，一手持净瓶，一手持白莲。

受观音和法师指点，白家让白娘子搬到白莲池居住，小梦姣每天依偎在母亲身旁，这样，昏睡的白娘子再也不生碌疮了，小梦姣也不再啼闹。随着时间的推移，白总兵也告老回家了，全家精心照料白娘子，全身心抚育小梦姣，白娘子的气色一年好过一年。

小梦姣聪明可爱，每天都要看望、抚摸母亲，充满孝心，他与父亲博览医药全书，希望让白娘子苏醒；白夫人夫妇见人就夸，说外孙是个神童。法海、觉岸把自己多年的悟道，毫无保留地传授给小梦姣。京城大比之年，小梦姣一举得魁，高中状元。照例要受到皇上接见。当问到状元母亲的情况时，梦姣声泪俱下。皇上说：“父母之恩，终生难报。乃父系一郡神医，其志可嘉，朕让全国神医为你母会诊，何愁玉体不能安康。”就在这时，京口驿站快马报信，新科状元母亲完全康复，原来白娘子二十年如一日接受丈夫、儿子、白夫人等人的抚摸，通过肢体接触，人的血浆与日俱增,蛇的血液日渐俱减,心脏缓慢复苏,大脑渐增记忆。喜闻儿子高中状元,大脑兴奋,血液流动加速,耳鼻眼舌、心脏跳动恢复正常,身体各项器官恢复功能,全家人让梦姣早日回家团聚。皇帝听后大喜,御封梦姣为润州教谕,命其将地方文化传向全国。白莲池曾有观音老母显圣,这一带成为巷道后,亦成了人杰地灵的风水宝地,抗战时期的武汉空战中,与敌撞机的陈怀民烈士,就出生在白莲巷内。

李德柱(江苏·镇江)

白素贞舍命救子

引子

白素贞成仙后，在忘我洞修炼。这一日，她心烦意乱，无法进入忘我境界，便飞身去了南海。

竹园里，观世音菩萨坐在莲花座上，面容十分安详。白素贞跪了下去：“弟子白素贞，拜见观音大士。”

“白素贞，你在修炼的时候遇到难题了吧！”

“对。为何我总是到达不了忘我境界十二层?”

“因为你一直在牵挂仕林，肯定进不了忘我境界最高层，无法到如来佛祖的殿内听经。”

“弟子愚钝，请求观音大士指点。”

“仕林已经贵为镇江知府，育有一双儿女，你为何还要牵挂他?”

“仕林一直想纳妾，可碧莲就是不答应，最近都在闹别扭。”

“白素贞，你要忘记母亲的身份，才能进入忘我境界。你的心里不能只盯着仕林，要心怀天下，才能解救那些正在受苦受难的苍生。”

白娘子听了观世音菩萨的教诲，回到忘我洞后，继续修炼……

一、前世冤孽，今生重复

时间转眼飞逝，许仕林从一个风流倜傥的年轻后生，变成了一个满脸沧桑的大叔。

有一日,许仕林身穿青衣,闲步街头。一家刺绣店外挂着一对鸳鸯,绣得栩栩如生。许仕林走进刺绣店里,一个红衣姑娘坐在窗口,正在飞针走线。

许仕林惊叹,这女子美若天仙,像极了媚娘。就在许仕林发呆的时候,红衣姑娘站了起来:"大叔,你看中什么绣品了?"

"把你最好的绣品都给我拿出来。"

几件精美的绣品摆在桌上,每一件都美轮美奂,连针法都像极了媚娘的。许仕林傻傻发呆,想起了和媚娘的前世情缘。

"大叔,这些绣品你都看不上吗?"

"这些绣品我都要了。姑娘,你是何方人氏?为何孤身一人在这儿开店?"

红衣姑娘的眼中装满泪花:"小女子家在城隍山脚下,幼年跟随父亲去了京城,结果父亲被人暗算,客死他乡。母亲在官宦人家做了绣娘,含辛茹苦把我养大。今年老母病重,让我带着父亲的骨灰返乡。为了给母亲治病,小女子不得不抛头露面。"

"你的父亲是不是卢员外?你是不是雪儿?"

"你怎么知道?"

往事不堪回首。十八年前,媚娘投胎卢员外家,许仕林和碧莲去偷偷看过,知道媚娘转世后,乳名雪儿。后来,许仕林还想去看雪儿,可他们全家搬走了。没想到十八年后,竟然和雪儿重逢,她却过着如此凄苦的生活。

雪儿把绣品装好,递给许仕林。仕林丢下一锭银子,就匆忙逃走。

"大叔,你多给了银子。"

"你拿去为母亲治病。"

许仕林回到家中,忍不住地长吁短叹。碧莲问:"仕林,你怎么了?"

"你还记得卢员外的女儿吗?"碧莲的脸上闪过一丝异样:"都十八年了,你还没有忘记她吗?"许仕林不说话,陷入沉思。

以后的日子,许仕林经常去刺绣店,就和雪儿熟悉起来。那封存多年的爱情,就在许仕林的心里燃烧,他很想纳雪儿为妾。可碧莲是一个醋坛子,这么多年都不允许仕林纳妾,更别说雪儿的前世还是媚娘。

有一日，许仕林又去了刺绣店，雪儿坐在窗边嘤嘤地哭。

“雪儿，你怎么了？”

“母亲的病又加重了，可我没钱给她拿药。”

许仕林跟随着雪儿去了后院，床上躺着一个枯瘦如柴的老妪，脸色白得像一张纸。

“你母亲得了什么病？”

“她得了风寒，病情越来越严重了。”许仕林摸出一沓银票，递给雪儿：“你快去请郎中，让他用最好的药救你母亲。”

雪儿请了郎中，母亲吃了药，睁开双眼。雪儿说了许仕林救母的事情，老妪有气无力地说：“恩公的大恩大德，老身无法回报。如果你不嫌弃，就让雪儿给你做妾。”

这正中许仕林的心意，两人就在刺绣店里偷偷成亲。雪儿很是体贴，每日都给许仕林做蝉花汤，补得他脸色红润，精力充沛。

二、拆散鸳鸯

许仕林早出晚归，脸上还带着喜气。就引起了碧莲的怀疑，她偷偷跟踪许仕林，就看到了雪儿。那一颦一笑，像极了媚娘。

碧莲向邻居打听，知道这个姑娘姓卢，乳名雪儿。碧莲大惊，当初为了断掉许仕林的念想，她给了卢员外一千两银子，让他搬家，再也不要回镇江。没想到十八年后，雪儿竟然回来了，还和仕林在一起。

碧莲心中的醋坛子被打翻，她不能容忍别的女人抢走仕林。为了赶走雪儿，碧莲雇了两个大汉，给了他们一百两银子，要他们掳走雪儿，带到仕林找不到的地方。

月黑风高的夜晚，碧莲看着两个大汉进了小院子，不一会儿就鼻青脸肿地出来。碧莲大惊：“难道你们两个壮汉，还搞不定一个小女子？”

“这姑娘有妖术，我们刚进去，她就用几根丝线，把我们打成这模样。”

碧莲害怕了，难道媚娘投生后，还有妖术？碧莲去了南山，找到无边法师,说了雪儿的事。

无边拿出一块白玉镜,里面就出现了刺绣店。雪儿用银簪在空中一划,那些五颜六色的线,就变成了精美的绣品。

“大师,她是什么妖?”

无边双手合十,嘴里念念有词。雪儿的樱桃小嘴就变成了鹰钩,身上长满了白色的羽毛,变成了一只大鸟。

“这是一只在宝华山修炼了八百年的大雕。”

白玉镜里面,雪儿走进后院,老妪躺在床上,紧闭双眼。雪儿跪在床前落泪:“娘,你一定要坚持住。只要许仕林服了四十九天的蝉花,我就能取他的千年蛇心,为您治病。”

“雪儿,许相公是大孝大善之人。你就不要管娘,和他好好过日子吧!”

“不,我要救娘,只要他再吃一天蝉花,我就能把他的心挖出来给您治病……”

白玉镜中的影像消失,碧莲跪了下去:“大师,你一定要救仕林。”无边收起白玉,就往外走:“事不宜迟,我们马上去捉妖女。”

刺绣店里,雪儿端出一碗汤来,许仕林感动地说:“又让小娘子费心了。”雪儿偷笑,两人你侬我侬。

碧莲站在夜色中,看到白玉镜中的影像,气得她就往刺绣店里冲。无边拉住碧莲:“许夫人,你要冷静,不能打草惊蛇。”

夜深人静,许仕林才恋恋不舍地离开刺绣店。无边拿出白玉镜,对着小院施法。只见一道金光,“嗖”地一下就射进了小院。两只大鸟扑腾着翅膀,飞入空中。

无边懊恼:“没想到她们功力深厚,竟然让她们逃脱了。”

“大师,仕林肯定有危险,你快去保护他。”

“妖女受了重创,许施主暂时安全。我今天元气大伤,先回去服用一粒仙丹,明天才能捉妖。”

三、无边捉妖

第二日清晨，许仕林去了刺绣店，看到店门大开，里面人来人往。大家围成一团，都在窃窃私语。许仕林冲进后院，里面有很多血迹。许仕林悲切地喊着雪儿，就是没有人应声。

“我昨晚看到一道金光进了刺绣店，就飞出两只大鸟来……”许仕林激动地拉着正在说话的大婶：“雪儿是不是被大鸟掳走了？”

“据说雪儿是妖怪，她只要施展法术，就能变成精美的绣品。”许仕林大怒：“你血口喷人，我亲眼看到雪儿刺绣。这么美丽的女子，怎么会是妖怪？”

“白娘子那么美，还不是妖怪！”

“我娘是仙不是妖，如果你再敢诋毁我娘，我就把你打入大牢。”有人认出许仕林是镇江知府，人群一下就散了。

许仕林回到家中，院子里挂满了稀奇古怪的神符，无边大师设了一个神坛，正在施法。许仕林奇怪：“你们在干什么？”碧莲吞吞吐吐地说：“我们……我们在捉妖。”

“哪来的妖怪？”

无边双手合十：“许施主，雪儿就是妖怪，她要取你的心，救她的母亲。”

“雪儿不是妖怪，她是我前世的媚娘。”

“我已经用白玉镜看清楚了，她不是前世的媚娘，也不是今生的雪儿。她是一只在宝华山修炼的大雕，她的母亲在修炼中走火入魔。只有吃了千年蛇心，才能救她。因此妖女下山，假扮雪儿，与你做了露水夫妻。就等着你服用蝉花四十九天后，取你的心给她的母亲吃。”

“你胡言乱语，我哪来的千年蛇心？”

“难倒你忘了吗？你是白素贞的儿子，她可是修行千年的白蛇。而你吸收了母体的精华，你的心和白素贞的心有一样的疗效。因此，妖女就打起你的主意，用美色诱惑你。”

“我不相信，都是你们设计骗我的。我已经打听清楚了，当年是碧莲给了卢员外一千两银子，他们全家才去了京城。我不追究碧莲的责任，也没带雪儿回家，我只想续前缘，和雪儿相爱到老。可你们为什么要拆散我们？难道你们不怕遭天谴吗？”

“仕林，我可是为你好，如今你已经是知府大人，可不能和妖女纠缠不清。”

“碧莲，我真的看错你了。你还我的雪儿，你还我的媚娘！”

四、危急时刻

夜晚的风很凉，许仕林不顾碧莲的阻拦，从家里跑了出来，悲切地喊着雪儿。前面的墙角出现了一个人影，蜷缩成一团。许仕林大叫：“雪儿！”那个人影抬起头来，脸上都是血，虚弱地喊：“大叔。”

“你怎么受伤了？”

“夫人带着一个和尚把我打伤，还说我是妖怪。”雪儿委屈地哭起来，脸上是恐惧的表情。许仕林把雪儿扶起，愤怒地说：“我一定要休了碧莲，让你做正室。”

碧莲从暗处走出来，泪流满面：“仕林，你真的不顾十几年的夫妻情分，要休了我吗？”

“是你的心太毒辣，让我感到害怕，你怎么能对一个弱女子下毒手？”

“仕林，你过来，我这里有笔和纸，你马上写休书。”

许仕林往碧莲走去，一道金光就冲向雪儿。许仕林不顾一切地向雪儿冲去，挡住金光，就失去了知觉。雪儿变成大鸟，叼着许仕林飞走了。

“大师，快救救仕林！”

“我不会飞行术，妖女已经飞出十里之外，白玉镜探查不到她的踪迹，许施主危在旦夕。”

碧莲大哭：“那我该怎么办？”

“你快回家沐浴焚香，向白娘娘求救。”

碧莲匆匆回家，按无边的吩咐，沐浴焚香，跪在院子里祷告：“娘，仕林被妖女抓走了,危在旦夕,您快去救救他……”

忘我洞里,一阵烟雾缠绕着白素贞的全身,聚集到头顶,马上就要形成白云。白素贞的心头突然发颤,头顶的烟雾落到脚下。白素贞叹气:“就差一点,我还是分心了。我好像听到碧莲哭泣的声音,难道仕林又惹她生气了吗?”

白素贞用手拨开白云,往下界看去。碧莲泪流满面地跪在院子里,还在悲切地祈祷。白素贞掐指一算:仕林有危险。随即就不顾一切地飞出忘我洞。

雪儿带着许仕林飞到北固山的一个洞穴里,老妪躺在里面奄奄一息。雪儿悲切地摇着老妪:“娘,你快醒醒,我已经找到一颗千年蛇心,马上就能救您。”

老妪睁开眼睛,看着许仕林:“他可是白娘子的儿子,我可不能吃他的心。不然白娘子大怒,再来一次水淹金山寺,我就成了罪人。”

“我不管,我要救活您,我不能没有娘。”

雪儿的利爪伸向昏迷不醒的许仕林,划开了他的胸膛。危急时刻,一道白光击中利爪,雪儿往后退了三丈,捂住受伤的手指。白素贞抱起许仕林,给他喂了一颗仙丹,胸膛上的伤口慢慢愈合,留下一道深深的伤痕。许仕林缓缓醒来:“娘,我在做梦吧?”

“仕林,这不是梦,娘来救你了。”

“雪儿呢?她受伤没有?那个无边老和尚说雪儿是妖怪,要杀了她。”

“仕林,雪儿真的是妖怪,她已经划开你的胸膛,要取心了。如果娘来迟一步,你已经死于非命。”

雪儿捂着受伤的手指,哭着说:“大叔,你为了救我,被老和尚所伤,还好白娘娘来得及时,救了你一命。可白娘娘不能诬陷我是妖怪,我是真心跟着你的。”

白素贞气得发动仙术,一道白光就往雪儿身上打去。雪儿侧身躲过,做出可怜兮兮的样子。

许仕林抓起山洞里的一把匕首,架在脖子上:“娘,您别伤害雪儿,不然我就去死。”

“仕林,她真的是妖怪。你看凡人能进入这悬崖陡壁的山洞吗?”

“大叔,是白娘娘把我们带入这个山洞,栽害我的。”

“娘,您走吧！不然我马上就死。”许仕林的匕首割进脖子,鲜血流了出来。白娘子无奈,只能飞出山洞。

五、掏心救儿

看着白娘子飞远,雪儿冷笑,伸出利爪,往许仕林的胸膛抓去。许仕林一脸安详地看着雪儿,不躲不让。雪儿的利爪突然停下:“你为什么不躲?”

“因为我爱你!”

“你不知道我是妖怪吗？妖怪是没有爱情的。”

“我不管你是不是妖怪,我只知道和你在一起的四十九天,是我这一生中最幸福的日子。如果你要我的心,就拿去,我决不皱一下眉头。”雪儿哭了:“大叔,如果我不取你的心,我娘今天就要死了。”

“你是一个孝顺的孩子,我愿意为了你娘去死。”

老妪虚弱的声音传来:“雪儿,你不要管娘。许相公是真心对你好,你就和他好好过日子吧!”

“不,我不能没有娘!”

雪儿的利爪猛然抓向许仕林的胸膛,一道白光闪来,又击中雪儿的利爪。雪儿大怒,变成大鸟,扇动着翅膀往白娘子冲去。白娘子抽出腰间的软剑,向雪儿砍去。

许仕林大叫:“娘,你快住手！雪儿,你快住手！你们都是我最爱的人,我不要你们受到一点伤害。”

两人激斗,飞到洞外。白娘子下手特别狠,一剑砍向大鸟的翅膀,鲜血在空中飞舞。雪儿发怒,用利爪灼伤白娘子的蛇身。两人激战,不分胜负,都伤痕累累。

“你们别打了,要不我马上去死。”许仕林撞向洞壁,鲜血飞溅,只剩一口气息。白娘子的心被撕裂:“仕林,仕林,你这傻孩子,怎么要寻死?”雪儿离洞口近,用利爪抓住仕林。

“妖女,你快放开仕林,不管你要什么条件,我都答应。”

雪儿痛哭:“大叔对我特别好,我也舍不得杀他,可我必须救娘,请你理解。”

“我理解你的一片孝心,只要你放开仕林,我就能救你的母亲。”

“只要你救了我娘,我就放开他。”

“但你必须答应我一件事情。不然你就是取出仕林的心,我也会让你们死无葬身之地。”

“什么条件?”

“你先给仕林服仙丹。”白素贞把仙丹扔了过去,雪儿给许仕林服下。白娘子继续说:“我把你娘救活后,你必须挖出忘情丹给仕林服下,他才能和碧莲安心地过日子。”雪儿点头。

“小丫头,你一定要兑现诺言,不然我做鬼也不会放过你。”

“如果我失言,就让我娘活了再死去。”听着这毒誓,白娘子放心了。她张开嘴,把千年蛇心吐了出来,飞进老妪的嘴里。

雪儿惊叫:“白娘娘,你不是会仙术吗?怎么吐蛇心了?”白素贞用最后一点力气,冒出一句话来:“你娘除了千年蛇心,无药可救。”白娘子的蛇身变成一阵烟雾,往洞外飘去。雪儿泪流满面,对着烟雾不停地磕头。

许仕林醒了过来:“我娘呢?你把她怎么了?”雪儿不说话,一掌击晕许仕林,吐出忘情丹,塞进他的嘴里。老妪的脸色变得红润,走到雪儿身边:“我们该走了。”

雪儿哭了:“娘,就让我送大叔回家吧!”

六、功德圆满

两只大鸟飞来,在空中盘旋,碧莲惊叫:“大师,妖女送上门来,你快捉住她。”

无边拿起白玉镜,对准大鸟,就看到了许仕林,迟迟不敢下手。碧莲急了:“大师,你快捉妖。”

“许施主在大鸟背上,如果我施法,许施主肯定要受伤。”

“那怎么办?”

雪儿在空中大吼:“你让无边走开,我就把大叔放下来。”

“大师,你快离开。”

“你不怕妖女对你下毒手吗?”

“为了仕林,我必须拿命赌一次。”无边无奈,只能离开。大鸟飞到院子里,把许仕林放在地下,碧莲抱住许仕林痛哭。

“他没事,一个时辰后就会醒来。”雪儿看着许仕林,心中都是不舍。空中传来老妪的声音:“雪儿,我们该走了。”

雪儿恋恋不舍地飞了起来,她的眼泪在空中飘落,变成大雨,下了几天几夜。

许仕林醒来后,忘记了雪儿,过着和以前一样的日子。他除了处理政务,就是陪一双儿女读书。碧莲露出欣慰的笑容来。

再说白素贞魂飞魄散后的烟雾,在空中形成了一条白蛇,盘旋在镇江的天空上,久久都不离去。

观世音菩萨驾着祥云而来,把烟雾装进白玉瓶里,去见如来佛祖:“白素贞已经到了忘我的最高境界,抛却肉身,忘记前世今生。”

“那你把她放出来,封她为舍身菩萨,可以在我的殿内听经。”

一道烟雾从瓶子里冒了出来,形成白娘子的肉身,她跪在佛前听经,早已经忘了人间还有她的儿子许仕林。她的心里只有受苦受难的众生,并保佑着他们健健康康,远离病痛折磨。

卢树盈(四川·雅安)

丹珠情缘

民间有这样的传说：在世上形形色色的蛇类中，大多数蛇都有毒液，被蛇咬可不是闹着玩儿的！但是，偏偏世上的白蛇无毒，即使被白蛇咬过，顶多红肿一阵子就会慢慢好起来的。这究竟是怎么一回事呢？据说这种奇怪的现象，与传说中的白娘子有关。

话说早在春秋时期，鲁国有个打柴的小伙子叫公冶长，为人忠厚善良。有一天，在进山打柴的路上，公冶长远远看见一只恶老鹰叼着一条白蛇在空中盘旋，白蛇在老鹰的利爪下不停地扭动挣扎。公冶长看白蛇可怜，就把手中的镰刀用力向空中抛去，锋利的镰刀不偏不倚割伤了老鹰的爪子，老鹰忍不住剧痛，扔下白蛇，惨叫一声飞走了。

公冶长走近白蛇一看，见白蛇已经奄奄一息地躺在草丛里。尽管它身上的伤口还在不停地向外渗血，但它还是忍住剧痛，不住地向公冶长微微点头，好像在感激他的救命之恩。公冶长急忙撕下衣角，耐心地为白蛇包扎伤口止血，然后小心翼翼地把它放归草丛深处。

晚上，公冶长在睡梦中突然看到一个美丽的白衣姑娘站在自己的身边，白衣姑娘感激地对公冶长说，她就是白天公冶长所救的白蛇，为报答公子的救命之恩，她已经把自己修炼五百年的丹珠悄悄放在饭菜里，让公冶长吃了。虽然她因此而废了五百年的修行，但是为报答公冶长的救命之恩，她自己也心甘情愿。公冶长很想再问问明白，白衣姑娘却飘然隐去，不见了踪影。

第二天，奇怪的事情发生了：公冶长只感到自己耳聪目明、神清气爽；更奇怪的是，他居然能听懂鸟音鸟语了！公冶长听懂鸟语之后，感到非常新奇。一有空闲，他就静听群鸟对话。进山打柴，就按照群鸟的指引，柴捡得又快又多。公冶长高兴极了，把自己完全融入鸟的世界，兴致勃勃地分辨群鸟的鸣叫，分析它们的秘密，分享它们的快乐，分担它们的忧伤。公冶长根本没有想到，白蛇的一颗小小丹珠，竟然有这么神奇的力量。

虽然白衣姑娘那颗神奇的丹珠，使公冶长过着快活的日子，但是，就因为他听懂鸟语，却莫名其妙地惹上了一场人命官司，被下了大狱。公冶长的老师孔子听说自己的学生犯了杀人罪，大吃一惊，他知道公冶长宽厚仁义，绝不会杀人。孔子多方奔走，大声疾呼："公冶长虽然被抓进监牢，但是，我相信他绝对是清白无罪的！"为了证明自己对公冶长的绝对信赖，孔子还当众宣布：要把自己的女儿嫁给公冶长为妻！在孔子的多方奔走营救之下，公冶长终于又靠着能听懂鸟语的本领，帮助官府捉到了真凶而洗刷了罪名，被放回家里。

这天晚上，公冶长在睡梦中又见到了那位美丽的白衣姑娘。白衣姑娘凄楚地告诉公冶长，自己因为报恩而赠送丹珠，想不到丹珠反而害恩人吃了官司，受了许多委屈，她心里感到十分内疚。白衣姑娘还对公冶长说，虽然她十分感念公冶长，但是终因自己道行太浅，无法再来报答恩人；再加上还要躲避那个恶老鹰无休止地纠缠，她已经决定要潜入峨眉山继续修行，天长地久，生生世世，她相信终能等到报答恩人的那一天。

从此以后，公冶长果然再也梦不到那位美丽的白衣姑娘了。但是令公冶长感到意外的是，等到他与孔夫子的女儿结婚的那天，惊喜地发现，孔小姐竟然长得与白衣姑娘一模一样！公冶长与妻子相亲相爱，过着和和美美的日子。后来公冶长跟着孔夫子矢志为学，成了孔府弟子中的七十二贤之一，还被后世封为高密侯。

再说那个被公冶长用镰刀砍伤的恶老鹰，原来是一个东海老鳖精所化。老鳖精长期贪恋白蛇的美色，朝思暮想地要把白蛇弄到手。那天他好不容易抓到白蛇，却又被公冶长救走。因此，老鳖精恨死了公冶长。公冶长之所以惹上人命官司，其实就是老鳖精借着一桩人命案，再加以精心编排设计，来陷害公冶长的。要不是白蛇暗地里向孔子通风报信，孔夫子果敢地出手相救，公冶长早就没命了。老鳖精虽然恨得牙痒痒，但是碍于孔夫子有圣人之位、公冶长日后有高密侯之贵，他是干瞪眼没有办法。老鳖精无计可施，又找不到白蛇的踪影，只好到灵山如来佛那里听经，继续修炼。

转眼之间，一千多年过去，时光已经走到了南宋时期。白蛇在峨眉山又经过千年的修炼，已经得道成仙，能呼风唤雨，幻化人形。白蛇与一同修炼的青蛇朝夕相处，情同姐妹。白蛇向青蛇诉说了自己在千年前为了感恩，把修炼多年的丹珠赠送给公冶长的一段往事。青蛇听了，不住地埋怨姐姐做事太傻、太痴情！——丹珠关乎自己的修炼道行，关乎自己的身家性命，怎能够轻易送与他人？白蛇莞尔，不再说话。

这一天，春光明媚，风和日丽，青、白二蛇化作两位如花似玉的姑娘，相携来到京城临安的西湖游玩。在西湖岸边，白娘子突然看到一个手拿雨伞的美少年，活生生就是自己失散千年的恩人公冶长。她禁不住悲喜交集，款款走上前去，对美少年轻施一礼：“恩公万福，别来无恙？”

美少年一愣：“小生还礼，我怎么想不起来在哪里见过姑娘？”

“难道恩公不是公冶长先生么？”

“哦，原来是姑娘认错人了！我叫许仙，家住在清波门外。”

一听说对方名叫许仙，小青眼珠子轱辘一转，一把拉过白娘子悄声说：“我咋说这小子有一身灵秀之气，原来是他体内含有你修炼的宝贝丹珠啊！好机会，快快从他身上讨回你的宝贝，咱们赶紧溜吧！”

白娘子回头深情地望望许仙，然后微笑着对小青摇摇头，与青妹耳语了一番。姐妹俩随即暗暗作法，呼风唤雨，演出了一幕许仙西湖风雨助佳人的好剧，成就了许仙与白娘子的一段美妙姻缘。

再说那个在如来佛宝座下听经修炼的老鳖精，经过千年的修炼，也已经得道成仙。成仙之后，他仍旧念念不忘白娘子，记恨曾经坏过他“好事”的公冶长。当他听说公冶长已经转世为许仙，与白娘子成就了美好姻缘之后，他恨得头上的火星星“蹭蹭蹭”往上冒。这天，他偷走了如来佛的宝贝法器锡杖与紫金钵，来到了镇江金山寺，害死了住持，由自己充当了住持方丈。老鳖精为自己起名叫法海，意思是他原本来自东海，法力无边。法海拎着偷来的宝贝法器找到许仙夫妇，誓要活活拆散他们夫妻。白娘子与小青拼死与法海抗争，法海仗着如来的法器在手，再加上白娘子因没了丹珠而失了五百年的道行，自然打不过法海，最后只好败下阵来。

姐妹俩逃到西湖断桥边遇到许仙，小青拔出宝剑，誓要杀死许仙。后人在《断桥》戏文里说小青之所以要杀许仙，是因为许仙投靠法海，背叛了白娘子。其实根本不是这样的，小青追杀许仙，是因为只有杀了许仙，才能使白娘子从他身上顺利地收回丹珠，增强法力，战胜法海，最后保全姐妹性命。

白娘子哪里肯伤害自己的郎君，她一把搂住许仙，死死不松手。小青柳眉倒竖，对白娘子嚷道："姐姐，快杀死这个冤家，收回宝贝丹珠！"

"任凭粉身碎骨，也绝不收回丹珠！"

"咱们的命都没了，还护着他何用？"

小青说着，又一次挺剑冲了过来。白娘子奋不顾身地迎上去拖住小青，向小青苦苦哀求，说她与许仙已经有一千多年的情缘，千百年来虽然历经重重劫难、生死轮回，但她始终不能忘怀自己的恩人。白娘子还说，无论是修仙还是做人，都要知恩图报，一心向善；要收回丹珠，许仙就必死无疑！如果连自己的恩人、爱人、亲人都能下手加害，那还去做什么人，修什么仙？

一席话说得小青哑口无言，只好收了宝剑。三人正要离开断桥回家，猛然间狂风大作，湖水翻卷，法海手持紫金钵威风凛凛地站立云端。他狂笑着吼道："白娘子，只要你收回丹珠，皈依佛门继续修炼，老衲一定既往不咎，决不食言！"

白娘子知道老法海妄想先害死许仙，然后再对自己图谋不轨，新仇旧恨顿时涌上心头，她只有以死相拼。于是她拔出宝剑迎上前去。突然一阵飞沙走石，法海把紫金钵口对准了他们。白娘子奋力一把推开许仙，自己却被收进紫金钵内，然后又被法海压在雷峰塔里。

小青侥幸落荒而逃，来到灵山如来处告状，如来得知法海偷走自己的宝贝法器，非常生气，他念动口诀，收走了禅杖、紫金钵，并推倒了雷峰塔，放出了白娘子。法海没有了法器，失去了法力，被白娘子姐妹打了个落花流水，他走投无路，只身再次潜入东海，因无处可藏，最后只好躲进大螃蟹的蟹壳里。

白娘子与许仙劫后相逢，恩爱如初，两人和和美美，偕老百年。后世人传说，白蛇之所以无毒，是因为她体内装着一颗温柔良善的心！

讲述者：杨新菊（女·1953年生·初中学历·农民）
搜集整理者：陈志国（河南·镇平）
流传地区：豫西南一带

白蛇全传之发生在大团圆之后的故事

话说许梦蛟在朝为官，清正廉明，因而受到朝中奸臣的嫉妒。原来许梦姣中状元，打破了奸臣们先前拟定好状元的阴谋，使他们在人脉和钱财上遭受到了重大损失，所以他们一直将新科状元视为眼中钉、肉中刺，非要置他于死地而后快。

一日早朝议事，兵部奏本，呈上接到的边关急报，说是有西南蛮夷拥兵造反，侵犯天朝，攻城掠地，声势浩大。皇帝命廷臣商量对策，最后确定剿抚并用，但必须先以兵马夺其锐气，否则难以保证边关的长久安宁。此刻奸臣出面，奏请皇帝派状元公许梦蛟领兵出征，有意把难题交给许梦蛟，一个出面，两三个附议，昏庸的皇帝居然点头准奏，下圣旨，命许梦蛟火速带兵驰援边关，许状元只能领命前往。

许状元到家言明此事，全家愁云惨雾，心知这次出征凶多吉少，生离死别的哀声惊动了父母。父亲许仙急得六神无主，白娘子听了此事的前因后果，细想了一下自己才出牢笼不久，儿子又要有灾，牙齿一咬和许仙商量说：“官人莫急，要免儿子的这次灾难，唯有我出头，顶儿子去边关。方保无事。”于是，全家叫许梦蛟去奏请皇帝，把领兵元帅的大印交付给自己的母亲，自己作为监军随母出征。皇帝听过许状元其母曾搅动长江之水，漫淹金山寺院之事，相信她定会有退敌之策，便欣然应允，将圣旨改授白娘子白素贞为平西大元帅，小青为参军，状元许梦蛟为随行监军，督运粮草，即日点兵马十万，祭旗出兵西征。

白娘子率领十万大军，威风凛凛开赴边关，召集齐屡屡败阵的边关将士，升帐议事了解敌情，边关守军异口同声，只说是敌人刀剑利害，每每交战都会天气恶劣，天地混元不清，短兵相接双目难睁，难以躲避刀斧之灾，只有退兵凭关险自守。元帅令兵马暂作休息，命令下战书到敌营，约三日后交战。

第一场开战，大兵溃败如前，损失了不少兵马。天气在战前突变，刹那间乌云四合，飞沙走石，将士们确实难以睁目拼命。事后总结了解，原来敌军打仗时，其阵后有个军师在一个高台上仗剑作法，说是其能呼风唤雨，凭此原因阵前将士岂有不败之理？第二次开战，虽作了一些防护措施，但亦复如此，只为狂风太强，飞石太猛，所幸有了准备，损失不大。但这次白娘子纵身隐入云端，看清了秘密，确定了方案。原来敌军中的军师是只蜈蚣精，所使妖法也确实能请得动雷公、电母、风伯诸神。元帅令暂作休战，三日后再决胜负。

休战后，白娘子做了准备，自己内装束衣佩剑，外披元帅锦袍，并备了几桶狗血、猪血。第三次开战，由小青手执令旗指挥三军地面开战，同时白娘子脱袍纵身飞至空中，直奔敌阵后面祭台，一柄青龙宝剑直取蜈蚣精项上人头，蜈蚣军师也飞身驾云，仗剑相迎，各自施威，足有半个时辰。边关阵前，风气呼号，雷声激烈，电掣裂空，雾迷日月。狂风推山转石，闪电震人慑心。千年的白蛇精在空中占了绝对优势，大败蜈蚣精，将其斩首碎尸，刹那间天地清明。地面将士在小青和许梦蛟的指挥下，刀剑沾上猪血、狗血，直捣敌军阵后大帐，斩敌无数，大获全胜。

边关恢复了平静，大军还朝。皇上亲派特使出城迎接，大宴群臣。奸佞之人再也不敢为难许状元了，满朝文武欢天喜地。

家宴中，白娘子与许仙尽享天伦之乐，祝贺否极泰来。

万事宁静后，白娘子鉴于朝廷的腐败，皇帝的昏庸，劝儿子上奏辞官还乡，一家人隐居山林，耕读为生，幸福美满，安度春秋。

任德发（江苏·镇江）

第三批

中国好故事

白蛇前传

中国四大民间传说之一《白蛇传》，是人人皆知的著名故事，说的是白蛇白素贞、青鱼小青等人物于宋代时活动于杭州西湖、苏州、镇江一带的经历。亲爱的读者，你知道白蛇和青鱼在没来西湖之前的故事吗？传说唐代时，她们就曾在"淮安道"两大湖之一的"说项湖"（位于今沭阳、灌南、涟水、淮阴等县之间，明代末消失）内生活过呢。因此，本故事姑且称作"白蛇前传"吧。

一、接受委托充湖神

传说唐太宗、高宗年间，沭阳、淮阴、安东（含涟水）一带有一片数千顷的沃土，有一年因几场暴雨及鲁地客水过境后，形成一片汪洋，农人纷纷驾船、坐筏、骑房梁向四周陆地逃去。地宫内的沭邑青苗土地神连忙掐指推算，看此水何时能退。不算还可，一算不得了，原来此水不但不退，还从此赖着不走而形成大湖呢。土地神连忙出宫，跃离水面，盘云站立，只见水天相接，一片白茫茫，那些民房树木，眨眼间沉入水底。他手打眼罩朝远望，望见湖心有座云气苍茫的小岛，岛上树木葱茏，绿草如茵，繁花似锦。尽管岛周波涛汩汩，但小岛却能岛随水长，不见下沉。

这就奇怪了，是什么原因呢？土地神启动仙经，进一步掐算。原来那小岛荒草地下有个修炼八百多年的蟒蛇精，土地爷神眉一皱，"啊"的一声惊叫。自语道："神妖不能同居，看来要抓紧搬迁地宫呦。"

提起搬迁，土地神犯了愁：第一，没有天上大神同意，自动移居陆地就是擅离职守；第二，此处今后既是大湖，就应该由湖神守护，湖神没来之前，自己更不能提前离开。想上天奏明玉帝派湖神，又不敢越级；想去东海找龙王,可龙宫比天庭还难去,自己法力不济,根本去不了。怎么办呢? 直愁得他神汗直流。

正当土地神抓耳挠腮之时,天上飘下一朵祥云,近得前来一看,正是大神观世音妙善菩萨。土地神慌忙撩衣欲拜,菩萨笑道:“非常时期,免了。”土地神直腰抱拳:“请问大神,小神可否搬迁陆地?”菩萨说:“要等湖神接管后才能搬迁。”土地神追问:“何仙充当湖神? 何时到位呢?”菩萨甩了一下拂尘,道:“目下天庭无神无仙可派,本神要你就地委托。”土地神点头、抬头:“请大神明示,要我委托谁呢?”菩萨玉手一指:“你看。”

不远处有十多个农人坐在树枝、树叶、莲叶上向湖岸逃去。土地神笑道:“那些都是凡夫俗民,上岸前不被淹死就算不错了,怎能委派?”菩萨脸一沉:“亏你还是一方土地,那树叶、莲叶下边是何物?”

土地神一愣,忙打眼罩,启动神眼,然后哈哈一笑:“那是妖蟒白蛇精。大神,你怎么神妖不分?”菩萨又甩了一下拂尘,愠怒道:“救人一命,胜造七级浮屠。不管它是妖是怪,白蛇黑蛇,只要能拯救生灵,救民于水火,就可大胆委以重任。何况它的修炼已近千年,很快即可引渡为仙,为何不能提前委托?”说完后不等土地神应声,迅速催动莲座驾云远去了。

当天晚上,土地神来到小岛,念动经文,白蟒蛇游出洞穴,点头拜道:“叩见土地爷爷。”土地神拿腔作调:“白蛇听宣,念你护岛救民有功,本土地神睁一眼闭一眼,不去报告天庭,保你继续修炼。”要足了面子之后,他接着说:“根据需要,本神委托你临时充当湖神,主持湖务,保一方水域平安!”白蛇伸直了身子,又缩了一下:“谢土地爷爷信任,白蛇同意充当。”土地神道:“那就好嘛。本神明早启程上岸;沭地青苗百谷、鸟兽虫蛙、山丘土地等事务繁多,累死我也,这片野湖,从此就交与你了。”说完后,刚要隐遁而去时,白蛇忙说:“公公且慢,请你临走前为我起个名字好不好?”

土地神心想:这蛇妖实在鬼精,一旦经我嘴命名,就算是“基层备案”了,天上过路神、地上得道仙们发现后,一般不会随便惩罚它。本想说自己没资格命名而一走了之,又一想,既然委托人家主持湖务,又有菩萨支后腰,为它起个能存史的名字,应是理所当然了。于是转脸道:“你是公的还是母的?”白蛇羞红了脸:“公公既是能掐会算的神仙,怎么还问这话?”土地神笑道:“你今后需要继续爱护生灵,素食忌荤,杜绝婚配,保持贞洁,提前按仙家规矩要求自己!”白蛇点头:“素食忌荤,保持贞洁,我记住了。”土地神望着它那周身洁白如玉的蛇身说:“记住就中,我看你的名字就叫‘白素贞’吧!”没等白蛇“谢”字出口,土地神急忙隐身遁去了。

二、救青鱼又助项象

土地神走后,白蛇精就认真主持湖务,测量水位、测算湖泊面积、清点和抚慰鱼鳖虾蟹,合理移植浮萍、莲藕、水草芦苇等。时间不长,这里就变成一片巨大的天然湖了,从天上往下看,就像美女晨妆时开启的镜面。湖面平静,水清见底,高高的白云和湖北边安峰山、房山(今均位于东海县境内)等大小青山,清晰地倒映水中,把一个湖山天影融为晶莹的一体,加上渔舍人家、风帆沙鸟,漂亮极了,天上的各路神仙,常常路过上空,停云欣赏。

话说湖东岸有个湖东村(今沭阳县湖东镇),村里有个穷光蛋姓项名象,虽然好手好脚却好吃懒做,常以乞讨为生。有一天,经不住村人指责,他只好借船下湖学打鱼,来到湖心后,想不到一网下去就捕到一条硕大如猪的大青鱼,望着那有着密密银色细鳞的鱼肚和磨刀石般厚实的鱼脊背,项象大喜,使出了吃奶之力才将大青鱼拖上船舱。当船快靠岸时他又犯愁了:这么大的鱼也没法背回家呀,正好邻居家有一把割芦苇的大镰刀遗留在船上。他就打算把青鱼一砍两半装进筐,用船桨当扁担把它担回去。

正当项象靠岸拴好渔船,开始剥掉青鱼身上的网,准备用刀砍鱼身时,忽听身后哗啦啦一阵水响,项象转脸一看,一条大蟒蛇路过船边,蟒蛇高昂着头,鼓着一对红宝石样的圆眼珠,口中发出“呼、呼、呼”的威吓声,项象先是愣了一下,继而两腿发抖,但很快就平静下来,两手抱拳向大蟒蛇拜了两拜。这是怎么回事呢?原来在一二十年前的一天,六七岁的顽童项象落水后，就是这条蟒蛇口衔树枝救他上岸的。今天相见，童年落水之事一下子展现眼前，怎能不拜呢？再说大蟒蛇见他有礼貌，点了一下头就转身游去。

蟒蛇刚欲泅入深水，忽听身后发出不寻常的响声，那是从船舱里被拖到外边船板上备砍的大青鱼蹦身子自砸船板发出的声音，鱼头撞得项象一个趔趄。蟒蛇掉头一望，只见那青鱼死死地盯着它，水晶般的眼睛里流出了泪水。蟒蛇念动妖经一算，啊，原来是修炼六七百年的青鱼精落难！自己身为湖神，怎能遇难不救呢？于是它又游了回来，望着项象举起的大镰刀，大喊一声：“住手！”

项象忽听人声，吓了一跳，右手一颤，刀落船板，转脸一看，还是刚才那条蟒蛇。他听庄上老年人讲，湖中不论鱼鳖虾蟹，只要能说人话，就是湖神。湖神不害人，穷人如能见到它，提什么条件，它都能应允。于是他“扑通”一声，跪在船板上叩了三个头：“湖神在上，小民项象家徒四壁，穷得叮当响，正等着这条鱼回家吃几天呢。”蟒蛇道：“你把那青鱼放了，我送你满船鱼虾回去。吃完了、卖完了，再划船到湖心小岛南边喊三声‘湖神’，我还会按时送你鱼虾。”只见它用蛇尾一扫，许多鱼虾“噗、噗、噗”地直往项象的船舱里跳呢。项象惊呆片刻，赶紧弯腰将青鱼轻轻地放入水中。不一会儿，船舱里跳满了鱼虾，项象连忙低头装筐，一担一担地往家挑……

三、惩治恶人破仙规

湖神白素贞救下青鱼精之后，知道它也是母的，非常高兴，便将它命名“小青”，称它为妹。小青原本生活在鲁地蒙阴山下古涧中，前几天被桑泉水冲到此湖；为感谢湖主救命之恩，小青妹表示不再回去了，愿协助姐姐操持湖务。从此，这片无名湖被她俩管理得更加有序，鱼成行、虾成团，莲叶荷花格外鲜艳……

再说穷光蛋项象那天晚上担鱼担到半夜，第二天把渔船还给邻居后就上街卖鱼，两天下来赚了一大笔钱，买米买肉又买酒，大吃大喝好不快活。几天后又到船匠处买只渔船，来到湖心喊了三声“湖神”，湖神说话算话，照样送他一船鱼。就这样，左一次右一次地，记不清多少回了。时间一长，项象卖鱼发了大财，建了瓦房又买田，娶了媳妇又纳妾，使奴唤婢，颐指气使；方圆百里没有不知他姓项的，人们都说项象是痴人有痴福，懒人交好运。可这家伙财大气粗之后，常常欺男霸女，周围农人、渔人恨死他，只因他有钱，当地的里长、县官都对他好，普通老百姓没人敢惹他。

尽管项象富甲一方，吃不清用不完，但他还是按时开船前往湖心要鱼。这天下午，因醒酒较迟，傍晚他才换上旧衣上船，家中名叫张三、李四的两名男仆要求陪他去，项象不允，因为他知道天机不可泄露，不能让别人看到湖神的样子，他要让自己独占这个天大的便宜。可当他抬头望天色时，觉得开重船回来太晚吃不消，于是同意张三、李四随他同往，但他交代：“你二人必须藏在船舱里贴边睡，身上盖草不露人，我在捕鱼时不准伸头张望，外边不管什么声音都不准吱声，只负责回来时划重船即可。”张三、李四双双点头。可到半途时他还不放心，害怕他喊三次“湖神”的声音泄露秘密，于是他撕破夹袄衣角，扯出棉花，将他二人的四只耳朵一一塞上，这才放心地向湖心划去。

船到湖心，天已完全黑了下来，项象按常规轻喊三声“湖神”，湖神露头时两只宝石般的蟒眼就像两只大灯笼，把湖面照得如同白昼，项象大喜，心中突然有了新主意。这次是湖神主动先说话：“还要鱼虾吗？”项象拱拱手：“要，这次只要半船。”湖神伸伸头：“为什么只要半船？现在家里穷得叮当不响了吧？”项象再次抱拳施礼道：“湖神在上，这次小民想要你一颗夜明珠，家里穷得晚上没油点灯呢。”话音一落，只见上次那尾青鱼在湖神头边露个面，瞬间发出一阵低低的水响声就不见了。

湖神惊道：“你刚才说啥？夜明珠？你是说要我一只眼珠是吧？”项象点头：“是的。我只要一只就够了，那一只留给你自己，你是神仙，应当还能再长一只。”湖神伸头靠近他的船檐说：“中，给你左眼，右眼留我。”项象第三次两手抱拳：“感谢湖神。”湖神说：“你在外边没法取，请你跳进来，手向右边伸就可以摘到我左边的夜明珠了。”说完后张开大嘴，项象信以为真，卷了卷袖子后，想都不想，双足一并，两腿一弯、一蹦，稳稳当当地跳落进蟒口里。此刻，湖西岸地宫里的土地神一觉醒来突然周身打了个寒战,"难道有事?"连忙掐指推算:啊,白素贞没有按仙家规矩要求自己,马上就要吃荤了,怎么办?是出宫点化禁止,还是报告天庭?可再一算,代理湖神的肉食已经进口,什么都来不及了。唉,随它去吧,谁让我当年说过"睁一眼,瞎一眼"的话呢?想到这里,翻身继续睡去。

话说蟒蛇看到项象跳进自己口后,嘴巴轻轻一抿,干脆来了个"囫囵吞枣",只听"咕噜"一声,就将项象咽进了肚里,先前的那条大青鱼又出现了,高兴地在水面上扑噜两下子,领着蟒蛇调头泅走,两侧湖水发出奏乐般的声音,此时,整个湖面刹那间漆黑一片。

四、"吞项"之后话题多

刚才的一切,让藏在船舱里的早将塞耳朵的棉花拔掉的张三和李四,从船帮板缝里看得清清楚楚,也听得清清楚楚,吓得他们大气不敢喘一下。现在,他俩争相爬出船舱,抖掉身上的草,摸到船桨后,鸡命狗命不要命地划着空船逃回家了。

第二天起,经过张三、李四活灵活现的宣讲,除去项象的妻妾儿女号啕大哭外,左邻右舍、四庄八院的人们又惊又喜。惊的是湖神不能随便得罪,喜的是项象这个恶人终于得到报应。一传十,十传百,一时间,人人都在谈说项象这个人和这件离奇古怪的事。通过这次谈说,还为后世民间留下许多警示性俗语、熟语,如"人心高过天,做了皇帝想成仙""吃了五谷想六谷""得了金马驹还想它娘"……其中最有名的格言类俗语是"人心不足蛇吞象(项)"。意思是说贪心不足者,即如项象这个人一样,迟早会被大蛇吞掉的。可是后世的许多俗语词典,却把该条俗语解释为"人的贪心大得像蛇想吞掉大象一样"。其实这种解释是不对的,因为世上的各种蛇,都不会这样想,也不可能吞掉比一个人大十多倍的大象。

好了,讲故事不能扯远了,我们还是回头说说项象吧。项象死后许多年,湖上渔民、湖周农民茶余饭后不断地谈说和传讲他,传说当年有个说书人还专门编了一段名叫《说项词》的书文,到处演唱和谈说。于是乎,这个由白蛇精主持湖务的无名大湖,从此就被人们叫作"说项湖"了。据说到了元代时,"说项湖"被河湖道官员们写作"硕项湖",这是后话不提。

话说白素贞吞杀项象回宫后,无意间启动妖经一算,它和小青的修仙道行被天庭太上老君密室内的修仙记录仪自动削减了两百年,当即,埋怨小青不该纵容她吞杀项象,因为项象虽然可恶,应由人间他人处置,她们处置就属违规。小青说:"姐姐不要后悔,大不了从头再来。"可是,她俩没有注意到的是,道行各自减少两百年直接导致她俩居住地上空的仙气变淡,妖气显现,妖气一浓就有危险。因为天庭有一条不成文的规定,下界精怪修炼处一旦妖气上升,天上各路巡游神及地方土地,都有报告天庭或直接请雷公击杀的义务。但此处由于土地神善心"包庇",其他如八仙等过路神大多行色匆匆,暂时没有降云细究。

忽一日,小青报告白素贞一件天大的喜事,湖周渔民在湖心岛上建了一座"白蛇庙",也叫"湖神庙"。原因是渔民们自从"人心不足蛇吞项"事件之后,弄明惩恶维善的白蛇就是湖神。回忆这么多年来,这儿连年藕菱丰收、渔事顺利,从来没有人落水身亡的事件发生,均与湖神有关。于是自发地建起这座庙,四时八节按时焚香祷告,祈祷上苍保佑白蛇,祈祷湖神继续佑护黎民。由于老百姓的香烟驱散了她俩的妖气,增加了对她俩的保护层。白素贞掐指一算,啊,天上的"修仙记录仪"的两百年道行又回升上来了。小青道:"姐姐,想不到天心不公人心公呢。"她姐说:"这儿的老百姓太好了,以后他们若遇大难,你我可要尽力哟!"小青点头:"那是自然的!"

五、人皇"通天"气玉帝

说说讲讲,到了下界大唐武周年间,武则天为开历史倒车,假说自己"通天",废唐改周乃天意,说她所做一切都是天上玉皇大帝托梦授意她干的。所以她在正式打出大周旗号和定朝号的那一年,特意定年号为"天授元年"(公元690年)。这样勉强过了五六年,天下人对"周朝"的酷吏欺民不满,加之朝中原大唐忠臣纷纷被抓被杀,天下人心大乱,背地里除骂武则天外,也连带着咒骂天上的玉帝,骂他瞎了眼不应托梦给她。

许多大臣也对武则天的“通天”产生怀疑。

有一天早朝，几位大臣直接问她：“皇上说的‘通天’，要有实例，光说托梦授意不能诚服天下，我们不相信废唐改周是天上玉皇大帝的意思。”刚喝过酒的武则天哈哈大笑：“要想看实例还不好办？”转脸望了一下窗外雪地里盛开的蜡梅道：“朕能叫天下百花在此冬天里共同开放，众卿信不信？”众大臣一惊，个个摇头。因为天下每一种花，都是天上的一名司花神直管，只有玉帝有权统一下令，百花之神才敢操作，地上一国人皇，是绝对办不到的。正当众大臣面露鄙夷之表情时，只见武皇提笔写了几句敕令词，叫太监盖上皇印后挂到上林苑皇家花园去，抬头对众臣道：“明天正午时，请众爱卿到上林苑看百花齐放，到时候大家就知道朕到底有没有通天的本领！退朝。”

次日午时，众大臣随武则天来到皇家花园，上林苑内果然百花盛开（个中神话原因，不在本故事交代，读者见谅），因是雪后开花，如同一张白纸上画着万紫千红的各色立体花卉。武则天得意地站在凤辇上高声问群臣：“怎么样？朕能通天，没有骗众卿、没有骗天下吧？”群臣无话可说，齐声高呼：“吾皇万岁万万岁！”山呼之后，武则天道：“上天垂象，证明朕能通天，故今年的年号改为‘万岁通天元年（公元696年）’。”此后众臣诚服武皇，天下暂时太平。

可是，百花于冬天里违背时令节气而共同开放，毕竟是一件惊天动地之事。各路神仙纷纷报告天庭，玉皇大帝大怒，急召众神议政，声言要严惩下界人皇武则天。太白金星说：“不能全怪人皇，是我们天界百名司花神员，目无陛下，自降神威，献媚于下界人皇所致，要查处，必须先要查处她们。”玉皇道：“仙卿说得对，回头散朝时，你就负责查处百花神一事，现在的重点讨论如何处置姓武的人皇，这个黄毛丫头实在气神，你看她假借我们天庭名誉，一会儿‘天授’，一会儿‘通天’的，长此下去，天庭的名誉被她败坏海了。”

八仙之一的铁拐李说：“陛下，人皇改朝换代使用‘天授’年号一事，真是你托梦授意她干的？”玉皇怒道：“放神屁”！本皇怎么能托梦与她呢？她算什么东西！”张果老用脚踢了一下铁拐李后小声说：“你如说陛下托梦给月宫大美神嫦娥嘛，还沾点边，说她托梦下界人皇是大笑话，他们之间有天地之别、人神之别，你懂吗？”玉皇望了一眼张果老：“有话大声说，不要私下嘀咕。果老爱卿，你看是派神员下去，直接处死她还是派神员用计整她下台？"张果老未及开口，铁拐李抢先说道："陛下，可令天池里的神龟下界潜入人皇上林苑荷花池内，单等武则天步池赏荷时，一张嘴吞掉她算了。"张果老白了他一眼，转脸面向玉皇："陛下，违背仙规的事绝对不能做！"太白金星说："果老说得对。无论是直接处死，还是她的手下大臣，或者是她的亲儿子赶她下台，摘掉她皇冠，我们天庭都不能插手，这是原则。"闻听此言，玉皇大帝着急无奈，手拍神案："难道这口气就这样咽了？"此时，只见东海龙王走出神群，也不施礼，直接来到玉帝身边，贴着他的神耳嘀咕几句。玉帝笑道："就这么办！退朝。"

六、菩萨点化蛇化龙

龙王到底出了啥馊主意呢？这个主意与他的专长有关。就是使下界三五年不下雨，地上苗不长、粮歉收，老百姓饥渴难耐时必造反，一造反，人皇的皇位自然就保不住了。此方法既不违背仙规，又不需动用天庭一兵一卒，玉帝哪有不同意的？所以，一经他点头，东海龙王立马通知其他三海龙王及他的麾下负责日常布雨的施雨龙："五天内不得施雨！"

天上一天，就是人间一年。一晃，三四年过去了，下界各地禾苗枯焦、河床裂缝，人们口干舌燥，愁眉苦脸，因饥渴生病而死的黎民越来越多。各地土地神纷纷前来天庭上访，都说天庭对人皇有意见，可碍黎民百姓什么事？要惩治人皇，而不应惩治万民和禾苗呀。怎么能随便做出这种没天理的事情呢？可是，玉帝这几天就是躲着不见他们。

一天，通都大邑的长安土地神突然发现上访神群中少了一方土地，谁？一查方知是江北淮安道的沭邑土地神没来。是何原因呢？难道他们那里不干旱？这时，鲁邑土地神过来说："走，俺们先去沭地问问，反正玉皇不见大家，俺也不能在一棵树上吊死。"长安土地神望了一眼大家："走就走！"

不一会，天上几十团彩云降到"说项湖"上空，长安土地神念动内部经文，沭邑土地神笑呵呵地升空迎接。双方直扑主题之后，沭邑土地神手指下边的蛇神庙说：“我地之所以风调雨顺不缺水，主要归功于蛇精白素贞。这小白虽未正式成仙，但她的护民、爱禾苗之心，不亚于你我。她和她的朋友小青，大胆使用湖水惠及周围百里土地。”鲁邑土地神插话道：“它们是用何法下雨的？龙王知道吗？”沭邑土地神叹口气：“它俩都是饮湖水充腹，一趟一趟地低空吐水，全于深夜进行，不扰民，龙王也不会知道。”

长安土地神又望一下众土地神：“人家这里有义妖，我们那里又没有，大家看到底怎么办？不能让所辖土地的黎民百姓渴死饿死吧？”蜀地土地神说：“龙王没法找，玉帝又死不见我们，我们能有什么神法子呢？”鲁邑土地神瞅了一眼蛇神庙道：“病急乱投医，俺看就令这里的蛇精到各地吐水如何？”长安土地神盯了一眼沭邑土地神，沭邑土地神低下头：“恐怕不中。”鲁邑土地神手拍他肩：“老弟，瞎，瞎句话，你让它出来，问问，看有何困难。”

于是，沭邑土地神先让大家降下云头贴近水面后，刚要念动经文，忽听空中传来神声：“慢来！”一朵彩云落到众神面前，莲花宝座上的妙善菩萨面带怒容说：“你们不是不知道，它白素贞没有位列仙班，就是进了仙班，那种搅云布雨的事，她也做不来，因为那是龙的事情。至于它这几年能按时为当地黎民吐水抗旱，是它以损失三百年道行的代价换来的结果。”菩萨用拂尘指了一下“说项湖”说：“余下这一点点藏身湖水，不要说根本不够你们各地旱田使用，就是够，它白素贞也没有足够的法力远程吐水。所以说，你们这班老土地，说话做事也不动动脑子，算是白占了土地神的位子！”

听到这里，众土地急忙各自盘云下跪：“小神知错，请大神宽恕。”菩萨笑道：“知错了还不赶快离开，你们要找，应当去找龙王才是道理。”长安土地神抬起头：“菩萨不是不知，我们法力不济，且又位卑职小，根本无法见到比玉帝的架子还要大的龙王，能否请菩萨移步海面，叫出龙王，令他布雨？”菩萨道：“这段日子，龙王们统归玉帝直管，我也叫不动他们了。”众土地长跪不起：“菩萨乃仙界第一大善神，您不想办法救苦救难，天下万民就没救了，田里的有些禾苗就要断种了。”众神说毕，个个掩袖抽泣。不一会，又由抽泣变为大哭。哭声由低到高，天空一下子晦暗下来，有日无光，有月无色。俄顷，湖面上刮起一阵湖风，夹杂着呼啸声。

妙善菩萨微笑自语："下界民间有'鬼哭狼嚎'之说，想不到我们仙界还有'神哭风啸'的现象呢。"不一会儿，只见她甩了两下拂尘，立即哭止风停，四周亮了起来。

妙善菩萨低声道："领白蛇前来见我。"身后显出何仙姑，仙姑前走几步，口念经文，湖面上立刻浮出蟒蛇，再念经文，蟒蛇缩成一条尺余长的可爱的小白蛇。仙姑一弯腰，就将小白蛇放到她的荷叶里。仙姑来到菩萨面前，单腿一跪，将荷叶呈到妙善面前。妙善笑了笑，伸手摸了一下它的身子后，取出净瓶。仙姑说："张开嘴！"白蛇乖乖地张开小嘴，妙善用净瓶在它中口点滴了三滴红色仙水说："还你三百年道行。"白蛇闭嘴咽下，摇了摇蛇尾，又听仙姑说："再张开嘴！"白蛇听令后见大神又取出另一小净瓶，又在它嘴里点滴了三滴蓝色仙水，这才收起净瓶，手握拂尘正色道："白蛇听令，本神命你临时化龙，到各邑土地所辖上空搅云布雨！"躺在荷叶上的小白蛇连忙翻身点头。妙善接着又小声关照："你要恪尽职守，尽心布雨，拯禾苗、救万民！完成任务之后裹云藏身，秘密潜回原处继续修炼。以后，倘若有神驱杀，可带小青去六笔湖逃命。"说完望了一眼仙姑，何仙姑立即起身，捧荷叶将小白蛇向空中一抛，瞬间，一条大龙腾空而去，只见天上各色彩云、大团乌云争相迎接，菩萨与何仙姑驾云从另一方向远去了。

下边的各邑土地神早就立起身向龙腾方向远眺，沭邑土地神道："龙头龙尾都像，唯腰身蛇皮不像龙身。"鲁邑土地神说："你可能没看过人间的《史记》一书，在第 9998 片竹筒上就有'蛇化为龙，不变其文'八个字。意思是说，外皮纹理虽未变但它的本质已变。相信你处这个蛇精归来后，再也不是普通的蛇精了。"沭邑土地神自豪道："那自然啰。"可他一转脸，刚才的一大群各邑土地神全都不见了。"哟，都回辖地迎接降雨了哦！"自语后转身遁去。

七、天下太平天不平

话说白素贞由蛇化龙腾空后，一转身就发现自己到了鲁地上空，俯视身下大地上的一处黄苗，转眼间一片葱绿，哦，真是龙行一步，草木皆春呀。它不由地抖了抖身子，感觉周身有使不完的劲，知道是红蓝仙水的作用，顿时信心百倍。于是穿行几百团乌云查看，发现天空里到处都是存雨云，它知道这都是龙王下令禁雨而无龙搅布，使之成为“雨库”的结果；面对无数雨库，她十分生气，决心捣破所有雨库，让天下饥渴的沃土吃个透。

此时，一位黄脸大神来到它的面前施礼道：“我乃西天如来处过路风神，特来向施雨龙报到，愿意协助你为天下布雨。”蛇化龙惊喜地点头还礼：“好，这就开始。”

于是乎，它们龙借风势，风助龙威，一时间，天上地下，一阵阵“呼呼呼，哗啦啦”，润万物、灌河床、浇山岭、滋池塘。它们从东到西、从南到北，一处不漏，干旱多年的大地得救了，满眼都是绿色的、鲜活的世界。地面上各地的黎民百姓，淋着雨站在房屋外边，眺望云中不断翻滚展现的美丽而神武的白色龙体，边观赏边山呼“神龙，神龙……”

巧了，这一天正好又是原大唐旧臣协力推翻“周朝”、宣布武则天下台的一天。复唐后的中宗李显，望着天上积极布雨救民的白龙，高兴地向群臣宣布：“我大唐新年号就定‘神龙元年’（公元 705 年）”……此后风调雨顺，百谷丛生，天下太平不提。

话说四海龙王之首的东海龙王，独自躲到北海与几位龙王玩了个痛快之后，在返回东海龙宫时发现下界万木葱翠、人欢马叫的景象时，直气得龙须乱抖，半途中启动龙经推算，方知坏他事的是大神妙善菩萨和蛇妖白素贞。这还了得，不追究她们，玉帝皇威何在？本神龙威何在！于是他走近家门而不入，调头直奔天庭。

玉皇大帝正好有事外出，前来串门的太上老君代为接待。东海龙王口若悬河般说了一通之后，说玉帝归来时定要他处理妙善、惩治蛇妖。太上老君手摇拂尘，慢条斯理道：“龙王消消气，听我慢慢说。第一，你当时出那个馊主意，无非是要下界人皇下台，使玉帝消气，而现在那人皇武则天，不但下台而且已经死了，玉帝早就消气了。”龙王急问：“真死了？”老君笑道：“不信你算算看？”龙王当场推算后点头：“不错，已经死了有两三天（年）了。但她死归死，如不追究妙善菩萨一点责任，玉帝的天威何在？”

太上老君欠了欠身子说："这你就错了，观世音当时所为，正是为了维护天威，如果按你的馊主意进行到底，下界万民、百谷还不知要渴死和断种多少呢。再说哩，她观世音妙善菩萨是谁要处理就能随便处理得了的吗？不经西天如来批准，玉帝想动她一根汗毛都不能。"

看到火暴暴的龙王稍微安静一下，老君甩了一下拂尘继续说："第二，至于那个蛇妖，哦，不，她现在已经不是蛇妖，应当是位列仙班了，而且经当地'基层备案'，早就是一名非常合格的湖神了！"龙王插话道："它修行未满，怎么就位列仙班？老君老糊涂了吧？"老君白了龙王一眼："她虽然还差一二百年，但人家饮服了西天如来送给妙善的几滴仙水，经过了蛇化龙的过程后，其质已变，早就符合千年资质。这些神界常识性知识，还要我老翁细说吗？"

龙王离座站了起来："它白素贞属于水族，水族归我管。我不同意，我不宣布，它就永远是精怪，休想位列仙班！"望着太上老君那张气白了的神脸，龙王接着说："她观世音目中无神，不与我通个气就随便点化妖蛇为龙，你还说什么'其质已变'，它变来变去还不是一身蛇皮？能与我龙族真龙相比？你不好好炼丹，整天摆弄什么修仙记录仪，什么满千年能成仙，不满千年时蛇化一次龙竟能超千年，这些不都是你这老家伙一个神说了算？我告诉你，没有本龙王同意，你的破记录仪不要说记录蛇妖满一千年，就是满三千年都不作数！"龙王越说越来气："本龙王不需要等玉帝归来，我现在就去找雷公，叫他把蛇妖在化龙过程中的三百年资质打掉再说！"说完后不待老君答话，一步跃出宫外腾云而去。

八、龙卷风起逃西湖

话说白素贞自完成任务后别了风神，按妙善指示裹云潜入说项湖以来，每天仍然与小青照常主持湖务。忽一日，土地神急火火盘云来到小岛上空，念动经文叫出蛇化龙白素贞，不等素贞请安便喘着粗气告诉她："龙王这个坏种死不讲理，马上就要引雷公前来，即使击不死你，但最起码能击没你三百年蛇化龙的道行，本神令你赶紧带小青逃往他乡！"

蛇化龙惊问：“公公，你令我逃往何处？”土地神反问她：“上次菩萨对你怎么说？”蛇化龙想了想：“大神提到‘六笔湖’，不知六笔湖在哪儿，请公公算算。”土地神笑道：“这还用算？就是西……”只听他突然住口望了她一眼：“哦，这个地名不能点破。现在你明不明白？”蛇化龙点点头表示明白。土地神说声“好”后贴近她的龙耳低声说道：“到了六笔湖湖面时立即忍痛复变为原身蟒蛇，找到第三座古桥，进入桥下深潭，那潭叫藏龙潭，有桥神保护，你和小青就住潭内安心修炼增加道行吧。”蛇化龙用龙尾在水下微动的方法通知了青鱼，然后又问土地神：“公公，我们这次需要修炼多长时间？”

土地神抬头望望天，叹口气道：“再修三百年。三百年后如果还是不能真正位列仙班，我看你不如干脆变成美女走进人间，体验一下凡夫俗民的生活。到时找一个如意郎君，相夫教子做个普通民妇就好！仙界不是什么好待的地方。你看天庭玉帝的女儿七仙女，不也曾经跑到凡尘生活过吗？”

蛇化龙听土地神仔仔细细关照得这么多，竟感动得流下泪来。此刻，青鱼游出水面，土地神瞅了一眼小青：“你们赶快走吧，事不宜迟呀！”话一落音，只见上次配合降雨的风神及时赶来，蛇化龙说一声“公公多保重”后，猛然抬起头来，抖一抖龙体，左爪拉住小青，右爪向空中摘一朵云裹牢龙体和鱼身，真是龙无云不行、龙无风不速哟，只见蛇化龙将龙尾一摆，风催龙体，顿时湖面上升起一根巨大的水柱。此刻，湖神庙门前祈祷的渔民甲说：“嘿，天和水亲起嘴来了！”俄顷之间，巨大的水柱在水面上旋转着，旋转着，由低到高，由慢到快。渔民乙说：“看呐，龙能卷风了！”此后，民间就留下了“龙卷风”一词。

无论三百年后是伤心而无憾的悲剧，还是坎坷而圆满的喜剧，鱼龙曼衍的“龙卷风”，什么也不管了，闪电般地直向杭州的“六笔湖”方向闪去。

讲述者：程官书（男·1895 年生·文盲·农民）
搜集整理者：臧继骅（江苏·沭阳）
流传地区：沭阳、东海、涟水、新沂等地

白娘娘的前半生

《白蛇传》里白娘娘的故事,相信大多数人都知道,但你知不知道白娘娘与许仙前半生的故事呢?且听我细细讲来。

从前,西湖边上有一户大户人家,生活富裕,乐善好施,他们家里有一个小公子叫许宣,生得唇红齿白,聪明伶俐,心地也非常善良。

一天,许宣下了学去外面玩耍,突然听到呼呼的声音,他循声望去,看见一棵大树下有一条杯口粗的花蛇,正在呼呼地大喘气,突然它张大嘴巴,要吞噬掉它面前一条浑身雪白的小蛇。那小蛇颜色雪白雪白的,对着大蛇瑟瑟发抖,似乎十分恐惧。听到了许宣的脚步声,小蛇转过头看着许宣,头连着点了几点,眼神似乎在恳求许宣搭救它。许宣赶紧跑过去,用竹竿驱赶大蛇。那大蛇回头看看他,眼神里射出狠毒的光,却不敢和人作对,只好落荒而逃,丢下那条伤痕累累的小白蛇。

这条小白蛇只有筷子一样粗,卧在那里,像是一段残雪,许宣觉得它又可怜又可爱,就轻轻地把它揣在怀里,带回家去,弄了一个小容器放在里面,又给小蛇喂刚刚烧好的米饭,不过小蛇好像不太爱吃米饭。许宣想啊想,又给小蛇放了肉和鱼,它果然吃得很开心。

几天后,小蛇的外伤渐渐好了,非常活泼好动,许宣更加喜欢这条白蛇,晚上睡觉也搂在被窝里,还经常用口袋装上它,带它去私塾听课。学堂放学以后,他会带着小蛇去河边的草地上玩耍,一起在水里游泳。

有一次,一个亲戚说要给许宣提亲事,他十分苦恼,偷偷跟母亲说,不想定亲。当时他的胳膊上正好缠着小蛇,母亲开玩笑说:“你这么喜欢这条蛇,等它长大了,变成一个大姑娘,给你当媳妇吧!”许宣竟然使劲儿点点头,从那以后,家里就开玩笑说那条白蛇是许宣的媳妇。

夏天到了,天气闷热,许宣家里的仆人接二连三生病,怎么诊治都不见好,家里十分忙乱。这一天,街上来了个年轻的和尚,长得眉清目秀,他围着许家的院墙左转三圈,右转三圈,然后敲响了许家大门。

许家问他何事，和尚双手合十，说道：“近日宅上人口不宁，多人生病，可有此事？”

许家人一听，急忙称是，赶忙恭恭敬敬地把和尚请进门。和尚让许家所有人都来到大堂，包括那些生病的佣人。他一个一个叫过来相看，叫到许宣时，他的眼中突然放出灼灼的神光，耸起鼻子乱嗅，突然说道：“如果小僧所料不错，你养了一条白蛇是吧？”

许家人吃了一惊，不等许宣回答，就急忙称是。和尚说：“正是此物作祟惑人。此物虽然短小，那是因为它功力尚浅，长大以后会腾云驾雾，白日飞升，祸乱人间！它是天上星宿下凡，普通人家收留了就会倒大霉的！”

这番话说得许家人直冒冷汗，不等许宣答应，就跑到他的房里把那小蛇拿出来交给和尚。和尚哈哈大笑，从背囊里拿出一个小小的竹篾编织的笼子，把小蛇放进去，又在外面贴上一道写满字的符，告辞走了。

许宣仿佛被摘了心一样难受，悄悄出门，跟在那和尚的后面。只见和尚走了一会儿，可能是看见脚上有泥浆，就坐在河边洗鞋子。那只小竹笼就放在他的身边，许宣悄悄靠近竹笼，小蛇昂起头看着许宣，两道眼泪直流下来。许宣心如刀割，突然冲上前，一脚把竹笼踢进河里。和尚大吃一惊，伸手去抓竹笼。可是许宣用的力气很大，竹笼进水，恰好一个大浪打过来，一下冲开了好远。和尚贴的那道符被水一泡，渐渐洇开，掉了下来，随水被冲远。那小蛇立刻破笼而出，沉到水底不见了。

和尚气得指着许宣破口大骂，他的肚子也气得一鼓一鼓的，越鼓越大，最后竟然鼓得像是肚皮下藏了一个大鼓！许宣瞪大了眼睛看着这一幕，害怕极了，转身想跑。突然，那个和尚一下子栽倒在河里，竟然变成了一只大蟾蜍，肚皮还是鼓得那么大，然后顺着小蛇消失的方向，飞快游走了。

许宣目瞪口呆，敢情这是一个蟾蜍精啊！他开始为小蛇担心起来，怕它被捉到，在河边祈祷了一会儿，沮丧地回家了。

许宣心里难过，到家之后饭都没吃，就回到了自己卧房，一进房间他就惊呆了，床上盘着雪白的一团物事，不正是小白蛇吗？它的头高昂着，看见许宣以后，露出调皮的笑容。许宣这一下喜出望外，一把将小蛇抱在怀里，使劲亲着，哽咽着说：“我的宝贝，我还以为再也见不到你了！”

许宣吧嗒吧嗒掉眼泪，小蛇用头蹭着他的下巴颏儿，伸出舌头舔干他的眼泪，似乎在安慰他别难过。这时许宣也感到，经过这一次劫难，小蛇也变大了一些。为了不让家里人担心，许宣把小蛇藏在床下，没敢告诉任何人。

因为家里人的病还都没好，要继续请医调治，这一天请来一位名医，医生诊断说，这些病人都是中了蟾蜍之毒。应该是有一只得道成精的蟾蜍在许家上方喷吐毒气，才会导致多人生病的。他对症下药，家人的病很快都好了。

这一天，许宣与家中的佣人到镇上去玩耍，看到镇上新来了一个白发白胡须的老头，正在设摊卖汤圆，奇怪的是，他卖的汤圆分两种，一种是平常大家常吃的那种大小的汤圆，开价是一个铜板五个汤圆；另一种是小得像珍珠那么大的汤圆，一个铜板只能买两个。许宣觉得好奇怪，为什么小的汤圆反而卖价高呢？于是他要佣人用一个铜板买了两个珍珠大的汤圆，一口就吃掉了。说来也怪，一入口就感觉那两个汤圆像长了腿似的，直往自己喉咙里钻！入口感觉滑滑的，凉凉的，也没有什么特殊的味道。

回到家里后，晚饭时间到了，母亲喊许宣吃饭，他却摇摇头说不饿，在房间里和小白蛇玩得很起劲。那以后一连好几天，他始终都没有饿的感觉，肚皮一直是鼓鼓的。家人怕了，以为许宣得了什么怪病，找来郎中诊病，郎中都说孩子的身体没问题。可是，一连三天，许宣一点也没有食欲。家人这才急了，详细询问佣人，这几天许宣都去过什么地方，生活和平时相比有没有什么异常。佣人想了良久，说："一定是那个老头卖的汤圆有问题！"他就把许宣吃了两个珍珠汤圆的事儿说了出来。许宣的父亲赶紧跑到镇上去寻找那个白须老头。还好，老头还在那里摆摊卖汤圆，他笑呵呵地捋着白胡子说："我的汤圆一个铜板两枚，吃下去肯定和普通的有区别了。如果孩子真的有什么不舒服，你回去后只要在他的后背上连拍三下，自然就会好了。"父亲回到家里后，拉过许宣，按照老人讲的，在他的背上连拍三下，只见他的嘴巴"哇"地一张，吐出了两个白色的汤圆，落在地上，大家仔细一看，哪是什么汤圆啊，分明是两颗白色的珍珠！只见那两颗珍珠雪白浑圆，散发着美丽的光泽。许宣低头去捡珍珠，不提防一道雪白的银光划过，众人只觉得眼前一花，两颗珍珠不见了！出现在大家眼前的，是那条白蛇，珍珠被它吞下了肚！更诡异的是，那白蛇的身体突然暴涨了一圈，身体也长了好多！众人目瞪口呆，纷纷躲闪。只见那白蛇如一匹银练一般，蜿蜒腾挪，围着许宣连转了三圈，随后扶摇而起，破窗而出，腾云驾雾，转眼间飞得无影无踪。

其实，那就是刚刚出世还没有得道成仙的白蛇娘娘白素贞。想当初，它幼小软弱，还没有多少功力，差点就丧身在那条花蛇之口。后来，那个卖汤圆白发白胡须的老汉，是来搭救她的天上星宿，两颗珍珠是助她尽快成仙的仙丹。白蛇娘娘吃了那两颗仙丹，按照仙界的说法，道行一下增长了一千年，立即飞到空中，在云雾中穿梭来去。但是，尽管道行长了一千年，可离得道成仙还有不少差距。

这一日，它看到镇江方向冒出一束奇异的黑光，直冲云霄。那光芒辉煌灿烂，似乎还发出一缕异香。它心中狂喜，知道时机来了，它立即循着那奇光飞呀飞呀，一直飞到镇江的金山寺旁，只看见金山寺山脚下一块突出的大石头上坐着一只硕大的黑色蟾蜍，头对着天空中的太阳，蟾蜍缓缓地从嘴里吐出一口气，随着气息，一颗光芒璀璨的黑珍珠被抛到三四丈远，随后蟾蜍又迅速伸出长舌，把珍珠再收纳回肚中。它反反复复做着这一个动作，悠然自得。

白蛇一看喜出望外。这是蟾蜍在练功，她找准了蟾蜍吐纳的时间间歇，等着蟾蜍再次把珍珠吐到三四丈远还未来得及收回时，就在那电光火石的刹那，突然一个俯冲，一口把黑珍珠吞进了自己的肚中。那蟾蜍也非凡物，按它抛珠吞珠的功力，也有数千年道行。这道行的精华就在内丹之上，这一急非同小可，千年修行就这样被白蛇夺走了！蟾蜍跳起来想要攻击白蛇，可那白蛇一口把珠子吞了，相当于又增加了一千年的道行，离得道成仙又进了一大步，蟾蜍哪里是它的对手呢！不等蟾蜍扑到身边，白蛇一个翻身，早已经腾空飞起，翻身上得天庭。

天庭各路神仙一见白蛇，已经知道它的前尘过往，再也不敢小觑。但按照天庭规矩，白蛇如此得道成仙有违天规，所以，玉帝摇头说道：“以你两千年的道行，照理可以做个小仙，但因为你在凡间曾受凡人相助，不仅救了你的性命，还助你修仙得道。按我仙界规定，你必须把这一笔人间恩情回报了断之后，才能重返天庭，做那逍遥快活之仙啊。还有那金山寺的精蟾，被你生生夺走了一千年的道行，你也要给它一个交代才行，否则就乱规矩了。时辰正好，你这就下去了吧！”说完，那玉帝拂尘一拂，白蛇就从天庭跌了下来，一头栽到了杭州西湖的断桥旁。

那白蛇栽到断桥上，就碰到了许仙，随后就演绎了一则千古绝唱《白蛇传》。那白蛇就是家喻户晓的白娘娘，那许宣其实就是那个许宣，后来人们以讹传讹，成了许仙。而那金山寺的精蟾，则变化为法海和尚。这一男一妖一老僧，从此演绎出一段千古绝唱的爱情故事。

俞鹭（上海）

青蛇渡劫记

一

白蛇传奇，有情有义，曲折动人，而生性聪颖伶俐、爱憎分明的青蛇精小青的前世故事，同样感人至深，催人泪下——

且说碧空之下，淼淼东海之中，曾有一座鲜为人知的海岛，名唤黛螺山。岛上有一个幽洞，叫黛螺洞，栖居着一条修行近千年已能轻松幻化人形的青蛇，自取名曰小青。这日午后，小青修炼完毕刚走出黛螺洞，便听阵阵啾鸣撞入了耳鼓。

可恶的笨鸟，又来惹我心烦。小青嗔怪暗骂，循声望去。

长空里，振翅飞来的是一对长翅短尾、白羽红喙的黑脚信天翁。信天翁俗称呆鸥、笨鸟，雄鸟雌鸟一经结缘结伴，便会终生不离不弃，直至老死于同一片海域。而小青则日复一日，年复一年，茕茕孑立，形影相吊，天天见这对也栖于黛螺山的老邻居耳鬓厮磨，难免眼气，于是常嘲谑它们是笨鸟，还扔石块，轰赶它们能飞多远就飞多远，少在自己眼前秀恩爱。

“笨鸟，你们又没孵蛋，这么早回来找打吧?”小青捡起块石子作势欲扔，哪料，黑脚信天翁叫得愈发急迫，打个盘旋直落下来。

小青见状，忙收了手：“你们说什么？在哪儿?”

黑脚信天翁又是一通啁啾。不待听完，小青已纵身跃起，转瞬即化作一条四足青蛇，乘风破浪而去。

一路疾行，不消片刻，几块随波漂荡的破烂木板映入小青的眼底。其中有一块，上面还趴着个看不清模样与年纪，也不知死活的男子。方才，那两只黑脚信天翁飞回黛螺山，跟小青说的就是这事，这个人。

俗语云：救人一命，胜造七级浮屠。这可是修行成仙的大法门。心念及此，小青又化作人形，轻灵落于水面，伸手去试探男子的鼻息。

是个年轻后生，人还活着，还有半口气！小青欣喜不已，当即使个法术，那一板一人便飞快地漂向了黛螺山。

接下来的两日，在小青的精心照料下，那年轻后生又接连服用了几颗丹药，在鬼门关转了几圈，总算挣脱黑白无常的枷锁逃了回来。昏昏沉沉中一睁开眼，便看到了一个明眸善睐、清纯无邪的年轻女子。得知自己是被她所救，年轻后生强撑着翻身就要下跪道谢："在下姓薛，单名一个义字。姑娘的救命大恩，薛义定铭记在心，没齿不忘。"

"公子客气了。碰巧遇上，不必介怀。"

小青盈盈一笑，拦住他报了姓名，谎说她和哑巴老爹以打鱼为生，喜欢过与世无争的生活，就来了这小岛，安宁度日。薛义仍惊魂未定，说几日前，他与两个同乡驾船出海，不幸遭遇风暴，船毁人散，能在茫茫大海中活下来，堪称不幸中的万幸。说着，又要去叩谢小青的老爹，小青遮掩道，老爹捕鱼去了，一时半会恐难回来。等薛公子再休养几天，恢复体力，就送他离岛。

二

长话短说。一转眼，五六日过去，薛义已好得差不多，也该回家了。小青趁他不注意，走到海边背静处，召唤来那对黑脚信天翁，纤手轻点，一只变作了木船，另一只则变成了一个白发白须背微驼的老头儿。

"笨鸟，你占大便宜了，就扮一回我老爹，送他赶紧离开黛螺山。记住，你是哑巴，不能乱叫。"小青笑道。

"啾啾啾"，黑脚信天翁"老爹"冲她叫了几声。小青当然能听懂，"老爹"在打趣呢：孤男寡女，同居一洞相处了数日，你就舍得他走？小青的脸颊忽然飞上一片红云："再敢乱说，信不信我拔了你们的毛，让你们变成野鸭子！"嗔骂未落，出人意料的一幕上演了——

只见薛义走来，竟面对黑脚信天翁"老爹"双膝一沉，"扑通"跪地，

“咚咚咚”，磕过三个响头谢过救命之恩后，又一字一顿地开了口：“我喜欢上小青姑娘了。过几天，我还会回黛螺山，带媒人来提亲。我向您发誓，我会好好照顾她，疼她一辈子。”

“你走啊，谁喜欢你？谁要你照顾？”小青声音陡高，打断薛义，下了逐客令，“爹，快送他走，别让他在这儿聒噪！”

喊罢，小青一拧身，跑回了黛螺洞。而后她立在洞口，目送“老爹”载着薛义渐渐消失在浩渺烟波之中，大颗大颗的眼泪顿时如断线的珠子，噼里啪啦地跌出了眼眶。

平心说，日日苦修，孤独噬心，寂寞蚀骨，个中滋味绝非常人所能承受。而几日相处下来，小青也暗暗喜欢上了这个本分勤快的薛义。可是，她不能接受他，只能把这份喜欢深深埋在心底。因为，她是一条青蛇啊，寄身黛螺山千年修炼，只为了实现一个愿望：渡劫飞仙。

问世间谁人无忧，唯神仙逍遥快活。能渡过天劫，飞升天界，位列仙班，一直是小青所执着追求的唯一目标。但身为蛇精，实乃妖怪，飞仙是逆天之举，必会遭滚滚天雷的轰击考验，此之谓天劫，没有例外。

要成功，当须抛弃私情，全力专注于修行。谁料，数日后一个晌午，那对黑脚信天翁又啾啾叫个不停。小青举目远眺，很快看到一叶舟帆正向着黛螺山驶来。

是薛义。薛义还真是倔强，竟带着媒婆说亲来了！

绝不能让他上岛。他喜欢我，我也喜欢他啊，一旦情难自已，我的千年修习就将功亏一篑。稍一愣怔，小青骤然发一声嘶叫，化为青蛇纵身入水，宛如离弦之箭游向了那艘小船。原本平静的海面上，顷刻间波诡云谲，风起浪涌，接连不断地打向小船。那媒婆当场骇得心惊肉跳，脸色大变，捏着兰花指嚷道：“快掉头，回去，我可不想掉海里喂了鱼鳖虾蟹！”

“别怕，快到了，不会出事的——”

薛义喊声脱口，一个大浪便打过来，掀翻了小船。眼瞅着他和媒婆连呛了几口水，眼翻白要沉底，小青终还是心软了，长尾一扫，折过船身，接着将两人卷进船舱，又潜入海底招来一条巨型梭鱼，让它推着小船飞一般原路返回。与此同时，小青猛然出水，腾上半空，翻卷着猩红蛇信作势欲扑。那样子分外狰狞。“怪物啊！”媒婆顿时吓得魂飞大半，昏厥过去。

受了这次惊吓，料想薛义再也不敢来了。小青凄然一笑，泪落，风轻，浪歇。

三

在海岛离群索居千年,最紧要的一刻终于到来了。

是夜,海上恶浪翻涌,势如万马奔腾;天空闪电刺目,闷雷滚滚。约莫到了清晨时分,仍黑黢黢的苍穹犹似漏了一般,瓢泼大雨哗哗往下倒个不停。此时,一夜未眠的小青冒着雨,顶着风,走出黛螺洞,神色凝重地走向了黛螺山的最高处。

没错,小青要渡劫飞仙了。

天劫,是浩瀚天威对强横生命的一种制约,是检验修炼成果的试金石。小青当然心知肚明,经此一劫,要么成仙,要么魂飞魄散,万难有第三种结果。而以往的事实显示,绝大多数渡劫者都在雷击中灰飞烟灭,能挺过去、活下来的百不余一。

“我能成功么?”

“不管成功与否,都将注定我和薛义就此永诀。身灭,缘尽;即便侥幸升仙,天规森严,人仙亦不能在一起。”

“薛义,对不起,或许这就是命吧。”小青喃喃说罢,强稳心神,摒弃杂念,昂首挺胸站上了高高的礁石。旋即,数道炫人眼目的闪电划过天际,一个滚雷随之落下来。那声响震耳欲聋,惊天裂地,“呱啦”,炸到了小青身上!

“啊!”小青失声痛叫,侧歪欲倒,还“噗”地喷出了一口鲜血。但她的脸上,却露出了惨白笑意,拼尽全力挺直了腰身。

“我承受住了雷击,我要飞仙了——”

然而,小青未能飞升,头顶之上,依旧电闪雷鸣,如野兽嘶吼。仅仅一怔,她便想明白了,她还需承受一击,或者更多次劈打。

适才那一下,就几乎要了她的命,又哪还能撑得住?“老天,你为何这般待我?我修了千年,等了千年,为何却是一场空?来吧,既然无果,死有何惧!”此时的小青满心悲愤,也绝望了,仰天大呼中娇躯一震,化身青蛇决意冲天,以死去抗争老天的不公。蓦地,一个人影跌跌撞撞猛扑过来,用力推开了她。与此同时,天雷再次劈下,径直将那人击打得遍体鳞伤,惨不忍睹。

又是薛义!他冲破惊涛骇浪,又一次冒死来到了黛螺山!

“薛公子——”

同样被雷击得伤痕累累、踉跄仆地的小青一寸一寸,吃力地爬向薛义。好似经过了漫长的一百年,一千年,她终于爬到了薛义跟前,两双手,也终于握到了一起。

“薛公子,你怎么又回来了?你为什么要这样做?”小青止不住泪流满面。

薛义凝望着她,目光是那般的柔和:“因为,我喜欢你啊。”

“可是,你都看到了,我是一条蛇啊。”

“我不在乎。在我心里,你只是那个善良的小青。”

小青说:“可是,我为了渡劫成仙,苛待了你,还差点害了你。”

薛义的声音越来越微弱,断断续续:“那是你的事。喜欢你,是我的事。青姑娘,别再赶我走,好吗?”

小青紧紧抱住薛义,边呜呜大哭着,边一个劲儿点头:“我答应你,我不会再赶你走,不会。薛公子,我也喜欢你……”

薛义笑了。笑着笑着,缓缓闭上了眼睛,两人从此阴阳相隔。而小青就那样抱着他,哭一阵,想一阵,笑一阵。风停了,云散了,朝阳冉冉升起,霞光染红了万顷碧波。那两只黑脚信天翁发出一声悲鸣,久久地盘桓在黛螺山的上空……

四

正因为有了这段刻骨铭心、三生不忘的经历,后来与白蛇白素贞相遇,小青才会倾力助她与许仙冲破世俗,缔结连理;面对金山寺僧人法海的挑拨离间、中伤陷害,她才会挺身而出,坚决反击;当白素贞被镇压于雷峰塔下,她又苦苦修炼,意欲毁塔,救白素贞与家人团聚。

既然两情相悦,两心相许,就应该像黑脚信天翁一样,生相伴,死相随,白首不相弃。

张长菊(黑龙江·哈尔滨)

金山寺为什么朝西

镇江金山寺雄踞于镇江市区西北，原为扬子江中的一个岛屿，是中国佛教禅宗四大名寺之一。金山寺依山而造，寺中裹山，山中有寺，气势恢宏壮丽。更与众不同的是，它的山门朝西，正对西方极乐世界。我国所有寺庙山门大多是坐南朝北，为什么唯有金山寺朝西？说起金山寺的朝向，还与白蛇与许仙的爱情故事有关呢。

相传古时候，镇江没有金山，也没有金山寺，从金山寺到焦山沿江一带，一片荒芜。镇江城因为面临长江，所以一发大水经常被淹，老百姓怨声载道，叫苦连天，于是在扬子江边建了一座寺庙，取名泽心寺，祈求来年镇江城不再受灾。谁知泽心寺造好不到一年，就屡遭雷打火烧，原来，泽心寺正对南天门，得罪了玉皇大帝。要想不再遭火焚，只有改变寺庙朝向。

重建后的泽心寺朝北，因为不太显眼，香客寥寥无几，一度被人冷落。直到法海追踪白素贞到泽心寺，才得以整改。

五百年前，法海与白素贞分别是一只乌龟与一条白蛇，只因许仙买了吕洞宾卖的汤圆无福消受，吕洞宾将他倒拎水面，汤圆顺口吐出滚到水里。水里尚未得道的乌龟与白蛇展开一场争抢，白蛇用尾巴一甩乌龟，再加上它脖子长，游得快，一口吞下仙丹，提前修炼成人，化身美丽动人的白素贞。原来那汤圆是吕洞宾炼就的仙丹，相当于五百年道行。乌龟咽不下这口气，苦苦修炼，终于得道成人，化身法海。法海到人间的第一件事就是寻找白素贞的下落，以报当年争抢仙丹之仇。听说白素贞修炼成人形后，与许仙成亲，并在镇江开了一家药铺，法海就一路循踪而来。

法海来到泽心寺，但见泽心寺前大江曲流，顿时被深深吸引，打算在此落脚。法海四处化缘，他要重建泽心寺，将其改向朝东，以重振泽心寺香火。

重建后的泽心寺香火立刻旺盛起来。法海每日里除了烧香诵经，就是四处打听白素贞的踪迹,终于从香客口中得知白素贞在镇江城里开了家叫保和堂的药店。法海一路打听,找到保和堂,乘白素贞出门之机,游说许仙出家,将他诓藏寺中。白素贞闻讯赶到泽心寺,冤家相见,分外眼红,白素贞指着法海怒骂:“法海,我与你无冤无仇,你为什么要劫持我家相公?快把他交出来!”

法海听罢,手执擎天禅杖,仰天哈哈大笑:“白素贞,你不要以为化身人形我就不认得你!你还记得五百年前跟我争抢仙丹之事吗?你可以忘掉这件事,我可一直没忘。你破坏了我的好事,就休想与许仙在人间颠鸾倒凤!”

白素贞这才知道法海原来是五百年前与她争抢仙丹的乌龟精,顿时花容失色,拔剑而上:“看剑!”就见一道白光朝法海刺去。

法海将擎天禅杖一挥,刀杖相撞,“咣”的一声溅起一片火花,只几个回合,白素贞就发现法海的法力远远在她之上,硬战下去必定处于下风,随即跳出圈外,道:“法海,你要是三天之内不交出我家相公,休怪我把泽心寺化为废墟!”

法海根本不把白素贞的话放在耳里,正色道:“你俩人妖殊途,休想让我放走许仙。想将本寺化为废墟,谅你也没这本事!”

“好,你等着!”白素贞言罢,飞身而去,来到东海边,取出头上银簪,朝江水中一搅,顷刻间,风起云涌,江面上升腾起一股白雾,一条小白龙腾空而起,东海龙王三太子敖闰来到白素贞面前,参身下拜:“白姐姐有何吩咐?”

龙王三太子为何尊称白素贞为姐姐呢?原来,敖闰当年因纵火烧了龙宫殿上的明珠,犯下大罪被处死罪,后被观世音菩萨救下,命其在蛇盘山等待唐僧西天取经。那时,尚未得道的白素贞刚好在蛇盘山修炼,见其可怜,天天采野果前来探望,二人日久生情,情同兄妹,敖闰曾向白素贞发誓,只要熬得出头之日,定当重报。敖闰修成正果后,赠给白素贞一枚银簪,嘱咐她如果有事相求,只要将此银簪在东海里一搅,他便会前来相助。

白素贞一见敖闰,立即跪拜:“太子哥哥,法海将我家相公藏匿泽心寺,我想借用东海之水,水漫泽心寺,请哥哥助我一臂之力!”

敖闰也不问事情缘由,点头应允:“好,待我即刻施法,水漫泽心寺!”

敖闰召集虾兵蟹将，吹响号角，霎时大水滚滚，汹涌澎湃，整个镇江城成了一片汪洋。突如其来的大水令法海惊慌失措，慌忙脱下袈裟化为长堤阻拦。但这场大水来势汹汹，法海使尽法力都有点力不从心，他在心里嘀咕：白素贞哪来那么大的法力，能调动东海之水淹没金山寺？飞身一看，原来是龙王三太子在作怪。他回到寺中，挟持上许仙，直奔东海去找东海龙王。

东海龙王正在龙宫睡大觉呢，听说法海来找，忙问何事，法海道："龙王，镇江城被淹，你可知情？"

龙王一惊，问道："此话从何说起？"

听龙王的口气，想必是三太子在越俎代庖了，法海开始在龙王面前煽风点火："既然龙王不知，那为何镇江城被淹，百姓叫苦连天，现在老百姓都在骂您龙王爷呢！"

龙王惊愕不已，怪不得刚才打瞌睡时，梦见龙宫在摇晃，不由火冒三丈，到底是谁在私用权力？他跟着法海直奔镇江城，只见三太子敖闰正在白素贞的指挥下，动用东海之水淹没泽心寺。龙王火冒三丈，冲上去就给敖闰一巴掌："你不好好给我待在龙宫，净干些丧尽天良之事，赶快给我滚！"

敖闰一见龙王，顿时泄了气，偷偷对白素贞道："姐，我只能帮你到此。"说罢，回龙宫接受惩罚去了。白素贞失去得力助手，只好先退一步，再伺机行动。

泽心寺被洪水长时间浸泡，摇摇欲坠，成了一片危房。法海的袈裟化成长堤拦在泽心寺前，金光闪闪，俨然成了一座小山，把寺庙正门都给堵住了。龙王向法海赔不是，责怪自己管教不严："法师，待本王回龙宫后，一定派人来重造寺庙。"

龙王没有食言，过几天就派来虾兵蟹将重造寺庙，但因为法海的袈裟已化成长堤，貌似一座小山，寺门不能再往东开，而改向朝西，由于袈裟化成的小山金光闪闪，因此长堤被称为金山，新落成的寺庙也改名为金山寺。为保护金山寺不再受洪水侵袭，龙王又派虾兵蟹将在金山的东面沿江垒起一道高高的防洪堤，起名北固山，又怕给镇江人民带来不便，故而沿途设了一个渡口，叫西津渡。为保镇江人民不再受洪水侵袭，龙王又在金山上造了个白龙洞，直通东海，处罚三太子日夜驻守，不许让金山寺出半点差错。这也是金山白龙洞的由来,因为白龙经常游到金山寺驻守,所以金山寺又称为龙游寺。后来因为水漫金山寺之事,又有了大水冲了龙王庙,一家人不识一家人之说,其实这句话原先指的是大水冲了泽心寺,鉴于此寺为龙王重建,后来慢慢被民间改为大水冲了龙王庙一说。龙王为给法海赔罪,给他造了个避身之所,名曰法海洞。白龙洞和法海洞至今还在,大家不妨实地考察。从此,金山寺成了全国独一无二的朝西寺庙,香火旺盛,名扬中外,直到今天。至于法海与白素贞间的恩恩怨怨,那是后话。

倪海胜(浙江·台州)

白娘子斗金蟾

《白蛇传》的故事家喻户晓，可是，其中有段白娘子为救百姓，自损八百年修行斗金蟾的故事却鲜为人知。

那时白素贞带着小青，随许仙在城中开医馆救治穷苦百姓，一家人过着幸福安宁的生活。

可是忽然有一天，城中不少百姓都得了一种怪病。得病的人面色黧黑，浑身浮肿，起初觉得呼吸困难，最后是腹痛如绞。

他们来到许仙的医馆求治，可许仙却从没见过这种怪病，束手无策。白素贞看在眼里，急在心上。这天晚上，白素贞正在院子里苦苦思索怎么救治百姓，忽然看到西北方向闪出一道金光。白素贞仔细察看，看出是有人在那儿修炼法术，心里不由得一动，这道金光会不会和这场怪病有关？白素贞连忙呼唤小青，一道前去看个究竟。

两人驾云循光来到城西北的一座山前，在快要接近金光时降落云头，悄悄地摸上前去查看。

只见山顶上怪石嶙峋中有一个石坑，石坑里有一湾清澈见底的池水。而此时，赫然有一个巨大的蛤蟆，正不偏不倚地端坐在池水的泉眼上。

这只蛤蟆通体金黄，面南背北，举头望天，正对着月亮张着一只巨大的蛤蟆嘴。在它的蛤蟆嘴上方一尺左右，有一只鸡蛋般大小的珠子，那耀眼的金光，正是这颗珠子发出来的。再一细看，那个珠子发出耀眼金光的同时，这个金色蛤蟆身下清澈的泉水，却一会儿变黑，一会儿变清，不停地变换着。

看到这儿白素贞明白了，原来这场怪病还真是由这只大蛤蟆引起的。小青性子急，刚要现身，却被白素贞一把按住，示意她不要轻举妄动。小青无奈，只得眼睁睁地看着金蟾将那只巨大的珠子吞回腹内，然后跳出池水，浑身抖了抖，忽然变成了一个肥头大耳的商人模样。小青和白素贞都吃了一惊，这不是才从外地来开当铺的钱掌柜吗？原来他是一只金蟾精。只见钱掌柜若无其事地四下看了看，腾空驾云而去。

白素贞来到池水旁，细看地脉地势，发现这儿是一处集结地灵的神泉。怪不得金蟾要在这儿修炼，因为神泉能令它的功力突飞猛进。但这眼神泉也和地下水相连，老百姓喝了带有金蟾毒的井水，自然就会中毒了。这时小青忽然想起来，当初她们在西湖边修炼时，曾经遇到过这只金蟾。只不过那时金蟾还小，但它心肠歹毒，修炼时爱走歪门邪道，经常靠祸害别的生灵来提高自己的功力。有一次让白素贞和小青撞见，把它狠狠地教训了一顿，赶出了西湖。没想到今天又在这儿遇到，看来它还是恶行不改，只顾自己修炼，不管别人死活。小青埋怨姐姐不该拦她，刚才应该教训它一顿，把它赶走。白素贞忧心忡忡地说：“今时不同以往，你没看它修炼的内丹有多大吗？我们现在是不是它的对手还不一定！况且你也知道，金蟾修炼放出的毒，只有它的内丹能解，即便我们打败了它，到时候它一走了之，那中毒的百姓怎么办？”小青一听也犯了愁，是啊！这只金蟾那么歹毒，肯定不会自损功力耗费内丹去救百姓。可除了它的内丹，中毒的百姓又无药可救。

看来只有设法抢它的内丹了，可是修炼者都知道，内丹在体内的时候，会随着生命的终止一同消失，而且吐出时一旦失去，修炼者就会法力全无，所以他们都把内丹看作命根子，哪会那么容易被别人抢去。本来金蟾修炼时把内丹吐出是一个绝好的机会，可离得近了容易让它发觉，离得远了稍有风吹草动它就会将内丹吞回，时间上根本来不及。两人想了半天也想不出好办法，最后小青无奈地说：“唉！要是能在金蟾吐出内丹时把它定住就好了。”谁知白素贞听了这话，眼睛却突然一亮，有办法了！原来白素贞后期在深山修炼时，曾听说过在终南山有一种定身果，人吃了以后，二十四个时辰内如果别人大喊一声“定”，那人就会被定住一分钟。小青一听，那还等什么，赶紧去找吧！于是两人回家跟许仙略一交代，连夜飞往终南山。

第二天，两人来到终南山，降落云头后，不由犯起愁来，原来白素贞连定身果长什么样都不知道，这偌大的终南山该去哪儿找呢！这时，忽然从山顶飞来一只仙鹤，飞到近前，摇身变成了一位童子。童子往岩石上一站，横眉立目，大声喝道：“呔！何方来的妖孽？竟敢私闯终南山！”小青刚要发火，白素贞连忙将她拦住，双手合十，将来意一五一十跟仙童做了禀告。仙童听完后，态度虽然好了很多，但却面露难色：“就怕你们拿到定身果也没用。”白素贞忙问为何，仙童将她们领到一株树前，指着树上的果子说：“这定身果不仅长得奇形怪状，味道更是又苦又涩，这样的果子，那金蟾怎会心甘情愿地吃下去，难不成你们要扒开它的嘴硬塞不成?”白素贞和小青一听顿时心凉了半截儿，可事已至此，只能央求仙童先给她们果子，容她们回去再想怎样才能让金蟾自愿吃下去。

仙童倒也痛快，这玩意儿不像起死回生的灵芝那般珍贵，说实话，留着也没什么用，既然是为了救百姓除妖孽，就痛快地给了她们两个。

白素贞和小青回来后，小青好奇地掰开一个用舌头轻轻地舔了舔，接着“呸呸呸”连吐了好几口，那个仙童倒真没骗人，这玩意儿又苦又涩，鬼才肯吃呢！

两人想了半天也不知道该怎么办，这时，又有不少百姓被送来救治。看着他们痛不欲生的样子，白素贞把心一横：“没别的办法了，只能给金蟾下毒，然后把这果子捣成浆，让它当药吃下去。”

小青听了连连摇头：“不可能，金蟾可是百毒不侵，什么毒能奈何得了它？除非是用我们的内丹下毒，那也只能勉强让它感到腹痛。”白素贞点了点头，说：“就是用我们的内丹下毒。”

小青一听差点跳起来：“你疯了，姐！想要用内丹让金蟾感到腹痛，差不多需要损伤你八百年的功力呢！”白素贞看了看外面那些疼得满地打滚的百姓，猛地一跺脚：“不能再拖了，今天是十五，金蟾一定会去神泉修炼，这事就这么定了！”白素贞不由分说地将定身果捣成浆，把许仙叫进内屋如此这般交代了一通，然后带着小青出了门。

时近中午，钱掌柜像往常一样进了如意酒楼，点了几个菜，要了一壶酒。哪知道一壶酒还没喝完，忽然觉得肚子剧痛起来，这是怎么回事，好端端的怎么会突然肚子疼呢？这当然是白素贞损耗八百年功力，用内丹给他酒里下毒的缘故，可钱掌柜不知道，只知道自己是百毒不侵，不可能是因为中毒而肚子痛。

这个疼痛可非同一般，疼得钱掌柜头上直冒冷汗。俗话说，病急乱投医，钱掌柜不知所以，慌慌张张来到医馆，让许仙帮他看看是怎么回事。许仙给他看了一下，煞有其事地说：“钱掌柜，你的症状是着凉了。”钱掌柜听了也没起疑，反而觉得挺准，因为那神泉的水冰凉彻骨，他觉得自己可能真的着凉了，于是让许仙赶紧给他开药。许仙拿出早就备好的果浆，钱掌柜迫不及待地拿来吃了一口，顿时皱起了眉头，舌头吐得老长：“怎么这么苦啊！”许仙和颜悦色地说：“没听说过吗？良药苦口利于病啊！”钱掌柜想想也是，于是苦着脸一大口将果浆吞了下去。你还别说，刚吞下不一会儿，肚子就开始渐渐不痛了。钱掌柜很高兴，直夸许仙妙手回春，留下诊金后告辞走了。到了晚上，白素贞和小青早早埋伏好，等金蟾又来神泉吐出内丹修炼时，白素贞突然跳出来，大喊一声：“定！”金蟾猝不及防，没等收回内丹就被定住了。说时迟那时快，只见小青身子一翻现了原形，忽地上去一口就将金蟾的内丹吞入腹中。金蟾内丹一失，法力全无，等定身解除后连忙仓皇逃命。接着小青吐出金蟾的内丹，白素贞赶紧做法将它碾成粉末，撒在了泉眼里。第二天，那些得病的百姓喝了白素贞带回来的泉水，病很快就好了。白娘子为救百姓，自损了八百年功力，所以后来水漫金山时，才会法力不继，再加上怀有身孕，致使大水失去控制，淹了镇江。白素贞虽因此触犯天条，但因为她斗金蟾救百姓积有功德，所以天庭从轻发落，只将她压在雷峰塔下二十年。

滕建军（山东·胶州）

白素贞镇江休夫

一、寻　妻

自从水漫金山后,许仙觉得自己的娘子白素贞好像变了个人似的,平时温文尔雅体贴入微的,突然变得沉默寡言心事重重了。

又是一个月黑星稀的晚上,为了解闷,许仙在隔壁的小酒店内喝了一壶绍兴黄酒,感觉头晕乎乎的,便一摇三晃地回到了家里。见屋内黑漆漆的没开灯,他就摇摇晃晃直接往房间走,谁知推开房门一看,只见房内灯光昏暗,甚是撩人,床前有一股淡淡的香味扑鼻而来。许仙不觉往床上看去,白娘子已和衣睡下,那婀娜的身姿顿时让许仙心跳不已。

许仙心想,这段日子娘子一直闷闷不乐,把自己也憋坏了,看来今天总算云开雾散了。想到此,许仙赶紧脱衣上床,抱住娘子想听听她腹中婴儿是否在动。可刚抱住就感觉有异,娘子的肚子怎么瘪瘪的?抬头仔细一看,差点吓得滚到床下:床上躺着的竟然不是自己的娘子,而是娘子的丫鬟小玉。

水漫金山后,小青生许仙的气,不愿再待在许家。那天,白素贞去送小青,回来时带了一名年轻女孩。女孩叫小玉,十八岁。白素贞告诉许仙,她在街上看见一个卖身丧父的女孩,见其可怜,便动了恻隐之心,出钱为小玉安葬了父亲,然后就将其带回家了。白素贞说,自己快要生了,小青又不在身边,有小玉帮忙就好多了。

可……小玉怎么会睡在他们床上呢?这么一惊,许仙的酒全醒了,他急急巴巴地问小玉:“小玉,你怎么睡在我们床上?娘子去哪儿啦?”

不想小玉并没有大惊小怪,而是满脸含羞地说:“相公,你大概喝多了,这是小玉的房间呀……”

什么?是自己走错房间啦?许仙定睛细看,不由暗吃一惊,眼前真是小玉的偏房。可刚才明明是进的自己的房间,怎么……唉,看来真是喝多了。许仙赶紧向小玉赔礼道歉:“小玉,我……我……”

“你什么呀?官人……”小玉突然上前抱住许仙,柔声细语地说:“官人,现在娘子又不在,你何必如此惊慌,其实我早就对你有……”

“小玉,你别胡说八道!”许仙一把甩开小玉,说:“娘子对你这么好,你怎么可以有如此非分之想?今天是我酒喝多了,你要打要罚都可以,就是不能做对不住娘子的事情。”

今晚的遭遇让许仙不寒而栗,幸亏自己清醒得早,要不然真的闯下大祸了。回到自己房间,许仙轻声喊了两声“娘子”,可房内却鸦雀无声。他点亮蜡烛,见娘子并不在房中,再往四周一瞧,只见桌子上放着一张纸,拿起一看,是娘子写的,上面的墨迹还没干:……官人,我知道你总是嫌弃我是异类,一会儿用雄黄酒试我,一会儿又躲到金山寺去出家……现在你和小玉情投意合,我留在这里也是多余的……看到这里,许仙再也看不下去了,不由放声大喊:“娘子,你快回来,我和小玉是清清白白的呀……”可是,任凭许仙喊破了嗓子,也没有把白素贞喊回来。

一连几天过去,仍不见娘子回来,许仙实在忍不住了,就一个人跑到镇江找姐姐姐夫帮忙。姐夫李公甫在府衙当差,外边熟人多,赶紧找朋友四处寻找,谁知几天下来依然毫无收获。李公甫两手一摊,说:“大舅子呀,不是姐夫没本事,实在是你这个老婆太厉害了。我们只能在人间找,可她是上天入地无所不能,你叫我们到哪里去找?看来她这次真的生气了,你除非到阎王爷那儿才能见到她。”

二、休 夫

这天,李公甫正在衙内当差,忽然门口传出“咚咚咚”三声鼓响,他赶紧跑出门口问道:“何人击鼓?”

“民女冤枉!请青天大老爷申冤。”门口跪着两个女人,李公甫一看大吃一惊，竟然是白素贞和小玉。再抬眼细看，更是惊讶不已：白素贞脸色苍白，肚子扁扁，根本不像个十月怀胎的孕妇。再看边上的小玉，腰身凸起，行动缓慢，仿佛就要生产似的。李公甫怕自己认错，走上前问道："下跪者何人？"不想两人同时回答，肚子瘪的那个叫白素贞，肚子凸的那个叫小玉。看来自己没有弄错，那么这其中肯定另有蹊跷，李公甫便跑到后院请知府大人升堂。

见知府大人升堂，白素贞从怀里掏出三张状纸。第一张是状告金山寺住持法海，他生为出家人，却心胸险恶，不思善念，编造谎言，拆散良家夫妻；第二张是状告民女小玉，贪图享乐，不守妇道，勾引有妇之夫；第三张状告丈夫许仙，生为人夫，还见异思迁，听信谗言，害妻灭子……

三张状纸看得知府大人心惊胆战，在他的一亩三分地内竟然还有这等目无法纪之人，他伸手抽出令箭往地上一扔，喝道："李公甫，你赶紧将人犯一一抓来。"

李公甫接令后，随即命令两路人马，一路去金山寺抓法海，一路去自己家里抓许仙。

不一刻，许仙随着衙役来到堂上，一见白素贞，顿时又惊又喜，两眼含泪扑了上去："娘子，我找得你好苦啊！这下我再也不要和你分开了。"

可白素贞并不惊喜，依然冷若冰霜地说："许官人，我已不是你的娘子了，你的娘子在这儿。"

随着白素贞的手指，许仙这才看清，小玉也跪在一边。可再仔细一看，又是大吃一惊：小玉的肚子鼓鼓的，而娘子的肚子却瘪了。"娘子，我们的孩子哪儿去了？难道这几天你是躲起来生孩子去了？"

一提孩子，白素贞顿时泪流满面，骂道："许仙，你还有脸问孩子！是你亲手害死了我们的孩子……"

啥？孩子没了！许仙像挨了个晴天霹雳，拉住白素贞的手问道："娘子，这到底是怎么回事？你快告诉我，告诉我……"许仙一把鼻涕一把眼泪，哭得很伤心，白素贞见了也有些不忍心，才说出了实情：那天许仙听信法海的谗言，躲在金山寺不肯出来，无奈白素贞只得施法水漫金山寺，可是在与法海的争斗中伤了胎气，尽管她一直在尽心疗伤，可最终还是没有保住腹中的孩子。

说到这儿,白素贞突然一指边上的小玉,说:“许仙,你不要猫哭耗子假慈悲。我们的孩子流产你是求之不得,你心里只有这个小贱人和她肚子里的孩子……”

这时,小玉跑过来抱住许仙道:“官人,你不要难过,我们的孩子快生了,你马上可以当爹了。”

许仙见状吓得直往后躲:“小玉,你不要胡说,你的孩子和我没有关系的。”

此刻,知府大人看不下去了,一拍惊堂木喝道:“许仙,你休得无礼,让小玉细细说来。”

知府大人一发威,堂下即刻静了下来,只听小玉轻声禀道:“大人,小玉从小身体虚弱,经常去许仙的药店抓药。许官人非常善良,多年来对我照顾有加,一来二去,我和他便日久生情。去年我父亲过世,又是许官人为我出钱葬父,后来我们就偷偷地订了终身,便有了腹中的孩子……”

“胡说!”许仙气得满脸通红,“小玉,我什么时候和你好过?你为什么要这样诬陷我?”

“好了好了,别吵吵了。”知府大人不耐烦地问,“白素贞,你们现在是公说公有理,婆说婆有理,但没有证据,你叫本官如何了断?”

白素贞说:“大人,要证据不难,等孩子生下来,长大后就一目了然了。如果大人有耐心,我情愿十八年后再来与他们对质。我与许仙已无情义,且我已写下休书,请大人成全。”

三、救　儿

白素贞从怀里掏出一份休书,把所有人都惊得目瞪口呆,知府大人想:我做了这么多年的知府,还从来没有见过这样的奇案。既然白素贞这么肯定,那就与她赌一把。

知府大人刚想答应白素贞的请求,就听有人喊道:“大人请慢。”这时,去抓法海的两个衙役押着法海赶到了。法海上前,盯着白素贞和小玉来回打量了几遍,看罢,目露凶光道:“你们两个孽畜,竟敢在大堂之上欺瞒众人,看我不收了你们!"

说着法海就要动手,不想白素贞毫不退让地问道:"法海,你是不是杀人成瘾了?动不动就要大开杀戒。今天在知府大人的公堂上,哪里有什么妖?难道跪在你跟前的这个弱女子是妖?难道知府大人会人妖不分……"

白素贞这么一斥问,知府大人脸上也挂不住了,喝道:"法海,你休得无礼!你的事我还没问,你却先要撒野,看来你真是目中无人。"被知府大人一番教训,法海才有所收敛,站在边上不敢出声。

见自己的话镇住了法海,知府大人不免有些得意,便打着官腔道:"此案错综复杂,所有人等暂且回家,不得擅自离开。孩子生下来好好抚养,等十八年后再来定夺。"说完,一拍惊堂木退堂了。

虽然案子断得极其荒唐,可知府大人的话谁敢顶撞。各自散去后,许仙依然带着白素贞和小玉回到了家里。可自此不管许仙如何求情,白素贞始终不和许仙待在一起,而小玉时常盯着许仙,许仙也一直躲避着。

不久,小玉生下一个男婴,取名叫仕林。就在仕林三朝时,法海突然到来,将躺在床上的小玉收于钵内,压在了杭州的雷峰塔内。小玉被收,白素贞也突然消失了,就剩下许仙一个人照顾孩子了。可这孩子到底是谁的,许仙还不知道,他想起白素贞说的十八年后会来证实孩子是谁的,所以他下定决心,要把孩子抚养成人。

不觉仕林已满月了,许仙准备抱去给他理胎发,刚走到街上,迎面碰见法海。法海走到跟前,伸手想抱抱仕林,忽然一阵旋风刮来,法海顿时捂着双眼叫苦不迭。等旋风过后,许仙发现自己已抱着孩子在理发店里了。

转眼已到仕林周岁了。许仙要给孩子办桌周岁酒,一大早就忙开了,他又是洗又是烧的,忙了整整一天。晚饭后倒在床上就睡了,等一觉醒来发现仕林不见了。他赶紧叫醒睡在隔壁的姐姐和姐夫,一家人四处找孩子,可喊破了嗓子也不见仕林的身影。

思来想去,可能又是法海在作怪。一家人连夜赶到了知府衙门,知府大人得知消息也觉得事态严重,便带着人马追到了金山寺。谁知,刚到金山寺门口,就听见里边传来了孩子的哭声,于是马上叫门冲进了寺内。法海还没来得及把孩子藏好,衙役已冲到了他的跟前。

虽然是一场虚惊，但知府大人却当场下了死命令，让李公甫夫妇一起帮着许仙带孩子，不能有丝毫差错，要不然十八年后他无法交代。

寒来暑往，不知不觉中度过了十八个年头。仕林也已长成一个帅小伙。今年是大比之年，他准备前往京城赶考。

就在这当口，法海却拉着知府大人闯了进来。法海指着仕林对知府大人说：“大人，你瞧瞧，这孩子到底长得像许仙和白素贞，还是长得像许仙和小玉？”

知府大人已好几年没见过仕林了，乍一看顿觉惊讶不已，这孩子一半像许仙，一半像白素贞，跟小玉没有半点相像。知府大人不明白，冲着仕林问道：“你明明是小玉生的，怎么一点儿小玉的影子都没有呢？”

法海得意地说：“其实小玉就是白素贞，白素贞就是小玉。”见知府大人还不明白，法海解释说，当时白素贞为了混淆视觉，她变成了小玉，又让小青变成了白素贞。所以仕林是白素贞的孩子，也是个妖孽，如果不趁早除掉将后患无穷。法海说着，从袖管内掏出金钵就要往仕林头上套。正在此刻，天上飘来一朵青云，云堆里飞出一道金光，“哐当”一声，把法海的金钵给砸得粉碎。

云堆散开，小青飘然而至。小青说：“法海你说得不错，可是你只知其一，不知其二。小玉是我们变的，可你知道我们为什么要这样做吗？当年，我们水漫金山，触犯了天规。姐姐知道会有这一劫，她最担心的是仕林。姐姐知道你心狠手辣，一定会想尽办法除掉仕林。为了借助知府大人的力量来保护仕林，她才想出了这么个休夫计划。虽然姐姐被压在了雷峰塔下，但她知道，仕林成人后会考取状元，推倒雷峰塔的。”其实法海也算到了，所以才不择手段想陷害仕林……就在众人都全神贯注听小青解释时，法海突然跳起，一掌劈向仕林。说时迟，那时快，小青以迅雷之速合掌迎向法海，就听“啊”的一声，法海踉跄两下，倒地现出了原形……

半年后，仕林考取状元，推倒了雷峰塔，一家人终于团圆了。

邓解华（江苏·昆山）

蛇蚌相争

白素珍和许仙在西湖情定终身后,两人便在镇江开设药铺,悬壶济世,救死扶伤。这天,小青急匆匆地从外面回来,把白素珍拉到里屋说事。原来,从杭州回来的人说,西湖边上不时有游人失踪,传言湖底有妖怪作祟,弄得百姓人心惶惶。

白素珍掐指一算,不由心中一惊,湖底的妖怪是只蚌精。正逢许仙出门置办药材,她要给病人治病不能脱身,就令小青去杀死蚌精,为民除害。谁知蚌精已修炼千年,功力非常了得,小青非但没有打败蚌精,反而让对方擒住,不得不现出原形,被囚禁于蚌精居住的洞穴里。

白素珍久等小青不归,料想大事不妙,待送走病人后,关上店门火速赶去西湖。到了西湖边,一瞅四下无人,一个猛子扎进水里,沿着湖底一路搜寻,终不见蚌精踪影。突然她想到蚌精喜好吃人,就从湖底捡起一片锋利的石砾,在身上划出一道口子,血腥味瞬间在水里弥散开来,白素珍于是继续在水里搜寻蚌精。

这一招果然很管用,蚌精闻到血腥味后,慢慢游了过来,想乘其不备来个突然袭击。白素珍早就看穿蚌精的伎俩,但让她万万没想到,这蚌精也早已修炼成人,还是个面容娇好的女子,看来这是一场势均力敌的殊死较量。

蚌精慢慢靠近白素珍,猛地使出阴招,白素珍一闪避开,果断回以一击,就这样,两人扭打起来。由于两人功力相当,几十个回合下来,都未能伤及对方,一时难分伯仲。蚌精见一时难以取胜,运用法力看出对方是条白蛇,想来是为救洞中的青蛇,就跟白素珍谈起了条件:“白蛇,如果你不来干涉我逍遥自在的生活,我就把青蛇还你。”

白素珍岂能答应,指着蚌精气愤地说:“你已修炼成人,就要遵守人间规矩,不能再残害无辜生灵。”

蚌精被说得恼火了,上前又是一阵厮打,一边却佯装退缩,一步步把白素珍吸引到洞穴。洞口由无数根人的白骨垒成,里面黑乎乎的,看起来非常阴森恐怖。白素珍犹豫地停下脚步,只见蚌精冷笑道:“青蛇就在里面,有本事进去把她救出来。”

白素珍生怕有诈,不敢贸然行事,但那些森森白骨令她不忍直看,她决心先毁了这洞穴再说,于是施展法力,瞬间白骨轰然倒地。

这一招激怒了蚌精,她马上变幻成河蚌,一张一合扇动蚌壳,一波波汹涌的水流夹杂着石块扑向白素珍。白素珍左躲右闪,好几次险些被击中,无奈只好变幻成白蛇,用尾巴死死缠住山石,蛇头与蚌精做周旋。

只见蚌精忽然张大蚌壳,露出一颗硕大莹白的珍珠,射出一道耀眼的亮光。白素珍猝不及防,只觉得眼前一片眩晕,就在这当口,蚌精迅速合上蚌壳,把蛇头吸入蚌内,同时收紧蚌肉,想把白素珍置于死地。

危难之际,白素珍伸出蛇信子四下攻击,她发现只要触及珍珠,蚌精就会一阵抽搐,蚌肉也就会松动一下。可白素珍刚想退出蛇头,蚌精马上又收紧蚌肉,白素珍顿感呼吸困难,只好再次去触及珍珠。几次三番下来,双方互不退让,搅得湖水一片混沌,后来,两人从水里一直争斗到岸上。

第二天清晨,双方早已累得筋疲力尽。一个樵夫恰好经过此地,见一条白蛇和一个河蚌死死缠在一起,且个头奇大,心想拿到集市肯定能卖个好价钱,于是,他毫不费力地一把抓起它们放进布袋。

樵夫背着布袋来到集市,找个空地方开始叫卖起来,众人闻讯后纷纷围了过来,争相目睹蛇蚌相争这一奇观。由于离开了水,蚌精也是寸步难行,只得任凭樵夫处置。

不一会儿,大家七嘴八舌地议论开来。一个老妇人双手合十,口中念念有声,哀求樵夫大发慈悲,放它们一条生路。

樵夫白了老妇人一眼,没有去理会她,老妇人啐了樵夫一口,骂骂咧咧地离开了。

突然,人群中钻出一个屠夫,他一眼就看中那条白蛇,在心里盘算着,这白蛇红烧或者熬汤都是美味一绝,一斤蛇肉抵得上好几斤猪肉。

屠夫一心想要白蛇,双方谈妥价格后,他刚想掏出银两,就听见有人说:“且慢。”

说话的是一位面目清秀俊朗的男子,他朝樵夫拱手直言道:“恭喜兄长，你捡到的是个宝贝。”

樵夫听得一头雾水，就问男子：“不知喜从何来，又是何宝贝？”

男子让樵夫移步一旁，在他耳边轻声说道：“这白蛇平日难得一见，体型粗大，想必是蛇中精灵，乃绝佳的上等药材，而这河蚌，腹部圆润饱满，说不定藏有珍珠。”

被男子这么一说，樵夫如醍醐灌顶，心想，把白蛇卖给药铺，价格自然要贵许多，且珍珠也是一味名贵药材。这样想时，他立即改变了主意，从屠夫手中拿回布袋，把屠夫气得两眼直瞪。

樵夫心里美滋滋的，跟男子拱手致谢后，背起布袋直奔本地唯一的雷记药铺。

雷记药铺的管事看过白蛇后，顿时眼睛一亮，他还是头一回见到这么大的白蛇，便兴奋地跟樵夫谈起了价格。樵夫心中暗喜，脸上却表现得很平静，他想借此机会大赚一笔，便一口咬住价格不放。

管事见价格谈不拢，就差伙计去禀告雷掌柜，不一会儿伙计回来说，雷掌柜同意按樵夫的价格收购。

可怜白蛇大难临头还被河蚌咬住不放，只见管事一手操起一把砍刀，一手拎起白蛇尾巴，三两下就把白蛇身体拉直，找准七寸地方，准备挥刀下去。

就在这时，闻听有人高喊：“管事，请住手！这白蛇和河蚌我买下了。”

樵夫循声望去，不禁吃了一惊，说话的人就是之前给他出主意的男子，他正和雷掌柜快步来到店堂。

此男子便是许仙，是雷掌柜同窗好友，在许仙置办完药材，去看望雷掌柜的路上，正好看到樵夫在叫卖白蛇和河蚌。许仙心生善念，想救它们的性命，可身上所带银两早已花完，就授计樵夫把它们当作药材卖给药铺。待樵夫走后，他便快走慢跑地赶往雷记药铺筹钱，果不其然，没多大工夫，樵夫就找上门来了。

许仙分文不少地把银两给了樵夫，樵夫接过银两，乐得合不拢嘴，屁颠屁颠地走出药铺。

河蚌由于失水过多，蚌壳已无法开合自如，如果用锐器撬开，恐怕会伤及肉身，一时把众人难住了。许仙沉吟了一会儿，让伙计打来一盆水，不断把水浇在河蚌身上，他一边在蚌壳上摩挲，一边温柔地说：“河蚌啊河蚌，快快松开蚌壳，只有这样你和白蛇才都能活命。”

蚌精被许仙的言语所感动，拼尽全身力气张开蚌壳，白蛇也得救了。白蛇深情地看了许仙一眼，它知道现在不能变回人形，就快速游出众人的视线，赶去西湖解救小青。

许仙捧起河蚌来到一条河流，祷告一番后，就把河蚌扔进河里。躲在一旁的樵夫看到了，他还惦记着河蚌肚里的珍珠，待许仙前脚刚走，他就纵身往河里跳，不料一个趔趄，跌倒在河里。樵夫不懂水性，在河里拼命呼喊，许仙听到声音返回过来，可哪来得及，樵夫不幸被湍急的水流冲走了。其实，河蚌早就变回蚌精跑了，去了一个新的地方继续修炼。

第二天，许仙回到家里，白素珍和小青若无其事地站在门口迎接。随后，三人来到里屋，许仙情不自禁地说了昨天发生的事，当说到樵夫落水身亡时，他不无惋惜地说：“都怪我，不该骗他说河蚌腹内有珍珠。”白素珍安慰他说：“官人不必哀伤，樵夫贪心过重，死不足惜。”

王永刚（江苏·昆山）

火坛楼下《黑蛇传》

火坛楼巷在镇江南门大街中段，东西走向，东至南门大街，西至永安路，长241米，宽3.5米。火坛楼巷是镇江一个神秘的古街巷，巷子里的火坛楼是一座古老的寺庙，据说火坛楼里的圣火到民国时候依然闪亮。

祆教是世界上最古老的宗教，比佛教、伊斯兰教都要早好几百年。一些不识字的老百姓叫它“妖怪教”，因为它的神殿上面有个牌位，牌位上有一个“祆”字，有人说这字音同“妖”，是妖怪的意思，“妖怪教”由此而来；还有人认为这字是棉袄的“袄”，应该叫“袄教”。老教主却告诉人们此为“祆(xiān)教”，祆教圣殿也！

火坛楼里有许多传说和故事。先说这神殿屋脊上一个奇特的阁楼，在漆黑嘛刮的夜晚，可以看见阁楼墙洞里泛出瑰丽的光亮，这光不是很亮，但是在城市的高处都可以看见，老百姓之所以称它为“火坛楼”，是因为火坛楼神龛里日夜放出玫瑰色彩，据说是一颗硕大无比的夜明珠发出的玫瑰光。你要是到火坛楼去问那个瘦骨伶仃的教主，这阁楼里是不是有夜明珠？他总是笑而不答。

火坛楼以藏有珍珠、夜明珠、宝石著称，这些宝藏支撑着“祆教”在镇江存在了几千年。火坛楼宝藏吸引了许多人，也引来了无数盗贼、土匪；许多盗贼登上火坛楼盗宝，都有去无回，消失得无影无踪。后来，人们才知道，火坛楼的“祆教”有巨蟒、毒蛇、蛤蟆精护佑，盗贼只要走近这些宝藏，神殿里的蛤蟆就会怪叫起来，巨蟒则张开大嘴吞噬这些盗贼、土匪。曾经有土匪闯进神殿，持刀劫持教主，命令老教主到火坛楼的神龛里取出夜明珠交给他们，谁知道，蛤蟆精跳起来口吐毒气，土匪当时倒地不得动弹。

火坛楼供奉的是西方的教主，护佑圣殿的是黑蛇精、蛤蟆精。古代镇江就有《白蛇传》的故事，其实，老早的镇江人都知道，《白蛇传》里的白娘子、小青，是火坛楼神殿里溜走的白蛇和青蛇，本来要抓回天庭接受处罚，但是教主算出她俩命中注定有一段滞留人间的姻缘，所以放了她们。白蛇已经修炼了千年,青蛇只修炼了几百年,所以屈居白娘子手下。白蛇虽然只修炼了千年,但是道行了得,它呼风唤雨,水漫金山,敢与老法海斗法,要不是老法海脱下自己的袈裟披到金山寺围墙上,这白娘子可能就毁掉了金山寺了。白娘子和许仙的一段爱情故事,也感动了天下人。

祆教来自西域大漠深处,以慈善立说立行,教徒以识宝、藏宝、经商聚财著称。祆教徒为什么从大漠深处来到镇江,这可是有故事的。

祆教徒跑到镇江,不是来传教,而是来帮助唐朝惩处“叛教徒”安禄山、史思明的。安禄山、史思明是祆教徒,但是他们在获得了大量祆教宝藏以后,背叛教义,起兵造反。他们贿赂买通了边关管粮草的官员,获得了后勤保障,短短的几个月,就把一个堂皇盛世的唐朝变成了人间地狱,叛军所到之处杀人放火,攻城略地。祆教的教义是“大善”“消灭邪恶”,反叛朝廷、杀人放火、祸害老百姓就是邪恶,祆教的教主立即派出黑蛇精去消灭这两个恶魔。据说黑蛇精听说史思明正在攻打洛阳,他们估算到洛阳城一定会被打下来,打下洛阳城,安禄山就会住进洛阳的宫殿。黑蛇精便早早地潜伏到宫殿的大梁上,闭目养神,积蓄毒液,打算等安禄山举行庆功宴的时候,注射一滴口水,毒死安禄山。安禄山知道自己犯下滔天大罪,所以处处提心吊胆,身边布满提刀护卫,他所有的饭菜都必须有人先尝,安全以后才能够端到安禄山面前。所以黑蛇精只能躲在宫殿的大梁上,等安禄山进食的时候下手。为了万无一失,黑蛇精还在宫殿的屋檐、过堂的梁上躲藏着毒蛇,当仆人们把美味佳肴端过来的时候,毒蛇就往里面下毒。安禄山的老娘是祆教巫师,她算到儿子这一天将有大难,立即派自己的女弟子快马加鞭赶到洛阳,在半路上截住安禄山,让他在今天万分小心,安禄山想到打下洛阳是叛军的头等大事,这庆功宴非常重要,得让士兵们的斗志得到加强、得到鼓舞呀,只好派自己的副将先去赴宴,自己则琢磨一下母亲的来信。

等他赶到洛阳宫殿,他的那些赴宴的将士已经倒下了一大片。安禄山大呼一声“不好”,转身就跑,藏在门框上的毒蛇往他脸上呼了一口毒气,安禄山就仰面倒下,滚到台阶下面。安禄山他老娘派来的女弟子赶快拿出事先准备好的解药施救,尽管救得快,但安禄山还是得了偏瘫,不到一年,就死于非命。现在有历史学家考证安禄山是死于高血压、糖尿病,其实他是中了黑蛇精的毒呀。

安禄山的儿子命令叛军到处搜捕祆教徒，捣毁教祠。老教主无奈之下只能带着许多夜明珠、宝石，去支持郭子仪、李光弼的军队平叛。老教主登上一条小木船，在蛤蟆神、黑蛇精的护佑下，顺流而下，漂过长江，进入运河，然后七拐八拐到了镇江大市口附近。老教主一觉醒来，把头从船舱伸出来一看，被眼前的美景惊住了，他感觉这地方就是自己梦想的圣地呀。他下船选定一块地方，用一些珠宝换来银两，建起火坛楼祆祠。这祆祠一建就是一千多年。

一千多年间，不知道发生了多少神奇的传说和故事，而镇江以"白蛇传"故事最感人，人们渐渐地把"黑蛇传"给淡忘了。其实这两个故事的主人公最后都是在镇江行善，白娘子救出许仙以后，在火坛楼旁边开了个"施药斋"，在蛤蟆神、黑蛇精的帮助下制成一种膏药，这镇江膏药非常神奇，什么毒疮、癞子病一治就好，据说就是用的蛤蟆、毒蛇的涎滴制成的膏药。以毒攻毒，非常灵验。

没想到有一年，镇江遭遇大水，大雨下了七七四十九天，镇江人就泡在这雨水里，许多人都得了癞子病，得病的人太多太多，白娘子的"施药斋"经常断药，为了拯救百姓，老教主就用蛤蟆塘里的烂泥做药，给病人涂抹，这一千多年蛤蟆神用过的池塘，还真治好了许多人的癞疮。这下好了，十里八乡的老百姓都跑到火坛楼这地方挖蛤蟆池塘的烂泥，肩挑人扛，蛤蟆池塘的泥土很快就被挖光了，这导致周围许多民房塌陷，不仅糟蹋了周边的老百姓，火坛楼也差点倒掉。最后只好官府出面，让地方乡绅出钱，给蛤蟆塘建了围墙，派兵丁把守，禁止百姓挖蛤蟆塘里的烂泥，久而久之，老百姓就把这地方称为"蛤蟆院"了。这蛤蟆院就在火坛楼巷里，如今这两个地名都在，就是白娘子"施药斋"找不到了。

注释：① 祆教，是人类历史上最早的宗教之一，比佛教要早好几百年，中国的古祆教遗址只存三处，两处在固原和西昌；还有一处就在镇江。《宗教大词典》就载有"镇江有祆祠"。

② 该故事是收集者根据20世纪人口普查时听千秋桥小学的明老师及其他居民讲述的多个故事整理汇编的，当时没有详细记录讲述人相关信息。

搜集整理者：李赞扬（江苏·镇江）
流传地区：镇江市区

来生缘

许仙转世为人后，在镇江市一家大公司供职，是一名普通的白领。所幸一点慧根尚存，知道自个儿的前世今生，所以念念不忘白娘子，前世两人太苦，聚少离多，受尽折磨，今生今世一定要再续前缘，比翼齐飞，永不分开。

"可是，茫茫人海，芸芸众生，娘子，你又在哪？"

苦苦思念之下，许仙下意识地来到金山寺，一见巍峨奇丽的金山寺，顿时感慨丛生：想当年娘子和小青为从法海手中营救出自己，水漫金山，真是荡气回肠，卿之真情深过长江……

就在这时，身旁有人轻叫起来："哇，天下奇观金山寺，果然名不虚传！可是我怎么有种似曾相识的感觉？真是奇怪！"

乍闻此音，"唰"的一下，许仙浑身像过电一样麻木了半边，掉头一看，只见一年轻女孩正圆睁双眼，一脸神往地仰视着金山寺，一身白衣纤尘不染，两只明眸顾盼有姿，"天呐，这不是娘子吗？我是在做梦吗？"

许仙禁不住失声大叫："素贞，娘子，你也来了？我找你找得好苦啊！"

许仙伸开双臂，恨不得上前一把把娘子搂在怀里，谁知意外出现了，那白衣女孩一边缩身后退，躲过许仙的熊抱，一边气红了脸，斥道："谁是你的娘子？精神病！你再胡言乱语我就报警了！"

白衣女孩说着掏出手机要报警，许仙大窘，难道自个儿认错了人？当即连声说道："对不起！对不起！"又偷眼仔细打量她，没认错啊，一笑一颦、一喜一嗔、举手投足、眼角眉梢，分明就是自个儿朝思暮想的白娘子啊？她不认识自己了？难道是位跟白娘子生得一模一样的女子？噢，还有一个可能，就是娘子过奈何桥时孟婆汤喝多了，她把前世的事给忘了。

许仙当即鼓足勇气问道："请问你是否姓白？你难道忘记断桥相会了？忘记水漫金山了？"

此言一出，再看白衣女孩，只见她脸色煞白，眼神一下子恍惚起来，好像许仙的话击中了她心底深处最隐秘的回忆。许仙趁势叫道："你可以忘了一切，可又怎能忘了那年七月七日，夜半无人私语时，我们的密约？我俩彼生彼世爱不够，便相约来生来世再续前缘，为防止来世相见不相识，便在对方手臂上各咬一口以作印记，不信你看！"

许仙说着热血奔涌，飞速撸起左臂衣袖，果见一环形牙痕清晰可辨。这时白衣女孩口中呻吟一声，娇弱的身躯摇摇欲晃，她缓缓撸起右臂衣衫露出雪白玉臂，天啦，果然也有一牙痕！

白衣女孩一声凄叫："你果然是我的官人，我想起来了，想起来了！"当即晕倒在许仙怀中。

两人今世重逢，自然有说不出的快乐，一时朝朝暮暮，两相缠绵，半时半刻也不能分开。过了一段神仙日子后，白素贞含羞说道："许仙，你怎么还不向我求婚啊？你这么帅气，是不是还有别的女孩喜欢你？"

许仙一声苦笑："我今生今世就认定你了，哪还有别的心思？至于为什么不求婚，这个，我自卑啊，我太穷了，这年头贫穷是男人最大也是最不可饶恕的缺点。瞧我，甭说房子车子，连个像样的地位都没有，只是小职员一个，我拿什么养你啊？再说我家里负担也重，爸妈把我大学供出来，现在眼巴巴等着我回报哩，可我……"

白素贞却摇摇头，热切地说："这算什么啊，世俗的物质我根本不在乎，只要能跟你在一起，有情饮水饱，即使你蹬自行车载着我，我也会欢笑的……"

许仙打断她："贫贱夫妻百事哀。时间一长，只怕再美好的爱情也会被柴米油盐消磨得无影无踪的。"

白素贞听了，眼内满是失落，喃喃说道："官人，你有点变了……"

许仙忽然想起什么，失声叫道："娘子，你不是会法术的吗？你能驱使一江之水淹了金山，那么甭说车子房子，就是别墅黄金也是小菜一碟啊！要不，你施展法术变一个！"

这回轮到白素贞苦笑了："还法术哩，我连魔术都不会，此番转世后我跟你一样，早已是再普通不过的凡人一个了。"

许仙一听，原本闪亮的眸子一下子黯淡下来，说："原来是这样，没事的，做凡人多好啊，法海再也不能找我们麻烦了，是不是？"

爱情可以有激情，工作却只能像白开水一样，平淡得没有一丝滋味，不想喝也得灌下去。小小的格子间，一台电脑，周而复始地加班，低微的薪水，许仙腻味极了，可又能有什么办法？

这天同事们压低声音，一脸神秘地说道：“各位，都打点起精神来，今天董事长女儿要来视察工作，听说她很快就会是咱们的总经理，可得给她留点好印象哦。”

许仙心想，董事长女儿关我啥事，便继续埋头于工作，不一会儿，伴随着一阵香风和高跟鞋轻微的嗒嗒声，有几个人走了过来，是董事长千金和她的助手过来了。

许仙无意中抬头瞥了一眼，只一眼就呆住了，那众星捧月一样，被众人簇拥，且气势不凡、美艳照人的董事长女儿，不就是前世的小青吗？

就在这时，董事长女儿也恰好明眸流转，忽闪过来，一时四目相对，忽见她的美眸略定了一定，似乎碰出一点电光，然后转过脸，若无其事地走了。

她倒是走了，可这厢许仙灵魂都出窍了，真是小青！想不到前世的小配角今世竟贵为董事长女儿，而前世的主角白娘子今世仅是个跟自己一样的平头百姓，造化弄人啊！

过了半晌他还在心潮起伏，有人走过来，是董事长女儿的助手，弯腰声调低低地说道：“许先生，请这边来！”

在众人复杂的眼神内，长相俊朗的许仙走进了董事长女儿的办公室。

在办公室内，屏退众人关上门后，矜持冷艳的董事长女儿突然梨花带雨，楚楚动人地叫道：“官人，我是小青啊，我可找到你了！”

许仙瞠目结舌，而这时小青已像小猫一样偎在他怀中，梦呓一样喃喃说道：“官人，实不相瞒，我前世就喜欢上你了，谁让你玉树临风心地纯厚呢？可我不能表露心迹啊，因为你是姐姐的人，所以我只能把感情深埋在心底，只敢在深夜无人时向青天祷告，来世让我和许郎结为夫妻。想不到今天终于见到你了，你知道吗，我找你找得好苦啊！”

许仙突然一个激灵，他想到了白素贞，此时此刻她一定在租来的破房子里痴痴等着自个儿回去吧？

这时小青贴在他耳边又说：“官人，我才不想干什么劳什子的总经理哩，我只想和你在一起，只要你愿意，我马上跟我爸说，让你来干总经理。

许郎,你现在住在哪?我名下有一套别墅一直没人住,送给你好不好?还有两辆豪车……许郎,你目前还没有意中人吧?"

天啦,原本只敢在梦里瞎想的一切,眨眼间全都有了,命运即将大拐弯!许仙再也把持不住,一把回抱住小青的细腰,说:"是的,没有意中人,不,有了,刚刚有,就是你,我的小青,我爱你!"

小青笑得花枝乱颤,说:"官人,你这是向我求爱吗?可这求爱也太平淡了,哪一个女子不希望自个儿的爱情天下无双呢?嗯,这样好了,金山寺是我们前世战斗过的地方,你就在金山寺向全世界宣告对我的爱,好不好?"

许仙心花怒放,这可太有创意太有价值了,当即叫道:"好!"

两人当即驱车来到金山寺,许仙毫不犹豫地单膝跪下,大声叫道:"小青,我爱你!"

小青一笑,许仙忽然发现小青的笑有点诡异,有点意味深长,就在这时身后有人叫道:"负心人,你不是说要跟我再续前缘的吗?"

许仙浑身一颤,转脸一看,是一身白衣的白娘子缓缓走了过来,此刻的白娘子虽艳若桃李,却冷若冰霜。

许仙一时脸皮通红,可他知道此时此刻必须做出抉择,当即咬牙说道:"白素贞,我跟你上辈子缘分已尽,这辈子没有延续的必要了,现在我爱的是小青,她也爱我,白素贞,你就成全我们吧!"

小青还是笑,白娘子也笑,说:"不要装了,你爱的是她的地位、金钱,是不是?"

许仙无路可退,拼命叫道:"不,我爱的是小青的人……"

有人大笑起来,是小青,她好似看到了这世上最好笑的事一样。小青笑得眼泪都出来了,腰也弯下了,好容易止住后说道:"许仙,你说的话你自个儿相信吗?此番我们相会才几分钟,你就说爱上了我,可前世你对我正眼也不瞧一下,变化也太快了吧?"

小青又转脸对白娘子说:"姐姐,我前世就跟你说过,这个人薄情寡义信不得,现在信了吧?哼,早听我的,前世在断桥我就杀了他该多好,省得这辈子他又伤了你一次。看,我只简单试他一试,他就露出本来面目了。"

白娘子泪如雨下:"官人,你太让我失望了,今世的诱惑太多,你已不是那个为爱不顾一切的官人了。我走了，你好自为之吧，希望还能有下辈子！”

许仙早已魂飞魄散，嘶声大叫起来：“娘子、娘子！”伸出手欲拉，可一阵清风吹过，白娘子和小青早已消失不见了。

“娘子说得对，滚滚红尘中又能有几人坚守初心？娘子，但愿还有来世！”

徐树建（江苏·宝应）

盗仙草外传

千年蛇妖白素贞与凡夫俗子许仙相爱，并喜结连理，不想却被金山寺的法海和尚嫉妒，他说许仙娶了一个妖精为妻，许仙不信，法海就拿出一坛雄黄酒，说："你让那妖精喝下这酒，她就会现出原形，到时你就不会说我骗你了。"

端午节那天，白素贞被许仙骗饮雄黄酒，结果真的现出原形，把许仙吓死了，为了救助相公，白素贞和小青去昆仑山采灵芝仙草，结果被鹿童和鹤童阻拦，白娘子与小青打不过两个仙童，眼看就要落败，这时，昆仑山的主人南极仙翁出现，这个善良的老头听了白娘子讲述她与许仙的故事，深受感动，就送了白娘子一株生长了千年的灵芝，说："已经咽气的人需要用整支灵芝才能救活，切记切记！"

白素贞与小青姐妹两人带着灵芝仙草，急匆匆往回赶，当她们到了开封城上空时，忽然发现一股怨气从下面冲天而起，白素贞心神不宁，她拨开云彩，要下去看看出了啥事，小青说："姐姐，许仙生命危在旦夕，咱们还是不要多管闲事，赶路要紧。"白娘子说："下面怨气太大，应该有事关百姓的大事发生，我们还是看看，能帮就帮一把吧！"说着她降下云头，到了地面，小青也只好跟在后边。

到了地面，姐俩才知道，开封城暴发瘟疫，染病的人身上长满了金钱大的霉斑，有的重病号霉斑溃烂后，就在痛苦中死去了。开封府府尹将全城的郎中都集中起来，商量对策，郎中们都没有见过这种瘟疫，全束手无措，而且有的郎中也患上瘟疫死去了。

白娘子是妖仙，又跟了位做郎中的相公，懂一些医术，她记得许仙有一本医书，上面记载有很多解除瘟疫的药方。为了救人，白素贞赶紧去附近一家名叫瑞生堂的药铺，递上一张药方，上面有药材数味，药铺老板名叫王仁义，他一看，此方药材全是败毒的，忙问："姑娘，此方叫什么？你用来做什么？"白素贞说："此方名曰'清瘟败毒散'，咱们本地不是暴发了瘟疫嘛，我想用此方来试试，看能不能拯救黎民于水火。"王仁义一听白素贞买药是为了拯救黎民百姓，就不肯收钱，不但不收钱，还取出大号药壶，帮着白素贞煎药。

白素贞与王仁义等人熬了十几药壶清瘟败毒散，分给全城百姓来喝，作为预防药，此方倒是有点效果，新得瘟疫的人明显少了，但得瘟疫的人服用后却没有明显的效果，眼看死的人越来越多，小青说：“姐姐，咱们已经尽力了，还是不要多管闲事了，咱还是带上灵芝草回去救许仙要紧。”她说到灵芝，白娘子忽然想起了什么，她将那株千年灵芝取了出来，低声说：“看来，只有它能拯救黎民于水火了。”小青说：“姐姐，你不会要用它救百姓吧？许仙可是你此生最爱的人，你不救他，他就会死去，难道你就忍心让你最爱的人如此死去？”白娘子说：“相公不止一次和我说过，救人一命，胜造七级浮屠，他从医数载，救助百姓无数，如果今天相公在这，他也一定会这么做的。”

白素贞将灵芝拿出来，让王仁义找了一口大锅，亲手煎了，煮了满满一大锅，然后召集灾民前来，让每个灾民都喝上一小碗，还真神奇，得瘟疫的人喝了后都好了，没得病的人喝上神清气爽。见灾民们得了救，白娘子松了一口气，但接着她脚下一软，瘫倒在地，泪流满面，小青明白，她是为救不了相公而悲伤。

灾民们得知白素贞为了救治他们，拿出了能救相公性命的灵芝，都感动不已，他们一起跪倒在地，祈求上天能挽救许仙的命。

灾民们不知道求了多久，天上忽然出现了一朵五色祥云，南极仙翁出现在上空，他说：“白素贞，你的善行感天动地，玉帝特命我另送你千年灵芝一支救许仙的命，另送你五百年修行，以后你就是永久的人形，再也变不成白蛇了。”白素贞赶紧跪倒在地，连声谢恩，灾民们则发出一阵经久不息的欢呼声。

白素贞拿着千年灵芝回家，将它煎了，给许仙服下，只过了一刻钟，许仙就睁开了眼睛，他看到白素贞，吓得往后一缩身，说：“刚才你喝了雄黄酒，不是变成一条白蛇了吗？”白素贞将桌上剩下的雄黄酒一饮而尽，说：“相公，你刚才是做了一个梦，你看我，喝了雄黄酒，不是什么事都没有吗？”许仙松了一口气，说：“娘子，我听信法海和尚的谗言，错怪你了，请你原谅我，以后我要与你白头偕老，再也不分开了。”

林华玉（山东·日照）

第四批

中国好故事

小青爱上许梦蛟

雷峰塔倒后,许仙一家团圆。

许仙、白娘子、法海都进入仙班,儿子许梦蛟择日进京赴旨等待皇帝封赐。只有小青一人还是小青。

然而就在大家欢天喜地地庆祝时,这天晚上,小青挽着梦蛟之手,来到她姐姐、姐夫两人面前往下一跪说:“我与梦蛟早已相亲相爱,如今决定成亲!希望你们成全。”

白素贞一听,半天才缓过气来说:“青妹,你这话怎么说?”

小青说:“姐姐有所不知,梦蛟从小就是我抚养大的,这些年来,他身上的男人气度早就征服了我,日久生情,我暗暗地爱上了他。”

白素贞说:“你爱他难道非得与他成亲?你不要忘记,他是人,你是……”白娘子下边的“妖”字没有说出来。可小青已经知道她要说什么,就说:“姐,你说这话,你和姐夫那时我就说过了吧?你们能成为一对,又进入仙班,为什么不能成全我们呢?”

白素贞这时明白,小青说了半天,原来还是因看到自己进入仙班,她还是妖才生出这奇怪想法,就说:“青妹,这世上万物,讲的是缘,我与相公那是千年修的啊,注定今世要有此缘分啊。”

小青说:“姐,其实我与梦蛟如果没有缘,就不会有你们今天的团圆,更没有他能金榜高中,雷峰塔下救你啊。如果救不出你们,能有今天这些喜讯吗?”

白娘子见小青一味地坚持自己的想法,不由心中发怒,可想到小青这些年为自己和许家的付出,她的心又静了下来,转头对跪在一边没有说话的儿子说:“孩子,你姑姑说的可是实情?”

梦蛟这时对母亲说:“娘,青姐说的是实话,我们早就相爱了啊。”

白素贞一听,心里不由得又发起怒来:这个臭小子,姑姑不叫,叫起姐姐了。可她还是忍住了,转头对待在一边的许仙说:“相公,你儿子的事由你处理吧。”

许仙望望小青，又看看儿子，本来他的性格就有点木讷，在这件大事面前，更是拿不出什么主意，可看妻子将难题交给自己，不好再推辞，就说：“这事非同小可，蛟儿是皇家的人，很快就要回京城，他的婚姻应当由皇上做主才对，我怎么好说呢？”

“你不好说，我说吧。”随着声音，法海和尚走了进来。

小青一见，立即拉起梦蛟，两眼紧盯着法海，生怕他再将梦蛟夺走。

法海来到众人面前，先向许仙和白娘子宣了个佛号，然后来到小青与梦蛟面前说：“小青，你的想法真的太奇怪了，刚刚帮助白素贞脱离苦海，你怎么又要进去？”

小青说：“老和尚，不要假惺惺的，我不是姐姐。你若想破坏我与梦蛟的好事，得先拿出真本领来。”

法海说：“与你动手？还不需要吧？”边说边手一扬，一个东西飞出。

小青一见，忙一闪，却没有躲开，被一束金光罩住。众人一看，原来又是先前那个化作雷峰塔的金锰。

小青一见自己又着了法海的道，叹了一口气，说：“好个法海，你太……”下话没说，不过大家都知道她的意思。

许梦蛟一见，哪里按捺得住？飞身就向法海扑去。法海一让，闪身窜到室外，梦蛟追到室外，要与法海动手。白素贞追了出来喝住儿子，说：“住手，你不是大师的对手。小青有这种想法，就应当受此磨难。”

“娘，你怎么刚从里边出来，就替那和尚说话呢？快点动手，将青姐救出来啊！”梦蛟边说，边用小青教给他的武功与法海打了起来。

几招过后，梦蛟手一慢，着了法海的道儿，被定在那儿。

白素贞一见儿子被法海定住，母子情深，随即飞身扑向法海说：“大师，请手下留情，放了蛟儿与小青。”

法海哈哈一笑，说：“白素贞，你已经位列仙班，怎么还有这儿女情长？这小青蛇，不把它捉住，废去妖法，迟早会祸害人间的。如今已在你儿子身上显现出来了啊。”话一落音，化作一阵清风，不见踪影。

还好，蛟儿已经能动了。三人来到屋里一看，那金锰不知去向。梦蛟大哭，说：“青姐，是梦蛟害了你，我一定要想法找到你！”

正在悲叹，外边来人说皇上圣旨到，请许状元进京。

来到京城,皇上立即召见。看到许梦蛟一表人才,且听了这救母的惊天动地事情,龙心大悦,立即封许梦蛟为驸马,择日成亲。

许梦蛟一听,赶紧说:“皇上,臣有本奏。”

皇帝说:“爱卿,有何本奏?”

许梦蛟说:“臣已经有了婚配。”

皇帝一听,龙颜大怒说:“婚配是谁?”

许梦蛟说:“皇上,是我那小青姐姐。”

皇帝早有耳闻:许梦蛟是她母亲的妹妹小青一手带大的,那小青并非我类,现在怎么能成亲呢?看来这许梦蛟也不是什么好东西,把他杀了以绝后患。随即说:“把这个人妖不分的东西拉下去砍了!”

许梦蛟被一群武士拉出前午门,跪在那儿。

就在刽子手举起刀要砍下时,突然一阵狂风,从许梦蛟身边刮起,刮得众人睁不开眼睛,等风停后,许梦蛟已经不见踪影。

几天后,在雷峰塔旧址上坐着两个人。

一位是法海,一位正是许梦蛟。

法海说:“好好的驸马爷不做,却要来找那青蛇妖。”

许梦蛟说:“青姐虽然是妖,可她从来都没有做过妖事,比那些道貌岸然的人要强多了。”

法海明知许梦蛟说的是自己也不生气,从身上摸出一物向天上一掷,陡然间,在雷峰塔旧址上又现出一座塔。

许梦蛟注意到,小青与自己母亲一样,被囚在里边。

法海哈哈大笑说:“许梦蛟,你看好了,你那姑姑已经成为第二个白素贞,可世上再没有第二个许梦蛟来救她了吧。现在唯一能解救她的方法,是我在两个时辰之内收回金锰。不然的话,她就将耗尽真元而亡。我之所以救你来,就是让你看到她化作飞灰这一幕。”

许梦蛟一听急了:两个时辰,自己是没有办法的,只有让法海自己收回,可法海要能放就不会将青姐收进去了。怎么办?

正在为难,白素贞、许仙二人赶到。他们一家三口跪请法海放了小青。可法海不但不听,反而转身要走。

许梦蛟大怒说:“我青姐虽然是妖,也比你这人妖要强,你如真的一走了之,我就死给你看。”边说边一头向那金锰刚变化成的塔上撞去。

白娘子、许仙连忙阻拦，但是迟了，那个雷峰塔被撞出一个洞，许梦蛟人随着惯性进了塔内，正好被小青接着。

“谁叫你进来的？”小青着急地说，“赶快出去！”

许梦蛟流着泪对小青说：“青姐，我再也不会出去了，让我们俩一同死在这里吧。”

两人抱头一哭。

白娘子与许仙也要进去，但那洞口已经堵住，只好望着他们在里面相拥而泣。虽然不知道他们俩说的是什么，看他们哭，白娘子与许仙也就跟着流泪。两人不约而同转身，拜求法海放了小青和梦蛟。

法海打了个佛手，说：“缘也、缘也！如果无缘，也不会撞进去。”说完转身一纵，已无踪影。

一家四口隔着那就要成形的雷峰塔墙，相视无语。

这时白娘子对许仙说：“相公，青儿与蛟儿也是有缘，那就依了他们吧。”

许仙点头说：“我去买点东西来为他们办一下喜事。”转身离去。

不多一会儿，许仙买来了喜事用品，在那墙上贴了一对大大的红双喜，点起了红蜡烛，对着墙祝两人成亲。

小青与梦蛟两人拜天拜地，拜过父母。之后两人相拥成亲。

可就在这时，只见小青突然化成一条大蛇，紧紧将梦蛟缠住，接着伸出两条信子探向梦蛟的鼻孔。

此时梦蛟早已经晕了过去，白娘子、许仙也不知道里边发生了什么事情。

法海却悄然而至，伸手收了金钵，将两人露出。

许仙一见，大喊：“小青，你要做什么？”

白素贞也说：“青儿，青儿，你做什么啊？”

只见那蛇渐渐变小，最后变成一条不足一尺的小青蛇掉到地上，游进了草根。

白娘子冲上前去抱住梦蛟，呼喊：“蛟儿，你醒醒。”

许仙也到跟前，伸手按住人中穴位。

法海又悄悄将那金钵将一家三口罩住，高兴地大笑起来。

此时小青已经从草根游到法海身边，悄悄窜出，咬了他一口。

法海还没有反应过来,他的功力已经被小青吸光,成为一个凡人。

小青一晃,化为人形,手一伸,收下了那金锰。

梦蛟这时已经醒来,见小青站在面前,忙从母亲怀中站起来说:“青姐你……”

小青一笑说:“谁是你青姐,我是你姑姑。”随即对白娘子与许仙说:“姐姐,姐夫,青儿还你们一个有五百年道行的蛟儿,让他去与李姑娘成婚,为许家留下烟火,再渡他成仙吧。”说完,手一挥,将那个金锰抛向天空,在雷峰塔原址上又长出一个塔来。因为这塔内无妖无人,加上被许梦蛟撞了那一下,不再牢固,所以又有雷峰塔再倒一说。

原来青儿是想把自己的功力全部渡给梦蛟,让他在塔内多活一些时日,可见法海收了金锰,所以渡了一半,就假装功力全无,化为小蛇掉到草地,使法海失去警惕。之后,小青便偷咬了他一口,将他的功力吸为已有。因她有了法海的功力,才能收放金锰,使白娘子一家真正团圆!

鲍宜龙(江苏·沭阳)

“保和堂”开办的传说

大家知道，许仙与白娘娘曾在镇江开过一家叫“保和堂”的药店。那么，他们为啥在镇江开办药店呢？这里有一个小故事。

许仙与白娘子在杭州西湖上相遇后，相识相知相爱，你情我愿，不久结婚成为夫妻。听说镇江山清水秀，人文荟萃，交通方便，市面繁荣，是个安家宜居的好地方，于是他俩还没度完蜜月，就带着小青一起前往镇江谋生。

刚入城，他们就被眼前繁华的景象所吸引，三人一边逛着街，一边打听着合适的房子租住。当他们经过东门一条街巷时，从一户人家里传出一个男子的哭声，俗话说“男儿有泪不轻弹”，白娘子心肠一向很软，叫许仙去打探一下情况。许仙便停下脚步，把头伸进这家半开着的门中，声称自己路过口渴，想讨口水喝。屋中男子边哭边倒了碗热开水递了上来，许仙喝水的时候，就问：“大哥，何事让你这么伤心得痛哭啊？”这个男子自称阿贵，他叹了一口气，就把事情的经过说了一遍。

前天，阿贵家的孩子感冒发烧，病很重，他到城东药店去买药，店老板说：“退热没问题，得吃羚羊角。”阿贵说：“那就买点羚羊角吧。”店老板说：“一钱羚羊角一两白银。”阿贵听了一吓，心想自己辛辛苦苦打工半年也挣不到一两白银，就央求着说：“老板，能不能便宜点，这么贵的药咱穷人买不起。”店老板说：“买药怎么能讨价还价，你要买就买，不买快走开！”

阿贵无奈地又来到城西药店，问道：“老板，你店里可有便宜点的退热药卖？”店老板说：“笑话，药只讲有没有疗效，不讲便宜不便宜的，要退热就得吃羚羊角，一钱羚羊角一两白银。阿要？”阿贵说：“要的，可是我买不起啊。”店老板说：“羚羊角是稀有药材，你买不起，我还不想卖给你呢。”阿贵说：“老板，你行行好，赊欠一钱羚羊角给我吧，等下个月我有了钱还你。”店老板说：“可以啊，赊一钱羚羊角一两银子，下个月还本付息就是二两银子。如果下个月还还不了,到下下个月还就是四两银子了。"阿贵听了吓得双腿直发抖,心想如果自己背上这个债务,全家人以后还怎么活啊。

原来镇江城的药店业由这一东一西两家大药店垄断,城东药店老板姓黄,城西药店老板姓白,两个老板串通好,不仅控制着全城的药价,而且也控制常用药的货源,像退热类的药只能由这两家大药店销售,谁赊购就等于借了高利贷,百姓私下管他俩叫"黄鼠狼"和"白眼狼"。所以,阿贵没办法,只有回家守着生病的孩子痛哭。

许仙听到这儿,对"黄鼠狼""白眼狼"欺行霸市、盘剥百姓的行径非常气愤,凭着曾在药店当学徒学到的知识,很想帮助阿贵,就说:"大哥不要急,退热药不一定非去药店买。"阿贵说:"那怎么办啊?"许仙说:"有一种退热良药,不用花钱就可以采到。"阿贵停止了哭泣,问:"真的?那太好了,我孩子有救啦!"许仙说:"是的,你马上带我去附近有池塘的地方。"

白娘子和小青留下来照看病孩,许仙跟着阿贵一起来到城郊的一个池塘边。许仙指着一片芦苇说:"大哥,你去采挖些芦根上来。"阿贵照着许仙的话挖了许多芦苇的根。

回到家,许仙手把手地教阿贵洗净芦苇根、煎成汤药,给孩子喂下去,一个时辰不到,高烧果然退了下来。许仙说:"这芦根汤药要连喝三天,孩子的体温才能稳定,身体就会恢复健康。"阿贵非常感激许仙、白娘子和小青,说:"你们都是好人,今天要不是你们相助,我孩子恐怕性命难保。你们是我家的大恩人。"

当地药商的奸诈、市民百姓求医买药的艰难,让白娘子有了悬壶济世的强烈愿望。她当即与许仙、小青说出了在镇江开药铺的想法:镇江自然资源丰富,药材众多,采挖方便,我们利用自己的特长既能帮助百姓,又能在此地谋生。许仙听后很是赞同,小青也拍手叫好。

经过不长时间的筹备,许仙他们在城中的一家叫"保和堂"的药店便开张了。药店门前挂着一个大大的葫芦,表示医者仁心、医技高超,"地产药材""货真价廉""贫病施药"的大字招牌很是显眼。阿贵带着孩子,还有许多街坊邻居前来祝贺,场面非常热闹。保和堂药店就地取药,炮制规范,质量讲究,药价便宜,吸引了城内众多市民。保和堂开业以来,从早到晚前来看病买药的人络绎不绝，而每天送给穷人的草药及丸散膏丹也不计其数。不久，保和堂在镇江全城的名声便越来越响。

此时，城东、城西的两家大药店的生意日益清淡，“黄鼠狼”和“白眼狼”两个老板密谋对策，想方设法竭力挽回顾客，甚至花钱请地痞去“保和堂”捣乱，可是最终还是挡不住市民百姓对保和堂的信赖，最后也只得降低药价来维持经营。

传说许仙和白娘子的保和堂虽然只经营了三年多时间，却打破了数百年来镇江城内少数大药店垄断价格的局面，还带动了地产药材的开发利用，给广大市民尤其是贫苦百姓带来了福音。

杨卉明（江苏·昆山）

小青义换身

在鄂东地区，关于法海借雷峰塔镇压白蛇的传说，有着另外的版本。故事里白蛇与青蛇的姐妹之情感人至深。

话说白蛇娘子被法海堵住，围困在山洞里，要送往雷峰塔下镇压，让她脱离蛇的本性，灭掉一身妖术，弃恶从善，变成普通人。而此时，白蛇娘子正身怀有孕，第二个孩子已在腹中三月有余。这一去，不知法海施用什么法术，无辜的孩子可就要遭受摧残甚至夭折。想到这些，小青急忙把姐姐拉到一边，一个转身，变成了白蛇的模样。白蛇不解地问道："青妹妹，你这是做什么？"小青说道："姐姐，情非得已，为了你腹中的骨肉，我宁愿替你受罚。"白蛇道："青妹，不要鲁莽，让法海识破了，你我都难辞其咎。"小青说："姐姐，请放心，从你救下我的那天起，我俩形影不离一百余年，你的一举一动，我模仿得十分逼真。量法海也识不破。"她一挥手，白素贞的素裙已穿在自己身上，几乎就在同一瞬间，自己的青衫穿在白蛇身上。小青又道："姐姐，快变成小青的样子，我们就此相别了，无论生死，小青都无法报答姐姐的大恩大德。"白素贞想到这一去如同生离死别，不知何时才能相见，那个情同手足的妹妹，就要远离自己了，心中无限落寞悲伤。她抱着小青，一阵痛哭。哀哀地说道："妹妹，姐姐无能，保护不了你，让你受苦了。"小青安慰说："姐姐不哭，妹妹已经长大了。你要保护好孩子和姐夫，让他们过得开开心心，不要记挂小青。姐姐，小青去了。"说罢，飞身跳出了洞口。

洞门外，法海为了防止白素贞逃跑，请来天兵天将布下天罗地网。见"白素贞"从洞中出来，四周的兵将立刻收网式地合拢来，把"白素贞"围在当中。"白素贞"飞动长袖，款款落下，上身伏地，做出俯首待缚的样子。法海叫道："白素贞，我谅你逃不脱法掌，乖乖就擒吧。"几个兵将拿出捆妖仙索把"白素贞"捆得结结实实，带到雷峰塔前。法海念动咒语："宝塔镇蛇妖，莫罗莫罗莫罗……"双掌前伸，缓缓上抬，不一会儿，只觉阴风阵阵，天上乌云翻滚，眼前一片漆黑。黑暗中，雷峰塔慢慢升起，一种强大的无法抗拒的力量把“白素贞”吸了进去。法海猛然张开双掌，宝塔从半空中垂落而下，在塔身和塔座结合的一刹那，电光四射，惊天动地，飞沙走石，连西湖的水都像涨潮一样翻涌起来。从此，“白素贞”被禁锢在雷峰塔下。

再说洞中真正的白素贞，见洞外天摇地动，知道小青被抓了。她又一阵绞痛，昏了过去。不知过了多久，从洞外传来许仙的叫喊声：“小青，小青！”白素贞急忙回应着：“相公，我………”话刚出口，觉得失言了，自己现在的身份是“小青”，那个“白素贞”已被压在雷峰塔下了。她镇了镇神，边叫着：“姐夫，我在这儿。”边挣扎着爬出洞口。许仙急忙跑过来扶起“小青”，边哭边说：“小青，素贞她、她被法海那个遭天谴的压在塔下了。”“小青”说：“姐夫，不哭，我们一起去看看姐姐。”

来到雷峰塔前，只见塔的四周布满了看守的士兵。“白素贞”安然地坐在塔中间。法海虽然没有对她法外施恩，也做得较为人性，吃喝无忧，只让她诵读黄卷，抄习经文。许仙见到“白素贞”就奔了上去，拉着她的手哭着说着：“素贞，素贞，让你受苦了。”“白素贞”安慰着说：“相公，不哭，有小青照顾，你和孩子都会没事的。”她神态安然，没有半点破绽，白素贞心里暗暗佩服。“白素贞”又对许仙说道：“我这里一切安好，你们放心吧。孩子还在家里，你们早点回去吧。”“小青”扶着许仙，一步三回头地向回家的路上走去。

从此，白素贞就以“小青”的身份与许仙和许士林生活。她多想把事情的真相告诉许仙，小青为了自己奋不顾身地做了“替罪羊”，真是患难与共的好妹妹。可是她只能咽在心里，一旦说出去走漏半点风声，那小青必死无疑。想到腹中的婴儿，白素贞为难了，孩子在一天天长大，如果让外人看出来，不知有怎样的闲言碎语。得想个两全之策。这天，她对许仙说：“姐夫，近来家中清闲无事，我想回到山洞中修养时日，待侄子上学时，我再下山照顾。”许仙说：“好吧，你放心去吧。”

白素贞人在洞中，心系家庭，常常半夜里偷偷下山看望孩子，有时帮孩子盖上被子，有时关上窗户，有时送来山野菜或野兔。听着儿子对许仙说：“青姨真好。”心中五味杂陈。

别人是怀胎十月，白素贞腹中的婴儿到十四个月才分娩。孩子的出生,让白素贞又喜又忧,该怎么办呢?她思索再三,决定将孩子遗弃在路边,生死由天吧。她用衣服裹住幼儿,送出洞外三里地的地方,在他脸上亲了又亲,轻声说道:“孩子,怨不得娘,青姨还在为你受罪呢。”她抹干眼泪,正要转身离去,只听见空中传来叫声:“素贞,不要作践孩子,要好生待他。”白素贞抬头望去,原来是太白金星,她争辩道:“金星道长,我是小青,不是素贞。”太白金星朗声笑道:“你瞒得过法海小儿,可瞒不过我金星老道。我告诉你,这襁褓中的婴儿,可是朝廷未来的栋梁,保国的功臣,你要好好把他抚养成人。待到孩子十岁之时,小青法戒已满,到时自有人来解救你们。”说完,遁空而去。

白素贞抱着孩子,望着远处若隐若现的雷峰塔,心中无限感慨,这孩子是小青舍命相救的,就给孩子起名叫许青。

朱金奉(湖北·麻城)

白蛇前传

相传唐朝长庆年间，镇江城外桃花坞有个白员外，白员外育有一女，名唤白素贞。白素贞明眸皓齿，肤如凝脂，长得清纯可人，清丽脱俗。这年，白员外不幸染了风寒，卧床一病不起。这可急坏了白素贞，急忙请郎中来把脉开了药方，拿着方子到镇江城里的德济堂去抓药。

白素贞刚踏进德济堂，就见一个伙计直勾勾地盯着她，像被电了一样。当白素贞的目光触碰到他的那一刻，她也像被电了一下。但见这伙计相貌不俗，尽显书生本色，分明像在梦里见过，不由增添几分好感。那伙计露齿一笑，自我介绍：“我叫许仙，请问姑娘，你要抓什么药？”白素贞不觉暗自发笑，我没问你姓与名呢，你却自报家门，可不知怎么回事，她竟也不由自主地说：“我叫白素贞，家住城外桃花坞，家父染了风寒，我来给他抓药。”说着，将郎中开的方子递了过去。

一炷香工夫，许仙包好了药，递到白素贞手里，说：“素贞姑娘，药拿回家之后，你一定要亲手打开煎药，家父的病才会早日痊愈，懂了吗？”说着，深情地望了白素贞一眼。

白素贞羞涩地点点头，欲言又止地走出德济堂。

回来的路上，白素贞提着药经过西津渡时，只见渡口边里三层外三层地围着一大圈子人。出于好奇，她挤进去一看，原来是个从茅山过来的要蛇人，便赶紧退了出来，却不料差点撞到一匹从渡船上来的枣红马。枣红马上端坐着一位翩翩公子，公子随即跳下马，双目紧紧盯着白素贞，说：“姑娘，没吓着你吧？”白素贞摇了摇头，低下头匆匆回家。那公子站在那儿，对着白素贞的背影呆呆地出神。

白素贞有个贴身丫鬟小青，聪明伶俐，白素贞对她情同姐妹。她接过白素贞从药铺抓回的药，片刻，拿着包中药的桑皮纸跑来说：“姐姐，你看，这上面写着什么？”

白素贞接过来，只见桑皮纸上写着两行字：“月上柳梢头，人约西津渡。”白素贞的脑中突然浮现起德济堂伙计许仙那痴痴的眼神，怪不得拿药的时候他曾叮嘱她要亲手打开，原来还有这层意思。不知道为什么，想起那似曾相识的眼神，她内心顿起波澜，春心荡漾。

“姐姐，纸上写着什么呀？”见白素贞脸上泛起红晕，小青调皮地一笑，“哦，我知道了，是不是哪位相公看中了你呀？”

白素贞嗔怪道：“青儿，别胡闹！”可是，这件事不告诉小青，她自己也不敢定夺要不要前去赴约。

小青听了，说：“姐姐，难得他这么多情，要不今天晚上我陪你去一趟西津渡吧！”

夜色朦胧，白素贞在小青的陪同下来到西津渡，正茫然四顾，背后突然响起一个声音：“白姑娘，你真的来啦？”

白素贞转过头来一看，身后站着的正是德济堂的伙计许仙，顿时又紧张又羞涩，许仙也不安地搓揉着衣角，两个情窦初开的有情人，一如西津渡外的滚滚长江水……

从此，白素贞借抓药时机，与许仙眉目传情，而许仙将诉不尽的相思之苦都写在包药的桑皮纸上……

半月后，白员外病愈，白素贞再也不能去药店抓药了。她正在想怎样把这事告于父亲之际，父亲突然告诉她，他已将白素贞许配给当朝宰相裴休之子裴文德。原来，那天白素贞去德济堂抓药回来经过西津渡时，那匹枣红马上坐着的男子正是裴文德。

西津渡依山临江，风景俊秀，历来是南北水路交通要道，镇江更是佛教圣地。裴文德乃河南济源人，受其父亲裴休影响，对各宗派教旨有深入研究。那天，慕名而来的裴文德想专程一游名震天下的焦山定慧寺与镇江金山寺，坐船从西津渡上岸时，偶遇白素贞，顿时被白素贞的美貌迷住。于是他千方百计打听上门，托媒欲娶白素贞。白员外听说当朝宰相的儿子裴文德看中女儿白素贞，想到以后可以跟着女婿吃香的喝辣的，一口应允。哪里想到白素贞芳心有托，要下嫁给德济堂的一个跑堂伙计，白员外当即面孔一板：“媒妁之言，父母之命，你小小一个女子，怎好私托终身！”

这消息好似晴天霹雳，白素贞听罢，如掉入万丈深渊。白员外不顾女儿感受，怕夜长梦多，让裴文德早择良辰吉日，即刻迎娶。不久，白员外就接到消息，良辰吉日已定，三天之后大红花轿从西津渡上岸，迎娶白素贞。白员外想，只要生米煮成熟饭，就什么都不用愁了。他怕三天内横生枝节，对女儿日夜严加看守。

白素贞整日以泪洗面，她已经做好了以死殉情的打算，并且写情书一封，托小青赴德济堂交给许仙：今生无缘，来世再见。许仙接到消息后，一时乱了方寸，抓住小青的手说：“那怎么办？”

小青也心乱如麻，突然，她有了主意，对许仙说：“要不这样吧！”她如此这般地跟许仙一说，许仙点着头：“眼下也只能这样了！”

三天眨眼而过。这天，裴文德的花轿从西津渡上岸，吹吹打打抬往桃花坞，上门来迎娶白素贞。白素贞哭哭啼啼，在小青的陪同下钻进花轿。裴文德胸佩大红花，骑着枣红马在前领路，得意扬扬地往西津渡方向而去。来到西津渡口，接应的船只停靠在码头边，轿夫将花轿抬上船。一声号响，船离了岸。船一离岸，裴文德就急不可耐地钻进花轿，要一睹白素贞芳容。谁知他挑开新娘头上的红头巾一看，不由瞪圆了眼睛：“怎么是你？”

原来，花轿里坐着的不是白素贞，而是她的贴身丫鬟小青！小青嫣然一笑：“你娶的不就是我吗？”

裴文德大怒，抓起小青质问：“说，白素贞去哪了？你要不说实话，我就把你扔到大海里喂鱼！”

“喂鱼何须你动手，我自已会来！”小青说着，走到船舷边，转过头对裴文德说：“我家姐姐早已名花有主，她与许仙私订终身，你休想拆散人家美好姻缘！”说着，一纵身跳入江中。裴文德原本只想吓唬小青，没想她是个烈性女子，想拉已来不及，只见江中泛起一股水花，一条青鱼一跃而起（这也是小青是青鱼化身的由来）。

原来，上花轿前，小青冒充新娘，白素贞则扮成丫鬟，在西津渡上船前，白素贞溜出迎亲队伍，在许仙的接应下，两人私奔了。

得知真相的裴文德怒火万丈，他发誓要找到许仙与白素贞，哪怕是翻遍镇江城的每一寸土地，也要把他们挖出来。他立刻下令，迎亲船掉头，开回镇江城。上岸后，即请人画下许仙与白素贞的画像，全城张贴悬赏令，只要提供许仙与白素贞行踪的有效消息，均能得到三百两赏银。

重赏之下，必有其果。第二天傍晚时分，就有人向裴文德提供消息，许仙与白素贞刚刚入住南山脚下的龙门客栈。裴文德快马加鞭，赶到龙门客栈，已是入夜时分。客栈掌柜见裴文德气度不凡，以为他要投宿。

裴文德扔给掌柜的五两银子，展开画像，问：“见过此二人没有？”

掌柜的见钱眼开，收下银子点头哈腰地告诉裴文德，找他找对了，许仙与白素贞投宿的正是他这家客栈，今晚是第二晚。

掌柜将裴文德带入客房，指指其中一间，示意他许仙与白素贞就住在这间客房。裴文德舔破窗户纸，透过洞孔，许仙与白素贞正同床共枕，缠绵缱绻。“好你个许仙，你竟然让老子当了‘活乌龟’”（这也是传说法海是乌龟化身的由来，后来民间流传成妻子出轨，戏称其丈夫为“乌龟”一说）。裴文德真想冲进去一刀砍死这对狗男女，可转而一想，就这样砍死也太便宜他们了。既然我得不到白素贞，你许仙也休想与她花好月圆！他强按怒火，从客栈退了出来。

夜色中，裴文德来到茅山脚下，敲开一家农户，门打开后，出来的是那天在西津渡边的耍蛇人。裴文德扔给他五文钱：“给我一条白蛇，装到竹棍里！”耍蛇人接过纹银，递给裴文德一节竹棍。

裴文德回到龙门客栈，掌柜的正扑在柜台上打瞌睡，见裴文德回来，赶紧笑脸相迎。裴文德又扔过五两银子，展开画像对掌柜的说：“给我他俩的客房钥匙！”

掌柜的一愣，眼珠一转：“这，怕是不妥吧？”

裴文德又将一只金元宝往柜台上一扔：“够不？”

掌柜的又惊又喜，赶紧将它收于囊中，交给裴文德客房钥匙，露出一副谄媚相：“多谢公子，够了，够了！”

裴文德拿着钥匙，偷偷打开许仙与白素贞的客房门，潜身进去。两人已酣然入睡，裴文德拔掉竹棍塞子，对准白素贞……只听白素贞一声惨叫，裴文德吓得扔下竹棍，跳窗而逃。许仙听到惨叫，睁开眼，猛地看到被窝里一条人形白蛇不停翻滚（这也是白素贞为白蛇化身的由来），白素贞已不知所向，顿时吓昏过去。

惊魂未定的裴文德逃出龙门客栈，自知犯下命案，罪不可饶，说不定会带来杀身之祸。再加上白素贞没娶成，无颜见双亲，第二天就遁入空门，在金山寺剃度出家，法号法海。至此，才有了后来白蛇千年修炼，法海蛊惑许仙的恩恩怨怨，正式拉开了白蛇传的序幕……

徐军辉（浙江·台州）

素珍本是蚕娘子

自小就听外婆讲白娘子与许仙的故事,可与现在广为流传的白娘子与许仙传奇大不一样呢!

相传很久以前,咱们鄂东这一带,到处都是桑树,家家户户栽桑养蚕,以此为生。

匡山脚下,有个许家大垸,垸前垸后全部是桑树,家家户户以养蚕为业,倒也能平安过日子。有个叫许仙的小伙子,父亲是个蚕贩子,早年就将收购的蚕茧经镇江贩运到扬州府,赚得银两养家糊口。不意这年送货去扬州,途中宿店遭遇火灾,惨遭不幸。许仙的母亲闻得噩耗,便带小许仙沿途乞讨,找到其父遇难地点,硬是将他的遗体运回家。此后母亲以泪洗面,竟将双眼哭瞎了。

自此后,母子俩相依为命,许仙靠帮人家或采摘桑叶,或贩卖蚕茧来苦度光阴。尽管家道贫穷,但许仙侍母极孝,以苦为乐,在村子里有好名声。

许仙长大成人后,人们见他做事勤快,办事讲公道,守诚信,就委托他来销售蚕茧,以维持生计。许仙家的日子开始好转后,也在家中养起了桑蚕。

有次,许仙在喂养蚕虫时,发现一只白蚕特别能吃,天天看长,一天一个样,比普通蚕虫要大出好几倍。这引起许仙的关注,他日夜守护在它的身边。不久,这只白蚕开始吐丝作茧,而且比普通的要大无数倍。

许仙从未见过像鹅蛋那么大的一个蚕茧,对此暗暗称奇,就将其特别看护。这夜垸里有只黄猫窜过来,正欲叼起这个大蚕茧,不料许仙突然被惊醒,操起木棍就打,大黄猫吓了一跳,松开口,逃跑了。许仙拾起蚕茧,捧在手上,担心有个闪失,于是把蚕茧带到床上,连睡觉都不离身边。

就在这天夜里,许仙睡意蒙眬中,仿佛听见有人在耳边说话,他睁开眼睛,凭借月光又未发现什么。

次日大早，许仙便与村里的贩子一道，将收购过来的蚕茧贩运到扬州去卖。临行前他特地嘱咐母亲把这只蚕茧带到身边，切莫大意让黄猫叼去了。

许仙母亲虽然眼睛看不见，听觉却十分灵敏，只要外面有风吹草动，立即警觉，她将这只大蚕茧牢牢抓在手上，害怕丢失了。

这天早晨，许仙母亲刚刚起床，就听到有人说："大娘，这些日子承蒙关照，小女子深表谢意！"

许仙母亲一听这甜美的声音，以为是邻家的女子，便慈祥地说："姑娘，你找我有事吗？"那女子沉吟半晌，方说道："大娘，俺是，是蚕娘子。"许仙母亲大吃一惊，忙问，"你，你是什么人？你不要害我们哈！"蚕娘子笑吟吟地说："怎么会呢？俺是来报恩的！"说完，便将一只白皙的手伸过来，让许仙母亲抚摸着。

许仙母亲感到对方手心温暖，知道不是鬼狐，才放下心来，收留了蚕娘子，并给她起名叫素贞。

再说许仙十天半月便返回程，一路上一直惦记着那只奇特的大蚕茧，担心瞎眼老娘照应不周，所以急急忙忙赶回家，忽然看到家里多了个女子，此时正在喂养蚕宝宝呢。

许仙大叫一声："娘！"那女子闻声抬头，发现许仙，把个脸羞得绯红，忙弯腰道了个万福，便束手立在一边。许仙以为是邻家女子，忙上前彬彬有礼地说："姑娘，谢谢你帮俺家照看。"正说之间，母亲摸索着从厢房出来，笑道："仙儿，还不快快拜见蚕娘子！"许仙正犹豫间，只见那女子走过去搀扶着母亲，一激动，便说："蚕娘子，我怎么从未见过你呢？"

蚕娘子笑道："俺家离这里很远呢，你哪能知晓？"

许仙不好意思地说："那是的。"蚕娘子又说："早就听说这里的乡亲都会养蚕，所以爹娘就打发俺千里迢迢来学习养蚕技术。"

许仙深信不疑。回头便问母亲那只大蚕茧在哪里。

蚕娘子忙接过话茬，说："真对不起，俺只是觉得好奇，弄丢了。"

许仙见未找着那只大蚕茧，又见母亲主动认错，无奈也就未再追究。

其实，蚕娘子那夜从大蚕茧里破洞而出后，立马摇身一变，就变成一个漂亮的村姑。但是蚕茧正是自己的窝呢，她必须收藏好，因此悄悄地告诉许仙母亲，让其收藏在身，所以许仙回来是找不着的。

许仙与蚕娘子一起采桑，养蚕，日同劳动，夜同守护蚕宝宝，渐渐地许仙爱慕蚕娘子的贤惠、孝顺、聪明。蚕娘子也喜欢许仙的公道、诚信、担当，两人情投意合。许仙就和蚕娘子商定，待到这拨蚕茧销售后，就圆房完婚。许仙连忙将此喜讯告诉母亲。母亲大喜过望，随之又黯然神伤。蚕娘子笑道：“婆母的心事俺懂，是应该重见光明呀！”

见许仙母亲摇头叹息，蚕娘子说：“好在俺家有祖传秘方，专治眼疾，想不到这回可用上了！”

许仙听后，大喜过望，忙讨教蚕娘子如何诊治。

蚕娘子说：“这个不难，只要有药，定能药到眼明！”说完便开了副中药方子。许仙接过一看，喜不自禁，连忙跑到附近的药铺去抓药。然而这些中草药小药铺里根本没有，并告知许仙只有去扬州府才能买到。于是许仙便乘贩卖蚕茧之机，与蚕娘子结伴前往扬州去了。

在扬州卖了蚕茧，买了中草药，赚了银子，一路甚是欢喜，两人刚踏上镇江地界，便遇到一个托钵化缘的游方和尚。许仙是个善人，连忙掏出二十文钱递给那和尚。那和尚说：“阿弥陀佛！施主，老衲有句话不知当讲么？”

许仙笑道：“师父，这里没有外人，但讲无妨！”

和尚指着去买茶水的蚕娘子背影说：“她是你什么人？”

许仙笑道：“是俺娘子呀。”

和尚说：“是你那里的人吗？”

许仙只好如实交代说：“不是。”

和尚说：“这就是了。她不是人，应是妖！”

许仙生气地说：“你这个老和尚，俺家娘子这么善良，对你以礼相待，你怎么污人清白呢？走吧，我不想见到你！”

那和尚只得摇头苦笑，说：“施主若有灾难事，再来镇江找我！”说完便走了。

见许仙气嘟嘟的样子，蚕娘子将买来的一钵香茶递过来，说：“相公怎么啦？”许仙没好气地说：“刚才那和尚不知好歹，居然说你是妖呢！”

蚕娘子听后笑道：“和尚的话，你就当真？”说着就把手伸过去，让许仙看，笑着说：“这里有妖气吗？”许仙说：“和尚诳语，俺哪能轻信？俺们还是趁早回家吧。”

蚕娘子说："俺敬出家之人。只是和尚各人修行不一，也就莫怪，也许俺真有难，也未可知。"

许仙笑道："俺们一不做伤天害理之事，二不损人利己，三不违反王法，哪能摊上什么灾祸？"

蚕娘子说："但愿平平安安的！"

回到家后，蚕娘子熬药煎汤，自配良药，许仙母亲服下后不久，果然重见光明。这一下轰动了十里八乡，他们凡是有眼疾的，纷纷上门求医问诊，只要蚕娘子开出药方，亲手医治，患者都重见光明。

小两口成婚后，如胶似漆，十分恩爱。为使小日子过得红红火火，小两口一合计，便决定在广济县城开家中医诊所，取名"光明堂"，专治眼疾。

但凡贫苦百姓前来就医，蚕娘子都热情接待，药到病除，而且收费极为合理，甚至有的穷人家分文不取。

但对于那些富豪之家，蚕娘子收的费重，然后把那得来的钱，用于替穷苦百姓购买中草药。但对不良之辈，蚕娘子就不肯诊治。有个卸任的县官，姓钱，在当地作威作福，欺行霸市，无恶不作，老百姓敢怒不敢言。这天，钱县官看中一个正在采桑的美貌女子，便强抢回家意欲收入偏房。无奈这是位烈女子，钱县官正欲强暴之时，女子立即拔出剪刀，一下便将钱县官双目刺瞎，然后自尽了。

这事传到许仙夫妻耳朵里，蚕娘子气得双手发抖，决定要治治这个恶人！

不日，钱县官托人送来大量黄金，请蚕娘子为其诊治眼伤。蚕娘子不卑不亢地说："这个眼病俺无能为力！"

钱县官见软的不行，就来硬的，派人来把蚕娘子抓到府上，扬言不替其治疗好眼伤，就不放人！

蚕娘子面对威胁利诱，始终不为所动。钱县官十分气恼，就派人砸了许仙家的店铺，杖毙其婆母，并将许仙抓入大牢问罪。

蚕娘子见祸及丈夫全家，十分愤怒，一时又无计可施。

为搭救丈夫出狱，蚕娘子欲哭无泪。这天晚上，她小心翼翼地掏出贴身的蚕茧壳，想到自己下凡前王母娘娘曾说过：如若遇难，只要拔出蚕丝，用嘴轻轻一吹，上天便有感应，王母娘娘自会派人搭救的。

于是，蚕娘子拔出蚕丝，口中念念有词，只轻轻一吹，眼前立即飘来一朵祥云，蚕娘子只觉身子渐渐地缩小，一下子钻进蚕茧里，随着祥云升上了天空，拜见了王母娘娘，蚕娘子强烈要求重返凡间，搭救许仙。王母娘娘说："不经历此难，你是断不了尘缘的。"然后又说："徒儿，欲想救出许仙，你可得再面壁二十载！孰轻孰重，你自己决定。"

蚕娘子一咬牙，说："娘娘，我与许郎情深似海，且不说他生生世世饲养我近千年，就凭他心地善良，公道正派，孝顺友爱，也值得搭救！"说完立即飘飘下凡，很轻易地将许仙救出了大牢，并一路向东逃亡。

回头再说那天大早，钱县官家人发现蚕娘子不见了，立即报告给钱县官。钱县官大惊失色，又听说许仙也莫名其妙地失踪了，认定蚕娘子必是妖孽，便到镇江请来和尚超度。恰恰这个和尚是上次许仙见到过的，和尚听说这件事后，连忙赶来念经作法，来替钱县官一家消灾忏过。

和尚掐指一算，蚕娘子并未作恶，反是钱县官恶人先告状。于是冲着钱县官说："天作孽，犹还可；自作孽，不可活！谁叫施主干尽了坏事呢！"

钱县官气得要命，就叫人把这个和尚轰走了。

途中和尚正好又遇见许仙和蚕娘子。许仙对和尚说："经历这场灾难，俺已看破红尘，正要出家去呢。"

和尚说："阿弥陀佛，我佛慈悲，定收向善之人的。"

许仙问："你不是说我家娘子是妖吗？她专门做好事呢！"

和尚正色道："犹如世人有好歹之分，妖亦有好妖恶妖。你家娘子是个好妖，若要修炼成仙，必须在雷峰塔下闭门修行，方为正果。"

从此以后，许仙在和尚的引领下，出家为僧，在金山寺修行，终老一生。蚕娘子呢，也在雷峰塔下修行，闭门思过，终于大彻大悟，离开雷峰塔后，化成无数肉身，专替老百姓祛除眼疾之痛苦。

不信，俺匡山上的白娘娘庵，供奉的就是蚕娘子呢。

讲述者：陈菊花（女·1907 年生·文盲·农民）
搜集整理者：罗与之（湖北·武穴）
流传地区：鄂东南一带

青蛇巧遇有情郎

话说白素贞被困于雷峰塔中，二十年后，儿子许仕林考上状元，塔倒人出，一家人终得团圆。蒙上天垂怜，白素贞与许仙双双成仙，皆大欢喜，只可怜了青蛇小青。

小青与白素贞情同姐妹，一路走来同甘共苦，眼见着姐姐得到正果，心中为她高兴，但想到日后形单影只，也很是落寞。白素贞自然也放不下这个妹妹，临走前赠了她一句话：欲求有情郎，且往镇江城。

话说这日，小青来到了镇江城。镇江城里人来人往，甚是热闹，小青正闲逛着，突然听到那边传来一阵妇人的哭泣声，悲悲切切，好不凄惨。小青生性侠义，于是上前查看，见是一个农妇打扮的女子跪伏于地上，面前是一纸诉状。

诉状上说这女子名为郑翠，丈夫是五里村的孙福。夫妻二人虽不富裕，但男耕女织，日子过得也颇为知足。不想半个月前的一天，孙福去田间耕作，莫名其妙就失踪了。郑翠四处寻找都毫无音讯，又请人写了状纸交到衙门，可衙门也查不出线索，她不得已才当街求助。

小青心中暗叹，真是个可怜的女子。她上前扶起郑翠，说："郑姑娘，我或许有办法，请随我来。"郑翠见她长得虽比自己还要娇小，但眼神里却透着坚定，不知为何，一下子就相信了她，随着她进了路边的一间小饭馆中。

当郑翠得知面前这女子就是小青时，双手合十，连叫苍天有眼。原来小青和白素贞在镇江早已无人不知，无人不晓了。郑翠将事情经过详详细细地说了一遍。小青觉得一个大活人不可能无缘无故没了，要么是离家走了，要么是遇了难。可他们夫妻情深，孙福不会离家出走，而且村民们四处找过；生不见人，死不见尸，又不像普通的遇难。突然，她一激灵，难道是……她决定去孙福失踪的地方看看。

郑翠带着她来到孙福失踪的那田地里。小青用了法力四处查看，见到一股若有若无的妖气，心中一惊，隔了这么久了还能留下妖气，只怕这妖的修为比她要高不少。不过她并不害怕，而是循着妖气追寻，一直追到北固山上，妖气越来越浓，显然，那妖就在山中。

小青不动声色地退回来，跟着郑翠回了家。郑家颇为寒酸，却也干净整洁，透着男耕女织的幸福生活。小青情窦未开，不懂男女之情，不明白白素贞为什么会为了许仙甘受折磨，也不明白郑翠为什么要结婚，徒增烦恼。不过，现在她没时间去想这些，借了间房打坐静休，准备夜间去除妖。

不知过了多久，突然听到一声怒喝：“何方妖怪，胆敢进入民宅，速速前来受死！”小青起身推门出去，见是一个面目俊秀的年轻道人正持剑对着自己，她微微一愣，随即明白是自己打坐时没控制住妖气，被这路过的道人发现了。

她看这道人手中虽持着剑，脚下却微微发颤，显然很紧张。她“扑哧”一笑，说：“你这小道人，连剑也握不紧就要来除我，不怕死吗?”道士一咬牙，说：“我知道你法力高强，但我也不怕。”

小青笑盈盈地走上前，用胸口顶住那剑，说：“那你杀吧。”道士似乎从没见过这么大胆的妖精，被她逼得步步后退，最后一咬牙，喝道：“妖怪，休得欺人太甚!”便将剑用力向前一送，正中小青胸口。小青“哎呀”一声，捂着胸口一步步后退。道士没想到这么容易得手，一时竟愣在了那里。

“弟弟，你在做什么，快把剑放下!”郑翠从外面回来，见此情景大惊失色，忙上前夺剑。道士急忙将她拦到身后，说：“姐姐小心，这是只蛇妖!”郑翠解释说：“这是小青，白素贞的妹妹!”

白素贞虽是蛇妖，但与许仙的爱情感天动地，不知羡煞多少年轻男女，如今二人成仙而去，人间更是留下无数传说。很多外地的男女纷纷慕名而来，要在白素贞与许仙待过的地方见证他们的爱情。小青作为白素贞的妹妹，自然也是常被提起，可以说，她们虽是妖，但人们却早已当她们是人了。

“咣当”一声，道士的剑掉在地上，他回过神来想去查看小青的伤，却又有顾忌。正左右为难时，小青“扑哧”一声笑了起来，原来那一剑哪能刺伤得了她，她只是跟小道士开个玩笑而已。

听了郑翠的解释，小青才知道原来这道士是她的弟弟郑丰，小时被仙人收为徒弟，带到山中修炼。近日他听说姐夫失踪，就下山来查看究竟，不想却和小青起了误会。郑翠惭愧地对小青说："小青姑娘，我这弟弟久居深山，不知人间事，还请原谅他。"小青捂嘴笑说："哪里的话，他道行虽是不高，却敢于面对比他强的人，危险时又知道将你推到身后保护，是个堂堂正正的男子汉呢。"

傍晚吃饭时，郑丰坐在桌上，手捧饭碗不敢看小青。小青却见他好笑，偏偏要去逗他，郑丰面红耳赤，坐也不是，站也不是。到底郑翠心疼弟弟，岔开话题，问："小青姑娘，刚才你已经去了我丈夫失踪的地方，不知道发现了什么？"小青正要说，却见郑丰在跟自己使眼色，话到嘴边变了，说："还没看出什么，明日我再去看看。"

"唉，我那可怜的孙郎。"郑翠眼角湿润，告了声罪去后堂痛哭了。

等她走后，郑丰说："我去现场看过了，有妖气，只怕我姐夫很可能不在人世了。姐姐如果得知此事，不知有多伤心，所以还请小青姑娘嘴下留情。"小青点头说："我自然能理解。"

小青不知道郑丰是否发现妖怪的洞穴在北固山，有心跟他说，但又担心他会去白白送死，话到嘴边咽了下去。

到了夜里，小青推门而出，正要往北固山去，不想郑丰也从身后走出来。二人一见，都为之一愣。原来他们都是抱着同样的想法，不愿对方冒险。

小青说："你道行太浅，去了也是送死，还是回去吧。"郑丰摇头说："那东西害了我姐夫，我若不亲手报仇，怎解我心头之恨……"小青不等他说完，身形一闪，破空而去。郑丰却是没这本事，跟在后面拼命地跑着。

来到北固山，小青循着妖气来到一个山洞前。原来，这山上有只修炼了千年的蜈蚣精，不久前因在老家伤人性命，被吕洞宾得知，一番打斗过后，蜈蚣精仓皇而逃。经过北固山时，见山上灵气充沛，对修炼极有好处，于是在此定居下来。那日它下山，见孙福一个人在田地耕作，四下里一望，见没人，就将他掳走了。

此时蜈蚣精正在洞府中休息，突然寒毛乍竖，掐指一算，知道外面有蛇妖上门寻仇，但算到小青的法力比他低太多，也不害怕，大摇大摆地出了门,指着小青说:“兀那蛇妖,为何无缘无故闯我洞府?”

“哼,你把山下村民孙福怎么了?”

蜈蚣精一愣,说:“原来你是为他而来的。他倒是没死,我需要凑齐九九八十一人,再吸干他们的精血来提升我的修为。”小青大怒,说:“以人命修炼,伤天害理,你也不怕天打五雷轰。识相的赶紧把人全都放出来,否则叫你好看!”

蜈蚣精哈哈大笑,说:“你是蛇妖,我是蜈蚣精,我们都是人类眼里的异类,又何必自相残杀。不如你嫁给我,我们一起修炼成仙!”

小青“呸”了一声,怒道:“无耻之徒!”随后拔剑就刺。蜈蚣精早已刀枪不入,只听到叮叮当当一阵响,火星子直冒,他却是半点没有受伤。小青险象环生,疾退数步,现出原形,用巨大的蛇尾向蜈蚣精砸去。

蜈蚣精也显了原形,竟有丈余长,它不慌不乱地躲闪过去,巨大的钳子一下子剪在了小青的尾巴上。她痛得大叫一声,将蜈蚣精卷了起来。

蜈蚣精的百足用力一撑,就挣脱了束缚,随后快速地爬到小青的背上,巨钳猛地向她的头部钳去。这一下如果钳实了,小青只怕当场就要毙命,她已无力反抗,只能闭眼等死。

就在这时,突然飞来一只雄鸡,随着一声嘹亮的啼叫,那蜈蚣精忙不迭地松开她,往洞府里跑去。雄鸡紧追数步,张口就啄,蜈蚣精不得不回身反击,却被公鸡机敏地闪开。双方你来我往,斗得十分热闹。

这时,郑丰从后面冲出来,见小青受伤,忙脱下她的鞋袜,见她脚上被钳的地方已经一片乌紫了,他想也没想,俯下身来张口吮吸。

小青心中羞涩,却也莫名感动,只觉得脑子里轰隆一声,突然就开了窍。这就是爱情吧?原来爱情是这种美妙的感觉,难怪姐姐白素贞会为此不惜一切。如果,眼前的他遇到了危险,她也会毫不犹豫地用自己的死去换他的生。

直到吸出的血是红色的了,郑丰才从身上取出灵丹妙药,替小青敷上,又扯了衣服包扎好。他忙活完后,一抬头,看到小青正怔怔地看着自己,四目相对,两人的脸顿时都红了,扭头看向战场。

那只蜈蚣已经遍体鳞伤,精神委顿了。公鸡的毛也掉了不少,但仍是斗志昂扬,越战越勇。

小青忽然想到什么,问:“你怎么知道这是只蜈蚣精?还有,这只公鸡怎么这么凶猛?”郑丰回说:“刚才你走之后,我遇到了吕祖,他说北固山这只蜈蚣精是他手下的漏网之鱼,不好对付,所以特意从仙家那里抱了只公鸡来。”

小青恍然大悟,又好奇地问:“吕祖怎么不亲自来抓它?”郑丰挠了挠头皮,也很是不解,说:“我也问他了,但吕祖说他天生喜欢成人之美,所以将这仙鸡塞给了我。可他成的是哪门子美?”

小青脸一红,吕祖显然是要借机成全他们,偏偏这个傻小子却是不知。她轻轻地捶了他一下,说:“真是个呆子,还不快背我去救人。”

那边,雄鸡已经像吃面条一样将蜈蚣精整个吞进了肚子里。郑丰小心翼翼地背起小青,乐滋滋地往妖洞中走去,救出了一干被拘的人,其中就有郑翠的丈夫孙福。

后来,小青与郑丰一起走了,不知去向,而镇江从此也多了一段美好的故事。

吴宏庆(安徽·黄山)

法海的苦衷

后人只知法海拆散白娘子与许仙的爱情,却不知法海有其苦衷。

俗话说,世上没有无缘无故的爱,也没有无缘无故的恨。红尘之外也概莫如此。只因白娘子和许仙前世发生了这样一件事,让法海修仙不成,便要他二人后世偿还。

幽谷深山,"悲悯洞"三个字在葱茏的树木掩映下,显得格外显眼,洞里云雾缭绕,一片寂静,高台上的法海正在闭目修关。

只需七七四十九天,法海就将离开尘世,得道成仙,这外在的一切纷扰,都交给了看守洞外的白蛇和青蛇。

法海再三叮嘱:"务必看好洞口,我闭关修炼之日,切莫打扰,待我得道之时,我将点化你俩脱离原形,或有一个得道成仙的机会。"白蛇和青蛇连连点头,让法海放心,说洞外的事不用操心,法海只管闭关修炼就是。

一连数日,白蛇和青蛇忠于职守,不离洞口一步,生怕万一有个闪失,担罪不起。所以无论飞鸟还是走兽,只要有一丁点儿的动静,白蛇和青蛇立即驱离。但时间长了,每天驱赶,未免有些懈怠。

这一天正是春三月里,白蛇说:"这满山的花香,如同仙境一般,没有鸟鸣,真是太亏了。"青蛇点点头,说:"估计这鸟鸣也不会影响修炼,何况洞里不会听见。"两蛇一唱一和,实际上是懒得去赶那些个飞鸟,再说两蛇每天驱赶飞鸟走兽,也实在疲于奔命,这大好春光,谁不晓春宵一刻值千金?难得闲空,两蛇眯着眼睛,只管做那春宵美梦,不再驱赶那些个飞鸟走兽。

白蛇和青蛇正蒙眬入睡,忽听到一种悦耳的声音,白蛇和青蛇同时抬起昏昏欲睡的头,你望望我,我望望你,白蛇说:"这声音不像鸟叫。啥声音啊?"青蛇说:"真好听呢,这声音是第一次听到,我们一起去看看。"

也该凑巧,这白蛇和青蛇每天都要驱赶飞鸟走兽,唯独今天没驱赶,这飞鸟便多了起来,在林子里是撒着欢地唱歌起舞。白蛇和青蛇循着这悦耳的声音，不一会儿来到跟前，只见一个眉清目秀的牧童，手握一支短笛，正与林子里的百鸟相和鸣唱，引得百鸟在他周围翩翩起舞，纵情欢歌。这白蛇和青蛇毕竟是兽类，久居深山老林，啥时见过年轻后生，不看牧童还好，一见牧童顿生爱慕之心，不由随着牧童的曲调摆动起身体，也如那百鸟一般舞动起来。

再说法海正在洞里修炼，忽有阵阵春风伴着花香涌进山洞，更为奇怪的是还有百鸟鸣唱，尤其是一种声音非常特别，心里顿觉不好，赶紧凝神闭目，想入定。谁知这声音随春风传进洞里好像没个完，且有越来越高亢之势。

法海喊洞外白蛇，白蛇不应；喊青蛇，青蛇也没回音。法海知道坏了，自己在这关键时候，让这俩东西给毁了。心里越想越气，闭关修炼，最怕动气。法海这一气不打紧，将前段时间闭关所修的功力一下子毁掉了，只好走出山洞寻找白蛇、青蛇。

原来，法海也非人类，而是由乌龟修炼而成人形的，只因道行比白蛇、青蛇高深，所以就将两蛇掳掠在手下，做个跟身的，不离左右，好随时使唤。

因仙与人只差一步，所以万物成仙，必先成人，但成人再成仙这一步，却是要千锤百炼，修行千百年才能成功的，修行中还要靠造化，若无灵秀之气，只好断送。故大千世界物分三类，一类为畜，二类为人，三类为仙。

再说这白蛇和青蛇对牧童心生爱慕，只顾陶醉在牧童的短笛里，也忘了自己身形，不由显露出来。百鸟一看，是驱赶它们的白、青二蛇，纷纷离开牧童。

牧童正吹得起劲，与百鸟同乐，忽见百鸟纷纷飞走，不知何故，就停下笛子，四下打量，只见深草丛中，一条白蛇和一条青蛇不停地扭动身躯，探出长舌，忘形而舞。牧童见此，吓得肝胆欲裂，一声“妈呀”撒开双脚，不要命般地跑了。

这白蛇和青蛇正沉醉在欢乐中，不想惊散了百鸟，吓走了牧童，这才想起自己已离开洞口好长时间了，赶紧要回洞口去。就在白蛇和青蛇转身要走的时候，法海到了，法海一见白蛇和青蛇的模样，就觉得有事，掐指一算，心里已然明了，五百年后将有一场生死之恋和生死大战。于是板着面孔说：“你们这俩畜生，明摆着的好前程不走，非要走一段不能走的路，难道你俩不后悔？”白蛇和青蛇都摇头，说不后悔，请求法海原谅。

法海说：“你们贪图欢乐，不仅葬送了自己的修行，也把我得道成仙的机会化为烟云，我怎能原谅你们？”

白蛇说：“我爱那牧童，已无成仙之心了。就是死也要和他爱一场。”法海又问青蛇，青蛇说：“我与白蛇如同姐妹，我愿和白蛇姐姐一起同患难。”

法海心想着要成仙得道，必须找到合适的人选为自己看好洞口，排除干扰。现在白蛇和青蛇已动了凡尘之心，留下不但不能助自己一臂之力，还有可能带来伤害。只好说：“你俩记住，若不是你俩，我闭关修炼，自然功成，现如今功亏一篑，这个账你俩今后要还的。”

白蛇知道是自己贪图欢乐，看守洞口失责，有些自责，说：“我俩用啥还你？”

法海说：“我若成仙，这事便无；我若成仙不得，你便寻爱不成。”

白蛇说：“你可以继续修炼，成仙与否与我俩无关，怎么能让我们寻爱不成呢？”

法海说：“成仙的机会不是经常有，你俩若不是贪图欢乐，这一次我说不定就得道成仙了。可因为你俩，我错失良机，日后我肯定会再修炼，只是能否功成，还看造化，怎能不怪你俩？”

白蛇还想多说，法海说：“别啰嗦了，你俩去吧，也是天命如此。”

白蛇和青蛇跟法海道了别，匆匆离开。就此消遁踪迹，一方面希望法海得道成仙，一方面苦练本领，以防法海日后算账。

法海呢，一心想修炼成仙，谁知一时竟找不着合适的人选给自己使唤，再加上对白蛇、青蛇有气，那一股子修行的本领竟渐渐丧失，只好放弃成仙的机会，这一来，对白蛇、青蛇，还有牧童更是增添仇恨，于是苦练本领，把心里的仇恨都记在了白蛇、青蛇和牧童身上。

五百年后，牧童已转世为许仙，白蛇和青蛇苦修功力，好不容易修炼成人形，便急切来到人间寻找真爱。谁知，法海也在寻找她们复仇，于是一场生死之恋和生死大战终于上演。

而这五百年前的恩怨，谁能知道？所以世人对法海拆散白娘子和许仙的爱情横加指责，却不知法海的苦衷。

李光红（江苏·沭阳）

胭脂美人醉

三月的镇江城春色旖旎，游人如织。胭脂巷内专卖胭脂的几家店铺生意红火，忙得脚不沾地。其中最火的当数百年老铺醉妃堂。

醉妃堂的胭脂是最有名气的，最受达官贵妇的喜爱。醉妃堂的当家名叫许仙，长得温雅如玉，年纪轻轻就颇有经商才能，把家传生意越做越大，成为当地首屈一指的胭脂大家。许仙不仅掌管着经营，更是一位有名的配方师。所有的胭脂都是经过他亲手调配的配方制作而成的。每一盒胭脂都名贵如玉，因而受到王公贵族们的追捧。

不少妙龄女子主动上门提亲，许仙愣是一个也没看上。这一晃就快二十岁了，婚事还没着落，可许仙一点也不着急。

这天三月三赶庙会敬天神。许仙调配完最后一批胭脂，就走出醉妃堂，赶去金山寺上香。

金山寺中人来人往，香气萦绕。许仙来到寺中上完香后，信步慢慢走下山去。到了山脚下，他身后有两名妙龄女子不紧不慢地跟着。其中一位蒙着白纱、身穿白衣的女子名为白素贞；另一位长得面容秀丽，身穿青衣的名为青儿。只听青儿轻声说道："姐姐，他的名气是很大。可是他不是郎中，可以治好你的病吗？"白素贞轻笑一声道："青儿，这个你就不懂了。像他这样的，早已是熟识百草，岂是一般郎中能比。况且也能试他一试。"

满山葱翠欲滴，许仙兴致很好，一路走一路看，一直没有发现紧跟在他身后的两名女子。突然间，白素贞身形未动，人却已到了许仙的身前。白素贞手提花篮走在路上，突然间一条青蛇从草丛中窜出，咬伤了白素贞的脚踝。白素贞受痛"啊哟"一声跌倒在地。

许仙一见，快步上前扶起跌倒在地的白素贞。白素贞一袭白衣，风姿卓绝。她轻启朱唇道："多谢公子相救。"白素贞又哼了一声，许仙一脸紧张地问道："这位姑娘，你可是伤到了哪里？"白素贞指了指脚踝，许仙弯腰一看吃了一惊。只见雪白的脚踝处肿了一大块，伤口发黑。许仙惊道：“姑娘，你被蛇咬伤了。快，让我给你看看！”许仙说罢，扶着白素贞在一块大石上坐下。

许仙转身快步走入草丛中，采下一株药草，来到白素贞身旁。许仙对她说道：“姑娘，恕我冒犯了！”说完蹲下身来，轻轻抬起白素贞的脚踝，用嘴吸出白素贞脚踝上的毒液。许仙吸完一口吐出毒液，再吸完一口又吐出，如此反复，直到伤口处的血转为红色，这才把手上的药草揉成汁敷在白素贞的伤口上，又从长衫上撕下布替她包扎好。所有动作，一气呵成。白素贞感动得流下了千年不曾流过的泪水，她春心萌动，刹那间就爱上了面前这位俊雅如玉的许仙。

许仙又对她说：“敢问姑娘芳名？家住哪里？我这就背你回去。”说罢，他背着白素贞一步步朝前走去。白素贞声如莺啼，她在许仙耳边软软地说道：“奴家姓白，名素贞。家住梅花岭南大门大街，桑农白庄风的女儿。”白素贞呵气如兰，身上淡淡的体香传来，让许仙不由地心神一荡。他听完喜道：“原来就住在梅花岭，那离得不远。”青儿看着许仙背着白素贞一步步走远，笑道：“姐姐，别怪我！我只是想帮你一把，剩下的就看你自己了。”青儿说罢就不见了人影。

眼看着离南大门大街不远了，白素贞突然对许仙说道：“许公子，你很懂医术，不如替我把伤治好，再送我回家。”许仙略踟蹰道：“我怕误了你的伤，不如找个郎中吧。”白素贞撒娇道：“我不找，我就认定你了。”许仙笑道：“那恭敬不如从命。我让人给你安排住处，等你脚伤好了再送你回去。”白素贞喜笑颜开：“如此甚好，有劳许公子。改日我一定会报答你的救命之恩。”许仙温和地说：“举手之劳，不足挂齿。姑娘不必介怀。”

许仙把白素贞带到醉妃堂的后堂，找了一间老妈子住的房间，扶她进去。许仙把白素贞扶到床上躺下后，白素贞脸上的面纱突然飞起，露出一张绝世的容颜。只是那张原本绝美的脸上长满了红点，有些瘆人。白素贞捂着脸哭道：“都是奴家的错，吓到公子了。”许仙呆愣片刻，随即说道：“白姑娘，不碍事的。你幸亏遇到了我，不然怕是要吃点苦头了。”白素贞喜极而泣：“你说的是真的吗？你能治好我的脸？十五岁那年，我在山中误食了一枚红果，脸上就长满了红点，一直治不好。”许仙笑道：“是真的。我一定会治好你,保证能让你恢复美貌。”

许仙说到做到,一大早就过来给白素贞的脚踝处上了药。此时伤口已消肿结痂,看样子就快好了。只是白素贞仍嚷嚷着痛,许仙不敢马虎,仍然悉心照料她。他又让厨娘熬了一碗补血散热的汤药,亲手喂白素贞喝下。

白素贞看许仙的眼中满是柔情,许仙一颗心“怦怦”跳个不停,他的脸红到了脖子根。白素贞捂嘴轻笑道:“许哥哥,你的脸。”许仙的脸更红了,他掩饰性地拿出一个精致的鎏金妆花盒,轻轻打开,一股花香味扑鼻而来。许仙拿到白素贞面前,对她说道:“你每日早晚各抹一次,七日后你脸上的红点自然就退了。”白素贞高兴地接过鎏金妆花盒,朝许仙感激地一笑:“许哥哥,你让我怎么谢你好呢。你要是不嫌弃,我就以身相许吧。”许仙听完有些受宠若惊,他不再掩饰自己的爱意,诚心对她说:“贞儿,等你的脸好了,我就上门去提亲。”白素贞一脸羞涩,真是美若桃花赛仙娥,许仙顿时看呆了。

白素贞赶紧蒙上了面纱,在许仙面前再不露一分。许仙不以为然道:“这红点也掩饰不了你的美,真的不用蒙面。”白素贞轻笑道:“这张脸实在不忍让你再看,现在的我好难看。”许仙不再坚持,他有些宠溺地说:“都依你,不让看我就不看。”

许仙焦急地等待着,七日一到,他迫不及待地赶去见白素贞。屋中不见了白素贞的人影,许仙感到心中空落落的,他无精打采地来到醉妃堂。迎面看到白衣飘飘、美若天仙的白素贞从外面走进来,许仙欣喜地迎上去,喊道:“贞儿,你的脸好了。真是太好了!”白素贞满面笑容,脸上光滑如缎,丝润莹玉,眼若秋波,顾盼流转间巧笑嫣然,深深牵动着许仙的心,让他再也挪不开眼。

白素贞的美貌惹得前来买胭脂的人为她驻足,她莞尔道:“我要买一盒胭脂。”许仙问道:“买什么胭脂?”白素贞认真道:“为我抹脸的这种胭脂,我以后就用这种了。”

许仙一听,拉着白素贞进了内堂。许仙低声道:“这是我特意为你而制的胭脂美人醉,里面配有紫草、落葵、石榴、茉莉、晨露、天株粉、香醋等,其中一味龙血更是千金难求。这是我为你一人精心而制的,配方也很独特。”白素贞的眼中流下一滴泪来,她动情地说:“今生有幸遇见你,是我千年修来的福。为了你赴汤蹈火也不悔!”许仙没料到看似柔弱无骨的白素贞,能说出这番话来,更加对她爱惜不已。

许仙没料到胭脂美人醉未上市就火了起来。人们疯传醉妃堂有一绝世胭脂美人醉,谁要用了就会越变越美。有人亲眼看到那天仙美女从醉妃堂里走了出来。

慕名而来买胭脂美人醉的人是来了一拨又一拨,但都被许仙打发走了。许仙拿出装在白玉盒中的胭脂,有人只得退而求其次,有人却是失望而归。

某日,许仙正在堂中的暗房配药,只听一个清脆的女声大声说道:“我要买一盒胭脂醉美人,噢,是美人醉。”许仙闻声走了出来,头也不抬。女子继续央求说:“就买一盒,行行好吧。”许仙仍坚持道:“本店没有这款胭脂,你可以看看其他胭脂。”女子放声大笑道:“姐夫,卖我一盒吧!姐夫果然偏心,连我也不卖。”

许仙听闻女子喊他姐夫,这才打量起她。女子身穿一身青衣,姿色秀丽,生得俏皮活泼,一双大眼左顾右盼,来人正是青儿。许仙乐道:“你姐姐是谁?”青儿笑道:“我姐姐就是你心心念念的白素贞啊。”青儿刚说完,就听一个柔美的声音响起:“青儿,别寻你姐夫开心,他是实在人。”

正说着,白素贞款款走了出来。青儿上前怨道:“姐姐,你这还没嫁人,就帮着外人,青儿不依。话说你们快要成亲了吧?我今日是来送礼的。”青儿说着,手中拿着一枝碧绿通透的玉钗,一看就是上品。白素贞高兴地收下。青儿趁机说道:“那我要的胭脂呢?”白素贞求救般看着许仙,许仙不忍让她为难,勉强答应道:“那你三日后来取。”青儿乐得抱着白素贞亲了一口,许仙冷脸瞧着,青儿朝许仙做了个鬼脸,这才转身离开。

白素贞对许仙说:“许哥哥,我看放着这么好的胭脂,只为我一人而用,实在有些浪费。不如卖给有缘人可好?”许仙笑道:“贞儿,何为有缘人?”白素贞看着许仙道:“这款胭脂是因爱而生,就让至情至爱之人来用它。”许仙赞许道:“贞儿所言甚是。只是要如何识得谁才是至情至爱之人?”白素贞微微一笑道:“这事就交给我吧。”

白素贞话刚一说完,就来了一位身穿青布长衫的年轻公子。公子一进门,就嚷着要买胭脂美人醉。白素贞隔帘一看,此人面相看似忠厚,眼中却闪着欲望。只一眼,白素贞就看尽此人的前世今生。她一语道破天机:“此人前十年内尚能与青梅竹马的结发妻子恩恩爱爱,后十年美妾如云,发妻郁郁而终。而此人在妻子死后不到一月,又娶妾过门,还自喻妻子如衣,该换得换。”

任凭这位年轻公子如何巧舌如簧,白素贞却并不理会。年轻公子失望而归。许仙诧异道:“贞儿果然是仙子下凡,这都能看出来。”白素贞淡笑不语。

再来醉妃堂买胭脂美人醉的人,白素贞都会隔着珠帘看一眼。真有至情至性之人为了心爱之人而来,白素贞会根据他们的家庭情况,给出不同的价格。有缘人欢欢喜喜而去,无缘人是千金难求。许仙感叹道:“真情无价,胭脂有价。只有至情之人方配用它。”

许仙命厨子烧了几道好菜,特意拿出他亲手酿制的桃花露,在他的寝室和白素贞对饮。几杯酒下肚,白素贞半躺在美人榻上,脸如红霞,美目迷离含春。许仙痴痴地看着她,呢喃道:“美人醉,醉美人,胭脂美人醉。妙哉!妙哉!”

白素贞向他招了招手,许仙走向白素贞。忽然榻上的白素贞不见了,许仙眨了眨眼,白素贞又睡在榻上,对他妩媚一笑。许仙再也把持不住,冲过去抱住白素贞。白素贞对他耳语道:“今晚是我们的洞房花烛夜。改日再大宴宾客,你看可好?”许仙声音嘶哑道:“听娘子的。”

白素贞走下美人榻,拿起那盒胭脂美人醉,轻轻抹在脸上。她又对镜画眉、点唇、梳红妆,这才慢慢走向许仙。许仙看到白素贞裙裾如舞,美艳撩人。一晃神的工夫,白素贞拉着许仙朝天一拜,朗声说道:“我白素贞愿与许仙结为夫妻。生生世世永不分离!”

两人四目相对,许仙看到白素贞的脸上满是风情。他心跳如鼓,轻轻抱起白素贞倒向床榻。两颗心彻底相知相融,许下生生世世。

红烛摇曳,胭脂美人醉散发出幽幽清香。谁会想到今世一双人会经历那样惊天动地的爱虐。

孙香花(江苏·南京)

白娘子玉簪搬兵斗法海

水漫金山的故事对很多人来说应该是耳熟能详了，讲述的是白蛇素贞西湖巧遇许仙结为夫妻，后因金山寺法海和尚发现白娘子是个蛇精，于是把许仙骗到寺中，引得白素贞带着小青到寺里讨要丈夫，由于打斗不过法海，白娘子从头上拔下一支玉簪抛向水中，立马引来虾兵蟹将，来了个水漫金山。

神仙自有超能力，但像白素贞这样一个名不见经传的蛇精，怎么能调动龙宫里的兵将掀巨浪漫金山呢？这其中的缘由与她修炼时一段少为人知的传奇经历有关。

故事得从白素贞还只是一条刚入世的小白蛇说起，别看她蛇小，心却不小，整天想着自己要像先辈一样修炼成仙，为此，她游走在峨眉山原始老林中，寻找自己的修身之处。

经过无数个日夜的找寻，终于发现在一个环境优雅的山腰处，有个紧挨深潭的隐蔽山洞，缕缕白雾正从洞口冒出。

看到白雾，小白蛇立马想起先辈的话，说神仙们都喜欢在云雾生成的地方进行修炼，这样成仙后自然就能腾云驾雾。

眼前这个山洞正是祖辈们所说的仙境之地，小白蛇兴奋地游进去一看，里面有个大厅，正是栖身和修炼的好地方。再往里一探，有个泉眼正突突地冒着带有雾状的清泉，洞里缭绕着淡淡雾气。

既来之则安之，小白蛇在洞里住了下来，不分白天黑夜开始苦心修炼。

原以为处在深山老林又是幽深洞府，不会有什么外界事物打扰自己了。然而，有一天小白蛇盘坐在修炼台上，正静静地默念着仙经，突然洞外传来一阵惊天动地的轰鸣声，像是什么庞然大物落进了潭里，小白蛇急忙收功来到洞外一看，原来碧清如镜的深潭里正冒出一股股气泡，在气泡中还夹杂着血水。

看到血水，小白蛇立马联想到会不会潭里有妖怪，好奇心促使她想探个究竟，于是她深深吸了一口气潜到潭底，意外发现里面有个洞府，两扇紧闭着的大门上方写着“龙宫”两个大字。

深潭里居然有个龙宫，这是小白蛇没有想到的，看到门上有个锁孔，急忙凑近往里一看。只见一条头上长着犄角、浑身雪白的巨龙，正在津津有味地吃着一头大黑牛。

看到如此大物，小白蛇一阵后怕，尾巴情不自禁地哆嗦起来，无意间碰响了门上挂着的铃铛。

“谁，谁在门外?”只听得呼的一声，大门洞开，巨龙已出现在她的面前。

小白蛇吓得蜷缩成一团，战战兢兢地说道：“老龙王好，我是您的邻居小白蛇，我不知道您老住在这里，打扰您用餐了，不好意思。”说罢就想溜。

看到是条皮肤雪白的小蛇，巨龙突然大笑起来。“我还以为有人要来找我算账呢，原来是你这么个小不点，你说是我邻居，我怎么不知道?你住在哪里?”

“我，我来了没多久，就住在潭边那个山洞里，想好好修炼，希望能早日修得正果炼成仙身。”

“噢，不错不错，很有志向，只要能好好苦练，梦想总能实现。”巨龙表扬过后又说，“你来得正好，我到这里有些年头了，正愁没一个说话的，来来来，我们进去好好聊聊。”看老龙王如此好客，小白蛇也没推辞，跟着进了龙宫。

四海龙王的故事小白蛇也曾听说过，只知道龙宫是建在大海里，都是金碧辉煌的，然而眼前这个龙宫，可以说是简陋到了极致，不比自己居住的山洞好到哪里去，这让她很是不解。

相互交谈后才知道，眼前这条巨龙并不是什么老龙王，而是西海龙王敖闰的太子小白龙，因为年轻不懂事，纵火烧毁了玉帝赐给父王的夜明珠。这是违反天条理当问宰的大事，幸好观音菩萨一直就很喜欢小白龙，于是出面向玉帝求情，这才免去一死，被贬到这个白龙潭，要他静心修炼悔过，等待有缘人前来相救。

看过《西游记》的应该都知道，这个有缘人不是别人，就是去西天取经的唐僧，当然这已是很多很多年后的事情了。

就在两人谈得正欢时，“通通通”好几块大石头砸进潭里，从敞开着的大门直接滚了进来，小白蛇以为是山崩地裂了，吓得躲到角落里。

小白龙说了句“我去看看”，“腾”的一下就没了影，回来时两个前爪各抓着一名壮汉，说：“刚才就是这些可恶的人类在捣乱，他们想用大石头砸死我。”

“是你先抢了我们耕地的牛，我们才拿石头来砸你的。”被抓的壮汉申辩道。

听壮汉这么一说，小白蛇立马明白过来，质疑道：“龙哥哥，你刚才吃的是人家的耕牛啊！”

“不吃牛，你让我吃什么？”小白龙把两个壮汉往边上一放后说道。

“我看到山里有野鹿野猪野牛什么的，能吃的东西多着呢。”

“那些野货跑得可快了，哪有耕牛来得好抓，一抓一个准，吃起来正够味。”

“龙哥哥，耕牛是他们的命根子，你这样做，他们一定以为你是恶龙，所以要拿石头砸你。你刚才不是说，观音菩萨让你到这里来是要修炼积善的。龙哥哥，以后不要再去吃他们的牛了，我做你的帮手，我们一起去抓野兽，你看好不好？”

小白龙本不是什么不讲理的主，原本拿山民们的耕牛充饥只是图省力，经小白蛇这么一说后，顿时明白过来，奔到两个壮汉面前，一边一个又把两人抓在手里。

小白蛇一惊，以为小白龙要吃了山民们，正要阻止，却见他托着两名壮汉送到潭边，还向他们保证今后不再抓牲口吃。

经过这一事件后，小白龙当真没再骚扰过山民，他也知道小白蛇能力有限，就自个儿在深山老林里捕捉野兽充饥，顺便还会留些吃的送给小白蛇，空闲时还指导她修炼。

知道小白蛇还没有名字，小白龙特地为她起了“白素贞”这个雅致的名字，还给她居住的山洞取名“白龙洞”，意思是鼓励她要有成龙成仙的志向。

五百年一晃而过，通过自己的努力和小白龙的指点，白素贞已练就了一身好本事，但与千年成仙还有很大的距离，不过一个偶然的机会，让白素贞立马成了仙。

原来，在白龙洞的附近不仅有小白龙，还有一只同样修炼了五百年的老龟。与白素贞不一样的是，这只老龟不是什么省油的灯，他一心想早点修炼成仙，于是悄悄地潜到真人孙思邈的山洞里偷吃了一粒金丹。一粒金丹就是五百年道行，老龟成了仙。

有一天，白素贞正在洞中修炼，忽然听见山林中传来女子的呼救声，出去一看，只见变成人形的老龟在调戏一个年轻女子，急忙上前阻拦，怎奈自己道行还浅不是老龟的对手，很快就处在被动挨打的险境，幸好小白龙及时赶到，打跑了老龟救下她俩。

从那以后，白素贞修炼之余开始关注起这只老龟，意外发现老龟练功时，会将偷吃的金丹从口中吐出，悬放在空中让金丹吸取天地灵气。白素贞自然知道金丹的妙用，她趁着老龟练功之际，偷偷地潜到老龟身边，当老龟把金丹吐出时，一口就把金丹吸到自己肚里，瞬间得道成仙。

老龟失去金丹后自然要拼命，不过失去五百年道行后，已不是白素贞的对手，只得灰溜溜地逃走了。

白素贞成仙后，高高兴兴地去跟小白龙告别。小白龙感激她几百年的陪伴，送给她一支祖传玉簪，说今后一旦遇险，只需把险情说与玉簪听后，把它抛入水中，自会有神兵来相助。一听玉簪有如此妙用，白素贞小心翼翼地把它插在发髻中，确保整天不离身。

离开山洞后，白素贞游览起大好河山，其间也曾遇过一些风险，但都靠自己的能力给化解了，这次自己心爱的男人被法海软禁起来，打也打不过，斗也斗不过，这才想起小白龙给的玉簪，对它说清险情后就抛到了水中。

好比是加急电报，玉簪一入水，龙王就接到法宝传来的消息，立马命虾兵蟹将前往，协助白素贞一起斗法海。

法海的功力原本是在白素贞之上的，但与龙王派来的虾兵蟹将相比就逊色不少了。眼看着潮水排山倒海般涌来，法海急忙脱下袈裟化成一条长堤去阻挡。

原以为这件宝贝袈裟足以抵挡住潮水，没想到潮水节节上涨，眼看着就要漫过堤岸涌进金山寺了，急得法海团团转。

就在这个时候，一只老龟出现在法海身边，跟法海耳语起来，法海听后连连点头。

这只老龟不是别人，正是被白素贞偷吃了金丹的那只，它正好在金山寺附近闲晃，看到白素贞带着虾兵蟹将在打法海，自然记起自己失丹之恨，于是跟法海献起了歪点子。

法海让老龟帮着看守好那条袈裟堤，自己急急忙忙到天庭找玉帝去告状，说西海龙王是非不分，滥用手中的兵权庇护蛇妖涂炭生灵，望玉帝主持公道。

玉帝让千里眼和顺风耳到南天门查个究竟。千里眼看到金山寺附近有不少和尚正在潮水中苦苦挣扎；顺风耳则听到了那些和尚撕心裂肺的求救声，两个回去向玉帝一汇报，玉帝一向讨厌在人世间兴风作浪的妖孽，于是听信了法海的一面之词，下令天兵天将捉拿白素贞。

在天兵天将的帮助下，潮水很快退去，法海也将白素贞压在雷峰塔下，水漫金山的故事这才告一段落。

当然，天理自然公道，后来小青击倒雷峰塔救出白素贞，并与她一起把法海打得无路可走，只得躲进螃蟹腹中，从此白素贞与许仙又恩恩爱爱地生活在了一起。

朱闻麟(江苏·昆山)

白蛇托孤

话说当年西湖对岸的雷峰塔飘来白素贞最后一句话："青儿，世麟就拜托你了。"许仙看着爱妻被法海镇压塔底，自己却回天乏术，心灰意冷，遁入空门。

青儿泪眼蒙眬，曾经羡慕白姐姐一家的幸福，夫妻恩爱，又添宝儿，可转瞬却被可恶的法海破坏。通过和法海打斗，青儿的法力也几乎丧失。青儿手握姐姐送的一只海螺，面对孤苦的许世麟，暗下决心，竭尽所能也要完成白姐姐的托孤重任。

法海四处追查青儿和孩子，想斩草除根。小青背着世麟东躲西藏，最后回到自己与白蛇修炼的仙洞隐藏起来。这样过了大约一年半的安宁日子，小青既要照顾世麟，又要加紧练功，还要忙着帮人抓药治病，着实有点忙不过来。有一天牙牙学语的世麟吹着脖子上挂的海螺，喃喃叫着娘，奇怪的是海螺里传出声音："麟儿，娘亲在，是你在叫阿妈吗？青儿你在哪里？"青儿惊讶着，立刻明白了，在最后时刻姐姐交给自己的海螺原来是对宝，姐姐留着一个，给了自己一个，能千里传音。发现了这个海螺的法力，小青把自己的苦恼告诉了姐姐。姐姐让青儿带着世麟去找他的姑姑，她有个女儿和世麟年岁相当，两人可一起玩耍，也可以请个先生教他们一起识字。

过了几年，青儿在世麟姑姑一家的帮助下把世麟培养得健健康康。可世麟与其他孩子一起，很是顽皮，老是惹是生非。这天在伙伴的怂恿下，拧死了邻居的小鸡，青儿一气之下扇了世麟两耳光。世麟摸着被扇疼的脸，对一向宠爱自己的青姨瞪大眼睛哭喊着："你不是我娘，你是坏人，我不要你管！"这可愁煞了青儿，青儿不明白哪里出了问题，在八月十五月圆时拉着世麟来到西湖边上，隔着雷峰塔向姐姐诉说着苦恼。

只听海螺里传来了白素贞轻柔的话语："青儿，教育世麟急不得，你让他安心读书，要看看他周围的环境。你听说过凡间孟母三迁的故事吗？为了孩子，孟母不惜断机杼，三迁住处给孟子一个好环境。如今世麟身边可能顽皮孩子多，不利于他安心学习，你可以仿效孟母。同时你也要让世麟慢慢明白一些事情，懂吗？”青儿对着海螺说：“姐姐，你放心，我会耐心做好这些事。”

青儿拉过世麟对他说：“世麟，你不是想知道你娘在哪里吗？你可以从海螺里喊娘，她能听到，你也可以听见娘说话，可你要见娘，就必须认真读书，高中状元，你们一家子方可团圆，明白吗？对岸就是雷峰塔，你娘被法海老和尚使用法术压在那个塔底，并下了咒语，只有你勤读书，做善事，做孝子，感动上天，雷峰塔方可倒掉，你懂吗？”

“青姨，我再也不贪玩了，我要认真读书，争取早日见到娘。”

“好孩子，为了你能更好地读书，青姨要把住处迁到苏堤书院旁，那里有三潭印月。现在你对着西湖的断桥起誓，那是你父母相遇千古奇缘开始的地方，也是你父母伤心不舍抛下你的地方。”

“谢谢青姨。”

“你用心读书，我带你看三十二个神奇的月亮。”

“有这么奇特？”

转眼间，到了下一个圆月夜，西湖平如镜面，青儿依照承诺带着世麟来到三潭印月旁，奇怪的是，世麟眨巴着眼睛，看着潭里、天上及水里的月亮，数来数去，太神奇了，居然真有三十二个月亮。看着世麟一脸的惊讶，青儿解释道：“这里有历代文人墨客描写的绝佳景致，其实是因为杭州的丝绸细密，把它蒙在三个潭上，就分别映出了五个，加上倒影，还有天上水里的月亮，就成了你数出来的奇观。其实你娘是最美的仙子，当她出塔时，合着这些月亮映出的景致就更绝啦。你对着西湖上的断桥起誓，你要发奋努力，高中状元，多善事，做孝子，感天动地，让你一家子早日团圆。”

世麟对着宽阔的西湖跪拜下去：“娘啊，孩儿想你想得好苦，儿子会努力，早日祈求神仙推倒这万恶的塔，让我们一家团聚。”

“麟儿，娘知道孩儿乖，希望你听青姨的话，出人头地博得功名，我们团聚指日可待。”

世麟天不亮就开始晨诵，疲倦得实在不行才上床休息。他学司马光用原木做枕头，稍一翻身枕头滚动就惊醒，他就立刻学习。一天青儿出诊回来，与急匆匆从外回来的世麟撞个满怀。

“世麟，你跑什么？”

“青姨，今天我上街去买点纸笔，一个穿着橙色袈裟的和尚老是跟着我，要我把脖子上的海螺给他看，说那是他的东西，我怎么能给他呢？我记得青姨吩咐过，这是我和娘唯一的联系方式。我躲在茅厕里好一会儿，才跑回来。”

“麟儿，最近不要出去跑，青姨来想办法，你赶紧把书整理起，我们马上出去，法海找来了。”

世麟随着青姨来到一个空旷的山谷，这里高山环抱，流水潺潺，一座外形奇特的房子呈现在他面前，里面不仅有石桌石椅，而且空气清新，淡淡的野花香气袭人。世麟直夸青姨眼光高，青儿说：“麟儿，你就放心读书吧，这里应该是最危险的地方，但也是最安全的。”于是世麟读书，青儿隔三岔五出去弄吃的用的。

十八年后，世麟一路过关斩将，秋后即将赴京参加最后一场科考。眼看就到了要出发的日期，可当青儿采买回来时，看见世麟昏倒在一旁，口吐白沫，吓得青儿急忙用银针一探桌上的糕点，银针变黑了。青儿赶紧施救，掐人中，放黑血，世麟终于苏醒过来。可一连几天，世麟都没缓过神来。看着焉嗒嗒的世麟，青儿急忙用海螺焦急地向白素贞求救：“姐姐，你当年采千年灵芝的地方在哪儿啊？世麟食物中毒，几天都没恢复元气，眼看赴京赶考的日子近了，这可如何是好？”“青儿，别担心，贡嘎山上有不化的雪山，那里有千年灵芝和雪莲花，都是滋补佳品，可此去路途艰辛，灵芝在悬崖峭壁上，采摘很危险。”“姐姐，再危险我也要去，这是你交给我的任务。”青儿连夜把世麟的姑姑找来，把他交给姑姑照顾。

于是青儿马不停蹄地前往贡嘎山，来不及欣赏一路的奇山异水，只是一个劲儿地埋头苦赶，用了三天赶到雪山脚下。白茫茫的雪山，哪儿才有这些宝药呢？青儿把绳子拴在半山腰的树枝上，把带铁钩的一头使劲抛向高处，当她抓着绳子一步步向山顶的岩石移动时，忽然脚下一松动，牵动绳子挂着的地方也在动，青儿被碰得鼻青脸肿，连续碰了三次，青儿仍然咬紧牙关，顾不得摸下手臂的伤痕，也来不及找点水清洗下刮花的脸。青儿吸口气默念：“菩萨啊，求你帮我找到灵芝和雪莲，救救麟儿，这是姐姐的幸福指望啊。”顿时，一道金光射来，青儿揉了揉眼睛，看见一圈佛光下,两株灵芝和雪莲绽放在悬崖上,青儿喜出望外,双手合十向佛光叩拜。然后再次小心翼翼地攀上去摘下,终于赶在赴京前让世麟康复了。

到了放榜的日子,世麟中了状元骑着高头大马回乡报喜,给青姨磕了三个响头。青儿拉起他,高兴地说:“世麟,好样的,我们做到了,明天就是月圆之夜,十九年了,你们一家终于可以团聚了。”

第二天,世麟随着青姨姑姑,早早从寺庙里接回出家的父亲,来到西湖边,想着一家人很快就要团聚,许仙很激动。此时湖水高涨,突然水里冒出个人来,大伙细看,正是法海。

“哈哈,老衲等候多时,再过半个时辰,你们正好聚齐,我好一网打尽。”青儿抽出剑来,与法海打斗起来,正在青儿体力不支时,轰然一声,对岸的雷峰塔倒了,西湖上的水映着月亮和白素贞,分外美丽。白素贞一袭白衣,飘然过来,与青儿一同再战法海。顿时刀光剑影,月亮躲进了云里,天昏地暗,一道佛光从乌云里穿出来,伴着一道厉喝:“法海,不得造次,这次王母娘娘特许,免除白蛇惩罚,从此让他们一家好好过日子,治病于乡邻。你老是爱管闲事,妨碍别人幸福,玉帝惩罚你进蟹壳去闭门思过,只要西湖水不干,你就别再出来惹事端。”

听着菩萨的宣判,白素贞和许仙、麟儿、青儿紧紧地拥抱在一起,只是法海进蟹壳时问了一下:“我不明白当初青儿带着许世麟究竟藏在了何处?我一直找不到他们的踪迹,只好在摸清了青儿购买食物的地方后,往糕点里下了毒。”

“这个你就不要费神了,他们就藏在你的洞府,我用了封印封住,你当然看不见哦。”

此时湖面银光闪闪,大有春江月夜的静美,金山湖畔再次传来“西湖水哎,三月三呢,西湖美景,看不完呢……”

薛孝文(四川·成都)

白娘子义守雷峰塔

一

南宋年间，一条在峨眉山已修炼了近千年的白蛇，她化成了人形，想去见识一下凡间生活。师父黎山老母给她取了个名字叫“白素贞”，并叮咛道：“在凡间你要继续做善事。若是和人类起了争斗，也尽量不用你的法力，不然，你的道法也会随之削弱……”白蛇一一记下后，向黎山老母重重地叩了几个头，下山而去。

途中，白素贞遇见了一条道行较浅的小青蛇，也想随她同行。白素贞帮她变成人形后，给她取了个名字叫“小青”。

白素贞谨记黎山老母的嘱托，时刻都在行善。偶尔，她看到世间的有情男女结为恩爱夫妇，会暗自思量，自己会遇到如意郎君吗？

一次，顽皮的小青玩得不亦乐乎，不慎弄塌了一户农舍。白素贞说了她几句，小青竟一气之下不告而别了。白素贞留下收拾烂摊子，她修葺好农户的房舍后，算出小青在临安的保和堂医馆。

白素贞担心不已，匆匆赶到临安保和堂，见小青在屋里的病榻上躺着。旁边一个年轻的后生，正要把手伸向小青……白素贞心里一紧，伸出手一下就把那年轻后生拉了起来。

白素贞护在小青的病榻前，向后生怒斥道：“不许欺负她！”小青忽地坐了起来，笑意满面地抱着白素贞说：“好姐姐，就知道你最疼我了！”

白素贞看见小青安然无恙，她低声问：“没有被人欺负吧？”小青忍住笑意，指着那年轻后生说：“喏，他叫许仙，他刚才是要给我抹药……”

白素贞这才明白，眼前这个名叫许仙的清秀后生，是保和堂的学徒。

他天赋异禀、乐善好施。那天,许仙给病人送药回来时,发现蜷缩在街边的小青连连咳嗽,许仙就把她背回保和堂悉心照顾。

原来如此!白素贞松了一口气,又忙向许仙作揖致歉。此时的白素贞娴静如水、肤如凝脂。与刚才“武林高手”的样子相比,各具风姿。虽然身着极其素雅的服饰,却难掩光彩……许仙一时竟看呆了。一旁的小青打趣道:“许公子,你看见我姐姐,怎么就傻了?”许仙意识到自己的窘态,连忙回过神来退出了房门。

白素贞也定了定神,乜斜着小青,低声问道:“你根本不会得这样的病,你老实说,到底是怎么回事?”小青做了个鬼脸,指了指门外说:“你看那许仙,跟你可是天生一对呢!”白素贞没想到这小青故意假装生病,竟是想让许仙当姐夫。

二

自从见过许仙之后,白素贞不时从百姓口中听到讲许仙的各种好,白素贞的心里荡起了阵阵涟漪。临安景色如画,让人流连忘返,姐妹二人便在西子湖畔租下了一间房舍。

一天,天空中下起了淅淅沥沥的小雨。湖上烟雨蒙蒙,一切都如梦如幻。为了排遣心中的纷乱思绪,白素贞撑着油纸伞,和小青一同去湖边散步。不知不觉中,白素贞看见许仙正坐在人群中给大家义诊。她的一颗芳心怦然乱跳,想离开却又抬不起脚来。

这时,一股不寻常的力量正向白素贞的后背袭来。她回身一看,见不远处有一名年轻的和尚,手里正拿着金钵施法想把她收入其中!白素贞很愕然,自己与他素昧平生,为什么他会那样仇视自己呢?

白素贞正要用法力抵抗那和尚时,那和尚却看了看人群中的许仙,然后就很奇怪地偃旗息鼓了。他恨恨地瞪着白素贞,掉头而去。

这时,许仙已经给大家诊完病,他看到了脸色有些苍白的白素贞。他走过来担心地问:“白姑娘,你是不是身子不适?”白素贞小声说不碍事,小青在一旁着急万分,示意许仙和白素贞走近一些。许仙明白了小青的意思，壮起胆子问白素贞："不知白姑娘有没有这份雅兴，我们同游西湖？"

白素贞含羞点了点头，然后不经意地斜着伞面挡住上身，生怕自己胸口里那"扑通"的心跳声，传到许仙的耳朵里……

这晚子夜时分，保和堂突然响起了一阵急促的敲门声。许仙开门一看，是一个陌生的年轻和尚。和尚开门见山地说："许公子，有蛇精缠住了你。不过，贫僧能为你收此蛇妖。"

许仙忙问蛇精在哪里，和尚低声说出了白素贞的名字。许仙顿时摇头呵斥道："好你个和尚，不在庙里念经，跑到这里来胡说八道！"说着便要赶那和尚出去。

那和尚冷哼一声说："许公子，我叫法海，因为家父当年被毒蛇咬死，所以我一心要收服天下的蛇类，好为百姓消灾。"法海还说，他今天差点就把白素贞收入钵中，只可惜许仙身上自带一股仙气，而许仙的情思又在白素贞身上，所以能消减法海的道法，让他没能收服白素贞。

许仙没想到自己身上还会有仙气，他忽然想起当年母亲去世前，曾祈求神仙保佑他长大，他不由一番感慨。法海急忙说："许公子，那蛇精始终是蛇类，会伤害无数人的。你不信，就看看这金钵吧！"说着，他把金钵递到许仙面前。

金钵中，许仙能清清楚楚看见白素贞和小青正在跟一堆男人激烈地打斗——而不远处的地上，还有许多箱官银！许仙感到非常愕然，因为前一段时间官府曾经出了告示，说官银被窃，希望百姓们提供线索。他的心突突直跳，难以置信。

法海一声冷笑问他："许公子，眼见为实，这下你知道她的真实面目了吧！"许仙看出白素贞她们在临安太守衙门附近，便急忙跑出了保和堂。他要亲自去见证，牵动自己的白素贞，到底是嗜血的蛇妖还是贪婪的盗贼！

三

许仙气喘吁吁地跑到太守衙门附近，见那些壮汉都被白素贞和小青打得趴在地上呻吟不止。他想知道真相，便隐藏在一个暗处，观察白素贞的动向。

白素贞此刻正咬牙替小青包扎着伤口,而她自己的胳膊也血迹斑斑。小青痛得嗷嗷直叫唤,也发现了白素贞的伤口,她着急地说:“姐姐,你的伤势比我还重啊！要不,用你的金丹来治疗吧。”白素贞摇摇头说:“我们现在的伤不碍事,我体内的金丹,要用在救治病危的百姓身上才更有意义……”

小青担心地说:“姐姐,现在天色尚早,要等到太守起床办案的话,我们很可能就没命了！不如……”白素贞忍痛摇头说道:“小青,师父告诫过我,不能轻易使用法术去扰乱人们的生活……小青,我们从蛇变成人不易,现在就忍一忍吧,这也是一种修行。”

暗处的许仙明白了一切,他没有感到害怕,反而感到震撼。他深知,即便是蛇类也有好坏之分。像白素贞这样侠肝义胆的,无论是人是妖,都是可遇而不可求。他感动地跑过去,一边撕下自己的衣衫替白素贞包扎伤口,一边对白素贞说:“白姑娘,如果你愿意,以后就由我来照顾你！我们,我们一起为百姓造福……”

如此赤裸的表白,让白素贞既羞涩又忐忑。小青高兴地拍着手说:“看来,我这红娘,功不可没啊……”这一下,又扯动了她的伤口,小青顿时又痛得龇牙咧嘴起来。

为了不让白素贞和小青那么痛苦,许仙猛地跑到衙门前,举起双锤击起鼓来。不一会,衙役睡眼惺忪地开了边门出来,恶狠狠地问许仙为啥三更半夜击鼓鸣冤。许仙正色道:“我有官银的下落,不知你们感不感兴趣?”一听“官银”二字,衙役的精神为之一振,恭敬地请许仙稍等片刻。

太守打着哈欠升堂之后,白素贞和小青把追讨官银的经过说了出来。盗贼们愤愤不平,指着她们对太守说:“大人,她们两个是妖怪！您别信她们的话啊!”许仙在一旁怒斥道:“大人,这帮盗匪才是一派胡言！这两位姑娘武功高强,在追讨官银的过程中还身受重伤。事关重大,我才不顾夜深击鼓扰民……”

太守让衙役检验过白素贞二人的伤势,确定了是人身无疑;又打开官银箱,验明正是之前被盗窃的那批银两。证据确凿,当下就把盗贼们关进牢房等候发落。

此案已结,太守非常高兴,即刻拿出一些银两嘉奖了白素贞和小青。

随后，他从许仙和白素贞二人的眼神里，看出了一些端倪，便笑道："许公子，常听人说你义薄云天，也应该找个妻子和你一同行侠江湖，岂不妙哉？"许仙和白素贞二人一听，不约而同地羞红了脸。

法海赶到衙门外，见许仙非但没有远离白素贞，反而更加爱慕她了，他恨恨地低声自语道："好你个不识趣的许仙，好你个狐媚子白素贞，有你们好看的！"紧接着，他冲进公堂，双手合十向太守说道："大人，我是云游和尚，叫法海。您千万不要被这两个妖怪蒙蔽了，您看看我的金钵就明白了……"

法海拿出金钵对着白素贞和小青，金钵里顿时就出现了一条白蛇和一条青蛇。可太守狐疑地看了一会儿，却什么都没有。许仙在一旁向太守说道："大人，这和尚和我有些过节，现在想报复我。"太守了解许仙的为人，于是命令衙役将法海赶了出去。

法海被狼狈地推出公堂后，向天一阵怒吼："老天无眼！我法海一定要收服白素贞，为民除害！"

半个月后，白素贞和小青二人的伤在许仙的诊治下，很快就痊愈了。不久，经过太守大人的撮合，许仙如愿以偿地娶回了白素贞。

四

婚后，白素贞听说镇江那边的百姓刚经过一场瘟疫，人们纷纷离开镇江，流离失所。为了安抚民心，治愈百姓，白素贞便拿出太守大人奖励的银两，毅然到镇江开了一家医馆。夫妻二人和小青一起，同心协力地免费治病救人，深得人心。

一日，许仙留在医馆坐堂诊病，小青要给病人熬汤药。医馆的药材不多了，已有身孕的白素贞便要去山上采药。

法海瞅准这个难得的机会，尾随白素贞到了山上。见白素贞攀上崖壁采药，他就躲到了崖壁下，拔出利剑伺机要杀害白素贞——由于白素贞有了许仙的骨肉，法海的金钵对她也就没有杀伤力了。所以，他不得不用最原始的方法去杀害白素贞。

不大一会儿，白素贞从崖壁上缓缓下来，法海刚要伸出利剑刺向她的心脏时，他的手臂却被什么东西给拉住了。法海回头一看，居然是一条蛇紧紧缠住了他的胳膊！更可怕的是，他发现整个崖壁竟是上百条大蛇盘旋而成的！这些蛇头向他吐出阴恻恻的蛇信子，接二连三地咬向他。法海忍痛拿出金钵对准它们，却无济于事……

法海很快就浑身无力了，就在他绝望的时候，刚落地的白素贞看见了命悬一线的法海，她大喝一声，问群蛇为什么要置法海于死地。那群蛇愤愤不平地说：“白娘子，他的父亲当年中了蛇毒死去不假，可这都是你们祖上杀害我们蛇类的因果啊。不信，你找土地爷过来问问！”

白素贞让群蛇不要再伤害法海，她默念咒语，土地爷很快就来到了他们的面前。土地爷说出了实情，和蛇群说的不差分毫，他无奈地说：“这些账早就在阎王爷那里记载下来了……”法海这才知道，当年父亲的死，确实是因为伤害了太多蛇类造成的因果报应。而他也一直见蛇就灭、作孽太多，今天正是他的死期。

这时，中了蛇毒的法海浑身乌黑，呼吸越来越急促。白素贞焦急地吐出了腹内的救命金丹，把它放进法海的嘴里。就在一瞬间，法海感到一股清甜浸入心脾。不一会，他感觉胸口一阵拥堵，张口就吐了几大口黑色的血液，而身子顿时轻松了不少。

白素贞拱手向群蛇说道：“如今你们和法海之间的债已经了了，你们以后就不要再侵犯他……”群蛇依然不服：“我们蛇类虽然样子可怕，可是我们全身都能救人类。跟那些道貌岸然、贪得无厌的人类比起来，我们蛇类不知好多少倍呢！”这一番话说得法海无地自容。他吃力地坐起身来，双手合十地向它们忏悔，说以后决不再伤害任何一种生灵了……

白素贞把虚弱的法海带回医馆时，许仙和小青都大吃一惊。当法海说出了事情的来龙去脉后，小青忍不住埋怨着白素贞：“姐姐你是不是糊涂了！那是你保命的金丹，你以后有危急的情况怎么办啊！”

白素贞一脸恬静地摸着微微隆起的腹部，笑道：“金丹的作用就是救人，不管是谁，在他有难的时候我刚好碰到，就应该义不容辞地出手相助，这才是我们修炼法术的根本啊……”许仙担心白素贞累着了，急忙扶着她坐下。给她搭了搭脉，见没什么大碍，才放下心来。

在许仙和白素贞的治疗及小青的照顾下，法海很快就康复了。这天晚饭后，法海感激地向三人道了谢，说第二天就要去云游四方。没想到，就在子夜时分，医馆忽然火光冲天，小青气愤地说：“哼，咱们救了法海，他居然恩将仇报！”

五

白素贞和许仙同时制止道：“小青，在没弄清楚事情的真相之前，不要轻易下定论……”话音未落，他们就看见法海从熊熊大火中救出了住在医馆接受治疗的病人们，他也被火苗烧得遍体鳞伤。

此刻，火势已经迅速蔓延到了两旁的房舍，百姓的死伤将会不计其数！没有别的办法了，白素贞赶紧施展法术呼唤雨神。

雨神很快就赶了过来，他为难地向白素贞说：“白娘子，我这雨也不敢乱下啊，玉帝……”白素贞随即说：“雨神，你现在先施雨。灭火救人是在做善事，我这就去向玉帝禀明情况。”她正欲起身前往天庭，忽然眼前金光一闪，观世音菩萨脚踏祥云而来。

观音叹息地对白素贞说：“玉帝已知镇江今日的火灾，这也是本该就有的一次劫难。你私自找来雨神，就犯了扰乱天庭之罪，要受到天条的惩罚。”白素贞和小青都明白这个意思：不管什么神仙妖魔，凡是严重违反天条的，都会生不如死。

小青竭力想阻止白素贞求雨，白素贞却坚定地对观音说道：“大慈大悲的观世音菩萨，求您让雨神降雨、让百姓脱离火海吧，我死而无憾！”观世音默然摇头，望着成片的火海，不得不答应白素贞的请求。

在雨神施法后，大雨从天而降，镇江的火焰终于熄灭，百姓的命也保住了。而在捕快的迅速追查之下，纵火犯也被顺利捉拿——原来是当初被白素贞和小青抓获到的那帮盗贼的同伙。他们忌恨白素贞多管闲事，让他们损失惨重，于是今晚就一把火点了医馆，想替同伙报仇。

小青不好意思地上前向法海认了错，法海虚弱地说：“我没事，就是白娘子，她……”此刻，大家都望着空中的观世音菩萨，不知菩萨到底会用什么天条来对处罚白素贞。

观音庄严肃穆地对白素贞说道，镇江西北的雷峰塔，是由吴越国王钱俶为祈求国泰民安而建造的佛塔。塔基底部的地宫里，珍藏有许多佛教珍贵文物和精美供奉物品。如今，雷峰塔即将面临一场浩劫。玉帝念白素贞法术高强，因此特意恩准她产下孩儿之后潜入塔底去守护这些宝物。待她功德圆满之日，自会让她走出雷峰塔，位列仙班。众人一听，顿时松了一口气。大家和白素贞一起，纷纷向观世音菩萨叩拜致谢。

两个月后，白素贞顺利产下一名男婴，取名为许士林，而许仙却不告而别。小青泣声说道：“这人，怎么说变心就变心呢?”一旁的法海也无奈地摇头叹息。

满月那天，白素贞搂着粉嫩嫩的小士林亲了又亲，最后心碎地把襁褓交给小青。在百姓们不舍的泪光中，她悲壮地走向雷峰塔。

雷峰塔四周肃穆安静，不远处只有一个和尚在扫地。白素贞一走进雷峰塔，塔门便自动紧锁了。阳光透过窗户，伴随着寂寥的扫地声，白素贞不禁想起了许仙的绝情。

正当白素贞黯然心伤的时候，窗外居然传来一阵熟悉的声音：“娘子……”那和尚居然是许仙！原来，许仙不忍心让白素贞一人孤单地守护雷峰塔，一个月前，他就出家为僧，为的就是能到雷峰塔当一名扫地僧。白素贞心里五味翻陈，和许仙隔窗相望，十指紧扣，潸然泪下。

再说小青和法海这边，他们一同操持着医馆，抚养着许士林。没多久，法海还俗娶了古灵精怪的小青，成了相亲相爱的一家人。

许士林二十一岁这年，考取了新科状元，白素贞得以提前获得自由身，历经千辛万苦的一家五口终得团圆……多年后，雷峰塔被倭寇侵略烧毁，塔砖也被百姓视为宝物供奉着。只因为，这些塔砖都是经过白素贞守护过的，凝聚着智慧和仁慈的力量……

梅志蓉(四川·泸州)

白娘子拔鳞救夫

千万年之前，峨眉山里有两条蛇同时修行。一条白蛇，一条黑蛇。白蛇浑身雪白，俊俏灵动。黑蛇如炭，糟丑无比。白蛇、黑蛇虽在同一座山修行，白蛇却一直躲避着黑蛇。有一天，黑蛇遇上白蛇，两眼淫光闪闪，扑向白蛇。白蛇早有防范，卷起栎树般坚硬的尾巴，狠狠向黑蛇脑袋一击，黑蛇痛得眼冒金星，白蛇趁机腾云驾雾，逃到杭州西湖，潜入湖底，摆脱了黑蛇的纠缠，并遇上了湖底的青鱼，它们意趣相投，结伴修行。

又千百年后，白蛇、青鱼都修炼成精。一天，青鱼对白蛇说："姐，我俩老在湖底修行，闷得不行，去人间看看如何？"白蛇也有此意，便一起幻成人形，跃出湖面。白蛇穿白裙，称白素贞，青鱼穿青裙，称小青，扮成主仆模样，游玩西湖美景，遇上了青年美男子许仙。白素珍同许仙一见钟情，加上小青从中撮合，不久就结成夫妻，过着恩爱日子。街坊邻居又称白素贞为白娘子。

不久，由于一场官司，许仙被发落到镇江，白娘子使法，也跟随来到镇江。在白娘子的帮助下，夫妻俩开了家生药铺，日子倒也过得安稳。谁知道，天有不测风云，人有旦夕祸福，一场灾难悄然落到了白素贞头上。

一天，许仙对白娘子说，他们夫妻开药店过着太平日子，这要感谢佛祖的恩赐。明天镇江金山寺佛菩萨开光，两人一起去烧香还愿。白娘子想想也是，便答应了。到了第二天，夫妻俩来到长江边的金山寺，寺里钟鼓声声，香焰缭绕，白娘子同许仙请了香烛，烧罢香，拜罢佛，许仙又提议，他们夫妻在药店闷了许多光阴，难得来趟金山寺，不妨再走走看看。白娘子想想许仙说的是，两人手搀手，跑了大半个寺院，绕到方丈室门口，白娘子猛抬头看到一个老和尚正定定地瞧着她。这一看不打紧，白娘子突然感到头痛恶心，不觉往许仙身上一靠，喘着气说："官人，我无端地不适意，快快回家吧。"说罢，拉了许仙就跑出金山寺。

却说白娘子遇上的这个老和尚不是别人,正是千年前在峨眉山修行时,与她结下宿怨的黑蛇精。黑蛇精白白挨了白蛇一尾巴,一直耿耿于怀,又忘不了白蛇的美貌,淫心不断,时刻想念。法力让他隐隐感到,自己一直又恨又爱的白蛇就处在东方长江边上,于是他幻作人形,出峨眉山来到金山寺,使手腕害死了原来的方丈,自己接位,取号法海。他知道女人爱烧香,就在寺里守株待兔。果然,幻成人形的白蛇美如天仙,在他面前出现了,让他欣喜不已。可他恼恨不已,幻成天仙般美貌的白蛇已有夫家,而且两人是那么恩爱,他妒忌不已,一定要设法把白蛇弄到手。于是没过半个月,正好是阴历四月初八,释迦佛生日,法海使小和尚来到许仙开的生药铺,避开白娘子,悄悄对许仙说,今天是释迦佛生日,法力无边,法海大师特地邀他去金山寺一趟,替他消灾降福。许仙问:“我有何灾,降何福?”小和尚说:“去了就知道了,可这事万万不能让你夫人知晓。”

许仙想到前不久自己缠上的两场官司,先是被官家发配到苏州府,继而再差遣到镇江,确有灾在身,倒不如去金山寺听听看。于是许仙对白娘子说,他要到朋友那里去一趟,有要事。白娘子告诫许仙,别的地方可去,金山寺千万去不得。

原来那日白娘子同许仙去金山寺烧香,遇到法海方丈,竟然无端地头痛恶心,又一时认不出那和尚是什么来由,却要与她作对,因此再三叮嘱许仙,金山寺去不得。

许仙应声答应,便跟着小和尚来到金山寺方丈室。法海一见许仙就直喊:“施主,恕老衲直言,你妻子是条白蛇精,那日你同她来本寺进香,老衲一睁眼便看到她的原形,你快快回家休了她,越快越好。否则你早晚会被她一口吞了。”

许仙寻思,他同白娘子如此恩爱,她怎么会是条白蛇精呢?这秃驴真是胡说八道,怪不得娘子再三交代他不要进金山寺呢。法海冷笑一声,在许仙耳边如此这般一番,许仙脸色一阵白一阵黑,将信将疑地回到了生药铺。

话说日子很快到了端午节,许仙按法海的交代,说尽好话,哄白娘子喝了一杯雄黄酒。很快,白娘子脸色惨白,按着肚子回房去了。许仙紧随进去,掀开帐子,见床上躺的不是妻子,果然如法海所言,躺着条桶口粗的白蛇，只见它尾巴钻穿帐顶，快伸上屋顶了。

许仙哪里见过如此粗大的白蛇，顿时吓得大叫一声，倒到地上全身颤抖。

等显了原形的白娘子神志清醒后，同小青一起千呼万唤，可许仙再也醒不过来。白娘子突然明白，肯定是许仙不听她叮嘱，去了金山寺见那秃驴去了。此时想想，那秃驴正是千年前的宿敌黑蛇精无疑了，教了法儿给许仙，让她现身，吓死夫君，拆离她同许仙，然后再把黑手伸到她身上，秃驴真是万恶可恨。

白娘子对小青说，一定要救活许仙，不能让秃驴的如意算盘得逞。救许仙的法儿只有一个，到昆仑山采西王母掌管的起死回生药，又叫灵芝仙草。它是由西王母亲手种植的，一共种植了一百株，用琼浆玉露辛勤浇灌，千万年才长手指般长，神仙才可享用，如今只剩下十多株了，因此，守护极严，防止盗采。

小青说："姐，你已有身孕，到昆仑山盗仙草风险重重，我同你一起去吧，来去也不过三四日，暂且把许官人留下，不会有事。"

白娘子想想小青言之有理，就作法把躺在床上的许仙隐去，同小青腾空而上，钻云雾，过大江，越高山，历尽艰辛，第二天来到了高耸入云的昆仑山。此时，太阳初升，昆仑山开满奇花异草，白娘子很快锁定，在五颜六色的花草丛中，果然有十多株闪着金光的奇草，高约半尺，顶有汤团般大的金盖帽，不觉激动万分地说："就是它，夫君的救命仙草。"小青四面瞧瞧无动静，说："姐，赶快采了就回，一刻也耽误不得！"

白娘子朝高入祥云的昆仑山跪下，红着眼睛说："西王母娘娘，为了救我夫君，恕我采株您亲手种植的灵芝仙草！"毫无回应，四周一片寂静。白娘子爬起身，想来西王母可怜她同丈夫许仙，不会前来阻挠，接着，她张开嘴，"嚓"的一声咬下株灵芝仙草，正要同小青腾云而去，突然空中发出严厉的阻止声："何方小妖，敢盗西王母亲手种植的灵芝仙草，还不快快放下，留你们性命！"

白娘子同小青大吃一惊，原来西王母并没有放过她俩，她俩急惊抬头望去，来者不是西王母，而是一只展着丈余翅膀的黑鹰，嘴巴如利剑，双爪似铁钩，正凶猛地扑将过来。

原来，这黑鹰正是灵芝仙草的守护神，听到动静，赶来阻截。白娘子同小青哪里肯放下救命仙草，各自拔剑腾空应战。一场恶战打得飞沙走石，天昏地暗。渐渐地，由于白娘子怀有身孕，体力不持，小青也已战得气喘吁吁，大声对白娘子说：“姐，趁我还有气力，你快跑，我留下抵挡一阵，你跑远了，我再追赶你。”

白娘子说：“小青，我不能跑，凭你一人战不过黑鹰，我们拼出命来，也要战胜黑鹰。”

黑鹰冷笑一声，说：“留草留命，不留草不留命！”

“黑鹰大神，求求你，让我们把仙草带回去救命吧！”白娘子口衔仙草恳求黑鹰。

“放了你们，我要受西王母处罚，你们快快放下吧。”黑鹰不答应。又一阵恶战后，白娘子同小青已经没有气力再战，小青说：“姐，不能再耗下去了，我们快逃，不逃来不及了！”白娘子想想也是，可她们刚逃出百丈之远，黑鹰便像道黑色闪电扑过来，左爪钩住白娘子，右爪钩住小青：“两个小妖听了，再不放下仙草，我腾空千里，把你俩扔下去摔成肉酱！”

“不要啊，不要，仙草要救命的。”白娘子同小青挣脱不得，只听耳边呼呼生风，她们被黑鹰钩起直冲云霄。

“黑鹰，放下两小妖！”

一个响亮的女人声过后，黑鹰落地，但双爪仍是钩住白娘子和小青不放。

原来，这是西王母听到了阵阵厮杀之声，赶来看看发生了何事。她一看是两个人形小妖，便让黑鹰放下，怒问：“你们是何方小妖，敢来盗取本神所栽灵芝仙草？”

白娘子同小青跪下，把前来昆仑山盗仙草的缘由说了一遍。

西王母听了有所感动，说：“可以让你们把仙草衔回去救命，可你们必须先现原形，让我看看，如何惩罚你们。”

白娘子同小青只得现出白蛇和青鱼原形。西王母说：“灵芝仙草由白蛇所盗，该接受惩罚。”

“如何惩罚，我都愿意！”白娘子回答。

西王母对白娘子说：“你犯有三宗罪行：一是私自下凡，触犯天规；二是与凡人媾和，触犯神规；三是盗库银、窃细软，触犯人规。每宗罪拔鳞 33 片，共 99 片，才能赎去以上罪行，如何？”

小青听了倒抽口冷气，大喊："姐，不能拔啊，拔那么多片鳞还不痛死了？"

"拔！"白娘子咬了咬牙，为救许仙，她命也肯付出。

西王母又警告："白蛇听着，拔你身上鳞片，不说痛苦异常，单说你已修行千万年，每拔一片，可要减去修炼道恩30年。99片，共减道恩3000年。昔日你身居深山，餐风饮露，吃了多少苦，好不容易修炼成精，为救一个凡夫，竟然什么都不要了，可要三思……"

白娘子挥泪说道："我情愿嫁给凡夫许仙，情愿承受千难万苦，情愿拔鳞99片，减3000年修炼道恩……"

西王母叹口气说："好一个多情蛇精，那我就成全你吧！"说罢，向黑鹰一招，黑鹰跳起来，伸出利爪，狠狠从白蛇身上拔下一片脸盆般大小的蛇鳞片，一股鲜血从伤口喷涌而出。

白娘子咬紧牙关，一声不吭。

一片，两片，三片……白娘子终于痛得在地上打滚。

小青扑过来，哭着求西王母："拔我的，我姐有身孕，不能再拔了！"

"咎由自取，替代不得。"西王母说。

黑鹰的利爪一片接一片拔着白娘子的鳞片，白娘子痛得连打滚的力气都没有了，伏在石头上喘着微弱气息。

西王母又说："白蛇精，只要你答应回去修炼，永断红尘，我可让你身上的鳞片一一恢复。"

小青看着奄奄一息的白娘子，哭着喊："姐，你为救一个凡夫俗子，值吗？你该听听西王母的劝告，这活在人世间，也处处提心吊胆的，不如让我陪你回江河大湖继续修炼去！"

"不，我要救夫君许仙，也为了我肚子里的孩子有活着的爹，我痛死也情愿，永远在人间吃苦也不后悔，你们不要劝我了，拔！"

白娘子最后被黑鹰拔成一条血蛇，昏死在冰凉的石头上。昆仑山顶冷月一钩，伴着小青嘤嘤哭泣。

空中突然传来西王母的声音："白蛇、青鱼，时辰不早了，还不快快动身回去救人性命？"

白娘子惊醒过来，嘴里仍衔着灵芝仙草，虽然浑身像被剥了皮一样钻心入骨地疼痛，但感到轻飘飘的，她连忙同小青腾空而起。原来，西王母也有慈仁心，施了法术，让白娘子和小青在星月的陪伴下，只个把时辰就回到了镇江家里。小青烧水，煮汤，灌药，许仙像做梦一般醒过来。小青又含泪讲了白娘子为了盗得灵芝仙草，拔鳞救许仙的经过。从此，许仙更加爱白娘子了，往后的日子，虽然历尽艰难，但一家人最后还是团聚在一起，过着平凡而又满足的人间生活。

至于由黑蛇精变幻而成的法海，却是修炼只修身，没有修心，在白蛇身上坏事做绝，真正地触犯了天规，由天兵天将捉拿，被收进峨眉山万丈深的黑暗洞穴，罚思过十万年……

徐凤清（江苏·江阴）

白蛇和许仙的前半生

吕洞宾下凡寻找孝子，挑着汤圆担子一路吆喝：“大的一钱三个，小的三钱一个。”从杭州西湖一路来到商贾云集的镇江。

大家听到吆喝，都说这个生意人是个外行，大家围过来都买大的，没人买小的。吕洞宾一边舀汤圆，一边问：“你们买给谁吃啊？”大家都说买给孩子吃。吕洞宾听了不由地摇了摇头，竟然没有一个是买给父母吃的。他挑起担子就要走。

就在这时，不远处传来一个小男孩的声音：“汤圆还有没有？”吕洞宾见是个孩子，来了兴致：“有，有。”问他买给谁吃，小孩子说：“爹病了，买给爹吃。”吕洞宾乐了，总算有一个孝敬父母的，说：“你有这份孝心，叔叔就不收你钱，快拿好。”小孩听了千恩万谢。

吕洞宾看着远去的小孩，掐指一算，突然眉头紧锁。小孩的爹并非他亲爹，而是一个乞丐，在破旧的金山寺里饿得奄奄一息。吕洞宾点点头：“天意不可违啊！”

原来小孩是个孤儿，要饭的时候认识了个老乞丐，两人相互照顾，十分要好。后来有人问老乞丐：“这是不是你儿子啊？”时间一长，小孩子就叫他爹了。

昨天傍晚，爷俩回金山寺，老乞丐手里的打狗棒在路边划拉着，没想惊扰了正在瞌睡的一条蛇，老乞丐见到蛇举起打狗棒就要去打，还对小孩说：“晚上我们有炖蛇吃了。”小孩一愣，连忙拦着，说：“我不吃蛇肉，她怪可怜的，还是放她走吧。”老乞丐哪里肯听小孩的话，紧追着连打几棒。小孩哭了起来，抱着他的大腿不让他打蛇，并对那蛇说：“你还不快逃！”蛇看了眼小孩，像听懂了一样，逃到河里。老乞丐火冒三丈。

没想老乞丐发完火后就发起了高烧。第二天没有力气去乞讨。小孩只能独自去讨，讨了半碗粥，回来的时候看到有人在卖汤圆，他就想，昨晚老乞丐没吃成蛇肉，今天给他个汤圆补偿吧。

小孩哪有钱去买汤圆呢？意外的是，卖汤圆的施舍了一个汤圆给他，他乐得不行，拿着汤圆屁颠屁颠地直往金山寺而去。

突然脚下一滑，他扑通一下摔倒在地，手中的粥洒了一地，只见那个汤圆骨碌碌地往前滚。小孩急忙爬起来追赶，追到河边，眼睁睁地看着汤圆掉进河里。

河滩边有个洞，洞里有条小蛇，小蛇见白色的汤圆滚到洞口，于是张口就吞。她吞下汤圆，抬头望了下小孩子，然后消失在河里。小孩在岸上哭，一直哭到金山寺。老乞丐说：“不哭，明天我们下山再去要。”

河里那条小蛇昨晚上被老乞丐追打，身上伤痕累累，现在见小孩给她送吃的来，心里十分感激。她吃了汤圆后，刹那间感到浑身发热，双眼放光，猛然间变得通体雪白，灵气十足，似有无穷的力量和能量，乐得她在无人的夜晚在河面飞行翻舞。

有一个晚上，她做了个美梦，梦见自己在峨眉山修炼，然后又幻化成美丽的女子。

第二天，她决定要去实现那个梦，便从镇江出发去了峨眉山。她到了峨眉山，果真碰到一个世外高人——梨山老母。那人说：“你有幸吃到吕纯阳的仙丹，已有五百年的道行了。”

她十分惊讶，五百年道行？自己本来是一条不起眼的小蛇，突然之间就变成了玲珑剔透的精灵。原来小男孩给她吃的是吕纯阳的仙丹啊！思来想去，觉得过意不去，将来定要报答于他。

她哀求高人收她为徒。高人却避而不见。她就天天去求见高人，天天在高人的山门外的山洞里静候，却始终没能见到高人。

日复一日，年复一年，白蛇在峨眉山山洞里吸取了天地日月神灵之精华，潜心等待了千年。

突然有一天，高人的山门开了，白蛇急忙上前。高人说：“你已不再是条灰不溜啾的小蛇了。你已是条能呼风唤雨的千年蛇精。现在，你千年修炼已满，可以下山去了。可你定要谨记，修行之身贵在善，知恩图报即在行。你尚有千年的恩怨没有了断。此行前途未卜，我让小青与你同行吧。”

高人手指一挥，就见对面山洞里出来一条青蛇。高人说：“小青道行尚浅，你们定要相互照应。”

白蛇十分感激，告别高人下山，回到镇江，回到了那条阔别千年的小河，没想到那里已是一个渡江码头。她在渡江码头静静地等待。小青问她：“姐姐，你在这里等什么？”白蛇说：“我原来是在这里碰到了那个小男孩的，是他救了我，还给我仙丹吃，我才有了今日。我想他应该还会在这里出现的。”然而，白蛇等了好久也没等到那个小男孩。

这一天，下起了雨，白蛇依旧挑眼等待，忽然她看到了那个千年之前的小男孩，而眼前的小男孩已轮回转世成英俊潇洒的后生。他撑着雨伞从渡船上上了岸。

白蛇摇身一变，变成了婀娜多姿的妙龄女郎。她一路跟着后生，来到了镇江白知县的府上。看门的见了后生连忙带他进去。白蛇急忙变回原形，钻进白府，一直跟他来到一个小姐的闺房。白知县从房内出来，见了后生忙说：“许大夫，你快点看看我女儿到底怎么了？”

白知县的女儿叫白素贞，前两天突然神志不清晕了过去，附近有名的郎中都请遍了还是无济于事。师爷说：“太和生药铺的老板是这里最有名的，可惜他出门购药材去了，真是太不巧了。但听人们说他店里的伙计许仙医术高明，不在他师傅之下，要不要让他的徒弟许仙前来……”

白老爷“哦”了一声：“也只能死马当活马医了，你快快去请。”师爷连忙前去请许仙。许仙让师爷先回去，自己忙完手里的事情马上就到。

许仙进了闺房，给白小姐把过脉后，就开了个方子，叮嘱白知县马上让人去抓药煎服。

万万没有想到的是，白小姐服了三天药后竟然一命呜呼。白知县急火攻心，派人将许仙抓了起来，打入了大牢。

此事在镇江迅速传开了，白蛇听到此讯心急如焚，坐立不安。她悄悄来到白府一看究竟。白小姐果然已去世。白蛇去牢房看望许仙，只见他蓬头垢面，面容憔悴，神志低迷，十分可怜。白蛇一阵难过，当晚就托梦给白知县，告诉他白小姐没死，许仙是无辜的。

第二天清早，白知县哭哭啼啼来到灵堂，突然听到棺椁之内一声叹息声，他左右张望，没有旁人，这是谁在叹息？他猛然想起了昨晚的那个梦，难道女儿真的没死？急忙叫人前来将棺木打开，一看，白小姐果然还阳了。白知县喜极而泣。命人拆除灵堂，将白小姐扶回闺房。

白小姐死而复生，回到闺房后，她第一件事就问：“是谁医好了我的病?”

白知县忙回答说:“是太和生的许大夫。”

白小姐说:“我要亲自谢过许大夫,他现在何处?”

白知县一听,连忙差人前去将许仙从牢里请来。许仙因几夜没睡好觉,几天没吃好饭,人也瘦了一圈。现在听说白小姐死而复生,让他马上去见她,这突如其来的喜讯让他不敢相信。本以为自己小命休矣,没想小姐复活了,那他就没有生命之忧了,突然间从地狱到了天堂。

许仙随人来到小姐的闺房,一把脉,他由衷地笑了,兴奋地对白知县说:“小姐的病已痊愈了。”白知县听了乐得合不拢嘴,连连夸赞许大夫的医术高明。

许仙大难不死,就告假去钱塘江姐姐家游玩,到了钱塘江,他就去西湖走走,走到断桥的时候,他一眼看到了一个熟悉的身影——镇江的白素贞白小姐。白小姐也看见了许仙,四目相对,顿时电光火石,迸发出爱的光环。

回到镇江,许仙神思恍惚,鬼使神差地去白府提亲,白知县一百个不同意。可女儿白素贞却喜出望外,见父亲不同意,她说非许仙不嫁。白知县实在没有办法,就去找金山寺住持法海想办法。

法海到白府一看,惊得目瞪口呆,他把白知县拉到一旁说:“知县大人,大事不好啊,你的女儿白素贞并非是你女儿,她早已身亡。现在你的女儿白素贞是一条千年的蛇妖啊。”

知县吓得脸色发白:“这怎么可能?她明明就是我的女儿白素贞。”

法海手托金钵,口念咒语,金钵里徐徐冒出青烟,他让白知县看。白知县往金钵里面看,清清楚楚地看到女儿素贞的肉体慢慢变成一条白蛇。他惊叫一声:“难怪女儿会死而复生,原来是蛇妖附身,住持,这可如何是好啊?”

法海哈哈一笑:“大人请放心,这千年白蛇虽然难对付,但她终究是逃不出老衲的手掌心的。你只要如此这般,日后我定当收服此蛇妖。”

于是白知县回到家里,同意他们的婚事。许仙与白素贞择日结婚,结婚后,许仙还是在太和生当学徒,生活十分贫困。白素贞与许仙商量,自己开药铺。药铺就开在西津渡,取名“保和堂”。

许仙医术高明,服务态度一流,再加上白素贞的帮忙,很快赢得了人们的认可。如此一来太和生的生意就十分惨淡,门可罗雀。许仙觉得过意不去,毕竟自己是太和生的学徒,他想借机与师傅沟通沟通。没想师傅倒先过来了,他说自己年事已高,无心支撑药店,希望将太和生盘给许仙。许仙一口答应。但他拿不出这么多银子,就与白素贞商量。白素贞神秘一笑,说她有私房钱,其实是白素贞让小青去盗了库银,后来许仙染上官司发配到苏州。后经白素贞周旋,许仙才免去牢狱之灾。

白素贞和许仙回到镇江后,法海和尚来找许仙。他跟许仙说了两件事。一件是感谢许仙转世轮回之前,曾经跟吕洞宾讨要汤圆给那个乞丐充饥吃,那个乞丐就是现在的法海。很可惜,那个汤圆阴差阳错地被白蛇吃了。第二件是,他告诉许仙,千年之前的那条蛇,现在已修炼成妖,并附在白知县女儿白素贞的身上来魅惑许仙。

许仙听法海如此一说,哪肯相信,连连摇头。

法海说如果不信,只要在端午节让白素贞喝下雄黄酒,她必定现出原形。就此许仙记在心里,后来白素贞喝了雄黄酒后果真现出原形,吓死了许仙。这才有后来的盗仙草、斗法、水漫金山寺、白蛇产子、文曲星下凡等关于白蛇后半生的经典故事。

陆惠明(江苏·昆山)

水漫金山后传

润州城外有个姓陆的大户人家，这些年怪事不断。

少夫人过门之后，生过两个男孩儿，都没有任何征兆就夭折了，后来又生了一个，陆家上下待他如珍宝一般，最终命是保住了，可却是个傻子，少夫人受不了这打击，跳井身亡了。不久，陆少爷染上风寒，怎么治也不见好，后来也亡故了。

接二连三的噩耗，急得陆老爷一夜白了头，想请道士来给做法，可道士前脚才迈入陆宅便已大惊失色，仓皇离去。陆老爷又遣人去金山寺，叮嘱他务必请来高僧念经度法，没等下人回来，陆老夫人失足落入庭院里的荷花池，本就一米来深的水池子，老夫人竟溺水身亡了！

怪事，怪事！

陆宅上下人心惶惶，唯有傻孙子陆天昊整天笑呵呵的，看得陆老爷又气又怕。

经过这些变故之后，陆天昊算是陆家唯一的香火了，陆老爷命人加强监护，丫鬟寸步不离，不得有半点闪失。

这天中午，陆天昊正在屋内睡大觉，丫鬟小玉和小翠守在床前，不知哪里刮来一阵风，“啪”一声打在小玉脸上，小玉猝不及防，踉跄倒地，只见五道手指印赫然印在她雪白的脸上，就跟烙上去的一样。

小翠见状，吓坏了，忙跑出去报告老爷。

此时的陆老爷，正在门口迎见一位游僧，此僧从杭州一路化缘而来，并不是陆老爷从金山寺请来的和尚。出于礼貌，陆老爷把游僧请进门来，还赠了些斋饭请他食用。

可游僧并不着急吃饭，他面色凝重地环顾四周：“如果老衲没有算错的话，贵府近年来不太安宁。”

陆老爷大惊：“何以见得？”

僧人捻了捻手中的念珠：“前几年令郎得一美女做伴，并娶进家门，生得两子，却一一无故夭折，夫妻两人悲伤过度，一个跳井自杀，一个染病亡故，尊夫人则于去年年初落入前院的荷花池中，荷花池本只是戏水之用，尊夫人却溺水身亡了，不知老衲算的是否正确？”

陆老爷听得目瞪口呆，连连点头，这真是高僧啊！

他哭诉着：“方丈，老朽不知前世犯了什么罪孽，得了今世之报，恳求方丈替老朽化解啊！”

僧人摆手，告诉他这些并非上辈子的冤孽，而是源于一口宜侯夨簋。宜侯夨簋是一口宝鼎，原先是供奉给虞太公的，后藏于金山寺内，不料白素贞为了寻夫，闹了一出水漫金山，等事态平息之后，众僧才发现宝鼎不见了。

游僧问：“敢问陆老爷，贵府的传家宝，可是一口宝鼎？”

陆老爷听到这儿，已明白了些。从他爷爷那一辈就传下来一口宝鼎，爷爷临终前叮嘱他，陆家是靠这口鼎发家的，要善待它。但凡陆家红白喜事，都应该把宝鼎拿出来烧香祭拜、供奉一番，以表达对先人的感激之情。所以，儿子娶妻之日，陆家曾大办一场供奉宝鼎的祭拜典礼，难不成，这口鼎正是金山寺丢失的宜侯夨簋？

游僧连连点头：“这就对了，这口宝鼎有着非同一般的法力，妖孽们要是得到了它，便可百变其身、为所欲为，它们肯定是发现了这口宝鼎的踪迹，所以才不惜对陆家人赶尽杀绝，若此鼎不除，陆家可能还会有血光之灾！”

原来如此！

陆老爷长叹：“那不过是一口鼎，怎么还能招来杀身之祸呢？若真是这样，恳请方丈替我化解它吧！”

僧人故作推辞，这时，方才惊慌失措的丫鬟小翠气喘吁吁地跑进来：“老爷，不好了不好了，小少爷屋内闹鬼了。小玉被一股阴风扇了一巴掌，当场倒地，五指鲜红的手印烙在脸上，十分骇人！”

僧人一听，“嗖”一声站起来：“老爷，敢问宝鼎藏于何处？快快拿来，我附法于其中，它就不敢再造次！”

陆老爷惊恐，因为宝鼎就在小少爷陆天昊房内！

十万火急，僧人随陆老爷等众人赶往陆天昊的房间，可当陆老爷推开房门时，众人都惊呆了——陆天昊本是个三岁的小孩子，可躺在床上的，却是个十六七岁的少年！

小玉还在啼哭，见老爷来访，忙起身作揖请安，陆老爷吃惊地指着床上的少年，小玉答：“小玉被风刮倒在地后，起来便看到小少爷成了这副模样，本想去禀告老爷，不曾想老爷先来了。”

得知陆老爷是带高僧来取宝鼎的，小玉忽然厉声呵斥：“高僧？何来高僧，明明是妖孽！”

陆老爷身后的僧人退了两步，亮出自己的法器——一根禅杖，他嘴里念念有词，众人纷纷倒地，唯有小玉稳若泰山，她跨出马步，手指轻巧地拨动着，一股气浪扑到僧人身上，僧人凌空翻滚跌入尘埃，顿时现出原形——一只奇丑无比的蟾蜍。小玉咒骂着：“就你这点功力，也敢冒充大师来抢宝鼎，真是太小瞧我小青了！”

原来这是个假和尚，它是一只蟾蜍精，陆府上下这些灾祸，都是它和它的蟾蜍精家族干的。金山寺那口宝鼎被盗贼盗走之后，被倒卖好几次，最终落入陆老太爷之手，并成了传家宝。正是陆少夫人过门时办的那场供奉典礼招来了蟾蜍精，它们想尽办法想要夺走宝鼎，可不知谁给宝鼎施了法，蟾蜍精根本碰不得它。后来它们想出一个办法，把陆宅灭门，然后自己霸占陆宅，不就可以吸取宝鼎的精华了？所以，它们残害陆家人，不过陆老爷和傻孙子陆天昊有神力护身，它们无从下手，计划失败。这次蟾蜍精伪装成游僧进来，一是想借陆老爷之手，让他主动把宝鼎送到蟾蜍精老巢；二是等宝鼎到手后，它们给陆宅来个大地震，将它埋于淤土之中，永不得见世。

幸好小青蛇事先化作阴风，借用丫鬟小玉之身护住了陆家，不然后果真是不堪设想。

蟾蜍精被小青蛇打败后，落荒而逃，陆老爷非但不感激她，还质问她给陆天昊使了什么怪？小青蛇只好如实道来。

躺在床上的这个少年，其实是当年金山寺上的一个小沙弥。许仙被关在金山寺这个消息，就是这个小沙弥给白素贞报的信，白素贞救夫心切，发起了水漫金山，使得金山寺损失巨大，师父法海为了惩罚小沙弥，把他的灵魂锁在宜侯矢簋里。不料宜侯矢簋被盗贼盗走，流落到陆宅，直到陆家拿它出来供奉，小沙弥才得以投胎转世，注定成为陆家的人。不幸的是，小沙弥被关押太久，变得木讷呆傻，所以生来便是个傻子。白素贞听闻是她害了小沙弥，为了弥补过错，她和小青蛇便来守护着这个少年，如今小青蛇的身份暴露了，小沙弥自也就恢复了当年的模样。

陆老爷恍然大悟，他把宝鼎如何成为他们家传家宝之事跟小青叙述一番，小青明白了："难怪你有神力护身，原来你才是它现在的主人！"

说完，她"咕咚"跪了下去，"老爷，求求你救救我姐姐吧，她为了保护小公子，前几天不小心碰到宝鼎，被吸了进去，现在还困在里面呢，只有你能把她解救出来！"

陆老爷傻眼了，他是个凡人，如何解救蛇精？

就在他犹豫时，床上躺着的陆天昊醒过来了，他看了看陆老爷，又看了看丫鬟："爷爷，你们的谈话我都听见了，我非常感谢青蛇姑娘和白蛇姑娘的保护，但你们毕竟是蛇妖，我师父派我驻守宜侯夨簋，就是为了引你们回来，并捉住你们，现在，这一天终于到来了……"

话音未落，一道闪电从房顶劈下，劈到躲在小玉躯壳里的小青蛇，她"啊"的惨叫一声，化作一道青烟，也被吸入陆天昊床底的宝鼎，白蛇和青蛇双双被困，而陆天昊的身体也随之变回了三岁小孩的模样，这时他完成了使命，不再呆傻，反而变得异常聪明。

宝鼎被陆家下人后来领来的金山寺高僧带走了，算是物归原主，陆宅也恢复了安宁，陆天昊长大成人后，娶妻生子，又给陆家添丁进口，陆家这才渐渐变得人丁兴旺起来。而蛇精姐妹依然被关在宝鼎之中，藏在金山寺里，除非金山寺住持能为宝鼎开光，它们才能转世做人……

韦金梅（江苏·吴江）

白娘子三盗珍珠衫

南宋高宗年间,临安府大街上,一个白衣美妇看见知府陈伦身着便装愁眉苦脸地走着,上前道:“陈大人,这么巧,逛街啊?”

陈伦抬眼一看,见是保安堂药铺的内当家白素贞,就叹口气道:“我现在哪有心情闲逛啊!对了,许大夫出去行医游历还没回来啊?”

白素贞笑道:“他说要学神农尝百草,顺便寻访各乡野名医讨教,已经走了两个多月了。陈大人,我看你气色不佳啊,是不是身体不适?来保安堂我给您看看。”

陈伦摇摇头:“我这是心病,你治不了的。”

原来金国皇帝派了国师金罩出使南宋,趾高气扬的金罩说,适逢金国太后六十大寿,要宋室送上珍宝做寿礼。如今金国强盛而宋弱,宋高宗只好忍气吞声打开后宫宝库让金罩挑选,但金罩一件也看不上眼,百般挑剔,说宋室没有诚意。宰相秦桧就给宋高宗出了个主意:自古民间多奇珍异宝,就让金罩自己去寻宝吧!于是宋高宗就派了个钦差大臣陪着金罩到临安府衙,把这个烫手山芋推了出去。

那钦差对着金国国师卑躬屈膝,对陈伦却强硬地要求十日内必须献上异宝去给金国太后贺寿,现在已经过去了七天,陈伦还毫无头绪,所以他才愁眉不展。

和陈伦分别后,白素贞回到保安堂,义妹小青迎了上来:“姐姐,你好像有心事?”

白素贞把陈伦的难事说了一遍:“陈大人是个好官,我得帮帮他,暂时将咱宋朝的宝贝献给金国,我以后会想办法拿回来。”

小青好奇道:“姐姐,你有啥宝贝?”

白素贞微微一笑:“我没有,但西湖龙宫里有,是一件珍珠衫!”

夜深人静,白素贞和小青悄悄来到西湖边,白素贞让小青守在岸边等待接应,自己身形一晃现出白蛇身形,原来她竟是一条修炼千年的白蛇精！白蛇悄无声息地游入湖中，她潜到湖底龙宫外，趁着值守的虾兵蟹将换班的空隙，溜进宝库，盗走了珍珠衫。

白素贞去府衙找到陈伦，送上珍珠衫，说是自己的家传之宝，特拿来解大人燃眉之急。陈伦欣喜过后脸色暗淡了下来，叹气道："这么好的宝贝要落入外邦异国了，我陈伦有愧啊！"

白素贞心想：陈大人你果然有爱国之心，我没有帮错人！

陈伦把珍珠衫献上，金罩望着那由百颗龙眼大的珍珠缀成、发出皓月般明光的珍珠衫欣喜若狂，而龙宫中的西湖龙王却勃然大怒，亲自去镇江金山寺，请求法海禅师帮助降妖夺回珍珠衫。

法海问龙王怎知是妖魔盗宝，龙王拿出一面明镜，说此镜高悬于宝库之中，照到了盗取珍珠衫的妖贼。

法海禅师往宝镜中看去，果然见一条白蛇偷走了珍珠衫，惊道："这是一条千年白蛇精啊！"

他运功一算："此蛇妖现已化为人形混迹于临安城内，看来她不但盗宝还想害人，老衲定会竭尽全力除此妖魔！"

刚送走了西湖龙王，金山寺又来了"贵客"——金国国师金罩来访。法海把金罩请到禅房落座奉茶，金罩直言来意：金国太后寿诞将至，欲请法海禅师赴金国讲经祝寿。法海心道：虽说佛法应该普度众生一视同仁，但你金国对宋朝百般羞辱欺压，我岂能阿谀谄媚去你国祝寿？

法海无意中瞟到西湖龙王留下的宝镜，立即有了托词："国师，最近临安城出现一千年白蛇精，老衲尊天意要收服此妖，讲经之邀恕难从命。"

说着把宝镜拿给金罩看，金罩见宝镜中白蛇精龙宫盗宝，心中恍然大悟：哦，原来临安知府献上的珍珠衫是这么得来的啊！

金罩心中有了计较，起身告辞了。当夜，他在临安城外运起法力，一片黑雾瞬间笼罩临安上空。半炷香时间，一白一青两个身影从空中降至城外旷野，正是白素贞与小青。

只听一声怪笑："本国师就知道这黑雾会把你们引来！"

白素贞望着金罩："你到底想干什么？"

金罩怪笑道："珍珠衫是你从西湖龙宫盗来的吧？我要你继续为我大金国去龙宫盗宝！"

小青怒道:“你做梦!”

金罩冷冷道:“你们要是不答应,本国师今天就替法海禅师收了你二妖,免得他以此为借口不去金国向太后祝寿!”

白素贞一惊:“你是来帮法海的?”

小青道:“还问什么,都是一丘之貉,狼狈为奸!”说着抽出青蛇剑,向金罩刺去。

金罩挥舞金杖与小青战在一起,白素贞看了两眼就知道小青不是金罩对手,忙挥着白乙剑上前助阵。金罩以二敌一居然都不落下风,小青急躁起来,长啸一声变出青蛇身形,蛇尾扫向金罩,没想到金罩用金杖逼退白素贞后一个急转现出巨熊真身,一掌就拍飞了青蛇!

白素贞大惊,不敢恋战,护着小青向临安城逃去!

金罩也不追赶,望着二蛇的背影冷笑。

白素贞扶着小青回到保安堂,幸亏许仙不在,家中无人。望着不住口吐鲜血的小青,白素贞心急如焚。这时屋中金光一闪,却是小青的师父——南极仙翁派来的仙童来到。

仙童说南极仙翁得知小青被黑熊怪打伤了,命他前来告知:要救小青只有将西湖龙宫里的珍珠磨成粉,混在人参酒中给其服下。

送走了仙童,白素贞发起愁来:西湖龙宫刚被盗走了珍珠衫,现在肯定戒备森严啊。对了,珍珠衫!白素贞把心一横:为了救小青,只有先把珍珠衫盗回来了!

白素贞悄悄潜入临安驿馆,见金罩正与钦差在客厅饮酒谈笑,就穿墙而入金罩卧室,取走了那件她自己从龙宫盗出经临安府进献的珍珠衫。白素贞将珍珠衫领口正中那颗最大最亮的珍珠摘下,磨成珍珠粉融入人参酒中喂给了小青,见小青慢慢好转,这才松了口气。

这回轮到金罩因丢失珍珠衫而大怒了,他思来想去只有白蛇能干这事儿。可是经过在城外的那次交手,他感到这千年白蛇精并不好对付,若不是当时那个功力浅薄的青蛇受了伤,白蛇无心恋战,他没准还真不是她的对手。

金罩终于想出条毒计,他向钦差施压:如不镇压白、青二蛇妖,重献珍珠衫,就向金帝进言大军压境!

钦差差点没吓死,连忙上报宋高宗。软弱的宋高宗命陈伦封城,下旨金山寺法海捉拿二蛇。

法海来到临安城，白素贞为了不连累全城百姓，将昏迷中的小青送到清风洞后，拿着珍珠衫来找法海，被收于钵盂中镇在了西湖南岸的雷峰塔下。

金罩虽然对青蛇的逃脱不满，但他已重获珍珠衫，法海也应允随其去金国讲经祝寿，他也就答应了陈伦的请求，解除封城令。

这天深夜，重伤初愈的小青悄悄来到雷峰塔外，决心拼了自己五百年的修行也要救出姐姐。谁知雷峰塔的大门一推就开了，本应守塔的金甲神也踪影全无。

小青怕是陷阱，提心吊胆地来到塔底经堂，对正在念经修心的白素贞说金罩接到金国皇帝的圣旨连夜从临安启程返金，现在怕已到了城外，随行的还有那个法海！白素贞说留得金罩于世必将成为宋朝大患，一定要除掉他！

白素贞与小青轻轻松松出了雷峰塔，她回望高塔，心中闪出一丝疑惑，但来不及细想，急忙向城外奔去。

临安城外，白素贞与小青追上了金罩一行人，二人也不多言，手持白乙剑和青蛇剑杀向金罩。

小青受重伤后因服用西湖珍珠，功力非但未受损反而大增，与姐姐一起将金罩打得狼狈不堪。金罩身上多处受伤，狂喊："法海禅师救我！"然而本来随行的法海却人影全无，气得金罩把金山寺的十八代和尚都骂了个遍！

金罩只得变幻出巨熊真身扑向二蛇做最后一搏，旁边的金国侍卫一见吓得差点坐地上。

经过一番剧斗，白素贞与小青终于击毙了金罩这个阴险狡诈的黑熊怪，但她俩也是功力消耗不轻，互相扶持着遁去清风洞疗伤了。

清风洞中，小青忧心忡忡对白素贞道："姐姐，经过这件事，现在全临安都知道咱俩的真正身份了，等许相公回来后怕是也瞒不住了。"

白素贞叹口气："这都是天意，无论如何我也要回去跟相公告别。"

然而当她俩恢复了功力回到临安府时，遇到的街坊邻里还是像以前一样对二人含笑招呼，甚至保安堂重新开门，依然有病人登门求诊。

白素贞百思不得其解，另外，她还有一件心事：那件珍珠衫！

这晚她到府衙找到陈伦,陈伦似乎也已经忘了她是白蛇精的事儿,只是告诉她金罩死后,金国随行侍卫回国向皇帝禀报了亲眼所见的一切,金帝得知自己一直倚重的国师竟是黑熊怪,后怕不已,自然不会追究宋朝,并且认为那件珍珠衫乃不祥之物,退给了宋室,宋高宗已将此宝赐给了宰相秦桧。

白素贞心想秦桧这个卖国贼哪配拥有珍珠衫?于是她趁夜色潜入秦桧的相府,第三次盗取了珍珠衫。

白素贞带着珍珠衫潜入西湖龙宫,她对龙王说自己来将宝物完璧归赵,对了,不能说完璧,因为少了最大的一颗珍珠,那是用来给小青疗伤了。

西湖龙王不以为意,说:“你们杀死了金国妖孽,用去多少珍珠都值得。”

白素贞谢过龙王转身欲走,龙王忽然道:“白娘子,你知道为什么你能从雷峰塔中轻易脱身吗?又知不知道为什么全临安府的人都对你和小青是蛇精的事儿失忆了?”

白素贞一愣,龙王道:“金罩一向居心叵测,煽动金帝欺凌宋朝,面对外敌,法海禅师决定这次放过你们,并做法在临安府抹去了你们是蛇精的留痕,不过以后会怎样就看你们的造化了。”

白素贞这才恍然大悟,告别龙王浮出西湖水面,她望向南岸夕照山上的雷峰塔,对未来充满了忧虑,也充满了希冀……

马允(北京)

金山寺的晨钟暮鼓

这天一大早,法海大法师对刚刚从五观堂里喝了粥、专门司职晨钟暮鼓的那个名叫声汶的沙弥大声吼道:“那两个妖孽裹胁了一批虾兵蟹将要来攻山了,快去擂鼓,让全寺的僧众集合!”

声汶毕竟年轻,他几步就上了钟楼。年前,大家招呼他时,还是叫他“小沙弥”的,经过他几次的据理力争:“我胡子都长出来了,不能叫我小沙弥了”,大家才把那个“小”字拿掉。现在,刚刚满二十岁的声汶就抄起钟锤,“当、当、当、当”地撞起钟来。

“傻瓜,我叫你去擂鼓,你怎么撞起钟来了?”法海大法师在钟楼下急得直跺脚,“你他妈的给我滚下来……”

“出家人嘴巴这么不干净……”声汶嘀咕着,不情愿地下了钟楼,“晨钟暮鼓,几千年的老规矩了,现在还是早上,当然是撞钟……”

法海一把拧住他的耳朵,把他往鼓楼那边拖。在做小沙弥时,他就常常挨大法师拧耳朵。法海说:“我叫你去擂鼓——妖孽攻山了,擂鼓进兵,闻金收兵,你懂不懂?”

“好好的一个佛门净地,什么时候变成战场了?”声汶仍在嘀咕,“都是师傅你招惹的,人家好端端的一对夫妻,你把人家拆散干什么?把人家的老公还给人家就是了……”

法海在声汶光秃秃的头颅上狠狠打了一巴掌,声汶才慢吞吞地进了鼓楼,老半天,有气无力的鼓声才响起。

尽管鼓声有气无力,可僧人集合得倒也快,因为那两个女妖已经来过好几次了。刚开始,人家也是低声下气地哀求,那个穿白衣服的美人眼泪汪汪,说她都有孕在身了,孩子不能没有父亲呀……庙里的和尚们都说,从来没有见过长得这么好看的女人,如此漂亮的女人怎么可能是妖怪呢?况且,她们是如此的可怜……可大法师就是不肯把人家的老公还给人家……现在,就冲着看那两个漂亮女人,和尚们谁也不肯落下啊……

就在昨天傍晚，在帮着青云老和尚烧火的时候，声汶就问过青云老和尚：“她们真是妖怪吗?”青云老和尚尽管只是个烧火和尚，可他是庙里最有见识的老人了，有人说他是真人不露相，他实际是个得道高僧，能知过去、未来之事。当时，青云老和尚点点头，不过他说，妖也不一定都是坏的，她们也是六道中的一道，只要她们不害人，净心修炼，也是能成正果的……接着他轻轻地对声汶说：“其实，我们的法海大法师，也是个妖，他是个乌龟精，这里面有一段孽缘哩……”

反正没有别的人，青云老和尚就说了一个故事。他说，十几年前的一个冬至日，在杭州西湖的断桥桥头，一个白胡子老头守着一个热乎乎的汤圆摊在刺骨的寒风里叫卖。这个老头其实是从上界下来的仙人吕洞宾，他今天是来度一个人的。只听他叫道：“卖汤圆啊！芝麻白糖馅的汤圆啊！大汤圆一文钱三个，小汤圆三文钱一个啊！”

大家不相信自己耳朵了，哪有这样做生意的?可老头反反复复就是这样叫的。再看他的热气腾腾的汤圆锅里，真的有两种汤圆，大汤圆有鸡蛋那么大，小汤圆像算盘珠子那么小，于是人们都争相买他的大汤圆……

这时候一个八九岁的小男孩走到摊子前，递上三文钱：“老爷爷，我买一只小汤圆……”

吕洞宾吃了一惊：“你为什么买小汤圆?”

“我看大家都买你的大汤圆，那你的小汤圆就卖不掉了，这么冷的天，我把你的小汤圆买走，你就可以回家了。”小男孩说。

“你的心真好，谢谢你，你叫什么?”

“我姓许，单名一个‘仙’字，今天跟姐姐去给爹娘上坟回来，姐姐在那边的船上等着。”小许仙回答。

吕洞宾一听，知道自己今天要度的就是这个小男孩了。他忙用一只小碗，把那粒小汤圆盛给他，小许仙也许是真饿了，用小瓢把小汤圆就往嘴里送。不料那汤圆却是很烫的，小男孩“哇”的一声叫了起来，那粒汤圆却从嘴里落到地上，在桥头的石板上一跳，“扑通”一声落到西湖里了。谁知这么小的一粒汤圆落到水里，西湖里却翻起一阵大浪花，眼睛尖的人甚至看见，浪花中有三个东西在抢这粒汤圆：一条白蛇，一条青蛇，一只乌龟。那乌龟脖子短，身子笨，自然抢不过，被白蛇一口叼了那粒小汤圆，白蛇跟小青蛇朝夕相处，亲如姐妹，于是立刻分了半粒给青蛇……

原来，这粒小汤圆是仙家之物，凡人吃了就立刻飞升，与天地齐寿……可惜小许仙没有这个福分，到了嘴里都会掉出来，他名字里那个"仙"字只是挨到个边，闻到些仙气而已。而水里那两条蛇本已经修炼了五六百年，那乌龟活得更长，今天得知吕洞宾来了，他们对那粒小汤圆垂涎三尺，可惜不能上岸来抢，只得跟着卖汤圆的挑子在西湖边上游，一直游到断桥桥头……

要知道，这粒小汤圆能抵千年的修为呀，这样，两条蛇分别吃了半粒，加上她们原来的底子，她们就都有了千年的道行，可以转化为人了……那条青蛇的半粒汤圆是白蛇姐姐让给她的，因此她对白蛇姐姐感激涕零，决定永远跟着白蛇姐姐，为姐姐赴汤蹈火，在所不辞。而白蛇，对那个已经把汤圆吃到嘴里还吐出来让给她的小男孩更是感激到骨髓里，她一直在等他长大成人，然后再演出借伞、还伞、以身相许的故事；而那个乌龟精，则对两条蛇恨之入骨，决定一辈子跟她们耗上了，他要处处坏她们的好事……

青云老和尚说，过了两三年，那个乌龟精也化成人形了，化成人形的乌龟精立刻去往西天，投身到佛祖的莲座下，装出一副无比虔诚的样子。佛祖也有心把他树立成一只乌龟投身佛门后终成正果的典型，便给它度化了，取了个法海的法名。谁知道这个法海的一切都是假装出来的，他心里只有对那两条蛇的仇恨。那佛祖身边的任何东西都是法力无边的宝贝，他趁着一次佛祖外出讲法的机会，偷了几件法宝，就偷跑下界，驻锡到镇江金山寺……

活该金山寺有此劫难……青云老和尚说，他心里什么都知道，他就一直在冷眼旁观。他看见，就在短短五年里，就是这个法海，使出各种手段，害死了寺里原来的老方丈，并取而代之，成为金山寺的方丈。然后以此为大本营，对身在杭州的那两条蛇实施他的报复计划。青云老和尚说，这些年，他忍辱负重，不走，就是要看看法海的下场……他说，法海绝不是佛门中人，只要佛祖从外面说法回来，发现他的宝物不见了，法海的末日就来到了。只是，西天的半天、两个时辰，在娑婆世界，不知道是多少年……但是他相信，这一天不会太远，真正的佛法一定会战胜邪恶；

真、善、美一定会战胜假、丑、恶……

听了这段渊源后，声汶摸着被法海拧得红红的耳朵，望着法海领着僧众涌向山门的背影，轻轻地骂了一声“老乌龟”，他就朝相反的方向走去了，他才不去打那两个美人呢。“你法海要处处坏她们的事，从今天开始，我也要处处坏你的事……”

在一片震天的杀声中，声汶走到山顶的留玉阁，当年的留玉阁有个小小的地宫，声汶知道那个地方，那个地宫里就关着许仙，许仙每餐的饭，都是声汶送的。这些日子，法海软硬兼施，要许仙剃头当和尚，许仙死活不肯……

声汶熟门熟路地到了那个地宫，开了锁，打开门。他对许仙说：“你快走！前山正在打仗，你从后山走，回杭州去，从此后好好过日子，除了你老婆，谁的话也不要相信。不管是人是妖，你老婆决不会害你。你想想，你病时，你老婆不要命地去昆仑山盗仙草救你，这样的人会害你吗？一个男人，有这样的老婆，该知足了……”

“你放走我，法海不会放过你，你怎么办？”许仙的眼圈红了。

声汶轻轻地拍了拍许仙的肩：“不要管我了，法海能把我怎么样？你快走吧！”

在《白蛇传》所有的版本里，都说许仙是“逃”出金山寺，其实，没有人帮助，没有人放他，他逃得出来吗？我们可不应该忽视极有正义感的青年和尚声汶的见义勇为啊！

直到目送许仙的背影消失在柴草后面，声汶才来到激战正酣的前山。此时忍无可忍的白蛇和青蛇已经发起“水漫金山”的总攻了。法海把他从佛祖那里偷来的袈裟在山门前一铺，用佛祖巨大的法力来挡住那滔天大浪，一边声嘶力竭地大声喊着：“杀啊！把这些浪头上的虾兵蟹将统统杀光！”

而声汶则张开双臂，拦住了想要往前涌的师兄师弟们：“师兄师弟们，我们都是受过具足戒的人，怎么能杀生呢？千万不能开杀戒呀，那是要下地狱的呀！”

法海一禅杖朝声汶横扫过来，声汶立刻扑倒在地，可他还在朝山门外爬。爬到山门外，他看见勇敢地立在潮头上的小青，他向她扬了扬手：“别打了，我已经把许仙放出来了，他现在正在回杭州的路上……”

看来,这句话小青已经真真切切听清楚了,因为她们的攻势很快就停下来了。况且,今天的仗她们也真的打不下去了,因为有孕在身的白娘子已经感到越来越不方便……她们终于退兵了。她们退回杭州,在西湖的断桥上,终于跟逃回的杭州的许仙相会了,当然,这都是后话……

干戈虽然已经平息,但金山寺里反而更热闹了。因为法海已经知道许仙被声汶放走,他把所有的僧众都集合在山门前。在他们面前的,是刚才被打伤了腰、已经站不起来的声汶和尚。这时的声汶一直在地上爬,他在顺着刚才好看的小青姑娘退去的那条路上向前爬,他每向前爬一步,法海就逼上来一步。法海已经横起禅杖,阻止僧人们上前去搀扶他,法海只是让大家看着他爬。

声汶居然爬上了妙高台。这是金山上的一处胜景,在这里,有一山岩突兀于长江南岸,可以一览万里江天;在这里,苏东坡曾经赏月起舞;这里留下了历朝历代无数文人墨客的墨宝。

“爬呀,你怎么不爬了?”法海厉声喝问。

声汶攀着石栏杆,撑起了身子。他望着法海笑了。

“说！为什么要放走许仙,坏了我的大好事?”法海用禅杖指着他。

“放了他,就能化干戈为玉帛,这种功德无量的大好事,我一个出家人,当然要做!”声汶口齿清晰,一字一声地回答。

“你现在还有什么要说的?”法海狞笑着,禅杖再度举起……

声汶也在笑,他笑得那么坦荡:“师傅们,师兄师弟们,大家知道,我是金山寺里最没有用的,每天就司晨钟暮鼓。可就在这晨钟暮鼓的禅音里,我觉得我心里的良善在上升。至少,我觉得,每一记的晨钟暮鼓都在拷问我们的良心。白娘子和许仙那么好的一对夫妻,我们干吗要去拆开他们？法海,你这是一个出家人的所作所为吗？你还有资格做我们金山寺的方丈吗？我知道,金山寺的晨钟暮鼓是不会停歇的,它会在每天的朝朝暮暮响起。只要金山寺的晨钟暮鼓在响,我声汶就还是一直跟大家在一起!”

就在这时候,年轻的声汶的两只手,使出惊人的巨力,他整个人居然越过了石栏杆,向着一碧无垠的长江飘下去……

这一来,金山寺里群情鼎沸了,法海在舆论的风口浪尖上,他再也待不住了,连夜离开了金山寺。可他贼心不死,到了杭州,依靠他从佛祖那里偷来的钵盂，镇住了白娘子，那只钵盂化为雷峰塔……

故事没有完，我们故事的主角声汶没有死，长江上的一个渔夫救了他，他在渔夫家里养好了伤，到了杭州，找到形单影只的小青姑娘，跟她一道，云游四方，寻访高人，卧薪尝胆，苦学法力；与此同时，佛祖已经发现他的一些法宝被窃，他派人从法海那里收回了那些法物。到这时，小青在声汶的帮助下，已经学成，等他们再找到法海时，法海哪里是她的对手？法海落荒而逃，惶惶不可终日，最后只有躲进西湖里的一只螃蟹的肚子里。不信，你扒开每只螃蟹的肚皮下的脐，准可以看见一个小和尚……而螃蟹呢，身体里钻进去的不速之客害得它只能横着走路了……

当然，最后雷峰塔被推倒了，白娘子获得了新生。从此以后，美丽的西子湖边，快快活活地生活着两对幸福的夫妻，一对是许仙与白娘子，另一对是声汶和小青。

张祖荣（浙江·杭州）

白蛇新传

一、裴文德舍身救蛇仙

在唐代河南省济源裴村的官宦世家中，出生了一位聪明、好学的英俊少年，名为裴文德。一个夏日的晚上，他在书房里秉烛夜读，伴随着窗外阵阵清风，裴文德伏案而睡。“呵呵……”一阵阵女子清脆、诱人的笑声惊醒了裴文德，他循声追去，在一处波光粼粼的湖水中，只见两名漂亮的女子正在湖水中嬉戏。那身着白衣的女子天生丽质、软玉温香，而那身着青衣的女子便是皓齿星眸、巧笑倩兮。不知为何，裴文德唯独对那白衣女子有一种似曾相识的感觉，心中萌发出对其情有独钟的情愫，他独自轻倚树下，欣赏着两位丽人的舞姿，久久不能挪步。随着一声鸡鸣，东方已亮，裴文德用手摸摸额角的汗渍，原来竟是南柯一梦。

三年后，裴文德谨遵父命到江苏镇江求学，路过当地的金山时，正值中午，他已经极其困乏，便到一个树荫下稍作休息。裴文德刚闭上眼睛，就听到一阵由远而近的窸窣声，他定睛一看，一白一青的两条长蟒蛇正向他身边爬来，那一条白蛇的腹部还渗着鲜血，在其身后留下一条弯曲的血痕。裴文德正要惊慌躲开，但见那白蛇突然仰起了头紧盯着他，这一盯不要紧，裴文德眼前竟然呈现出令他念念不忘的梦中白衣丽人的影子。就在裴文德痴痴望着白蛇的时候，突然从远处传来阵阵高呼的声音：“大哥，快过来，那两条长蛇逃跑的踪迹发现了，这里有它们爬行的血痕呢！哈哈……今天咱哥俩一定会捕捉到那两条狡猾的长蛇！”这刺耳、粗犷的笑声，着实让裴文德彻底明白这两条蛇奋力逃亡的原因。裴文德低头望了望脚下的两条蛇，还好，那青蛇并无大碍，但是那条白蛇因流血过度，倒进血泊几近昏迷。事不宜迟，万分情急中裴文德赶紧从自己的长袖上撕下一长长的布条，将白蛇流血的腹部扎紧，把白蛇盘起后，慌忙将白蛇隐藏在一草丛中，并用脚将身边周围的血痕用土和杂草处理掉，紧接着裴文德示意青蛇赶紧逃走。那条青蛇看到自己的伙伴安然无恙后，眼里浸着感激的热泪，冲裴文德点点头，便没入树丛中向东方逃走了。

裴文德刚把白蛇藏好，两名猎人便赶了过来，他们见到裴文德衣衫褴褛并伴有点点血渍，便向他询问蛇的去处。裴文德慌忙骗猎人道：“二位壮士，学生确实看到过两条蛇，而且还被蛇所伤，还好一条蛇受伤，它们并没有向我袭击过长的时间，便向西逃走了。”

一高个子猎人恐吓裴文德：“一条蛇可是要值 20 两银子呢，你可不要藏匿啊，否则让你性命难保！”

裴文德战战兢兢地说：“二位壮士，学生乃一介书生，手无缚鸡之力，一看到蛇就惊恐地不得了，怎敢藏匿！”

“呵呵，大哥，看这呆子很老实，谅他也不敢，好了，咱们走！”那高个子猎人转身要走时，肩扛铁制枪头的倒钩恰好挂在裴文德的发髻上，不经意地一拽，裴文德头顶的一块头皮立马被锋利的枪头带发削下，鲜血直流，那两名猎人一看自己闯祸，并没道歉，赶紧仓皇而逃。

裴文德见猎人远去后，便把昏迷的白蛇从草丛中取出并放入怀中，急匆匆地来到镇江一个名为保安堂的药铺，此药铺主人名曰许文中，他一向乐善好施、悬壶济世，是镇江德高望重的一代名医。许文中见裴文德衣衫褴褛，头顶流血，便招呼裴文德进屋准备为其医治。谁料，裴文德从怀中取出一条白蛇，央求许文中先医治白蛇，许文中见此大惊失色，但经不住裴文德的苦苦哀求，许文中便先把白蛇化脓感染的伤口处理包扎好，裴文德方才放心让许文中为自己医治头顶的伤口。那白蛇经过许文中的精心医治后，到了第二天，躺在床榻上的身体逐渐有所知觉，偶尔蠕动一下，裴文德望着白蛇，他眼前仿佛又出现梦中丽人的倩影，于是日日夜夜都在精心守护着，许文中一直认为裴文德是玩蛇人，在途中可能遇到抢匪而落难，因此并没探问过多，只是尽自己的医德罢了。

一周后，痊愈后的裴文德无意中从铜镜发现了自己当前的面容，着实吓了一跳，原来自己竟成为头顶无发的丑陋之人，他不禁伤痛欲绝，面对自己痴情的丽人，更是自惭形秽而无地自容，他不想在白蛇醒来之际，眼前的裴文德是如此丑陋之人。因此万般无奈的裴文德，在白蛇逐渐好转的时候，央求许文中待白蛇完全苏醒后，烦请许文中将白蛇放生，自己只要躲在隐蔽的地方观察就行了。许文中心存疑惑，问其缘由。裴文德怕说出自己心中的秘密被耻笑，便跪地哀求。许文中经不住裴文德的苦苦哀求，便答应了他的请求，又过了一周，白蛇苏醒，裴文德在隐蔽处看着许文中将白蛇放生后，眼泪早已经模糊了双眼。

裴文德拜谢许文中回到家后，胸前忽然生了一片蛇鳞，裴文德并没惊慌，反而欣喜起来。他的父母见儿子当前头顶无发、胸前奇生蛇鳞、面容憔悴的样子，心存疑惑，问其缘由，裴文德并不言语。他从此茶饭不思，倒头沉睡，一度生命垂危。裴文德的父亲名曰裴休，他想尽各种办法，请各类名医为儿子医治，仍然无果。有一深夜，如来佛祖托梦给裴休，裴文德因痴情于一条正在修炼的白蛇才会如此，但那白蛇只有修炼成人身才会与人婚配，而且这条白蛇要修炼一千年才会变化成人身，因此，裴文德在有生之年是无缘与白蛇婚配的，可是现在的裴文德已经灵魂出窍，其灵魂早已和白蛇有了很深的不解之缘，而他的肉体如同空壳，面临生命危险。裴休赶紧跪求化解的办法。如来佛祖告诉他，只有让裴文德皈依佛门，斩断情丝，才会修成正果。到了第二天，裴休便把病重的裴文德送到了镇江金山寺，从此，裴文德便剃度皈依了佛门，法名为法海。

二、 设巧计撮合好姻缘

一千年后，在峨眉山修炼的白蛇、青蛇两姐妹，无意得到了云游至此处骊山老母的真传，终于修炼成能变成人身的蛇妖，同时白蛇还具有相当高的法力。骊山老母临走时分别为白蛇、青蛇赐名为白素贞和小青，白素贞和小青当即谢恩。骊山老母告知白素贞：“徒儿，在人间，你有段姻缘至今未了，现在的你已经修成人形，可以让小青作为丫鬟陪同，下山寻找千年以前曾搭救你性命的恩人吧！”

白素贞和小青正要奉命起身，骊山老母又嘱咐道：“还有，你曾对我说过，你脱落过一片蛇鳞，你只要从他人身上找到那片蛇鳞，那么此人就是你的夫君了！”白素贞郑重点点头，送别骊山老母后，便和小青结伴下山寻找恩人去了。

与此同时，在镇江金山寺打坐诵经的法海，因潜心好学竟得到观音菩萨的真传，并获赠风火禅杖、紫金钵和袈裟，因而具备了很大的法力，成为当今的一代法师。就在白素贞变化成人形的一瞬间，裴文德胸前的鳞片突然发出一阵亮光，他不得不打开前额的通灵慧眼，得知了白素贞的一举一动。见此，他心里便萌发出一阵欣喜，暗暗祝贺白素贞终于修炼成功，就在骊山老母吩咐白素贞下山寻找身有蛇鳞之人并与其成婚的命令后，法海不禁念念有词：“阿弥陀佛，善哉，善哉，今生无缘，不如成全他人美好姻缘！”于是，法海便用金刚罩将自己身上的蛇鳞罩住。他紧接着想起曾医治他和白素贞的许文中，不知许文中的后世怎样了，若是其后世长相英俊，博学多才，乐善好施，兴许可以成就他们的一桩好姻缘。法海想到这里便施展法力，通过通灵慧眼，在杭州找到了许文中的后世，名曰许仙。果不其然，正如法海的猜想，许仙长相俊秀，老实厚道，因父母早亡，他从小跟随姐姐长大，姐姐嫁到杭州后，许仙也跟随姐姐来到了杭州。祖上经营的药铺暂时由亲戚代管，姐姐打算等许仙长大成人，并从杭州知名郎中那里学得更好的医学后，再安排许仙去镇江接管药店。

法海见许仙各方面俱佳，便施展法力，想把身上的蛇鳞切割下来，安在许仙的身上，但是无论怎样努力，蛇鳞的根部纹丝不动，没办法，法海只得将蛇鳞一角折断，通过法力，在深夜的时候，趁许仙沉睡，将折断的鳞片按在许仙的前胸上。许仙次日醒来，穿衣服时，偶然发现前胸生有一片鳞片，但不痛不痒，因此并没放在心上，于是赶紧起床，与姐姐告别后，便又出门拜师学医去了。

再说白素贞和小青下山后，一路向北，慢慢观赏着亭榭楼阁，绿树红花的人间美景，心中异常欢乐。她们刚达到杭州西湖，白素贞腹部瞬间划过一阵剧痛，紧接着在远处熙熙攘攘的人群中，一个俊秀的背影发出了一束耀眼的光，直刺白素贞眼睛。白素贞不由得激动万分，她忙向小青低声说：“青儿，我找到我的鳞片了，你看他身上发出通灵之光了！”小青一听，施展法力一瞧，果不其然，姐姐的蛇鳞就是长在此人的身上。二人远远望去，许仙长相风流倜傥，真是一表人才，白素贞心里油然而生出浓浓爱意。

二人正要追上去，可是许仙已经坐上了西湖里面的小舟，准备启程回家。小青示意白素贞腾云飞到小舟上，白素贞摇摇头，这样会吓着许仙的。怎么办呢？小青见此计上心来，忙一挥衣袖，天上突然降下绵绵细雨，小青忙高呼船家，但是小舟已行驶到湖中心，根本听不到远处传来的声音。在金山寺刚打坐诵经完毕的法海，一心惦记白素贞的婚事，他打开慧眼一看白素贞的姻缘遇上了阻碍，便张口轻轻一吹，许仙乘坐的小舟竟然倒退到白素贞和小青所站的岸边。

岸上的白素贞和小青被淋得无处藏身，正发愁呢，突然只觉头顶多了一把伞，转身一看，只见一位温文尔雅、白净秀气的年轻书生撑着伞在为她们遮雨。白素贞和这小书生四目相交，都不约而同地红了红脸，相互产生了爱慕之情。小青看在眼里，忙说："多谢！请问客官尊姓大名？"那小书生道："我叫许仙，世代从医，就住在这断桥边。"白素贞和小青也赶忙做了自我介绍。从此，他们三人常常见面，白素贞和许仙的感情越来越好，过了不久，他们就结为夫妻，并开了一间名为"保和堂"药店，小日子过得可美了！

三、为避难举家迁镇江

因许仙医术高超且白素贞年轻貌美、待人和善，保和堂的生意异常繁荣。每天门庭若市，好不热闹。一日，杭州知府的儿子吴永霸恰巧路过此地，见到白素贞的绝色容颜后，夜不能寐。一天中午，吴永霸见许仙有事外出，他便独自来到保和堂，假装生病，并让白素贞为其抓药，四周无人时，吴永霸便靠近白素贞，色眯眯地说："娘子，你这样漂亮，还是从了我吧！你看我是官宦之家的少爷，只要你能嫁到我府，保准有你享不尽的荣华富贵。"说话间便抓住了白素贞的手。这一幕恰巧被端茶的小青看到，性情暴躁的小青没容得白素贞的阻拦，便吹了一口仙气，那吴永霸的眼睛立即肿胀起来，且奇痒难受。他松开白素贞后，刚出保和堂的门，便遇上门口一匹受惊脱缰的马，吴永霸猝不及防，没来得及躲闪，便被马踢断了右胳膊，疼得他嗷嗷大骂：“白素贞，你们这俩泼妇，我不报仇誓不为人！”于是吴永霸在仆人的搀扶下，怀恨回家，慢慢养伤了。

就在吴永霸养伤期间，他家中来了一位姓李的道士，这位李道士医术精湛，没几日便让吴永霸痊愈了。原来，此道士前身是千年前和白素贞同在峨眉山修炼的一蝎子精，就在修炼时，骊山老母拿出一粒长生不老的仙丹告诉弟子们，谁要先修炼好法术并拥有一颗慈善的心，就会事先得到仙丹。最终白素贞得到了，那蝎子精便记恨在心，千年后，他托生为李姓道士后到处找白素贞，发誓一定要从白素贞那里夺回仙丹。真是皇天不负有心人，他在杭州的保和堂找到了白素贞，但担心自己法力不抵白素贞，没敢贸然行动，于是他便暗暗制造着复仇计划。就在这一天，他看到吴永霸与白素贞姐妹发生矛盾后，便计上心来，心里暗暗窃喜：“白素贞！哼，报仇的日子到了，你等着！”于是，他旁敲侧击地向吴永霸透露白素贞和小青是白蛇所变，若是报仇，可选在端午节，如此这般，二人便可现出原形。他知道只要白素贞现出原形，自己就能轻而易举拿到她口中的仙丹了。

一日，吴永霸在李道士的教唆下假装邀请许仙，在杭州有名的酒楼向许仙赔罪。说话间，他向许仙偷偷告知，白素贞乃千年蛇妖所变，一定要警惕、小心。许仙不由得惊恐万分，他将信将疑，一时拿不定主意。吴永霸说：“只要在端午节用雄黄酒试探一番，不就清楚了吗?”

一个月后，端午节终于来到了，小青法术尚浅，忍耐不住高温天气，在白素贞的说服下，辞别白素贞回峨眉山避暑去了。中午，许仙、白素贞让家人准备了盛宴，夫妻二人在畅谈间，许仙突然端出来一杯酒，白素贞一闻，便知是雄黄酒，雄黄酒是自己的克星，她慌忙推辞：“官人，使不得，我从小不能喝酒呢，尤其对此酒过敏！”怎奈经不住许仙百般规劝，白素贞便喝了一杯，瞬间，感觉自己头重脚轻，身陷蒸笼一般，浑身发烫，她便起身告辞回卧室休息。那许仙见白素贞回卧室躺下，心里便自责起来：“我们夫妻成婚后，娘子一直待我不薄，明明知道她不善饮酒，我还是听信谗言，而加害娘子，哎！”许仙一边端着温开水一边向卧室里走着，待他走近床前揭开蚊帐一瞧，一条巨大的白蟒蛇躺在床上，呼呼喘着热气，许仙一声惊骇便吓晕了过去。这时，李道士悄然而入，他走近白素贞，展开双掌准备用法力把白素贞口中的仙丹吸出来。就在千钧一发之际，法海应声而入，他和李道士搏斗一番后，李道士不抵法海的法力，只好落荒而逃。法海并不追赶，他给白素贞灌下解酒茶后，并托梦给白素贞，需要到唐古拉山取得仙草，方可医治许仙，然后飘然而去。

白素贞醒来之后，看到身旁昏死的许仙，不由焦急万分，在此时，她的耳边又传来“到唐古拉山取仙草，才能医治许仙”的声音。白素贞知道一定是有仙人在暗中相助，她冲着上天膜拜一番后，便起身到唐古拉山找仙草。在途中历尽艰辛和各山神的百般阻挠后，白素贞最终在法海暗中相助下，取得了仙草，救活了许仙。

痊愈后的许仙对白素贞还是持怀疑态度，他在吴永霸的挑拨和教唆下，来到李道士的乾清观进行超度。许仙一进入，便被李道士囚禁在里面，李道士将自己和白素贞之间的恩恩怨怨原原本本地给许仙讲明了，这让许仙追悔莫及，更加思念白素贞。李道士准备拿许仙做人质要挟白素贞把口中仙丹让给他。三个月后，李道士还没来得及通知白素贞，许仙便在法海的相助下，从乾清观逃了出来。许仙回家后，见家中无人，便急中生智来到了断桥处，静等白素贞的到来。巧合的是，白素贞和小青也是到处寻找许仙，最终他们在断桥再次相遇。这时，白素贞已经怀有七个月的身孕，许仙心里又高兴又愧疚，此时，白素贞终于向许仙坦白了自己的真实身份，许仙想起以往妻子对自己的种种好，他全然不在乎妻子是人还是妖，只要两人相爱就足够了。脾气暴躁的小青准备拔剑刺杀许仙，白素贞还是念及夫妻情分，在她的劝导下，一家人和好如初，为了躲避这些惹来的祸端，许仙、白素贞和小青辞别了许仙的姐姐，一家人便从杭州迁至镇江居住。

四、一世情泪洒雷峰塔

许仙、白素贞和小青一家人迁至镇江后，保和堂药店重新开张，生意更是异常兴隆。三个月之后，白素贞分娩，得一子，取名许仕林，全家人沉浸在其乐融融的氛围中。然而好景不长，那李道士暗中一路跟随，也来到了镇江。他心生一计，趁法海闭关修炼时，他把副住持法能害死后，摇身变作法能的样子，走进了许仙的保和堂。因为白素贞还未出月子，小青还要照顾白素贞和婴儿，因此只有许仙在前堂坐诊。于是，李道士升起一阵浓黑的旋风，并口中大喝：“许仙，你娶妖孽为妻，祸害百姓，天理难容，我身为金山寺佛家弟子，奉命将你带入金山寺慢慢感化你，让你虚空无挂碍！”说完，便将许仙捉到了金山寺，囚禁于禅房之中。

保和堂的伙计忙把许仙被金山寺和尚掠走的事情告知了白素贞和小青，得此消息后，白素贞和小青异常气愤和着急。待白素贞出了月子后，她在小青的陪伴下，一步一跪，来到金山寺上求法能放了许仙。法能要求白素贞吐出口中的仙丹，方可释放许仙。白素贞赶紧应下，忙吐仙丹，但是仙丹在白素贞体能寄存太久，已经与白素贞的身体混为一体，若想让仙丹脱离躯体，只有让白素贞死去，这样身体没了灵气，仙丹才会脱离。白素贞万般无奈，准备拔剑自刎。忍无可忍的小青突然大怒，白素贞来不及阻拦，小青便施展法力，最终水漫金山。水漫金山后，因生灵涂炭，惊动了玉皇大帝，玉皇大帝便命令托塔李天王，将白素贞镇压在雷峰塔下。

法能将许仙从禅房掠到心境台，让他在心镜中看在雷峰塔下失去自由的白素贞的困境。许仙坦然处之，要定了素贞。法能被心魔所困，忘情绝义，想成佛，却成了魔。白素贞被镇压在雷峰塔下后，惊动了骊山老母，她一来到金山寺，便认出了金山寺的副住持就是蝎子精，她用灵光宝镜在李道士身上一照，李道士作恶的过程一一回放出来。见此，骊山老母勃然大怒，便把李道士打回了原形，随后擒拿着蝎子精离开了金山寺。

此时，法海闭关已经结束，他刚从闭关室出来后，便得知金山寺发生了一系列的变故，他主持安葬了法能。白素贞被镇压于雷峰塔下，要想白素贞获得自由，除非雷峰塔倒，西湖水干。许仙上山进寺，自愿剃度，只为天庭一句警言“雷峰塔百步之内，非出家人不得擅入”。许仙向法海要求每日扫雷峰塔，法海被感动了，他虽然没让许仙剃度，但是允许许仙每日清扫雷峰塔，守在白素贞的身旁。法海也是每天打坐诵经，赶紧为白素贞超度，让其能依正见而起修，因修而证悟，得入涅槃，远离六道轮回，让白素贞争取早日回到许仙的身旁。

清晨，曙光从东边慢慢升起，许仙挥动着扫把，在雷峰塔周围虔诚地慢慢清扫着，这幅感动温馨的画面随即呈现在法海面前。法海欣然一笑,他踉跄地站起身,退了三步,一回头,须发皆白,瞬间变老,胸口钻心地疼。法海知道,这是蛇鳞从胸口脱落的原因,他忙深呼吸了一下,走进禅房,口中念念有词,敲起了木鱼。法海前胸的鳞片一落地,便随风飘进雷峰塔内,鳞片一闪光,便呈现出法海是怎样舍身救白素贞,怎样成就白素贞的好姻缘,又是怎样处处为她着想的画面,见此,白素贞不免热泪盈眶。

二十年后,白素贞的儿子许仕林中了状元后,便来雷峰塔前三跪九叩,孝感动天。而且白素贞以前行医救人也积了不少功德,观音菩萨便让法海提前放白素贞走出了塔门,白素贞、许仙夫妇在儿子和小青的陪伴下叩拜法海后,便缓慢下山向家中走去,法海望了一下逐渐离去的背影,随即欣然一笑,手捻佛珠,闭目,口中念念有词:“阿弥陀佛,善哉,善哉。”夕阳残红如血,瞬间溢满了整个金山寺的天空。

石晓静(山东·高青)

白娘子脱难再斗法海

却说小青杀败法海，自雷峰塔中救出白娘子，一家人欢欢喜喜大团圆，白娘子和许仙及爱子对小青千恩万谢不必细说。

单说白娘子。她与许仙、小青一起返归家中，家虽简陋，但收拾得干干净净，井井有条。

进得屋来，白娘子紧抱住娇子嘘寒问暖，许仙和小青也不住地流泪。

小青忽然说："姐姐，今天是大喜的日子，我们不要光啼哭，应该高兴才是啊。是不是我现在就上街买一些珍馐美馔，我们好好庆贺一番呢？"

许仙马上表示赞同："青妹所言极是，但你已劳累一天了，购置珍馐美味应由许某操办，你好好陪伴娘子，我去去就来。"

白娘子忽然一把拉住小青的衣袖问："青妹，但不知那法海老贼今在何处？"

小青兴奋地说："那老秃驴被小妹一阵真火烧得如烤鸭一般，他无处逃命，最后竟钻入螃蟹腹内躲藏，再也不敢出来兴风作浪了！"

"若不是青妹，我白素贞恐千年万年也难见天日啊！"白娘子紧握着小青的手，小青说："姐姐，你总这样说，倒叫妹妹好生不自在。姐姐，你应该先将息数月，养好身体，也好相夫教子，共度良辰美景。盘缠妹妹这里自有一些，不用姐姐担心……"

许仙也说："娘子，青妹说得极是，娘子先将养身体要紧。数年以来，为夫行医治病，小积蓄也有一些，足够咱一家四人糊口，娘子不要太挂心。"

白娘子依在床上，拉着许仙的手："想许官人受白素贞牵累，拉扯娇子，受苦数载，实让素贞心头酸楚啊！"

"娘子说哪里话来！我与娇儿无日不期盼娘子，这回好了，今后我们可以安安稳稳共度岁月，再不会担惊受怕，岂不好吗！"

许仙扶白娘子躺下，说："娘子稍待，许某去去就来。"自去带着爱子高高兴兴地购置酒肉菜蔬。

小青给白娘子倒了一杯茶，白娘子接过茶盏，虽然欢喜，但眉间总透出一缕忧愁。

小青问道："姐姐，你似有难言之隐，何不对妹妹讲来，妹妹也好为你分担一些。"

白娘子坐起来："青妹，你适才说法海老贼躲入螃蟹腹内，为姐思来想去，恐有遗患啊！"

小青一惊："姐姐何故如此说？那法海虽残命未死，但有小青在此，量他老秃驴不敢再来。"

白娘子拉着小青的手让她坐到自己身边："青妹法力确是长进不少，法海老贼断不是青妹之对手，素贞自然明白。但青妹需仔细掂量，想那法海，虽毒蛇心肠却也是得道高僧，非凡夫俗子也！你想一想，当年你我水漫金山，他竟用法力能让金山随水势长高；再者，他对天兵天将都能招之即来挥之即去；你我和他相斗，不曾碰他一层皮毛……"

小青有点不高兴了："姐姐今天怎么了？为何总是灭自己威风，长他人锐气？姐姐若是放心不下，我马上就去找法海，上天入地也要把他找到，然后当着你的面杀了那秃驴！"

"青妹啊！"白娘子站起来扶小青坐下，"你误会姐姐了。你冷静想一想，姐姐遭此磨难已是身心疲惫，再者，娇儿也慢慢长大，姐姐也需好生抚养，将来好让他成为有用之才；而青妹你早晚也必出嫁，结婚生子，和姐姐一样做贤妻良母，安安静静享受天伦之乐啊！"

"小青一辈子跟定姐姐，绝不会离姐姐而去。"

"青妹，不要说傻话了。"白娘子继续说，"你我都想安生过日子，但法海呢？他现在虽躲在螃蟹腹内，一旦有机会，他若重新爬出来兴风作浪，我等奈之如何？青妹，这才是姐姐最担心之事啊！"

小青也感觉姐姐说得在理："姐姐，有我在此，法海焉敢再来？"

白娘子摇摇头："青妹，不知你想过没有，你用三昧真火烧法海，来之突然，法海并不曾防备啊！你虽法力高强，切不要忘记，法海可是能使唤天兵天将之人，倘若他明白过来再唤来天庭兵将与我们纠缠，凭你我之力，恐怕还是难以抵挡啊！"

小青也有点冷静了："那依姐姐之见呢？"

白娘子沉思片刻:“唯有一条,找到法海……”

“除掉他,斩草除根?”小青拔出宝剑,跃跃欲试。

“不,切不可伤害于他,只与他当面理论,让他死了这条死灰复燃之心便罢。”

小青本就是个急脾气,听了白娘子一席话,她马上站起来就往外走:“姐姐,我这里有祖师送我的一面照妖镜,不管法海躲到哪里,一照便知。容我去将法海捉了来,请姐姐亲自发落!”

“青妹且慢!”白娘子上前拦住她说,“若找到,万不可伤他性命,否则大事休矣。不管找到找不到,早些归来,以免姐姐惦念!”

小青深施一礼:“姐姐放心,我去去就来!”

小青化作一股青烟飘然而去。白娘子眼望窗外蓝天,目送小青越飞越远。

话说小青,她站在云端,四相查看,当时只看到法海爬入一只大螃蟹的肚子里,但江河里螃蟹多如牛毛,到底是哪只螃蟹?小青真真记不得了。情急之下,小青从怀里掏出那面照妖镜。那是小青下山前,祖师送给她的一件珍贵的宝贝。小青晃动宝镜向下一照,一股寒光直逼江河湖海……忽然,只见西湖湖面细浪翻卷,一硕大螃蟹随波浪露出水面,然后慢慢爬到岸边,在照妖镜的光束下,战战兢兢,欲逃而不能。小青仔细观看,但见一罗汉模样的怪物在螃蟹腹内时隐时现。小青立时降下云端,站到那螃蟹面前,大叫一声:“法海老贼还不爬出更待何时?”

“青仙勿怒,青仙勿怒!老衲出来便是了!”随着螃蟹腹部裂开一缝,一个秃头先探出来,随后,裂缝越来越大,被三昧真火烧的像烤鸭的法海,“咕噜”一声滚到外面,落到沙滩之上。螃蟹则看看小青,小青一挥手,螃蟹慢腾腾地爬回水中。

“青仙请饶老衲一命!”法海滚身便拜,“老衲已躲入螃蟹腹内,再不敢冒犯青仙,望青仙看在老衲一把年纪,饶了老衲吧。”此刻的法海,周身糊屑,面如锅底,只有眼白是白色,活像个黑鬼。

想起法海当初的所作所为,想到姐姐多年受到的冤屈,小青真恨不得上前一剑杀了他,但想到姐姐的嘱咐,小青把拔出来的剑又插回剑鞘:“老贼,若看你当初的飞扬跋扈,千刀万剐也难解我心头之恨!滚将起来,和我走一趟!”

“遵命！”法海从地上爬起来，“但不知青仙带我何往？”

“少废话！跟我走，去了便知！”小青说着揪住法海的破衣领，腾云而起，直奔钱塘家中而来……

白娘子正在家中苦苦等待。此刻许仙与爱子购置酒肉菜蔬已回，白娘子怕许仙与娇儿受不了惊吓，先让许仙带着娇儿去许仙姐姐家暂避一时，自己专等青儿到来。

法海像一个破包袱被小青一路提着，很快，就到了钱塘县境。小青降下云头，一把将法海丢在白娘子跟前。白娘子一看眼前滚落一个黑乎乎的东西，不觉心头一惊，一直到那家伙抬起头，白娘子才从他那双恶鹰般的眼神认出他是法海。真是仇人相见，分外眼红。白娘子忍了忍心头的怒火，一字一句地问道：“法海，你可还认得我？你也有今日！”

法海抬眼一看，吓得魂飞魄散，他赶忙磕头：“白仙子，饶老衲一命吧！以前之事，老衲已追悔莫及！如今老衲已遁入螃蟹腹内，只求苟延残喘，了度残生，望仙子宽宏大量，饶过我吧！”

小青上前一脚把法海踹个骨碌，拔出宝剑：“秃驴，你现在是看我法力超过于你，一把神火烧毁了你千年道行，你才装出这副可怜模样，一旦找到机会，你必将卷土重来，继续来害我等性命！我今天饶你不得！”

法海吓得直爬到白娘子跟前：“白仙子救我一命啊！”这回倒是他向白娘子求助了。

白娘子上前拦住小青：“青妹勿急，待我问清了再杀他不迟！”

白娘子于是坐到一把椅子上，小青怒气冲冲站在一边，法海则跪在跟前。

“法海，我且问你，你为何缕缕揪住我和小青不放，非置我等于死地不可！究竟为何？从实招来！”

“白仙子啊！”法海摸了摸额头上的汗珠，“老衲如今已是将死之人，还有何好隐瞒的。老衲只是见白仙子乃异类，人与蛇岂能结为连理？老衲恐白仙伤及许官人性命，老衲作为佛门弟子，以慈悲为怀，焉能眼见得许官人将遭受灭顶之灾而不救？不曾想，白仙子与许官人真乃一片诚心……”

没等白娘子说啥，小青抢着说道：“秃驴，事到如今你还鼓唇弄舌，欺瞒我等。依我看来，你虽身处佛门净地，但分明是花心不死，见我姐姐与许官人恩恩爱爱，心生妒忌，于是打着降妖除怪的旗号，生生拆散姐姐与许官人之美好姻缘，还欲将姐姐处之而后快……”

“羞煞老衲也！”法海头磕得梆梆响，“青仙说老衲无情无义，心狠手辣，老衲皆可接受，但绝无花心、嫉妒之理啊！想我已年逾花甲，遁入空门多年，早已断绝尘世杂念！还望青仙不要听信传言，还老衲一个清白……”

白娘子朝小青使了一个眼色，小青气鼓鼓地退到一边，白娘子道：“法海，你花心不花心，嫉妒不嫉妒，天地可知！本仙不想和你在这方面纠缠，我今天只想问你，你之法术是何人所教？宝物是何人所赠？如从实招来，本仙饶你不死！”

法海赶忙说：“仙子所问，老衲不敢有一句相欺。老衲法术乃五百罗汉之中的第三百罗汉所教，但如今恩义已断，就在青仙追赶老衲之时，老衲还曾用法术求救于他，但他没有回应我片言只语，听凭老衲被青仙烧身……”

“那么，你用何法术使金山长高？”

“白仙容秉。”法海道，“仙子曾水漫金山，老衲之所以让金山随水势增高，全依仗手中无妄佛珠，那也是罗汉赠我之物。如今，那佛珠在青仙追杀我时，已和伏魔印等宝物一并落入江河之中，再无踪影……”

“胡说！”小青又上前欲杀法海，“事到如今，你还敢欺骗我等。快说，你把佛珠藏于何处？”

“青仙，我若有半句假话，我马上砍下我的秃头！”法海眼巴巴地看着小青。

“没有凶器，量你也不敢对我等一味加害。你还有何害人之物，还不如实招来？”小青步步紧逼，宝剑直抵法海的额头。

“青仙息怒！”法海说，“你也知道，老衲的青龙禅杖已被白仙子一剑斩为两段；圣衣袈裟，已毁在青仙你的三昧真火之中，除此再无任何宝物了啊！”

白娘子静了静又问道：“法海，本仙姑且信你一次。那么，你是如何召唤天兵天将的呢？想你不过是一僧人，天兵天将为何受你调遣？快快讲来！”

法海见白娘子步步紧逼，料定此关难过，于是，他口中念着咒语，然后从耳朵眼中取出一粒金丹,双手捧给白娘子:“白仙请收下吧。此乃当年祖师送我的一粒法音金丹,有此金丹,老衲念动咒语,即可招来天兵天将。今献与白仙,白仙总该放心了吧!”

小青又火了:“你个秃驴,适才你还说再无任何宝物,怎么又冒出一个金丹?事已至此,你还在撒赖诓骗我等,足见你贼心不死……”

法海赶忙连滚带爬地躲到白娘子身后:“青仙息怒!容老衲说出肺腑之言。老衲寄居螃蟹腹内,身无分文,唯有这粒金丹还值几个钱,老衲只想在圆寂之时,用它换一身袈裟裹身下世,岂有他心啊?”

小青一把夺过金丹送到白娘子手中,白娘子仔细看了看:“法海,你适才说,青妹追杀你之时,罗汉对你置之不理,你既然持有法音金丹,为何不请来天兵天将?”

法海叹了口气:“白仙有所不知啊!都说天庭一片净土,我看未必尽然呢!在老衲风光之时,他们有求必应;而当老衲落魄的当口,他们却装聋作哑,凭我念动咒语百遍,他们也无动于衷……”

白娘子看出,法海说的不像是假话,遂追问道:“不知你今后有何打算?”

法海叹了口气说:“唉!老衲再无力,也不想再与世争执。若白仙、青仙开恩,给老衲几年寿纪,老衲继续净守佛门,了此残生;不然,老衲则终生寄居于螃蟹腹内,与世隔绝罢了!”说着还掉了几颗眼泪。

白娘子听完站了起来,她来到法海跟前说:“请站起身来。”法海看了看白娘子,有点不相信。白娘子又说:“请站起身来讲话。”

法海又看了看小青,小青将脸扭向一边,法海这才吃力地站起来,垂手而立:“不知白仙有何吩咐?”

白娘子先和小青耳语了很久,然后才对法海说:“法海,以前之事既已过去,本仙不想再纠缠。本仙念你修道多年,又念你年老体衰,姑且饶过你。”

“拜谢白仙不杀之恩!”法海谢了白娘子,又谢小青,“拜谢青仙不杀之恩!”

白娘子道:“本仙虽为蛇类,但从无害人之心,相比于你,倒有慈悲心肠。”

白娘子叫小青拿来二两银子,小青开始不肯,但又怕姐姐生气,不得不拿来放到姐姐手里，白娘子将银两递给法海：“你此刻即可重回金山寺，重做你的方丈去吧。这是纹银二两，你且去做一身新袈裟，以免有辱佛门体面，去吧！”

法海开始以为自己听错了，但见白娘子递过来银两，他才相信是真的，他接过银两，感动得都哭了：“如此大恩，老衲如何报得啊！”

“本仙不需你回报，你只需好生主持金山大寺，真个保持慈悲之心，造福一方百姓，使这座千年名刹香火旺盛，万年不绝，这就是你的造化了。”

法海双手合十：“阿弥陀佛！老衲修行数十载，不如听白仙一席话，白仙所嘱，老衲一字一句皆铭记于心！”

“你可以去了。来日我与许郎也许会进香拜佛，还望禅师接待。”

“阿弥陀佛！贫僧谨记！贫僧告退！”

法海倒退着走了，小青气得直蹦：“姐姐，妹妹好不容易将秃驴捉来，怎么这就把他给放了？”

“青妹呀！”白娘子拍着小青肩头说，“你我二人虽为异类，但哪曾有半分害人之心！你我修行千年，还不是为积善行德。想那法海，虽对你我伤害非小，但他毕竟是金山寺佛门住持，一代名僧，在民间威望不小。要他性命，确如探囊取物，但我等切不可得理不饶人，到后来落个心胸狭窄、心狠手辣之罪名啊！他已交出宝物，谅他也无力再兴风作浪，以后他可以于佛门之内安度余生，你我也可安稳度日，岂不两全其美？”

小青说：“姐姐说得在理，可我就是咽不下这口气！”

“唉！”白娘子轻叹一声，“青妹呀，为姐的在雷峰塔下镇压数载，论仇恨，我应该比你更大——你就依顺了姐姐吧！”

小青无语了，紧紧抱住了白娘子。

从此，白娘子和许仙、爱子及小青一家欢欢乐乐地共度岁月。

法海则在金山寺继续主持，苦读经文，宣扬佛法，兢兢业业，一直到八十岁圆寂。

宋广杰（天津）

新水漫金山

东海龙宫监牢里，锦玉脸色苍白地坐在墙角，父王那歇斯底里的声音仿佛还回响在耳边：“锦玉触犯天条，罪无可恕，立即关押龙宫大牢，除非东海的水上天，否则别想出来！”

海水怎能上天呢？龙王这是真动了怒，才立下如此毒的誓言，今后想要出这个牢笼，看来是半点指望都没有了，好在孩子平安无事。锦玉抚摸着微微隆起的肚子，又是难过又是喜悦。

监牢里的岁月寂寞又漫长，锦玉只能靠着一些美好的回忆消磨时光，想到相公秦帧生死不知，心如刀绞；想到肚里的孩子出生后不可预知的未来，悲从心来。

一年前，锦玉私出龙宫，去人间游玩，在杭州西湖巧遇一对游玩的夫妇，锦玉一眼就看出那白衣妇人和跟随身侧的青衣丫鬟，分明就是千年蛇精修炼的人身，当时十分惊讶。但见白衣妇人和她的凡人相公一路笑语嫣然，眉目传情，显然十分恩爱。锦玉曾偷偷读过许多人间的情诗，对“夫唱妇随，琴瑟和鸣”“执子之手，与子偕老”“愿得一人心，白首不相离”等诗句耳熟能详，此刻见到白衣妇人那份满足和幸福的神态，好生羡慕，心想若自己也能在人间觅得一个如意郎君，该是多么美好的事情啊！

锦玉动了凡心后，数次到杭州游玩，暗中打听到白衣妇人叫白素贞，青衣丫鬟叫小青，二人帮助相公许仙在镇江开了一间保和堂药铺，施药救民，广做善事，百姓交口称赞，都亲切地称呼白素贞为白娘子。锦玉非常欣赏白娘子虽非人类，却一心想着造福苍生，便心生一计，故作脚扭伤了，到保和堂就医，趁此机会结交了白娘子和小青，并与她们成了很要好的姐妹。

在白娘子的介绍下，锦玉认识了许仙的好朋友秦帧。秦帧是一个教书先生，儒雅俊朗，风度翩翩，正是锦玉理想中的未来夫婿，锦玉隐瞒了自己龙女的身份，只说是白娘子的远房表妹，因父母双亡，才来投靠表姐。恰好秦帧的爹娘也在年前双双过世，两个情窦初开的年轻人，郎才女貌，惺惺相惜，彼此一见钟情，很快便在白娘子和许仙的见证下，结为夫妇。

锦玉贪恋秦帧的温柔和人间祥瑞，乐不思归，早把龙宫抛在脑后，婚后数月，和白娘子双双有了身孕，两家皆是万分高兴。秦帧和许仙约定，如果生下的都是儿子就结为兄弟，都是女儿就结为姐妹，如果一男一女，自然要结为夫妇，亲上加亲。

这天下午，锦玉正在家里为未出世的孩儿缝制衣衫，秦祯急慌慌地跑回来，一迭声地说：“玉娘，今日天气真奇怪，我出学堂时还是艳阳高照，走到咱家附近却忽降大雨，躲闪不及，浑身都淋湿了。”

锦玉心里一惊，缝衣针瞬间刺破了手指，鲜血流了出来。秦祯心疼不已，一把把锦玉的手指放到嘴里止血，埋怨自己小题大做，害娘子受伤。

锦玉抽回手指，连说没事，走到窗边打开窗户，屋外大雨倾盆。锦玉抬头远望，遥见天上乌云滚滚，一条巨龙在云中时隐时现，知道藏身之处已经败露，父王在警告自己马上回东海。龙王竟然亲自出动，一定是出了什么大事。

暴雨越下越大，事情刻不容缓，如果还不现身，势必连累镇江的百姓，锦玉趁秦帧进里屋换湿衣衫之际，双足一点，纵上云端，跪倒在龙王面前，行礼参拜。

东海龙王素来对子女要求严格，轻易不让他们到凡间游玩，以免惹出祸端。锦玉私出龙宫，已经犯了他的禁忌，还迟迟不归，简直是胆大妄为，龙王正为此事发怒之际，南海龙王忽然派龟丞相上门提亲，说二太子心仪锦玉，希望两家结秦晋之好。龙王一口答应下来，正好可以借此事管制锦玉，因此亲到人间查探锦玉下落，要把她立刻召回去。

锦玉一听父王已经把自己许配给了南海龙王的二太子，大惊失色，情急之下，把在人间已有丈夫的事情一股脑儿地说了出来。龙王气得脸色发青：“大胆锦玉，既然你先斩后奏，休怪我翻脸无情，我此刻就去杀了那秦帧，断你凡尘之念，你好回去乖乖地嫁到南海。”

锦玉吓得魂飞魄散，知道父王言出必行，说一不二，当下顾不得其他，为了保住秦帧性命，就说要杀秦帧何劳父王动手，自己一人做事一人担。

在东海龙王的监视下，锦玉返回家中，看着正在厨房里忙碌着准备晚饭的秦帧，看着这个自己一手布置起来的温馨家庭，千般不舍万般留恋，银牙一咬，泪水咽回肚中，把秦帧叫出屋来，大声喝道："秦帧，你可看清楚了，我是东海龙女，一时动了凡心，被你所迷，悔不当初，现要返回东海，自此与你毫无关系。"说完将身一扭，瞬间化作一条小龙，在秦帧面前张牙舞爪，昂首示威。

秦帧正满腔喜悦准备炖鸡汤，为娘子补身子，突遭变故，还未从锦玉的话中回过味来，骤然看到传说中的神龙，两眼一黑，生生被吓死过去。

锦玉当即被龙王押回东海，回宫后，锦玉告诉父王自己已怀有身孕，无颜嫁给南海龙王二太子，如果父王非要逼自己出嫁，自己唯有一死。龙王暴跳如雷，重罚锦玉，这才有了开头那一幕。

这一天，锦玉正对着牢门外的一丛珊瑚树发呆，忽然见珊瑚树后面游出一条小小的青蛇，左顾右盼一番，游进了监牢内，摇身一变，竟是小青。

锦玉又惊又喜，紧紧拉住小青的手，一迭声地问自己的相公秦帧如今怎么样了，她怎么找到这儿来了？

小青连忙安慰锦玉，说秦帧没事，被白娘子救活了，醒来证实了锦玉的龙女身份后，并无芥蒂，说只要锦玉不嫌弃他是一介凡夫，愿意一辈子等着锦玉回去。锦玉闻言万分欣慰，有夫如此，此生已是无憾。小青又说白娘子派自己到龙宫打听锦玉的下落，来了龙宫几次，都被守卫察觉，挡在宫门外，后来好不容易看到龙母出宫探友，这才拦住龙母，求她帮助。原来锦玉被关押在龙宫大牢的事情，龙母根本不知，还一直以为这个调皮的女儿在人间没玩够，不想回来。小青躲在龙母的怀里，这才进了龙宫，在龙母的指点下找到了锦玉。

锦玉闻言大喜，母后向来疼爱自己，这次发生这么大的事情，原本指望母后能来相救，盼得脖子都长了，母后那边却一点儿消息也没有，之前一直忧心忡忡，以为是母后身体有恙，卧床不起，才顾不上女儿，原来却是父王封锁了消息，母后毫不知情，锦玉心里顿时涌起了希望。

"小青，你快去告诉我母后，让她救我出去。"锦玉着急地说道。

小青摇摇头，说龙母在自己来之前，已经去找了龙王，让他马上放人。龙王回答，君无戏言，除非东海水上天，否则绝不释放锦玉。龙母百般哀求，甚至跪地不起，龙王依然无动于衷。

锦玉的眼泪哗哗地流了下来，仅存的希望破灭了，不但辜负了秦帧，还连累肚里的孩儿，今后该怎么办呢？

小青说既然知道了锦玉的处境，她马上回去找白娘子想办法，白娘子法术高超，足智多谋，一定能有妙计。

三天后，小青又来到了锦玉的监牢，不过带来的不是好消息，却是一个坏消息：昨日金山寺的高僧法海来镇江做法事，在郊外撞见了正在采草药的白娘子，法海道行很深，看出白娘子是蛇妖所变，怒斥人妖相恋，天地不容，要用金刚钵收了白娘子。白娘子一怒之下，现出原形，把法海打得落花流水。法海恼羞成怒，居然命手下把许仙抓到金山寺关押起来。金山寺是佛门重地，有菩萨守护，白娘子进不了寺门救人，这会儿正和龙母在商量对策。

锦玉听后万分着急，一波未平一波又起，白娘子对许公子一往情深，定然会舍命相救，可恨自己被关在这里，一点忙也帮不上。

小青急急地走了，锦玉忧心如焚，担忧白娘子和小青，又挂念相公秦帧，一夜未眠。到次日黄昏，却见守牢的虾兵忽然打开了牢门，龙王和龙母走了进来。

龙王神色严肃地对锦玉说道：“锦玉，今日东海水上了天，我遵守承诺，放你出去，今后你是要在龙宫安安稳稳地做你的龙宫公主，还是褪去龙鳞，到人间去做一个凡人，你选一条路，我会成全你。”

锦玉目瞪口呆，简直不敢相信自己的耳朵。龙母上前一把抱住她，示意龙王的话是真的，满心欢喜地道：“乖女儿，机会难得，你父王说话算话，你可要想清楚了。”

锦玉觉得肚里的孩子似乎动了一下，好像在提醒母亲他的存在，立时斩钉截铁地回答：“我愿意到人间做一个凡人，和我的相公、孩子团团圆圆地生活在一起。”

锦玉褪去龙鳞后，在龙母的护送下出了东海，来到了镇江，眼前的景象让锦玉大吃一惊：只见大街小巷都是大水清洗过后的样子，出奇的干净，人人脸上一副劫后重生的庆幸表情，三三两两地聚在一起，都在谈论今日发生的不可思议的一幕：说东海的水就像长了翅膀一样，居然漫过了金山寺的寺顶；说看见水中有龙，有蛇，还有无数水族，把金山寺包围得水泄不通；说幸好这水来得快，去得缓，大家虚惊一场，没有人受伤。

龙母在锦玉耳边轻声说道："白娘子果真是有情有义，智勇双全，为了救许仙出金山寺，救你出东海，想出了水漫金山寺的妙计，在我的帮助下驱动东海水升上天空，向法海示威，一方面可逼法海放人，一方面也让你父王不得不兑现诺言。"

锦玉恍然大悟，赶紧问龙母，可知道白娘子和小青现在何处，她要当面道谢。龙母长叹一口气："白娘子因为劳心费神，动了胎气，水漫金山后就生下了一个男婴，卑鄙的法海趁白娘子元气大伤，将金刚钵化作一座雷峰塔，将白娘子镇压在塔下。小青去找法海拼命，无奈不是法海的对手，返回深山修炼去了，以图日后报仇。许仙怪自己连累了娘子，伤心惭愧，到金山寺做了和尚，希望用诚心感动法海，让其放白娘子出塔。白娘子的儿子我已交给了秦帧，今后就要靠你照顾。"

锦玉想不到一日之间会发生这么多的变故，可恨自己如今已是凡人一个，毫无法术，无奈到雷峰塔下大哭一场，向白娘子保证一定好好抚养她的孩儿，将其视如亲生。

锦玉回到秦家，与秦帧劫后重逢，恍如隔世，看着秦帧因为思念自己过度，鬓边已现白发，锦玉心痛万分，秦帧反而一个劲地安慰她，回来就好，今后不管遭遇什么样的困难，夫妻二人齐心面对，再也不要分开。

时隔不久，锦玉生下了一个女儿，和秦帧尽心尽力养育两个孩子。白娘子的儿子因天资聪慧，过目不忘，读书考试有如神助，在十八岁时高中状元。

许状元奉皇帝圣旨，回乡祭祖时，锦玉这才把他带到雷峰塔下，说出了他的真正身世。许状元万分悲痛，哭求上苍，若不能见亲生母亲一面，即刻撞死塔前。孝子拜母，感天动地，顷刻间乌云滚滚，天地变色，雷峰塔轰隆一声倒塌，白娘子走出塔来，抱着儿子喜极而泣。

锦玉十八载辛劳终成正果，眼见着大恩人白娘子和相公、孩子一家团聚，倍感欣慰。两家人又欢欢喜喜地为儿女举行了婚礼，佳儿佳妇，同拜天地父母。锦玉笑颜如花，满脸幸福地依偎在秦帧身侧，这才感受到，做人的快乐莫过于此，人间自有真情在，只羡鸳鸯不羡仙。

曾丛莲（四川·自贡）

青白之赌

一

是年九月，镇江。

话说这日，秋高气爽，风轻云淡。在一处车水马龙、熙来攘往的集市上，走着一个身着青衣青裙的年轻女子。她乍一现身，就引得无数过往男子纷纷驻足观望，啧啧赞声亦随之而起。

能不惊叹吗？但见这青衣女子生得宛若娇花软玉般明艳俏丽，风姿绰约，却娇而不弱，艳而不俗，且清秀眉目之中隐含着七分精灵古怪，三分顽皮狡黠。事实也是，趁路旁肴肉摊主一愣神的当儿，青衣女子已如探囊取物，顺走了一只水晶肴蹄。及至行出三五丈远，摊主才醒过神，拔腿追了上去：“喂，姑娘，你还没给钱呢。”

闻听喊叫，青衣女子收住了脚，咯咯笑道：“那方才，你定定地看我，是不是该给钱呀？”

“你以为你是仙女啊，看一眼就要钱。”摊主又上上下下、左左右右将她好一番打量，吞咽着唾沫觍脸回道，“我姓牛，行二，人都唤我牛二掌柜，嘿嘿，我还没娶娘子呢。要不，你跟了我，我保你天天吃——”

“吃什么？我看你是癞蛤蟆想吃天鹅肉！”青衣女子顿然翻脸，手一抬，就将那只猪蹄塞进了牛二掌柜的歪嘴巴，直堵喉咙。牛二掌柜登时憋得喘不过气，脸也胀成了猪肝色。费了好大劲儿才拔出，跳脚骂道：“好你个瘟婆娘，不给你点厉害瞧瞧，你就不知道马王爷长了几只眼！”骂罢，抡拳就打。哪知青衣女子看似柔弱，却着实是个女力士，纤手一捉，捏住牛二掌柜的手腕往身前一带，就将他晃了个狗抢屎，还稀里哗啦撞翻了几个货摊。

“唉哟，疼死我了。她是妖女，打死她！”随着摊主添油加醋的嚷叫声起，七八个摊贩呼啦围上，嬉皮笑脸摩拳擦掌。青衣女子见状，不仅没慌没怕，还嘻嘻笑出了声：“都莫要客气，一起上呀。”笑声未落，谁也没看清她是如何做到的，最前面的那个五大三粗的摊贩已飞上半空，又大头冲地直落下来。这要摔个正着，非脑袋开花，脑浆迸裂不可！

万幸，危急关头，一束白绫飘飘飞至，卷住那早骇得魂不附体的摊贩，并送他平安落了地。接下来，又有两个摊贩被抛出去，亦全被白绫所救。这下，青衣女子急了，柳眉倒竖，杏眼圆睁，嗔怒道：“你是何人？为何要蹚这浑水，搅我雅兴？”

“上天有好生之德，还请你莫要伤害无辜。”应答声中，一个一袭白衣、清逸脱俗的绝美女子飘然走进了人群。

“他们无辜？呸，一群贪婪好色的泼皮无赖！”愤愤说着，青衣女子又要冲牛二掌柜痛下辣手，白衣女子却抢前一步拦住了她。青衣女子愈发气恼，不知使了个什么法术，双手一亮一握，掌中便多出两柄长剑来，顷刻舞得刃光闪闪，如蝴蝶穿花般与白衣女子打作一团。

二

故事说到这儿，想必各位已然明了，这集市上痛打摊贩的青衣女子，便是修炼得道行不浅、能幻化人形的青蛇，名唤小青；紧要当口救人性命的，则是白蛇白素贞。在此之前，白素贞久居四川芙蓉城外的青城山，小青盘踞西湖，称霸水族，两人相隔数千里之遥，素昧平生，自然谁也不认识谁。那么，她们怎都来了镇江，还应和了“不打不相识”这句老话？

原来，小青贪嘴，早便晓得镇江多美味。特别是用猪蹄髈做的肴肉，据传曾馋得八仙中的张果老满口流涎，下驴饕餮，小青又岂会不来一尝？至于白素贞，则是前往西湖去寻前世救命恩人许仙，正巧路过此地。一青一白，不期而遇，一个率性不羁，誓要闹个尽兴，好好教训那帮觊觎她姿色、以众欺寡的贩夫走卒；一个天性善良菩萨心肠，看不得戕害性命。

于是，两柄长剑缠斗一束白绫，直打得不可开交。

且说你来我往，刀光剑影，半个时辰过去，本领稍逊一筹的青蛇渐渐落了下风。

“想我乃一湖之主，断然不能输给这来路不明的白衣女子。”心念及此，小青挽个剑花虚晃一招，纵身跃上半空，意欲召集周遭水族，群战白素贞。白素贞瞧破了她的心思，暗叫声“不妙”，也腾身追去。

想想看，这成千上万的虾兵蟹将要呼啦啦全上了岸，集市上又那么多百姓，惊慌踩踏，不知要死伤多少人！

“这位妹妹，修行不易，切莫乱来。姐姐给你赔不是了。”白素贞劝道。

小青听在耳中，禁不住心头一紧：适才太过冲动，打得兴起，怎忘了这茬？一旦兴风作浪闯下大祸，招致天怒，我这千年修行必将毁于一旦。再说，看她的身手本事，远比自己强，再打下去，几无胜算，还是借着她给的台阶下了吧。“那你是认输，承认打不过我了？”话一出口，小青顿觉好没面子。人家要认输，也是顾及生灵，担心伤及无辜。不行，得想个法子，让她输得心服口服。不待寻思出个眉目，只听白素贞笑盈盈做起了自我介绍：“我姓白，名素贞，来自四川芙蓉城。我诚心服输。”

“假惺惺，少来。”小青哼道，“我叫曾碧青，叫青儿、小青都行。咱俩的过节，不能算完。”

“那你还想怎样？”白素贞笑问。

是啊，怎样？置身半空，小青左右寻望，很快眼前一亮：“我要和你打赌，三局两胜。如果你输了，我就让蟹怪蚌精把牛二那几个泼皮货开膛破肚，然后吃个精光！”

白素贞听得神色一凛：“赌什么？”

小青举手指向了一座小山。那山名曰北固山，横枕大江，石壁嵯峨。彼时，山坡上长着三五棵广玉兰树，郁郁葱葱，冠盖蔽日。

“你若能让它在一夜之间花开满树，算你赢。”小青满眼的狡黠笑意，又慢条斯理地补充道，“我知道你能耐不小，手段厉害，不过，我先说明，可不准使用法术哦。”

广玉兰的花期，在每年的五六月份。时令一至，万花盛放，清香袭人，美不胜收。只可惜，此时已是九月，果实已结，再难觅花影。不用法术，不求观音,而让其逆季节开放,无异于竖梯登天,令公鸡下蛋!

三

一夜无话。

次日,天色放亮,栖宿在山下茅屋里的小青醒了。伸伸懒腰,刚跨出屋门,便惊讶得脱口叫起来:“天呐,真的开花了!”

谁能相信,举目望去,那几棵广玉兰果真开了花,红的,紫的,白的,蓝色,朵朵随风摇曳,缤纷斑斓,在晨光的映照下分外绚烂夺目!

“不可能,这个季节,广玉兰怎能开花?”惊愕之余,小青嚷道。

“青儿妹妹,既然你也认为是花,那算我赢了?”白素贞走来,笑吟吟说道。

“那不是花? 还能是什么?”小青不服气地喊,“白素贞,你肯定用了法术!”

“我冲天发誓,绝没违反赌约。”白素贞手臂轻挥,肩上那束白绫便飘飘飞向高树花丛。相击之下,更令人咋舌的场景上演了:片片花瓣纷飞起舞,却绕枝盘旋不散。

那簇拥绽放的,原来是成千上万只大大小小、颜色各异的蝴蝶! 一窥知真相,小青便在心里暗叹高明:这白素贞果真聪颖过人,心思奇巧,令人佩服,可她的嘴上仍不肯服软,继续较真儿:“你就是使诈。不过花很漂亮,很美。算了算了,我小青大度,不和你多计较,认输了这一局。第二局嘛,如果你能让北固山下雪,同样不准用法术,我就彻底服你。不光服气,我还认你做姐姐,好姐姐,亲姐姐,从今往后都听你的,有福同享,有难同当。小青说到做到,绝不反悔!”

镇江不是漠北极寒之地,九月落雪,这又是一个苛刻赌局。但,三局两胜,只要再赢下这一局,就能让小青饶过牛二掌柜等一干摊贩,还能收下这个性情爽直、精灵古怪的妹妹,当谓一举两得。可是,又该如何在金秋时节下一场雪呢?

就在白素贞敛眉思忖的当儿,小青抬头看天,朝阳熠熠,晴空朗朗,不见一丝云彩，于是揶揄道：“做不到吧？还是认输吧。”

谁料，白素贞竟舒展了眉头：“我想到一法子，不知是否可行？还得请个人来问问。”

“请谁？观音菩萨？太上老君？”小青叽叽喳喳道，“请仙人帮忙，不能算数的。”

“我请的是凡人，你也认识。”白素贞说着，冲远处招招手。小青搭眼观瞧，顿时动了心火。

那畏畏缩缩走来的，居然是牛二掌柜等一众摊贩！

“青儿妹妹莫要生气。说不定，他们能让我们看一场飘飘大雪呢。”白素贞道。

“就他们这些市井泼皮？我才不信呢。”

不管你信不信，事实终归是事实。只见白素贞迎住牛二掌柜等人，指指北固山，递上一包银两，又说了些什么。牛二掌柜也是一脸的将信将疑，畏惧地偷瞟了小青一眼后点点头，快步散去。

四

长话短说。约莫两个时辰后，随着啾鸣声起，小青看到了第一片雪花。不，是一只白鸥，掠过天空，落向北固山。紧跟着，第二片雪花飘然而下。是只苍鹭。眨眼间，第三只，第四只……成百上千只，从四面八方纷纷飞来，争相落山。

那阵势，那素洁的翅羽，真就像极了飘飘大雪！

目睹着这般壮美景致，小青先是大怔，随之大喜，欢呼雀跃：“下雪了！太美了！姐姐，你是怎么办到的？”

听小青唤她姐姐，白素贞心下欢喜，娓娓道来：昨日赌广玉兰开花，她也是去找了牛二掌柜等摊贩。牛二掌柜感念她的相救之恩，自是倾力帮忙，依照她的吩咐连夜在树冠之上洒了蜂蜜、花粉，引来了万千彩蝶。今日之赌，北固山落雪，念及栖于浅水湖泊和水塘中的苍鹭和白鸥以虫蛙鱼虾为食，她就托牛二掌柜召集乡邻，收购、捕捞了大批小鱼小虾，带上了山顶。只要能引来一只,就会有第二只,会有一群,一大群……

当算上天成全,还真的做到了!

听到这儿,小青已对白素贞佩服得五体投地,弓身便是一揖:“姐姐不仅心肠慈悲,还冰雪聪明,小青愿赌服输,这就认下了姐姐。请姐姐受小青一拜。”

许是机缘巧合,许是冥冥之中自有天意,至此,青蛇和白蛇成了相伴相随、患难与共的姐妹。小青既灵气逼人,狡黠慧捷,又重情重义,忠贞不贰。在清人方成培撰写的《雷峰塔传奇》的版本中,当白素贞被法海镇压于雷峰塔下后,她仍念念不忘前情,忍恨舍泪,拜南极仙翁为师,苦苦修炼百年,终报仇雪恨,一举摧毁雷峰塔救出了白素贞。这份姐妹之情,真可谓感天动地。

夏刚(四川·自贡)

入册篇

老宅奇谭

一、老宅

断桥雨蒙蒙，对望意浓浓；欲与郎齐眉，执手度此生。且说西湖岸边，一场急雨，便让幻化作美娇娘的千年白蛇白素贞与许仙邂逅生情，难舍难弃。在青蛇精小青的帮助下，白素贞如愿嫁与许仙为妻，从此相守相伴，相敬如宾。哪料，金山寺高僧法海横空杀出，执念除妖卫道，誓要降服她，断了这桩有违人伦的惊世孽缘。可白素贞只想和许仙做一世寻常夫妻，无意与法海树敌为仇，便连夜远走他乡，落宿在了荒僻乡郊的一座老宅里，小青则暂时回了海上仙岛，继续修炼。而这个鲜为人知的故事，就是在彼时、在老宅发生的。

原本，白素贞法术高强，纤手轻点，即能变化出屋舍桌柜、瓦罐陶盆等一应用物。许仙却是一介凡夫俗子，自难看破她的真身，念及一路颠簸劳顿，又怜惜她身子柔弱，就执意将她安顿进客栈，嘱咐她好好歇息，然后去找房，栖身久住。

说来也巧，许仙兜兜转转，刚走到村边，一座看上去修建了颇有些年头、门旁挂有“租赁”招牌的老宅便映入了眼底。

这宅子，还不错。许仙走上前，透过门缝往里观望。虽说院落不大，可建造紧凑，有正屋，有东西两厢房，一间可改作仓房，存放草药；另一间可改作诊室，为村里的百姓看病。更令他高兴的是，院子中间还生着一棵石榴树。看粗壮的树干和如盖的树冠，少说栽种了也有三四十年。

“喂，你瞅什么？该不会想偷东西吧？”蓦地，随着一阵阴恻恻的怪动静响起，一只手拍上了许仙的肩头。

许仙本能撤身,回头。只见杵在面前的,是个尖嘴猴腮、瘦如麻秆的中年男子。“你误会了,我不是贼。”许仙拱手道,“我想租赁间房子,常住和开药铺。请问这位大哥,房主住哪儿?”

话音未落,瘦男子便咧嘴一乐,叽叽呱呱聒噪不停:“我就是房主,姓冯,行七,街坊邻居都唤我作冯老七。想租房,你算找对人了。我冯老七心眼好,乐于助人,给你的租赁价,绝对低到贴地皮……”

废话少叙。这房主冯老七虽饶舌,却没闲扯诓人,给许仙的确是低价。一手交了银子,一手取了钥匙,许仙顾不上歇息,开始拾掇屋舍。很快便将里里外外打扫得干干净净,利利索索。紧接着,他兴冲冲赶回客栈,接了白素贞入住老宅。

“娘子,你瞧,这便是我们的新家。还算清静,宽敞吧?”许仙道。

“真心不错,辛苦相公了。”白素贞四下望望,又禁不住欣喜地叫出了声,“好美的石榴花!”

二、红衣女

石榴,据传是汉代张骞出使西域带回来的。一经落地生根,便开花结果,因其“千房同蒂,千子如一”,被世人视作多子多福的吉祥之物。在坊间,它还有诸多非常好听的名字,如金罂,丹若,安石榴,山力叶。白素贞素爱花草,自然也包括这石榴。时值盛夏,花放满枝,一朵朵簇拥盛开,密密匝匝红似火,艳如霞。

“娘子喜欢就好。”许仙笑道,“不瞒娘子,我也是看中了这棵石榴树,才决定租下房子的。”

白素贞一听,心思暗动:榴开百子,怕是相公想要孩子了。可是,正如金山寺法海所叱骂得那般:“呔,你是白蛇,是妖,许仙是人,自古人妖殊途,你欲念满心,逾矩越规而嫁凡人,又怎会有好结果?”

“是啊,越规者,规必惩之;逾矩者,矩必匡之。我能为相公诞下正常的一子半嗣吗?”心念及此,白素贞不知不觉间蹙了眉,走了神。许仙以为她累了,便扶她入内,上床休息,而他则轻轻虚掩了房门,去镇上打听草药价格和收购事宜了。

恍惚一转眼，夕阳落山，天色暗了下来。白素贞煮好饭菜，正坐桌前等相公回家，忽听院中隐约传来一阵嘤嘤啜泣声。

听动静，应该是个女子在哭。

“相公走后，我里外寻了一遍，宅子很干净，无一丝异样。再者，我也没听到院门开启的声响，哪来的女子？”白素贞不由得心生纳闷，端起油灯打起小心走向门口。

借着黯淡月光循声望去，只见院中石榴树下，影影绰绰站着一个红衣女子，正以袖拭泪，哭得悲悲戚戚，似是无比伤心。

“你是谁？为何在我家里？又为何哭泣落泪？”白素贞边问边靠近，举起油灯想看清红衣女子的面目。就在双方相距只有两步之遥的当儿，白素贞顿觉心尖儿一颤。

但见那红衣女子神色憔悴，脸白如纸，眼眸深处含满了无可名状的怨愤与幽恨。更叫人触目惊心的是，她的额头处还横着一道伤疤。

完全能看出，那是用榔头击打过后留下的致命伤！

没错，是致命伤。也就是说，红衣女子早已香消玉殒，此刻立在白素贞身前的，只是一缕幽魂，一个女鬼！也难怪房主冯老七会给许仙那么低的租金，敢情这是座鬼魅出没的凶宅。

鬼着红衣，必属厉鬼！

三、夺命公案

震惊、僵持之中，院门外传来了脚步声。

是许仙回来了。白素贞担心会吓着他，当即压低声音说道：“我不管你是谁，请你马上离开，别惊着我相公。”

孰料，红衣女子紧盯着她，目光阴冷似刀：“哼，我现身于此，就是要吓走你们。”

“有什么话，等我相公离开再说。你走不走？”白素贞手臂一振，搭肩白绫便飞在空中，作势欲击。那红衣女子见状，多少有些忌惮，转瞬便消散无形。这时，许仙也推开院门跨了进来：“娘子，你在跟谁说话呢？该不是青姑娘回来了？”

“青儿没回。”白素贞道，“我在院子里纳凉，几只蚊子惹人厌，我赶蚊子呢。”

遮掩过去，一夜无话。次日，许仙吃过早饭，便又去忙开药铺的事了，白素贞关了门，折身正欲唤那红衣女子出来说话，不想她已立在了枝繁叶茂的石榴树下。只不过此时再看那榴花，却朵朵红艳似血，妖异惑人。

“你到底是什么人?”白素贞问道。

红衣女子没回话，口气冷硬地下了逐客令：“你们必须走。而且，还不准冲冯老七那厮讨要银子。”

“为什么?”白素贞说，“这是我相公租下的，他喜欢这宅子。我是她娘子，自会陪他留在这儿。”

红衣女子冷冷地瞪着白素贞，样子叫人不寒而栗。白素贞千年修行，经多识广，也见惯了魑魅魍魉，自然不会怕了她。对峙之下，红衣女子突然出了手，面目惨白扭曲，手臂乱舞，口中还发出了声声嘶喊。与此同时，那棵石榴树竟也受了她的驱役，枝叶狂舞飞旋，如箭如鞭，一下猛过一下地击向白素贞。白素贞处变不惊，轻舞白绫，不消片刻，便化解掉红衣女子的凌厉攻势，还束缚住了她的双臂。

红衣女子输了，输得彻彻底底，毫无还手之力。白素贞正要责问她到底是何来路，她却双膝一屈，跪了下去，眼泪也如溃堤之流，汹涌而下：“这位姐姐，求求你们走吧。我太想我的孩子了，我只想能见他一面啊!”

悲哭声声，撕心裂肺，白素贞天性善良，直听得心酸万般，眼眶发热。原来，这红衣女子，生前名唤月秀，恰值二八年华，长得眉清目秀，楚楚可人。那年春暖三月，她出游踏青，笑声如银铃儿，被一蒋姓富商盯上。很快，那蒋姓富商就托媒婆登了月秀家的门。月秀有个兄长，早到了婚配年龄，因无力筹措聘礼，一直没成家。父母本就重男轻女，见富商出手阔绰，心下大喜，连合计都没合计便替月秀应下了婚事，并用她的彩礼为儿子定了亲。而另一个事实是，那蒋姓富商已有妻室，称蒋秦氏，是个横蛮霸道、飞扬跋扈的主儿。富商不敢将月秀娶进家门，就赁下冯老七的这座老宅，让月秀住了进去。俗语云：纸里包不住火，世上没有不透风的墙，没几日，原配蒋秦氏就嗅到了腥味儿。

“胆敢背着老娘纳妾养小，金屋藏娇，老娘岂能惯着你们?!”始终未能生育的蒋秦氏私下找到冯老七，砸过一锭银子，让他盯紧男人和月秀的一举一动。有钱能使鬼推磨，冯老七自是乐颠颠做了蒋秦氏的眼线。挨到月秀怀胎十月，一朝分娩，蒋秦氏得了冯老七的信儿，气势汹汹地闯进门，从接生婆手里抢走了刚刚出生的婴儿。月姑强忍疼痛，起身去追，与蒋秦氏厮打成一团。蒋秦氏恼羞成怒，顺手抓过一个榔头，砸上了月秀的前额。月秀脑中昏眩，气血上涌，“噗”，一口鲜血喷上了院中的石榴树。

月秀死了，被冯老七偷偷埋在了石榴树下。他和蒋秦氏顾虑她冤魂不散，挟恨寻仇，就请了一个江湖术士，在老宅里施了法，布了符咒，困住了她。

“冯老七那厮说，他往外租赁宅子，让我吓跑房客，从中赚钱。他担心没人租，才会把价压得很低。他许诺，只要我帮他，他也会帮我，把我的孩子抱来，让我看一眼。”说着说着，月秀止不住涕泪交零，放声大哭。白素贞也落了泪，伸手正要去搀她，余光里，却多出了一个人影。

是相公许仙！

四、得子

晌午时分，房主冯老七探头探脑摸进了老宅。

方才，他瞄见了许仙。许仙当是被吓破了胆，目光呆滞，疯疯癫癫逃出了院。

宅中有女鬼镇守，即便人有仨胆儿，也会被吓爆一对半。再搭眼一瞧，冯老七又看到白素贞坐在游廊处，一动不动。

“哈哈，这下好，一个吓疯，一个吓死，我又能租房卖房了。”冯老七得意笑道。

“我孩子呢？你答应过我，让我看孩子的。”月秀从石榴树影里闪出了身。

“急什么？”冯老七歪笑道，“再帮我吓跑两回，我保证让你见到孩子。咦，你怎么能走到我跟前了？树下埋的符呢？”

“我要见孩子。那是我的孩子。”月秀越逼越近，一字一顿地说道。

“退后，老子不怕鬼，小心让你魂飞魄散。”冯老七手忙脚乱掏出一道黄表符，恫吓月秀。哪料，白素贞动了，白绫疾飞而至，径直卷走了冯老七的黄表符，紧接着一抖，就将他抽了个跟头，直摔得鼻青脸肿，脑中犹似做了全堂水陆的道场，磬儿、钹儿、铙儿一起乱响。

“你、你……没死啊?”

“该死的是你。月秀姑娘的孩子呢?”白素贞又一抖白绫,要打,冯老七登时吓得抖如母猪筛糠,一翻身就给她跪下了:“求你别打啊,孩子没了。不关我的事啊——”

“你说什么?我的孩子没了?不,你骗我,我的孩子不会死!”

然而,不管月秀能不能接受,事实终归是事实。冯老七龇牙咧嘴地说,抢走婴儿没两日,婴儿就染了病,不幸夭折,亦被蒋秦氏请术士做法,封了三魂七魄,以防变为恶婴,胡乱葬在了乱坟岗。冯老七没告诉月秀,意在以此要挟她帮他赚钱。只是万万没想到,这次碰上的房客,却是千年修炼、道行高深的白蛇白素贞。哦,还有心性纯良的许仙。心性纯良,自然不惧鬼神。

原来许仙忘了样东西,回家来取,正巧听见月秀的哭诉。他也恨透了蒋秦氏的狠毒、冯老七的贪婪,白素贞便嘱他装作被吓到的模样,故意从冯老七跟前走,然后去报官。冯老七见了他的样子,一定会上门查看究竟。到那时,让被解了符咒的月秀困住他,等官差来抓。

官差到了。押走冯老七,随后又赶往那蒋姓富商家里,一根绳索捆了害了两条人命的蒋秦氏,将其直接打入死牢。月秀的父母见钱眼开,蒋姓富商为富不仁,均遭惩处。白素贞和许仙心地慈悲,寻了那婴儿的尸骨,与月秀合葬在了一处。按说,这桩令人扼腕痛心的公案,至此就该了结,但是夜,白素贞做了一个梦。梦见石榴花落,结出了一只只红润饱满的果子。许仙摘下一个,掰开,顿见籽粒剔透,晶莹如珠。

“千房同蒂,千子如一。娘子,你吃下它,便有多子之福呢。”许仙道。

白素贞盈盈含笑,吃下了几粒。粒粒甘甜润心,口齿留香。而无意中一抬眼,她恍惚看到空中一道仙影飘然而过。

是送子观音。

“你虽为白蛇,可心怀悲悯,救了那孩子,也该有这母子之缘。”

余音袅袅之中,白素贞醒了。触手摸腹,竟惊喜地发现怀上了身孕:“相公,我该是有了,我们有孩子了——”

张长菊(黑龙江·哈尔滨)

白蛇新传

白云山、青岭山、金山拱卫，白云洞、青丝洞云遮雾绕，长江水奔流不息。这里青山绿水，风景如画，老百姓安居乐业。一天，突然太阳被遮蔽，乌云滚滚，青岭山里的青丝洞飞出一条青蛇，飙到白云山下，对着白云洞里的白蛇叫阵起来。瞬间，青、白二蛇撕缠，刀光剑影，飞沙走石，打得天昏地暗。

“青儿，我们同是仙师门徒，学得武艺，可都好胜心强，触怒天规，幸好玉帝玉母慈爱，发配到凡间继续修炼，我五百年、你三百年刚满，你为什么就忍耐不得？你再看看，你们青蛇，作恶人间，危害百姓。你不怕上天收回你的修炼，也应该哀痛百姓疾苦！”白蛇劝说道。

青蛇本就对天庭给了白蛇一座雄伟的白云山，又给她五百年修行嫉恨不已，再想到自己的青岭山蜿蜒黑绿，所以心里不平，到处作乱，现白蛇说的这一番大话更令它气愤。趁白蛇说话之机，青蛇迅速给了白蛇一剑，嘶吼：“你住的玉洞，我住的石缝，咱们各走各的路！”然后风卷沙石，飞回了她的青丝洞。

蛇妖大战，给百姓带来了无尽的苦头。那青蛇还纵容各路毒蛇作乱，一时间风声鹤唳，病灾不断。三山之间的许家沟，草棚内住着许父、儿子许仙二人。他们种地为生，世代行医，善待乡民，面对这突如其来的瘟疫蛇灾，父子俩采药熬药为乡亲们看病，日夜不停，慢一点就会有人送命。

这天许仙正提着草药，汗流浃背赶往南山一病人家。青蛇正好出来闹事，看见许仙走近吓得哆嗦起来。蛇毒虽然可怕，但在有正气的医家许氏父子面前，便法力消遁。许仙自然愤恨这些危害百姓的蛇虫，但当看到它们闻药逃窜的可怜样子，他就心发慈悲，经过躲在草丛里的青蛇身旁，还把草药提了一提，说：“青蛇呀，你们也是灵性之物，不要吓唬村民了吧。”又伸手摸了摸青蛇身子，说：“你没有病痛，好好生活，做个益蛇，回你的青丝洞去吧！”

许仙正下山坡,看到了路边拖出的长长血迹,环顾四周,晃见了草丛里的一条白蛇。白蛇被青蛇一刀刺中下体,浑身钻心地疼。本来白蛇的法力在青蛇之上,但她没有回击青蛇,而是忍痛退到了角落,拖着伤体艰难地往白云洞爬去。哪知遇到了蛇医家族的掌门人许仙,她知道自己在劫难逃,怎奈浑身疼痛难忍,没法自保,只好侧身躲匿到草丛里听天由命。许仙那草药味阵阵袭来,熏得她头晕目眩,就在即将死亡的时候,她无可奈何地呆望着一步步走近她的许仙。

许仙想了想,将草药和药罐放到远处,空手走到白蛇面前。白蛇颤抖着,蜷缩着,等待着被杀的时刻。许仙伸手摸了摸白蛇,找到了流血的伤口,喃喃自语:“白蛇呀,你不像青蛇那样凶猛,你很温和。其实啊,人和蛇是可以和平共处的一家人。”许仙从胸衣袋里摸出一个小纸包,打开便传来阵阵幽香。他将白粉药敷在白蛇伤口处,又撕下衣角片绑在白蛇伤口上。白蛇本以为许仙要用布片来套她的头,却看到是给她包扎伤体,就放心下来,任他侍弄,她甚至感到了他手上的体温。慢慢地,那药香浸透了身体,力量和美感都充满了全身。“休息一会儿,伤口就不痛了,你是一条益蛇,回去好好过吧!”许仙转身提着药草,下山拯救百姓去了。白蛇感动得浑身颤动,眼睛都湿润了,说:“啊,难道我流泪了?”

随着病困越来越多,灰蒙蒙的雾气层层叠叠起来。青蛇正想骂几句白蛇,可雾气刺激得它直咳嗽,骂不出来。远在白云洞的白蛇经过几天修养,伤口已经痊愈,想找个办法跟青蛇和好,可抬眼望见铺天盖地的雾气,就傻了眼,也被刺激得干咳不止。“这个小青,总是顽性不改,你恨我可以,但不能制造毒气来祸害黎民百姓啊。”眨眼间白蛇就飞到青岭山青丝洞下,叫青蛇出来问话。青蛇一听火冒三丈,抓了武器就冲下山要跟白蛇再次决斗,她确信这次两下就能把白蛇刺死。

正在青、白二蛇互相指责对方放毒气、大义不道时,另一个人躲在阴暗的角落暗自发笑。他就是也被天庭发配至人间镇守金山寺的法海和尚。他把金山寺打点得香火缭绕,信客不断。他要的是凡间人都来金山寺添香信佛,他大发其财,于是趁青、白二蛇互相猜疑攻击的时候,施展邪法,放出毒气,想让二蛇闷死在石洞里,方圆百里的百姓得了病无法医治,就会来寺庙找他施法,他就能独发病财。

“青儿,我今天来,不是找你吵架争输赢论高低的。我们在天庭是王母的守花姐妹,在人间也一样是平民姐妹,无论你使用什么手段,死我也是你姐姐,你青儿也是我妹妹!”白蛇脚踩祥云说道。

青蛇看白蛇一点伤痕都没有,精神饱满,脸色红润,白衣飘飘,简直就是人间的美女。她不由一怔,搞不清楚白蛇有什么魔力,会在几天之内恢复得干干净净。但心中的妒火还是腾地窜了上来,它把在青丝洞口,依然不松口地骂道:“你个白蛇,说一套做一套,为什么暗中发毒气来袭击我!要不是我法力高强,早就被你毒死了!你休要在这里装腔作势!”

白蛇一听,感觉得蹊跷,青蛇所说表明她不仅没有施法放毒,还受到了毒气祸害,从而迁怒于自己。白蛇继续耐心劝说:“青儿,我始终遵行师尊的教导,到了凡间要认真修行,我们好不容易有了五百年、三百年的修行,难道非要通过作乱来被玉帝收回吗?如果我们都没有施法放毒,那这中间就有问题,我们需要查清,防止毒气蔓延。要知道,乡亲们前有你的蛇乱,现又有这雾气祸害,他们老的小的怎么生存?”一席话说得青蛇不吭声了。

“现在方圆几十里老百姓的病痛就靠许仙和许父采药熬药,遍地都是病痛毒气,他俩就是一年三百六十五天不睡觉不吃饭地忙,采药救人也救不过来呀!”白蛇焦急地说道。

青蛇听到这里,想起了几天前许仙经过,明知道她就是蛇乱的罪魁祸首,也没有怪罪,还伸手检查她有没有伤痛,她深深感受到了那种人体的温暖与柔情,所以白蛇这一说,她的心动了一下了,难道白蛇的剑伤是许仙治好的?看来一定是。青蛇口气平静下来,说道:“许仙,你碰到他没有?”

白蛇听到青蛇口气变了,说许仙二字有一种亲切感,马上就心动眼睛潮湿:“不仅碰到了,就是许仙给我在伤口敷药,我当时就好了。你看,人间的人多友好,多慈爱,明知道我们是蛇,祸害过他们,他们也不伤害我们,还为我们疗伤。所以,我们不应该再斗,而是学习许仙,赶快救人!”

青蛇一跃,跳到了山下白蛇面前。白蛇眼泪汪汪地看着她,没有怨气和仇恨。青蛇明白是自己冤枉了白蛇,而且知道白蛇数次流泪,已经修炼到了更高的境界,马上下跪:“姐姐,请饶恕青儿少不更事,我不该把自己的怨气强加到你的身上,请姐姐接受青儿一拜!”白蛇伸手扶起青蛇,心痛地说：“我们触犯了天规，降到人间山洞里修行了几百年。玉帝玉母的用意很明白，只要是生命他们都会爱护，让我们百年千年地修炼悔改，总会给我们生机的。”

青蛇感动地点点头，但是她就是流不出眼泪：“姐姐，想不到我给你一刀，你得到了凡人许仙的灵丹妙药和他的触摸，已经升华到了人的境界，你流出的眼泪就是明证！我今后一定听你的话，不伤生，不动乱，争取早一天炼出人的眼泪。最好你也给我一刀，然后许仙来摸摸我的伤口，我就成人了！”

“你个耍贫嘴的东西！”白蛇见青儿改正错误，满意地笑了。

另一边，许仙正在杨葛庄杨家院子，为一家老小把脉看病。情况非常紧急，必须立刻采药煎药，不然病人生命有危险。但是杨葛庄离集市许记药房十里地，老父亲此时也在离集市三里的徐家沟家里摘选草药，根本没法送来草药和药水。唯一的办法是许仙自己回药房或许家沟取药，但是这来回就是半天。许仙比病人全家还着急，思考着完善的办法。

不一会儿，屋外传来脚步声和说话声：“许娘子到了，快请进！”只见一位身着白裙的美丽女子走进屋子，身后还有一位身穿青色衣裳的小姑娘跟着。两人都提着草药、端着药水，急步过来放到许仙面前。只见白衣女子向许仙微笑，躬身说道：“相公，你一人忙不过来，我和青儿就把药送来了，你赶快为病人施药吧！”许仙惊呆了，搞不清楚来人是谁。青儿伸手捅捅许仙，调皮地说：“相爷，见你忙不过来，姐姐就在家里采药熬药，赶紧送来。你傻乎乎的，还不给病人施药？”

许仙纳闷的是自己平民单身一个，家里哪有什么娘子和丫头，正想说你们是不是走错路认错人了，但病人要紧，也就赶紧为病人施药。说也奇怪，这药一敷上伤口，病人马上就说不痛了；药水一喝下去，躺在床上等死的人，立刻翻身起床，脸色红润、精神起来。许仙的高超医术立刻得到了乡亲的赞许。当病家拿出银两，要付给许仙高额报酬时，许仙连连推让说：“我们许记药房，无论病情轻重，只收两文钱。救死扶伤，是我们行医人的职责，各位老人家请万万收回银两！”许仙的回春医术和济民药房遍传阡陌。白娘子和青儿互视一笑，心中是满满的幸福感。

经过如此这般的共同努力，民间的疑难杂症和急性病发得到了遏制，久违的阳光出现在天空。一行三人放松地回家，他们走过荷花摇曳的西湖断桥时，两位姑娘止步跟许仙告别，白蛇颔首微笑：“相公，我们夫妻今次道别，他日断桥相会吧！”

青儿看见许仙傻呆呆的样子，挤眉弄眼地说：“我姐姐帮了你的忙，你一个留字都不会说！我姐姐要走，你活该！”

许仙对突然出现并无怨无悔帮自己的两位姑娘是心存感念的，但说白衣姑娘是自己娘子，就是天方夜谭了，尽管他心中有一百个这样的想法，但现实上他不敢相信，所以一直发呆，不知话应从哪里说起。他即便想挽留姑娘到店里，也是不可能的，因为集子上就一个药铺，凌乱忙碌，如果到许家沟家里，只有父亲成天忙地头和上山采药，不管哪里都不适合这仙女一样的姑娘住下。所以，要娶白姑娘为娘子，是白日做梦，痴心妄想。

许仙回到集市药房，问父亲这些天采药和药水自己没在家，怎么准备得这样充分。父亲说自己一直在等许仙回来，但就是没有等到，还纳闷没有药怎么救人呢。许仙就把白娘子来回送药的事情说了一遍，父子俩大惑不解。许仙没法想象这究竟是怎么一回事情，基本上是一想到要药，白娘子就会送到，这么远的路程，凡人是做不到的，除非神仙才能办到。想到这里，许仙对白姑娘就充满了思念和感激，时时刻刻都想着见到白姑娘。但是就像做梦一样，从此再无白姑娘和青儿两人的身影。

那天在断桥和许仙分手以后，白蛇和青儿急急回家，是因为已经几天没有回洞，她们感到洞里发生了意外。赶回家里一看，果然四周草艾枯萎，一副破败景象，一打听才知是金山寺法海和尚嫉恨白蛇去帮助许仙治病救人，破坏了他的发财美梦，他便急不可耐地施展邪法，对白云山、青岭山进行了毒气剿灭，导致生灵涂炭。白蛇和青儿怒不可遏，飞到白云山质问毫无人性的法海。谁知这法海财迷心窍，先下手为强，将因思念白娘子跑到断桥的许仙骗到金山寺，施展邪术让许仙看白蛇和青儿的真身。许仙迷迷糊糊中看到了白蛇扭动着身子，当场吓得半死，竟把白姑娘帮助行医救人的事情都忘了。

当白蛇赶到质问他的时候，法海得意忘形地大笑。青儿气得全身发抖，要与法海决斗。白蛇制止了青儿说：“许相公落在他手里，被邪术所害，一旦我们打斗起来，许仙凶多吉少，再说我们是正神，从不惹是生非。”“这个死法海，恶性不改，竟然用这样歹毒的手段来对付我们，祸害许仙相爷!”青儿恨得咬牙切齿。

“你们羞不羞！许仙是人,你们是妖,人妖岂能苟合！你们不仅害了自己,也害了许仙,你们罪该万死!”法海为了自己的财富不受损失,用尽卑劣手段,定要置人于死地。

白蛇看到许仙浑身无力地倒在一旁,心痛不已,眼泪嘀嗒:“许相公,你要挺住啊!”便和青儿一起用法,给寺内的许仙施力,希望他恢复元气。怎奈法海邪法力大,许仙毫无起色。

“人就是人,妖就是妖,你们违反天理,我法海就得铲除！白蛇,今天不是你死,就是许仙死!”法海举着法杖,恶狠狠地说道。白蛇知道,法海的目的是要借机毁掉许仙的药房,再不让他看病救人,可这不就要了许仙的命吗？不行医问药,治病救人,许仙还有活下去的意义吗？再说,人间还有那么多法海造成的患病受毒的百姓,没有得到医治,他们的生命和家庭都会受到威胁。想到这里,白蛇哀哭起来,泪水竟然越哭越多,汇成了河水。

“姐姐,这是上天在帮助我们惩戒人间恶人,我们何不合力水漫金山寺,把法海老贼的金山寺全部淹没,让他永不得超生!”青儿看见涨起来的河水,灵机一动,急切地说。白蛇看到自己的眼泪滴在地上,瞬间变成了河水,正在蔓延,她想到的是河水一旦泛滥,就会淹没良田、冲毁民房,给人间带来第二次灾难,所以赶紧制止青儿这一破坏举动。

可是河水已经形成滔滔势头,正在涌向金山寺,然后开始向集市、田土和民房涌去。“青儿,快用我们的天地神力阻挡河水蔓延！保护百姓要紧!”白蛇着急地喊道,与青儿施法,阻挡河水流向四方。怎奈二位姑娘力量有限,顾了这头,顾不了那头,水势逼人。那法海不但不担心河水会毁坏良田民房,还在那阴阳怪气地欢呼。

白蛇着急了就要哭,一哭河水就涨,只好忍住不再哭泣。她大声喊着:“法海,你我同是仙师门徒,被玉帝玉母发配到这里修行道法。我们修行的目的是纯洁心灵,弘扬慈悲,帮助百姓,可是你为了你自己的香火钱,就不顾天法地义,甚至将造福百姓的郎中许仙变成痴呆人,你违反天意,就不怕你修行了八百年的德行,被天庭收回吗!”白蛇一边阻止河水,一边质问法海。

法海被问得理屈词穷,不敢回话。这时青儿已经拔出亮剑直指法海脑门:“你个死法海好歹不分,我今天就要结果你的狗命!”法海有八百年修行,根本不怕才修行三百年的青儿,所以一挥手就移开了青儿的剑头,青儿竟在空中飞掠一通。

但是白蛇有五百年修行,又得到了许仙真人的爱和情的洗礼,两相合力已经超过法海的八百年修行,所以当白蛇质问他的时候,他神经发颤,浑身乏力。如果白蛇这时向他举剑,他是没有招架之力的。“青儿,不得无理!现在不是对付他的时候,先要阻止河水泛滥成灾,快与我合力,将河水卷回来!”白蛇竭尽全力喊道。法海看到了河水汹涌,看到了白蛇力挽狂澜的孤注一掷,他感动了,内心也在自责,他太自私和狭隘了。修行人为什么要去考虑钱财等身外之物,便发出自己的法力,跟青、白二蛇合力退潮。

这时,倒在一旁的许仙被河水呛了一口,马上感到是白蛇的泪水。等他明明白白地醒来,看到白蛇正奋力倒回河水的奋力顽强,也站起身跑过来帮忙。这样,四方合力,河水终于退回直至消失。

法海抹着眼睛,知错地回到寺内,明白害人就是害己,只有真心帮助别人才是正道。许仙在得到白蛇眼泪的时候,已经恢复了神智和体力,不顾一切地跑向白蛇:“娘子啊,你舍己救苍生,我辜负了你!”白蛇此时已筋疲力尽,但听到了许仙的呐喊,也恢复了体力,人的亲情唤醒了她的灵魂,应声喊道:“许相公,我在这里!”

青儿或许累了,或许要别扭一下,就坐在旁边笑道:“看你们怎么闹腾,我懒得管你们了!”

从此正气回到人间,阳光普照,秀绿成林,百花齐放。白蛇和青儿跟着许仙来到了“许记药房”,扩建了门面,将许父接到街上养老。白蛇娘子用她的诚心研制了特效药粉,造福乡里,乡亲们亲切地称作“许记白药”。他们一家人勤劳善良,将野草制成灵丹妙药,将慈悲化作力量,亲人般帮助着这里的人们。

许记白药,一直在后世流传。

王明亮(四川 · 自贡)

灵坦斗法胜白蛇

民国《金山志》记载：“灵坦为金山开山第一代沙门，相传姓武，系武则天后侄孙。震旦六祖大鉴禅师法嗣四十三人，一荷泽神会禅师的嗣法之师。神会主洛阳荷泽寺，灵坦往受法，未几(年，神)会敕移弋阳，坦遂向去庐州浮槎寺览《大藏经》。”可见灵坦是正宗的禅宗传人。

相传，灵坦禅师早年出家庐山，方丈通过几次交谈，认为这个小僧有悟性，于是给他看很多佛经。由于长年积累，灵坦对禅理有了悟性，据说能掐会算，无不灵验，在附近小有名气。有一天，他做了一个梦，说自己顺着长江而下，到了一个山清水秀、与世隔绝的地方，于是在此建刹。突然一声雷响，将他惊醒。

第二天，他向方丈讲述了梦，便问：“人说日有所思，夜有所梦，我白日没有此思，怎有此梦呢?”方丈笑着一语不发。因寺在山上吃水要僧挑，这一段时间，寺里安排灵坦天天挑水。有一天，灵坦挑水时不慎跌倒，疼得一时爬不起来，就坐在地上想：“我天天挑水给这么多僧用，而你们吃我一人挑的水，就不怕闹肚子?”说来也怪，这天所有僧都闹肚子。于是方丈把灵坦叫去问：“你今天挑水，心里嘀咕了什么?”灵坦说：“我没有嘀咕什么呀。”方丈说：“你仔细想想，肯定嘀咕了什么。”灵坦想了想说：“我跌倒了，嘀咕了几句气话。”方丈说：“现在老僧的寺里已容不下你，请你另择其他寺院吧!”灵坦说：“师父，我嘀咕几句，难道就赶我不成?”方丈笑着说：“你误解了，因为你已有了很深的道行，在此也就没有必要了。”灵坦问：“我去哪里?”方丈说：“顺长江而下，找一地方弘扬佛法吧。”灵坦又问：“长江那么长，我停在哪里?”方丈说：“到时你就知道了。”于是灵坦告别师父，按师父所指乘船顺江水而下……

灵坦乘船顺江水而下，想找一处山清水秀、与世隔绝的地方建刹。船至镇江一带江面时，他看到碧波中的金山，不禁心中大喜：这不正是我梦中的地方吗？便停船上山，只见眼前寺院，残垣断壁，杂草丛生，荒凉无人，一片凄凉。一问才知，原来此山被一白蛇精盘踞，因白蛇精时常残害生灵，故无人敢来。灵坦禅师心想：这白妖蛇能有如此道行，贫僧就不信奈何不了它。于是他在洞里住下，每天坐在洞里打禅念咒，白蛇精知这是一位高僧，不敢轻举妄动，躲在洞里就是不出来。灵坦禅师天天念咒，迫使白蛇精出来，就在白蛇精出来时，一股旋风，昏天黑地，白蛇精还没有盘定，灵坦禅师闭着眼就说："原来是一条六根未除的白色妖蟒在此逞能。"待白妖蛇盘定在灵坦禅师眼前时，灵坦禅师睁开眼对白妖蛇说："听说你已成仙，我想看看你的道行。"妖蛇说："好啊，你说怎样？"灵坦禅师说："你能现多大身？"只见白妖蛇口吐白色妖气，待妖气散去，眼前是一座大山。灵坦禅师说："确实很大，但你能否小得进入我的钵中？"只见眼前尘土飞扬，待尘土散去，灵坦禅师睁开眼，妖蛇得意地说："不用找了，我已在钵中。"灵坦禅师说："现在你能出来吗？"妖蛇施展百计也没能出来，这时妖蛇才知道自己输了，倒也服输。于是灵坦禅师向妖蛇说法，妖蛇受到感化，要灵坦禅师降罪，灵坦禅师念其已被感化，就给了它一条生路，也不降罪。灵坦禅师说："你出来后，到山下的洞里待着。"此洞就是今天金山寺后山的"白龙洞"。白蛇点头同意。灵坦禅师接着说："你在这世间做了很多坏事，转世定要做好事。"白蛇说："一定！一定！"白蛇出来后就在山下的洞里，安分守己，再也没有伤人。之后它作为白蛇转世投胎，这就是《白蛇传》里的白素贞。后人常说："如果不是灵坦禅师降服妖蛇，它转世投胎不知成一个什么东西呢。"

张守彪（江苏·镇江）

寻找“白娘子”

上午，许仙刚进办公室，同事兼好友文德便凑了过来，打开手机中的一张照片，神秘地说道：“老弟，哥哥为你物色了一个美女，朋友的表妹，漂亮得没的说，要不，抽个时间相次亲?”许仙礼貌性地瞅了一眼，说：“我心里有人了，你又不是不知道，不要再操闲心了。”文德故作生气地劝道：“我说许仙，别以为你叫许仙，就真能找到‘白娘子’，这么多年，你的‘白娘子’在哪里？别白费功夫了。《白蛇传》里的爱情只是传说，你现实一点好不好？三十出头的人了，连个女朋友都没有，不知道的人还以为你有病呢!”许仙苦笑了一声说：“我总不能跟不喜欢的人在一起吧？真爱是不太容易找到，如果有缘，我相信总会有相见的那一天。”

“既然你认定了‘白娘子’，又苦寻多年不见踪迹，何不利用网络，发个寻人启事？既高效又方便，说不定她会自动送上门来。”文德见许仙毫不动摇，献策说。许仙摇摇头：“此事一旦公布于众，好事之人就会炒得沸沸扬扬，即使找到‘白娘子’，一举一动都会有人监视，到时肯定会不胜其烦。”

虽然许仙跟文德关系很好，可他并没把心底的秘密告诉他。自雷峰塔倒掉之后，苦苦等候了千年的许仙便投胎为人，盼望着跟白娘子在人间重续情缘，共度恩爱一生。可天不遂人愿，前两世中，尽管他竭尽全力，也没能寻到白娘子的踪影。如果第三世再找不到白娘子，他与白娘子的所有记忆都将不复存在，共续前缘的梦想就会烟消云散。

傍晚下班后，许仙独自去了西湖断桥边，现在的他一有空闲，便会来此走一走，以期望他的白娘子能尽快出现，如今他除了拥有前世记忆外，就是一普通凡人，什么特殊的本领也没有。他不知道白娘子在哪里，也不知她何时会出现，不过，只要白娘子投胎为人，就一定会来西湖断桥边，这一点，他是深信不疑的。

断桥边上，游客熙熙攘攘，许仙放眼搜寻，依然没有白娘子的身影。

难道是白娘子伤透了心,不肯投胎与他相见?想到自己当年的所作所为,许仙悔恨不已,虽说有法海从中作梗,可如果自己对爱情忠贞不移,白娘子也不会水漫金山,闯下大祸,导致被压在雷峰塔下的悲剧。一想到她为自己遭受的痛苦,许仙今生今世找到白娘子的决心就更加坚定了。

一阵凉风之后,天空阴云密布,眼看一场大雨就要来到,游客们匆匆散去,湖里的景色一览无余。许仙在断桥上徘徊,脑海中不时闪现当年与白娘子相识相爱的一幕幕,天空中飘落的雨滴落在身上,他浑然不觉。

雨渐渐大起来,等许仙有所察觉,衣服都快淋湿了,正在他惆怅准备转身回去的时候,一把雨伞挡在了他头上,就像当年他用雨伞为白娘子遮风挡雨一样。许仙回头一看,不由得呆住了,眼前之人不就是自己苦苦寻找了三生三世的白娘子吗?他狂喜不已,一把抓住那双撑伞的玉手,喃喃自语道:“白娘子,真的是你吗?你让我找得好辛苦啊!”说话间,两行热泪顺颊而下。

撑伞的女子没有言语,只是直愣愣地看着许仙。婀娜多姿的身段,白里透红的面庞,特别是那双含情脉脉的眼睛,不就是许仙魂牵梦绕千年的白娘子吗?难道她失去了当年的记忆,认不出自己了?“娘子,我是许仙啊!投胎为人与你共续前缘。你真的不认识我了吗?”许仙急不可耐又情真意切地说道。

那女子轻轻推开许仙的手,款款地应道:“许仙,我知道,电视剧《新白娘子传奇》我看过,他与白娘子的爱情故事令人动容。我帮你挡雨,是看你被雨淋得可怜。不过,看在你对《白蛇传》故事如此痴迷的份上,咱们就交个朋友吧。”说完,她自报了微信号。

看相貌,眼前的女子无疑就是他日思夜想的白娘子,既然认不出自己,那就帮她恢复记忆,重续千年情缘,许仙暗暗下定决心。遥想当年,白娘子为救他性命,冒着性命危险去昆仑山盗仙草,现在该是他为她付出的时候了。

女子网名叫“白娘子”,这让许仙更加相信自己的判断。互加微信后,两人同撑一把雨伞,共同欣赏这烟雨朦胧的湖光山色。为了触动白娘子的回忆,许仙一边走一边讲述着当年相亲相爱的故事,女子静静地听着,不时陷入沉思。

听着听着，女子一把抓住许仙的手，双目含情地盯着他，一字一顿地问道：“你真的是许仙？心中还依然深爱着白娘子？”他的白娘子终于恢复了记忆，许仙心里乐开了花，拼命地点着头。女子见许仙诚心诚意，也是热泪盈眶，她喃喃道：“如果有一天白娘子变了样，老了、丑了，你还会爱她吗？”“那是当然！当年她为我付出了那么多，无论她变成什么样，我都会深深爱着她！”许仙语气坚定地应道。

“如果你想再续前缘，三天之后，雷峰塔前见！”说完，女子飘然而去，许仙欲送她，她摆手拒绝了。

三生的愿望终于实现了，许仙欣喜若狂，高兴之余，他把这个消息告诉了所有关心他的亲戚和朋友。对他来说，这三天的时间真的很漫长，许仙有种度日如年的感觉。晚上没事，他给白娘子发微信，可对方始终没有回音，这让他隐隐有些不安，共续前缘，为何还要等到三天之后？

三日后的傍晚，游客们陆续散去时，许仙如约而至，来到新建的雷峰塔前。白娘子已经到了，今日她头戴着一顶白色的遮阳帽，正对着雷峰塔出神，婀娜的身姿在夕阳的余晖下显得楚楚动人。许仙强压住心中的激动，匆匆走过去，轻声说道：“娘子！你还好吗？”白娘子听到喊声，浑身忽然战栗起来，却迟迟不肯转身。许仙百感交集，忍不住一声说道：“我是许仙啊！咱们历经千年磨难，终于可以重逢了！你转过身来好好看看我，从今之后，咱们永不分离！”

女子在许仙的鼓励下，缓缓转过身来，当许仙看清她的面目后，不由得大吃一惊，面前的女子虽然形体上跟他的白娘子并无二致，可是满头白发，面容枯槁，皱纹密布，且双目失明，犹如六七十岁的老妪。“许仙！我的夫君，真的是你吗？你让我等得好苦啊！”那女子颤抖着双手去抚摸许仙。

许仙被眼前白娘子的模样惊呆了，像木偶一样傻愣愣地站着，那女子见他没反应，忽然掩面疾奔而去，一个身影从隐蔽之处追了过去，急声喊道：“姐姐！姐姐！别乱跑，等等我！”看身影，许仙知道她就是三天前在断桥边与他相会的女子。

相会草草收场，许仙刚回到住处，文德就来找他，问他约会的情况。许仙如实相告，文德听后，不容置疑地说道：“骗局！肯定是骗局！漂亮妹妹引你上钩，骗你许下诺言，然后丑陋残疾的姐姐李代桃僵！别再找什么‘白娘子’了,还是考虑考虑我给你介绍的对象吧。”

许仙并没听从文德的建议,而是把这件事细细梳理一番,最后他断定,老妪般的女子就是他要找的白娘子,至于为什么会变成这番模样,其中肯定有原因。眼下他面临一个重大抉择,如果选择“白娘子”,估计亲人朋友没有人不反对;如果放弃她,不仅千年的等候白白浪费,而且自己良心难安。是男人就应该负得起责任,如今他再也不是当年那个懦弱没有主见的书生。

下定决心后,许仙马上微信断桥相遇的女子,女子很快有了回音,她说她叫小雅,跟他相会的瞎眼女子是她的双胞胎姐姐。姐姐从生下来就一头白发,满脸皱纹,并常常患有眼疾。虽然她心中叨念着许仙,可因为面貌丑陋,一直不愿去断桥寻人。成年后经常一个人偷偷流泪,眼睛也就哭瞎了。后来经不住妹妹的软磨硬泡,终于吐露了自己前世是白娘子的身份,因千年来在雷峰塔下愁肠百结,终日以泪洗面,她投胎为人就一直一头白发、有眼疾,皱纹满脸。前两世没去断桥也是这个原因。妹妹心中不平,因此代替姐姐寻找许仙。相会时许仙的举动伤了白娘子的心,她不愿再见许仙。

许仙坦诚相告自己的心思,并苦苦哀求小雅,期望能与白娘子再见一面,他一定用诚心打动白娘子,让她回心转意。小雅被他的真情感动,她通过微信让白娘子与许仙视频通话。虽然隔着时空,许仙却能感觉到白娘子的气息,他真情流露,情真意切地讲述着自白娘子被压雷峰塔之后,自己扫塔守塔坚守千年的往事,还道出为了让白娘子早日出塔,他为周围百姓看病开药方用雷峰塔方砖做药引,借助百姓之手,导致雷峰塔倒掉的秘密。白娘子听到最后,终于答应与许仙共续前缘的请求。

牵手白娘子,现在算过了一关,亲人朋友那一关如何才能过呢?朋友还好说一些,如果父母反对,那该怎么办?许仙左思右想,终于想到了一个好办法。

第二天,许仙就宣布了与“白娘子”牵手的消息,还把她的照片拿给大家看。朋友和同事纷纷摇头,文德更是激烈反对:“你一个年纪轻轻的帅哥,牵手一个又丑又瞎的‘老妇人’,这不是疯了吗?如果你父母知道这事,那还不得气死!”许仙只是微笑,并没有解释。

两天后,父母从乡下怒气冲冲地赶来,许仙知道肯定是文德通知了他们。面对父母的斥责，他说出了自己的想法，费了很大工夫，终于让二老点了头。

许仙与白娘子的订婚仪式如期举行，年轻小伙牵手半百老妪，成了大街小巷的特大新闻，各路媒体蜂拥至订婚仪式现场。一时间，许仙成了名气最响的网络红人，虽说毁誉参半，可找他做广告的商家排成了队。

广告费到手后，许仙用这些钱为白娘子治病。一年之后，她头发黑了，眼睛也移植了角膜，恢复了正常，美容之后，脸上的皱纹也没了，一个光彩照人的白娘子出现在大家面前。朋友们都夸许仙有办法，父母更是乐得合不拢嘴。

后来，许仙知道了文德就是当年破坏他幸福婚姻的法海，可他从来没有点破。

李锦（安徽·宿州）

儿中状元母出塔——双喜临门

新科状元许士林，晋升翰林院修撰后的第一天早朝，便奏请皇上，批准其去探望在金山寺出家的父亲许仙，并祭祀压在雷峰塔下十八年的母亲白素贞。许士林到任后，立即将父母如何相识、相爱及蒙冤的经过，还有许士林自己被托居李公甫家中抚养、读书、许婚等有关情由，写成一份奏章。次日五更入朝，再等天子登殿，百官山呼万岁已毕，许士林立即俯伏金阙，口称："微臣新科状元许士林，有本奏闻。"

天子问道："卿家有何事，何不速速奏来？"

许士林将本章呈上龙案，天子从头至尾，细细一看，只见奏章上写道：

> 新科状元、翰林院修撰臣，许士林奏为敬陈臣父母遭难始末，仰祈圣恩俯允恳请封诰事：臣闻，君亲一体，臣子原无二致；家国并重，忠孝同此寸心。臣父许仙，幼失天怙，特依姊家而成立。臣母白氏，修道于青城山，托清风洞以栖身，云游中原，聊作求凰之情。爰过西湖，遂成无媒之合。结亲三载，负冤两地。臣生弥月，母遭塔下之殃，因悼沧亡，反作方外之客。臣姑许姣容，悯臣孤弱，躬亲抚养。既减损而课读，复许表妹李碧莲为婚。臣蒙至恩，待罪翰林。父母未蒙诰封，子职既亏，臣道有缺。仰恳天恩，乞赐敕命，荣耀先人，俯准告假回乡，探亲祭母，稍尽子职，无忝臣道，谨奏。

天子看罢，龙颜大悦，说道："原来卿家父母有此一段委曲。朕心喜悦，今封卿父为中极殿大学士，卿母为节义天仙夫人。卿姑夫李公甫，教诲有功，封为忠义郎，许姣容抚养有功，封为淑贤夫人。均赐诰敕。敕准卿给假一年，卿回乡祭亲、娶妻完婚后，再归朝供职。钦此。"

状元许士林谢恩出朝，匆忙回到翰林院来，告别了众同年，收拾起身。不过许士林并没有直接回家，而是决定先到镇江金山寺去见自己的父亲。

从杭州到镇江，一路好不热闹。凡是许士林经过的州县，文武官员尽皆出城迎送。到达镇江地界之后，许士林遂令将车马安顿于驿站，自己扮作一位秀才模样，仅带了一个跟随差役，一路往金山寺而来。

到得金山寺中，许士林无心观赏胜景，便直接进入了大殿，先是焚香礼拜，遂入后殿，有一中年和尚出来迎接，他们一同来到方丈内，分宾主落座后，小沙弥献茶入内。许士林问那中年和尚道：“师父可是法海禅师？”

中年和尚答道：“法海乃是家师，现在外出云游未回。”

许士林又问道：“师父法号什么，俗家尊姓，为甚出家？乞道其详。”

“贫僧贱号道宗，俗家姓许名仙字汉文，杭州钱塘人氏。”中年和尚说着，遂将自己的身世并前后缘由细细说了一遍后，抹干眼泪道：“由此，贫僧看破世情，离了红尘，削发于金山寺中，拜法海和尚为师；在寺内修行，如今十有八年。儿子寄托姐姐、姐夫家中，也未知长成与否，更不知是否学有所成。”

许士林慌忙跪下，眼泪纷纷，说道：“爹爹，不肖便是许士林。”

许仙一听，愕然站起身来，将许士林扶起笑道：“居士，你认错人了。”

“不错。”许士林说着，就将自己在学堂读书，被众学友背地里笑骂，回家后见过姑妈，说明情由，自己开始奋发读书，连科连发，入京会试，蒙皇上圣恩取中状元，现在又蒙皇帝圣恩，钦赐父母诰敕皇封，万岁御批给假一年回家，祭祖、省亲、娶妻完婚后再回京复职的一段情由，详细禀明。

许仙问道：“从京城到钱塘近在咫尺，你为何舍近求远地跑到镇江来了呢？”

许士林说：“姑妈对孩儿说，父亲大人曾经说过：除非士林能认真读书，考中了头名状元，否则不见也罢。”

中年和尚反问道：“你知道这话是什么意思么？”

“听姑妈说，是因为雷峰塔只有当今万岁有权拆除，只有拆除了雷峰塔，士林的母亲才能出来。父亲大人说，如果母亲大人不出来，见了父亲大人也是无益。”

许仙听到这里，连连点头表示认可。

许士林说：“因此，孩儿特意绕道镇江，到金山寺寻访父亲，一同回钱塘,稍申孝养。并设法一同救母亲出雷峰塔。”

许仙忍不住叫道:“儿呵,如此说来,果真是我的儿子。且喜上天垂怜,吾儿金榜成名。只是你母遭塔压身,一念及此,吾梦魂难安啊!”

许士林说:“孩儿现在已经求取皇帝敕封,回来祭塔,封赠母亲。望父亲同孩儿一起下山。”许仙听到这里,觉得有些不大对,因为他听得非常清楚,许士林讨回的皇上敕封,是“回来祭塔,封赠父母”,而不是“回来拆塔,放还母亲”。尽管许仙心里有些大失所望,却又不愿扫了儿子的兴。所以他没有质问儿子讨回的皇上敕封,为什么不是“回来拆塔,放还母亲”。

只是态度平和地对许士林说道:“儿呵,你父早已出家,本不肯再蹈红尘。念你孝思苦恳,姑且同你一起回去,等祭完了你的母亲,为父再回金山寺来便罢。”

许士林听说父亲愿意同自己一起回去,不由得大喜。这时,金山寺内众僧人听说许士林是新科状元,道宗便是许状元的父亲,一个个惊得目瞪口呆,大家慌忙披上袈裟,戴了僧帽,一起来到方丈室内跪下说道:“小僧们不知状元爷驾临荒山,有失迎接,死罪死罪。”

许士林逐一将他们扶起说道:“众位师父何须如此。家父在此,蒙众位师父不弃,获居宝山,学生正感激不尽呢。”

许仙也道:“你们如此下礼,我心何安?”

众僧大喜,无不称赞状元老爷大人大量。许士林当即令长随差役,取了白银二十两,送与众僧为香银之费。

众僧忙谢道:“小僧们怎敢受状元老爷的恩赐。”

许士林遂请父亲许仙起身,同出金山寺,众僧送他二人出了山门。许仙迈出山门后,突然自言自语道:“看来,我家娘子想要重获自由,只能指望她小青妹妹了哎!”

许士林一听,立即追问道:“啊,对了!父亲大人,孩儿正想问一下,我那小青姨妈现在什么地方,我们能不能把她也请到杭州来,一起到雷峰塔前去祭拜孩儿的母亲呢?”

“士林,你怎么也记你小青姨妈呢?”许仙说:“你那小青姨妈,虽然生就的一个火爆脾气,却是个地地道道的好人呐。有她在,你母亲就有重新获得自由的希望啊。”

法海和尚抓走白娘子那天，许仙亲耳听到小青说了一句“姐姐，你好好保护自己，若干年后，我一定来为你报仇！”便化着一阵清风飞出了窗口，不知去向了。尽管许仙至今不知道小青飞到什么地方去了，他却相信小青许下的诺言是一定会兑现的。

其实，小青从许家飞走之后，首先想到的便是到白娘子曾经修炼过的地方，四川青城山的清风洞去。但是，考虑到法海和尚已经知道自己一定会回来为白娘子报仇，担心法海会到青城山清风洞去找她。如果让法海找到了自己，势必会影响兑现自己的诺言。因此，小青决定换一个地方。

到哪里去呢？当然不能去热闹的地方，就是名山大川，也都是神仙们常去的所在。小青因担心神仙们会把白娘子下嫁凡夫俗子的消息传到天庭去，对白娘子不利，因此决定不去。于是，小青打算到东方去找一个没有人烟的海岛独自修炼。那里既没有神仙管辖，也没有什么外道干扰，可以埋头练习本领，不为声色引诱。

小青一直朝东海岸边飞去。只见波涛滚滚，一望无边。有成群的海鸟，白色的羽毛被太阳照着，像海上踏翻了雪堆似的。后来终于找到一个无人岛，那上面树木丛集，一年四季都是绿色且有五色鲜花，迎风招展。离这座海岛不到两里的地方，又挺出三个尖山，仔细一看却是一座大山的三个山峰，大约有百十丈高。小青决定在这里埋头隐居。可以将面前那座隔了水面的三峰之山，当作雷峰塔的塔尖。她要一直练到削平那座山的三峰为止。

小青在那海岛上住了一两年，发现那里的海鸟特别多，每天都是成群结队地飞来飞去，每一群少则成百，多则上千地聚在那里飞腾上下，看上去和平常并没有分别。她每天都拿着两把宝剑，站在岛边的海岸上，说声：“削！”就把宝剑飞了出去。目瞪着对面那座三峰之山，隔一二里之遥，观看那山的动静。两年过去了，任她把剑飞出去，再把剑收回来，那山丝毫也没有动摇过。

小青在那海岛上住了七八年，还是每天站在海岸边上，不断地练，那些海鸟还是像往常一样，照样飞腾。不过，这时的小青若是再将剑飞了出去，又收回来，那山的倒影，已经削去好几寸了。小青看了，心中委实欢喜。

小青在那海岛又住了六七年，那些海鸟还是和过去一样飞腾，对面的那座三峰山，挺立于水面，仍然像个笔架一样。这时小青再对着那山，将两柄宝剑横削过去，口里大叫一声："着！"这剑到了对面的山巅，如鸟一样，绕了一周，只听得哗啦啦一声响，那山顶已经削去了一角。那一角约有一丈高，两个桌面那样粗，在一响之后，细小石块从四周飞起。那群海鸟，立即不能照平常一样飞腾了，只能四下乱飞。这不是踏翻雪堆，而是雪花成球状乱飞了。

小青看了这番情景，觉得雷峰塔虽然是雷火封的，但是自己也已经练成了真本事，可以碰上一碰了。不过为了慎重起见，小青决定还是要等上几年，必须要炼到剑一出了鞘，那塔就会倒下方可。小青自己缓缓地定出主意，又缓缓地揣摸，对的，还是再练习几年为是。

于是，又过了若干年，她念上一道咒语，把宝剑一挥，心里喝一声"着！"宝剑飞来，等剑收回，那座小山峰立即被削得踪影全无了。小青看着，心下十分欢喜。心想：虽然雷峰塔为雷火所封，我小青有这样大的威力，守塔的各位神仙恐怕也只有害怕的份儿了。小青就驾了一阵清风，回到了扬子江口，她站在江岸上呼噜噜一声，江中立即现出两个人来，一个叫庞实成，一个是乌本善，他们拱手道："小青姑娘久违了。"

小青点头说道："现在我想去捣毁雷峰塔，救出我家姐姐白素贞，因担心自己势单力薄，特意来邀请诸位水族兄弟姊妹，替我助上一阵。但不知你们能去多少人？"

庞实成两手一拍道："我们久有此意，只因道行太浅，不敢妄动。小青姑娘若能领头，我敢说当年水漫金山时的众位兄弟姊妹，都愿意去。"

小青笑道："我小青已经和以前大不同了。你们看，前面无山，我要让它有山。"说着，小青将手一招，立刻飞来一座小山，往水中一顿，就把大江从中间分汊开来。庞实成、乌本善看后大喜。

乌本善说："小青姑娘有这等本领，我们越发不怕法海和尚了。请姑娘在岸上等一等，我们立刻分途去邀请水族。"

两人分途而去后小青等了半日，各位水族都来了，约有万人，齐出水面与小青见礼。小青回礼后，对众人说："法海和尚卖弄神权，把白娘子压于雷峰塔下。还派了许多天兵天将看守此塔。其实白娘子一点罪过也没有，关起来毫无道理，我想捣毁此塔，把我姐姐救出来，诸位愿意同我去吗?”

众水族答道:“愿去,愿去,不放白娘子出来,决不罢休。”

小青把两支宝剑做了一个十字架,向众水族深深点头道:“谢谢诸位,现在我们就向杭州去吧。”众水族随着小青嘴里吆喝的风浪,驾着云头一阵巨风似的,向杭州城外而去。

这个日子,又在清明节前后,杭州人和外地来的游人,都陶醉在西湖的美景里。西湖的水,原来是碧清的,远近的山峰完全倒映其中,格外好看。忽然一阵雨来,打在树叶上,“沙沙”的响声又变成“的扑的扑”的声音。雨越下越大,很像许仙当初会白素贞与小青时一样。雨一根密似一根,湖上风景立刻变了模样:三潭印月、阮公墩,这会儿又一起模糊起来。

这阵风势就是小青吆喊来的。她行在风雨头上,手拿两支宝剑,来至雷峰塔边。大声喝道:“雷峰塔现在是哪个守着?快些打开,放我姐姐白素贞出来。”

话音未落,天空里电光一闪,一个金甲神从空而下,手里拿了一支金刚灵杵,站在小青面前。大声说道:“我是韦陀,今天是我值日看守此塔。什么人在此大呼小叫?”

小青冷笑道:“你不认得我吗?我可认得你呀!当年在许仙家被你追赶,你忘记了吗?以前你赶我跑,那是法海和尚的法旨,我也不怪你。现在,你可以做主了。快些开塔,放出白素贞来,就算没事。如其不然,休怪我无礼了。”

说话时,小青将两支宝剑在手上掂了一掂。韦陀看那云彩里面人头滚滚而来,说不清是多少人。便说道:“我晓得你们人多势众,这大风大雨,不也是你们造成的吗?但是我奉旨看守此塔,没有法海的法旨,是不能开塔的。”

小青说:“还谈什么法旨?我姐姐一点儿罪过没有,却被关在塔里,不许出来,天条就是这样的吗?你们开塔不开塔,就只要说一句话!”

韦陀看看他们数以万计,再看看自己,伽蓝以下,约莫是百十来个人,万难抵挡得住。便说道:“开塔也可以,但等我禀报一声再来,你看如何?”

小青拿起宝剑,迎风一晃,只见两道青光迎面而起,小青说道:“你想再引进天兵,前来助你,是也不是?那我就不和你客气了。”说着,“呼噜噜”一吹。

只见西南角上云彩飘飘,来了上万腾云驾雾之人。这头一批是些能耐最大的,第二批是能耐低些的,其余便是呼风唤雨之徒,凭着西南风力,向着雷峰塔滚滚而来。韦陀看看自己阵上,虽说武力不弱,但是众寡悬殊,差得太远了,恐怕难以抵御。自己犹疑了一阵,也就没有作答。

小青一看情形,知道他在犹疑,便大声追问道:“怎么样?”

韦陀默默地将金刚灵杵一招,其手下百十来个人,都向韦陀蜂拥而来。

小青提了宝剑,随风一招,向韦陀砍去。两道青光犹如两座小山,直接逼向韦陀。这时第一批水族也随势而来。韦陀一面招架,一面想着:关了白素贞这么多年,还关着做什么?他们水族来了这么多人,可见他们义气为重,算了吧。韦陀心里这样想着,就挥动金刚灵杵,大声说道:“小青,你的道行大长了啊,祝你好运,我走了。”说着,有意露出一个破绽,在正南角便裂出了空隙。韦陀一记金刚灵杵劈开两剑,转身便走。

天空中的水族这时已经围住天兵也交上了手。韦陀说道:“走了吧,他们的人数太多,你们不必恋战。”

伽蓝一听这话,立即带了天兵,退下阵去。这时,那些水族哪肯放过,全都紧紧跟随。韦陀又喊道:“去吧,向菩萨复命去。”于是天兵天将忽然全都不见了。

小青飞至半空,看了看四周,便向大家招了招手,高声喊道:“那带兵的先逃了,大概是不会再来了,大家就请不必再追了吧。”

大家一听这话,立即高扬着兵器喊道:“我们胜利了,我们胜了!”

水族兄弟姊妹也都先后由半空中回到地上,将雷峰塔团团围住。小青四周巡视一番后发现怪石树木依旧云连雾湿,非常干净。天还是下着小雨,慢慢地快要天黑了。只有山上的宫殿草木微微露些青影,游湖的人也都陆续回去了。

小青见游人差不多散尽了,便道:“这塔是风雨雷电之下就封闭起来的。现在我大吼一声‘开’,马上就会开裂倒毁。但是白姐姐在塔下关得太久了,大声震动,恐怕她受不了。”

众水族众人说道:“既是这样,要不,我们动手拆了它吧?”

小青点了点头。于是百余人腾空来到塔顶,拆瓦的拆瓦,搬砖的搬砖。谁知忙乎了好一会儿,那些砖瓦竟纹丝不动。众人弄得面红耳赤,彼此望着。小青见此情景,便望着众水族道:“你们不必动手了,让我来吧。可是姐姐就关在塔下,我总有些……”

小青退后几步,远远地举起双剑,口中念念有词地正要作法,突然雷峰塔旁净慈寺的大门“吱呀”一声打开了,一个小和尚从里面出来喝问道:“是什么人在外面吵吵嚷嚷的,你们不知道法海禅师正睡觉么?”

小青一听这话大吃一惊:“难道,那法海和尚知道我们要来,所以已经提前守候在寺内?看来,这一场恶战终究难以避免啊。”于是小青对小和尚说:“快去告诉你那大乌龟变成的狗屁和尚,就说他的姑奶奶找他复仇来了!”

小和尚一听,慌忙进去向法海禀报道:“师父,外面来了一个身穿青衣,背插双剑的女子,口口声声叫师父出去答话。”

法海凝神一算,知道来者定是小青,便立即披上大红袈裟,拿起禅杖,来到寺外,用禅杖指着小青道:“妖蛇,莫非你也活得不耐烦了,要让老僧把你也镇在塔下么?”

小青高声叫道:“老贼乌龟,休要口吐狂言,我是为姐姐报仇雪恨来的,还不快拿命来!”说着“嗖”地抽出青锋剑,直向法海的头颈劈去;法海急忙举起青龙禅杖相迎,两人就在南屏山下净慈寺前大战起来。

小青和法海一连战了三天三夜,只杀得天昏地暗,也未见胜负。宝剑与禅杖之间的碰击之声直震得地动山摇,那青龙禅杖本是如来佛的护身法器,因此,如来佛对于青龙禅杖的碰击之声非常敏感。那声音一直飘到了西天,直接钻进了如来佛的耳朵里。

如来佛睁眼看了看,发觉自己的三样法器和一直在旁听经的老乌龟都不见了,便知道是怎么回事了。如来心里很是气愤,于是就踏着莲花,驾起祥云循声而去。如来佛飞到杭州上空,见法海和尚与小青正打得热闹。法海暗地里思量:经过十八年的修炼,小青的剑术果然今非昔比,简直达到了出神入化的境界,看来我仅凭这禅杖是很难取胜的,可是那个从如来佛那儿偷来的金钵盂,早就压在雷峰塔下面了,还有什么好办法能够降伏这个青蛇呢?想到这里,法海的心中未免有些慌张。

小青既要复仇,又想救姐姐,因此,越战越勇。法海和尚刚刚避过小青的青锋宝剑,连忙用青龙禅杖向小青头上砸去。如来佛当即用手轻轻一招，那青龙禅杖马上就脱开了法海之手，向天上飞去。

法海和尚失去了青龙禅杖，心里更慌乱，急忙脱下身上的袈裟，想把小青给裹住；哪知袈裟刚刚脱下来，如来佛又在空中将手轻轻一招，那袈裟也"呼"的一声，像一阵风似的飞上天去了。这时，又听见"轰隆隆"的一阵巨响，雷峰塔倒了，砌在塔里的金钵也飞上天去，落到了如来佛的手里。

与此同时，白娘子从塔里面跳了出来，且立即与小青一道围打法海和尚。法海和尚原本就没有什么了不起的本事，全靠如来佛的三件宝贝，才有了一点作威作福的本钱。如今宝贝都叫如来佛收了回去，他哪里还打得过白娘子和小青呢！

法海和尚见苗头不对，就化作一阵黑烟逃上天空，哀求如来佛救命。如来佛因恨他心术太坏，不仅不想救他，反而飞起一脚，踢得他连连翻了几个跟斗，从空中翻落下来，"扑通"一声跌进西湖里去了。白娘子一见，立即从头上拔下金钗，迎风一晃，变成一面令旗，递给了小青。

小青将令旗举上头顶摇了三摇，西湖里的水竟一下子全干了。一下子暴露在白娘子和小青眼皮之下的法海，急于找个地方躲藏起来，却根本找不到可以藏身的地方。最后，看见螃蟹的肚脐下有一丝缝隙，便一头钻了进去。白素贞和小青因不忍心杀生，便不约而同地说："除非螃蟹绝种，否则你这缩小了的老和尚永世不得出来！"从那以后，法海和尚就被关在螃蟹肚子里，再也出不来啦！

相传，在此之前，螃蟹是直着走路的，自从肚子里钻进那横行霸道的法海之后，螃蟹就再也直走不得，只好横着爬行了。直到今天，人们吃螃蟹的时候，只要揭开背壳，还能在里面找到这个躲着的秃头和尚哩！

小青见法海被关在螃蟹肚子里去了，立刻把两柄剑插在背后，快步如飞地跑到白素贞面前，喊道："姐姐，你想煞妹妹了。"说着，抱住白素贞道："人间十八年，也长得很啊，姐姐关在塔里，是如何过的呀？"

白素贞禁不住痛哭道："犹如坐牢一般。妹子带些水族把韦陀赶走，又与法海大战了三天三夜，真是辛苦你了。如今，雷峰塔倒了，姐姐也被你救出来了，这种恩义真是叫人感激，我礼当叩谢！"

水族中的那批人也都围住了小青和白素贞，喊道："好了，白娘子出来了！"

白素贞跪下，四方交拜道：“现在守塔之神都跑了，法海和尚也受到了应有的惩罚，诸位无事，就请回去吧。从明日起，我当率同小青一起，分别到各位的府上去道谢。”众水族的虾兵蟹将们对小青、白素贞作揖告别。一会子工夫，雨也停了，风也息了，西子湖边，又是晴好天气。

这是月初，天净云空，东边现出大半轮月亮，照见西湖，湖平如镜，苏、白二堤的树木，如堆砌的花木，嵌在上天下水的空处一样。再看山上的夜景，树木楼阁，由亮处到暗处如淡墨图画，好看极了。

周濯街（湖北·黄梅）

新白蛇传

晚霞烧红了半边天海，那水天交接的地方缠绵成大自然的天幕：恢宏的，壮阔的，瑰美的……

晚风习习的西湖边，有悠然垂钓的耄耋老者，有划船嬉戏的青涩少女，有赏荷摘莲的盛装妇人……这场景融进了美景，和谐又自然。当然要忽略掉那怪异却又不突兀的画面：裹挟书卷气的清秀少年，打着漂亮的水漂，旁边棕绿色篮子里静躺着十几颗光滑好看的石子，其中一颗纯白色椭圆状的格外漂亮，若是仔细观察的话，会发现它周身弥漫着祥和的润泽。

少年几乎隔五分钟扔出去一个，那纤长的手指从篮子里拿起挑中的石子，放到正前方，眯眼细瞅，然后身体向后倾斜，手臂与身体大约呈45度，半蹲，然后瞄准，用臂膀力量发射出去，直至石子擦水面飞出，碰水面弹起，继续向前飞出，再碰水面弹起，再向前飞出……如是反复多次，直至石子落入水中，他才直起身来。要是打的水漂飞得越高，走得越远，他的嘴角就会扬起一抹淡淡的笑，反之，则会嘟囔：速度慢了，或者扔得有点高了……之后开始下一轮的水漂。到最后只剩下那颗最特别的石子时，他依例拿起放到正前方，细细打量，却发现这不是一颗石子，而是一颗不知什么动物的蛋，捏在手里凉凉的，滑滑的，顿时他就舍不得扔了。

“说不定这里面有一个可爱的小生命呢，享乐的情趣终是抵不过生命的可贵。”少年低声呢喃，遂把这颗像石子的蛋小心翼翼地装进口袋，准备回去好好研究。

少年是带发修行的秀才——许仙，在进京赶考途中偶遇一得道高僧，该僧剑眉星目，器宇不凡，正是被世人称道传颂的大师裴头陀，法号法海。他当时拦住许仙，说他与佛家有缘，若带发修行三年，会有功德加身，三年后再去考取功名，定会一举得状元。若是执意现在就去考，不仅不能及第，而且有可能会有灾难加身。

许仙笑笑说：“大师德高望重，我固然该信，但无奈家乡父老的期冀，我不可负啊！”

“他们的情不可负，但你的灾，又岂不是他们的灾？你可赌得起？”法海凝重地说。

当然赌不起，或许可以不顾自己，但若牵扯上家中父老，他赌不起，也不敢赌。所以许仙乖乖跟着高僧到他所在的金山寺修行，以求所谓的功德。但寺中的日子实在是太过枯燥乏味，所以在抄完法海所嘱的经书，做完寺中的净扫后，他出来闲逛西湖，自入寺以来他还没好好逛过这个天下第一美湖呢。所幸，感觉还不赖，至少在放松心情后，还得了一枚奇特的蛋。

许仙回到寺里后，法海吩咐他去清扫佛龛，在清扫时，为避免那颗蛋被磕碎，他把它置于佛像旁，而在清扫后因太过疲累，就忘了拿。等他记起时，已是第二天晌午，当他进到佛龛里时，发现佛像旁的那颗蛋散发着莹光，顿感惊异，当他来到佛像跟前时，忽闻人语：“公子，谢谢你将我从乱石中救出，并带回这个佛堂……”

许仙吓坏了，心想：是妖怪吗？可是佛家净地怎会有妖怪？

或许是知他所想，那个声音又道：“公子莫怕，我不会害你。我是你带回的那颗蛋，姓白，名唤素贞，因恶人加害，伤了灵体，只好附在这颗蛋上，本来体内精气所剩不多，丧失意识，但因你将我置于佛堂，沾了佛气，所以又能言语，但不能显形。”

许仙半天缓不过神来，良久他才正眼看向那颗蛋，壮着胆子问：“你真是我带回的那颗蛋？”

那声音听见，让蛋身的光泽更亮了，并且说：“是的，你能不能让我一直待在这里，别告诉那个和尚我的存在，他知道后会收了我的。”

许仙犹豫了，最终良善的心让他决定保守这个秘密。于是白素贞得以在佛像前沐浴佛光，而许仙隔一天就背着法海来看这颗蛋，陪它说话，给它诵经。就这样两年过去了，有一天许仙照例去佛龛，进去时发现佛像前有一女子的身影，他惊想：这个女施主怎么闯进这里了，正欲告知她走错地方时，面前的女子转过身来了，真真是“天然去雕饰，清水出芙蓉”，那花容月貌让许仙呆住了。

忽听熟悉的女声：“许公子，呆住了？我是素贞啊！我可以显形了。”

“素贞？阿弥陀佛，我出现幻觉了吗？”

“看来公子也沾了佛气了，好了，别惊诧了，我就怕显形时吓着你。”

费了好半天劲，素贞才使许仙相信她是那颗蛋变来的。虽然惊悚，但因两年的相处，许仙对那颗蛋已有了感情，只是现在他捡回的蛋变成了人而已。这件事过后，日子又恢复了以往，只是许仙见到的是有了人气的素贞，当然，他们见面时依旧瞒着法海。

然而，在距许仙修行结束还有三个月时，法海终于觉出了异常，他发现许仙去佛龛的次数太勤了，从刚来的一周一次，到后来的一天一次，再到现在的一天数次。于是，他趁许仙出寺的时候去了佛龛，进去后他立即意识到：这里面有一只妖，虽然有了佛气的滋养，妖气已淡了不少，但作为从小习经修佛的得道高僧，他还是嗅出了这是蛇的气味。环视四周后，他将目光锁定在佛像前的木盒上，那是妖气的来源之处。即刻，他拿出降妖钵，翻开木盒，那是一颗通身泛着莹润之光的蛇蛋，或许因为佛气的浸染，仙气已盖过了妖气。那被举起的降妖钵就那样顿在了空中，就在那一顿间，素贞已从修炼中惊醒，她摇身飞起变成了人身，同时嫣唇轻启：“大师，我知你以降妖除魔为己任，但我并无害人之心，况我生前是观世音菩萨庭堂前的一株白莲，今世又因缘得际在金山寺的佛像前修身，所以我真的与佛家有缘。”

“再怎么说也掩盖不了你是妖的事实，何况你竟然以妖术魅惑许仙为你遮掩，要是断了他的功德之身，你可担当得起？”法海怒目圆睁，质问道。

“许公子心地纯善，我从未想过断了他的功德之身，我还需一段时间就修成仙体，断了妖体，希望大师结一段善缘。”

“好，我可以答应你，但为了防止你在妖气没尽除之前害人，你需要在雷峰塔里修炼。从此，你不可再见许仙，打扰他的清修。”法海皱眉想了会儿道。

素贞心想：反正许公子的修行还有三个月就结束了，而三个月足够我修成仙体。

事情就这样说定了，素贞给许仙留下一份简短的信就让法海把她送往雷峰塔。许仙回来发现信后，很是沮丧。

三个月后，许仙告别法海，再次上京赶考，只是心里没了上次的激动紧张,或许是三年修行的缘故,也或许是再也见不到那个人的沮丧导致的。低头赶路时忽觉自己已走到断桥边——这个他给素贞描述过数次的地方,只是遗憾不能亲自带她漫步桥头,共倚栏杆。胡思乱想间,忽闻:“公子这般惆怅,可是为考试而忧啊?”

熟悉的声音,熟悉的气息。素贞,是素贞!许仙倏地抬起头来,发现素贞就倚在自己身前,撑着一把油纸伞,那暖暖的笑容融化了自己心头许久的郁闷。

素贞看着呆头呆脑的许仙,不禁觉得好笑,遂说:“公子到了考场可要变得精明一点,可别还是这般呆,待你归来时,我在断桥头接你。”

许仙还沉浸在又见素贞的喜悦中,傻傻地看着久未谋面的素贞,自然她说什么就是什么。等回过神来时素贞已走远了,看着那走远的倩影,他觉得自己的心也跟着走了。但想到回来时可以见到素贞,他便安心地踏上了去京城的路。

马兰(宁夏·银川)

水漫金山之情定胜天

金山寺,夜。

许仙已经困坐在禅房三天了。这三天,他不吃也不喝,人因此显得格外憔悴。但他的双眼却仍保持着明亮,那是一种坚定,一种执着。他至今不明白,那个叫法海的老和尚为什么不让他回家,把他软禁在金山寺内,还一关就是三天,此刻,家里应该着急了吧。姐姐、姐夫,还有娘子……一想到身怀六甲的娘子在家为自己担心,许仙就心如刀割。他站起来,走到门边,大喊道:“法海,你这个臭和尚,快放我回家,我要见娘子,来人啊,有没有人啊!”声音在空寂的夜里显得分外无助。

金山寺,住持房。

法海是个看上去慈眉善目、德高望重的和尚,可这位钱塘县群众心里的高僧,此时却是另一副模样,脸上阴晴不定,有些狰狞,手中的佛珠也在被一颗颗飞快地拨动着。过了许久,他像是终于下定了决心,低声自语道:“白蛇,真没想到你竟然也化身成人,还躲在这钱塘县与凡人成亲,当年我们的仇,如今可以好好算一算了。你等着,看我让你家破人亡,身败名裂!”说完,法海叫来一个小沙弥,如此嘱咐了几句。

李府,钱塘县。

许娇容愁容满面又满怀希冀地望着大门口,等待着夫君,县总捕头李公甫回家,给她带来了弟弟许仙的消息。弟弟已经音讯全无三天了,这几天她和全家人心急如焚,特意委托自己的丈夫去打探。许娇容一回头,看到弟妹白素贞呆呆地坐在那里,又看到丫鬟小青着急地走来走去,便出言安慰道:“弟妹,小青丫头,你们放心吧,我已经拜托你姐夫去查探汉文的下落了,你姐夫可是给我打了包票,一有消息就会回来告诉我们的,放宽心啊!”白素贞听罢,强颜欢笑地说:“这次为了官人的事,要麻烦姐姐、姐夫了。”心中却在懊恼:要不是自己有了身孕,功力大减,早就能掐指算到官人的下落了。这下子可真是麻烦了。想到这里,白素贞不自觉地摸摸自己的肚子:孩子,你可要保佑你爹爹不要出什么意外啊!

这时,从门外一头扑进来一个捕快打扮的中年男子,一边走一边喊:“娇容、弟妹,汉文有消息了,有消息了!”许娇容一听,一把抓住中年汉子说:“真的么?李公甫,你可别骗我,真有汉文的消息?”白素贞也是一脸关注地看着李公甫。李公甫一把抓过桌上的水壶,连灌几大口,才断断续续地说:“是真的,我有个手下说三天前看到汉文和金山寺的和尚在一起,我想汉文应该是在金山寺!”

“金山寺,那不是和尚庙么,汉文在那里做什么?”许娇容惊讶地问。

“这一点我也没想通啊!不管怎样,有消息总比没消息好!”

“哎呀,老天保佑,终于有汉文的消息了,我和汉文从小就相依为命,爹娘死得早,是爷爷一手把我们姐弟拉扯大,幸亏汉文没事,不然我也不想活了。”

“你这个女人,好好地说什么丧气话,汉文没事的啊,我明天就去金山寺打探下!对了,弟妹啊,你也别担心了,姐夫明天一定把汉文带回来!”

“多谢姐夫!姐姐、姐夫,那我和小青先去休息了,你们也早点休息!”

等一走到后院,白素贞脸上的微笑就消失了,取而代之的是一脸肃然,她对身边的小青说:“青儿,咱们和那个金山寺的大和尚无怨无仇,他为什么要留官人在寺里面?走,今夜咱们就去金山寺,一探究竟!”

“知道,姐姐,咱们去把官人带回来!”顿时,一阵青烟,两人不见了踪影,李府后院又恢复了平静。

金山寺,夜,许仙禅房。

许仙无力地倒在门后,几天来的滴水未进加上情绪大起大落,他已筋疲力尽,可即便如此,他还是一边拍打着紧锁的门,一边用嘶哑的嗓子喊着:“放我出去,我要回家!放我出去,我要回家!”白素贞和小青偷偷潜入金山寺,机灵的小青听到了许仙的呼救声,大喜,连忙带着白素贞赶到许仙房外。小青性急,一脚踹开房门,许仙和白素贞得以相见。夫妻重逢,自是喜不自禁。四目相对,许仙激动地说:“娘子,你怎么知道我在金山寺,那些和尚没有为难你吧?”白娘子则是微笑地抚着许仙的脸,怜惜地说:“我没事,官人你这几天瘦了!”

“我没事!看到你我就觉得满心欢喜。”

“官人,我也是,我们都很想你!”

小青见状,连忙提醒两人:“许相公、姐姐,此地不是说话的地方,我们还是先走比较好!”白素贞和小青带着许仙刚走到禅房外面,突然一声大喝,接着传来说话声:“老衲早就料到你这妖孽会来我金山寺救人,今天看你们往哪里走!”众人定睛一看,说话的人不是法海又是何人。只见那法海望着白素贞,却对着许仙说道:“阿弥陀佛,许施主,老衲不是和你说过,你万万不可再与你身边这个女子在一起了么?”许仙喊道:“大师,我不明白,为什么我不可以和娘子在一起,你空口无凭,总要有个理由吧!”

“许施主,你想知道理由吗?很简单,因为你的娘子她不是人!”法海语出惊人,接着胸有成竹地说:“她是一条妖,一条千年蛇妖,一条为了修炼伤天害理、不择手段的蛇妖!你是人,当然不能和她在一起!”

小青见状,急忙说道:“你这大和尚胡说什么,我家姐姐是四川峨眉山芙蓉城人士,出身清白,可不是什么妖怪,更没有伤天害理!”法海却没有看向已陷入呆滞状态的许仙,仍对着白素贞,一字一句地说道:“出家人不打诳语,许夫人,不对,应该叫你白蛇妖,你这妖孽好大胆子!半夜敢来我金山寺!”白素贞毫不畏惧,上前说道:“我白素贞自认行得正、坐得端,不知道哪里得罪了大师您,要如此费尽心思诋毁于我,拆散我和夫君。”法海冷笑道:“阿弥陀佛,你这妖怪,还要在这里花言巧语么?许施主,你要相信老衲,你的所谓夫人真的是一条蛇妖啊!”小青上前抢白道:“你这和尚好生无礼,竟然污蔑我姐姐!你有证据么?”法海看了一眼小青,大笑起来,说:“原来还有一个帮手,白素贞,真不愧是蛇妖,一条白蛇,一条青蛇!”这时,一直默不作声的许仙突然鼓起勇气,上前说道:“法海大师,你口口声声说我娘子和小青是蛇妖,这太离谱了,我不信!”

法海此时从身后取出一件物品来,是一个金钵。他对许仙说:“许施主,你别急,贫僧这就为你拿出证据。此钵乃是如来佛祖赐予我的降妖钵,就让你看看你娘子、丫鬟的真面目吧!”说罢,法海将金钵祭上半空,又大喝一句:“叭弥嘛弥吽!显形!”顿时,从金钵中射出光芒,直照在白素贞和小青当面，不可思议的事情出现了，许仙分明看到一条白蛇和一条青蛇，顿时如遭雷击，连连退后：“不会的，这不是真的，不会的！”白素贞毕竟道行高深，很快恢复过来，又重新化作人形，她只是在原地看着许仙。而此时许仙则痴痴地说：“原来真是这样，那次端午节我没有看错！真是这样！”随后，许仙猛地抬起头，看着白素贞，激动地说：“娘子，你为什么要骗我，你真的是蛇妖么？”白素贞眼中噙着泪，一时竟无言以对。法海见状，在旁边说道：“许施主，怎么样，老衲没有欺骗你吧？你的娘子就是一条白蛇妖，俗话说人妖不两立，你可要三思啊！就让老衲为你了结这段孽缘，收了这两个妖孽吧！”

正要动手，许仙却猛地上前，挡在白素贞身前，说：“大师，你不可动手，虽说我家娘子是妖怪，可她心地善良，从未与人为难，我请大师你大发慈悲，放了我家娘子吧！”说罢，许仙便回头对着白素贞说：“娘子，你快走，快走！”说完紧张地看着法海。法海看了一眼许仙，不为所动地说：“许官人，没想到你竟然是非不分，维护这两只蛇妖，真是太让老衲失望了。也罢，只是今天老衲无论如何也要降伏这两只蛇妖，许官人，得罪了！”一拂袖，许仙便身不由己地被分到旁边，早有准备的僧众齐齐将他控制在侧。白素贞和小青见状大惊，本想上前施救，却被法海缠住，三人战作一团。许仙心中焦急，苦苦哀求法海，也是无济于事。白素贞毕竟挂念许仙安危，加上身怀六甲，不一会儿便露出败象；小青法力不够，更是险象环生，身上被法海的禅杖打中，喷出一口鲜血。白素贞见状，一咬牙，又看了一眼许仙，扶起小青，念个口诀遁去，金山寺上下只听见余音：“法海和尚，好好待我官人，这仇我白素贞记住了，他日必报！官人，你放心，我一定来救你，你等我！”许仙看着天空，苦笑着垂下头。法海也没有去追两女，只是恨恨地说：“这次算你跑得快，下次你就没这么好的运气了！”又回头对许仙说：“许官人，老衲没有骗你吧，人妖不两立，只能委屈你在金山寺多住些日子啦！”说完，看到许仙无动于衷，就让人把许仙带下去了。此后几日，法海每天都会去劝许仙，让他放下情爱，帮助他收服白蛇、青蛇，可许仙总是一言不发，也不回应，法海无奈，只得作罢。

金山寺，寺中。

这一日，法海正在寺中小坐，突然听到天空中传来喊声：“臭和尚，快快放了我家官人!”法海来到室外,向天空望去,果然是白蛇。于是他也一跃跳上云端,与白素贞对峙。白素贞看起来很是憔悴,再加上挺着个肚子,但说话仍然铿锵有力,她说:“法海大师,我白素贞虽是蛇精化形,可自认平生从未害人,也没有与人争夺之心。大师慈悲,请告知我究竟为何要一再为难与我,分开我和官人?”法海也不多说,使出法术屏蔽左右,然后对白素贞说:“哼哼,从不与人争斗?好啊,那当年你的仙丹倒是吞得挺快啊!”白素贞一听,脸色大变,指着法海:“啊,大师你,你怎么会……”“你再看看,老衲到底是谁?”白素贞使用神通,定睛一看,惊呼道:“你不是和尚,你是当年西湖那只鳖精!”“不错!”法海愤恨地说:“我就是当年那个被你抢走仙丹、错失化为人形机会的鳖精。你这蛇妖仗着自己法力高强,在我面前抢走了金丹,功力大增,这才有机会成为凡人。金丹是我先发现的,你说,这笔账我该不该和你算一算!”停顿了一下,法海又说,“天可怜见,老衲我得了几件降妖除魔的宝贝,今日我要收了你这妖孽,出口恶气!”

白素贞听完,反而平静下来,向着法海一拱手说:“当年的事说来惭愧,我急于修炼成人,无意间抢了属于你的金丹,实属我的过错。可我绝没有做伤天害理的事,这一点我对天发誓。另外,我官人是无辜的,他什么都不知道,请大师你将官人还给我,让我们一家团圆!”法海仰天大笑:“你一句过错,就想让贫僧忘了这件事?贫僧失去了金丹,险些走火入魔,多亏我福大命大,才成了今天这个样子。白蛇,你我仇深似海,和解这种事就别痴心妄想了,许仙我一定不会放,你乖乖受死吧!”

白素贞见状,心中明白此事今日怕是不得善了,于是与法海斗将起来。法海的法器着实厉害,加上顾忌肚子里的孩子,不一会儿,白素贞便左支右绌,勉力抵抗。法海见状,心中大喜,认为多年仇怨今日便能得报。忽然,白素贞使个障眼法,转身便走,法海哪能放她离开,猛追上去。直至追到金山寺外几里,法海才看到小青的身影,旁边还有一人,不是许仙又是何人!法海一见,便知自己中了白素贞调虎离山之计了,于是也不多言,祭出法宝降妖金钵,那金钵仿佛身带灵性,只是罩住了白蛇和青蛇,于许仙却是毫无影响。白素贞刚想运功抵抗,偏偏腹中传来剧痛,心想:“这个小冤家,这会给我闹起意见来,真是不凑巧!”于是使个法诀,一瞬间,狂风大作,电闪雷鸣。西湖里一条水龙冲破云霄,直往金山寺而来。法海大吃一惊,闪身躲过。金山寺里的僧人就没有这么好运了,纷纷被冲得人仰马翻,七零八落。大水很快漫过金山寺,法海大恨,加快催动法宝与白素贞比斗。小青与许仙在一旁干着急,却又帮不上忙。眼看着水漫过金山寺,即将冲进城里,许仙对着白素贞大喊:“娘子,小心啊,小心洪水!”白素贞这才发现不断上涨的水势,可是施法容易,收回法术可就没那么简单了。正在此时,法海新一轮攻势杀到,而且腹中突然传来前所未有的剧痛,白素贞身形一顿,已被禅杖打中,跌落地面。一口鲜血化为天上的雨云,加大了水势。许仙见状,悲怆地喊道:“娘子,不,娘子!”急忙上前扶起白素贞。

见到躺在自己怀中的气若游丝的白素贞,许仙看着法海,怒斥道:“你这秃驴,殊不知人有善念,天必从之。人有悔意,天必怜之。我是个懵懂痴呆的男子,这么多年与结发妻子白素贞伉俪情深,相约白头偕老。没有害人,也不想害人,都是你这秃驴,说什么人妖不两立,又诬陷我家娘子,害得我娘子身受重伤。今天我在此立誓,你想对付我娘子,先从我的身上碾过去吧!”见许仙护在自己身前,白素贞既感动又欣慰,想强支着身子为相公挡住法海,力气到了半路,却无力继续。看着这样的情景,法海的表情似乎有些奇怪,他先是古怪地看了硬挺着胸膛、挡在白蛇面前的许仙,又看了一眼深情望着许仙的白蛇,仰天长叹:“观音菩萨,您真是法眼如炬,我输了!想不到人间真情竟能使人忘记人与妖之间的界限,爆发出勇气和信念!您和弟子打赌,是弟子输了。菩萨,弟子愿赌服输,自己种下的因自己还,我这就亲手弥补自己的过错!”说完,法海也不看许仙夫妇二人,而是将法宝再次祭在空中,大喝一声:“给我收!”顿时雨过天晴,汹涌上涨的水也慢慢退去。接着,他冷冷地看着白素贞,又神情复杂地看着许仙。许仙以为法海还不放过自己和娘子,连忙护住白素贞,紧张地说:“你想干什么?还要伤害我娘子么!”法海脸上恢复平静,双手合十道:“假借四大以为身,心本无生因境有。前境若无心亦无,罪福如幻起亦灭。我佛慈悲,人和妖又有什么分别呢,人也会堕入阿鼻地狱,妖也能肉身成佛!白素贞,是你和许仙之间的深情救了你,你好自为之!今日,该我消了此孽,前仇旧恨一笔勾销。”接着,众人只见一阵金光闪过,法海却是再无踪迹。许仙扶起昏过去的娘子,急切地唤着:“娘子,你醒醒啊!”白娘子悠悠转醒,看着近在咫尺的夫君,也激动地流下了泪。

“官人,我们终于又能在一起了!”

“是啊娘子,从今以后我们再也不分开了!走吧,我们回家,姐姐、姐夫想必等急了吧!”

“官人,你真的不怕我,不嫌弃我和青儿?”

“说什么傻话,我们今后的日子还长着呢!”

袁娟(湖北·武汉)

劫后新生

时光荏苒，转眼间白娘子被压在雷峰塔下已有二十余载。二十多年里，许仙既当爹又当娘，把儿子许仕林抚养成人，这孩子聪颖过人，机敏超群，高中状元，做了大官，可他却不能与母亲见面，甚至不敢说出自己的身世。

这一日，又经多年修炼的小青重回金山寺，与法海一番生死鏖战后救出了白娘子。金山脚下，许仙夫妻重逢，悲喜交集，泪如泉涌。小青说：“姐姐，以后你们还有什么打算?”白娘子说：“我既然选择了人间就没有回头路可走了，凶险贫富都要陪伴郎君一路走下去，我打算和许仙找个安宁的地方去过日子，直到地老天荒。不知道妹妹你以后能不能和我们一起享受人间烟火?”小青面向苍茫的天空说：“我已看透了人间世故，奸诈险恶的正人君子能逍遥法外，我等善良仁爱的异类却难有栖身之地，法海虽然败退藏进了螃蟹的肚子里，可说不上何时又会冒出个别的什么海来，想安宁也安宁不了。”

白娘子说：“我曾听师傅讲过，离此很远有个地方山清水秀、丹凤朝阳，你不妨跟我去看看。”

“我心已定，还是回深山里去修炼，远离红尘。”

白娘子叹气说道：“人各有志，我不阻拦你。”

天沉沉风萧萧，小青告别了白娘子和许仙，腾云而去，留下了一句话在白亮亮的江水上空回荡：“姐姐、姐夫，多保重!”

送走了小青，白娘子和许仙也上路了。白娘子经受多年苦刑，身体羸弱，无法施展法术，两人相互搀扶着，一路向前走去。不知翻过多少险山，涉过多少恶水，也不知走了多少时日，这天他们来到一座高山之下，乱石横卧，荆棘丛生，小路弯弯曲曲越走越窄，几乎寸步难行。许仙喘着粗气瘫坐在石头上说：“娘子，我们是不是走错了？我看还是回去重找一条路吧。”

白娘子说："别灰心，我们再走走看看。"

两人又艰难地走了一程，几乎是山穷水尽，正要回头折返，猛然有一阵轻风习习掠过，馥郁的花香迎面扑来，沁人心脾。两人顿时提起了精神，用尽最后的力气，绕过一块高耸的巨石，眼前闪现了一派梦幻般的景色：天蓝如洗，白云悠悠，鲜花灿烂，湖水荡漾，稼苗成行，小桥人家，不是仙境，胜似仙境。白娘子感慨地说："这乃是师傅讲过的丹凤朝阳的好地方啊！"

村民们见到衣衫褴褛、疲惫憔悴的许仙和白娘子，纷纷放下手里的活计，又搀又扶，把他们领到了一间干净的房舍里，还送来新鲜的水果和热乎乎的饭菜，嘘寒问暖，关怀备至，像见到了久别的亲人一样。这样真挚而又淳朴的友善仁爱，令饱受磨难的夫妻热泪盈眶。

许仙和白娘子很快就融进了这里的山水人情。他们开了一家药铺，一边上山采药，一边给人看病，治好了无数病人，挽救了无数家庭，成了人们心中的保护神。

时光在温馨、祥和中流逝。这年，白娘子再度怀孕，全村人都为他们祝福，夫妻俩也倍感幸福，许仙时时小心体贴地照看娘子，生怕有个什么闪失。这天，风阴云沉，苦雨淅沥，一整天没有见到一线阳光，晚上，许仙扶着即将分娩的娘子躺下后，自己迷迷糊糊地进入了梦乡。他梦见儿子许仕林因为减轻庶民赋税得罪了一伙朝廷命官，有居心叵测的人挖空心思探访出了他是千年蛇精之子的身世，禀报皇上说，朗朗乾坤，绝不能容忍鬼怪横行，孽障不除，江山不稳，皇位不牢。皇上听信谗言，一道谕旨把许仕林打入了死牢。许仙大声喊着："儿子，我的儿子……"从梦中醒来已经是一头大汗，白娘子问道："你怎么了？"许仙就把刚才做的噩梦全讲给了娘子听。白娘子安慰他说："只是梦而已，不要往心里去，睡吧，明天还要上山去采药。"许仙也觉得梦本不可信，就又睡了，可是一闭眼睛他又做了同样的梦。这一夜许仙再也没有合眼，他真的担心起了儿子的安危来。

第二天上山采药时，许仙心里还是七上八下，惴惴不安，静不下心来，药也采不到几株，不到中午就早早地下山了。刚走到家门口，就听到娘子撕心裂肺地喊道："我儿命休矣！"许仙急忙跑进屋里，见娘子已昏厥过去，口中气若游丝。许仙找出当年娘子救自己时所用的仙草，放进白娘子嘴里，白娘子渐渐地苏醒过来，仍泪流不止。许仙问她发生了什么事，为什么喊“我儿命休矣”？白娘子见无法再隐瞒下去了，只好说出了实情。

白娘子何尝不知儿子已被关进了死牢。只是她现在的身体实在爱莫能助，心如刀剜，她不想让许仙知道此事，若他再有个三长两短，更是雪上加霜，只能默默祈祷，偷偷流泪，刚才正是午时，儿子被推上了断头台，刽子手举起了屠刀，她心血奔涌，禁不住大叫一声……

夫妻俩抱头痛哭，直到深夜仍以泪洗面。夫妻刚刚重逢，儿子又将与他们阴阳两隔，一家人一心行善，从不做伤天害理之事，为什么要遭受如此多的苦难？

窗外，月亮在阴云里时隐时现，村庄一会儿暗一会儿明，白娘子和许仙悲伤过度，昏昏沉沉，也不知到了几更天，突然听到外面有轻轻的敲门声，一个声音既那样清晰真切，又像从遥远的地方飘来：“爹，娘，孩儿回来啦！”

许仙一惊，急忙坐起身来说道：“娘子，你听，是不是儿子的魂魄回来了？”

“不管是什么回来，我们也要让他进来，快去开门！”

门被轻轻地推开了，昏暗的夜幕里站着两个人，一个人一身青衣，手持宝剑，是时隔多年不见的小青妹妹；另一个是英俊倜傥的青年，竟然是许仕林！

许仙简直不敢相信自己的眼睛，还以为又是在梦里。直到儿子跪在他面前报平安，他才知道儿子真的是大难不死，平安归来了！看到小青妹妹站在面前，白娘子马上明白了一切，心里说：善良的小青是我们一家人的大恩人啊！

村子里的人得知许仙一家人团聚，都来庆祝，又见还来了一位如花似玉的姑娘，更是欢呼雀跃。大家都说：丹凤朝阳就是吉祥如意、美好光明，逢凶化吉、劫后重生，我们世世代代都是这样走过来的，以后的日子会越来越美好。小青被这里美丽的景色深深地吸引住了，流连忘返，快乐无比，一直没有告别的意思，白娘子催她说：“妹妹，你也该回山去了，别再因为我们耽误你的修行。”小青却说：“姐姐，我想好了，不走了，这里山水秀美，人心向善，是难寻的宝地，再说你也马上要生产了，也需要有人服侍才是啊。”当晚，许仙的二儿子降生了，小青便又成了白娘子的贴身侍女，一心一意服侍一家老小，吃穿起居，无微不至。

许仕林早就厌倦了官场生活，再没有离开这个丹凤朝阳的美丽地方，和弟弟一同向父母学习医术，为百姓解除疾苦，成了一方名医。传说，许家人丁兴旺，功名人士频出，是名副其实的名门望族。岁月如梭，转眼千百年，许氏后人今何在无人知晓，镇江地域那么多的“许家村”和当年的许氏有什么关联，更无从考证，但丹凤朝阳被说成了丹阳，那是真的。

张国新（吉林·吉林）

新编《白蛇传》

“官人……官人，官人啊，照顾好我们的士林……”“娘子！……娘子！……”“姐姐！……姐姐……”金钵合拢的一瞬间，三人的声音同时被阻断，他们听不到彼此了。白素贞真是肝肠寸断，泪水打湿了衣襟，痛苦像潮水般击打着她的心灵。

此时，尘世外的许仙已气绝倒地。

“法海，你放我出去！放我出去！”可是无论白素贞怎样哭喊，金钵里依然一片黑暗。

她使劲敲打着金钵墙体。可是每使一次劲，钵体就增厚一分，同时也长高一尺。再使一次劲再加一分，再长高一尺，白素贞无论怎样左冲右突，仍然找不到一丝缝隙。更要命的是，由于她的无谓抵抗，金钵瞬间化为乌有，而此时罩着她的，是一座坚不可摧的石塔，这座塔后来就被人们叫作雷峰塔。

法海的诵经声好似惊雷，一波一波直荡心魄，有如千军万马奔腾，又如无数钢钉嵌入五脏六腑。为了护住经脉，白素贞只好停止无谓的挣扎，连忙施展千年修炼玄功，恢复真身，静下心来默诵咒语，以抵抗法海镇妖神咒的威力，塔外的一切她倒无暇再顾及了……

且说小青一见姐姐被法海用金钵扣住，瞬间合拢得严丝合缝，一声凄厉惨叫过后，也不顾自身安危，抄起法宝就和法海缠斗在一起。

气力渐渐不支的小青，眼看马上就要被法海打回原形，观音大士突然在空中念了一声佛号，收了小青，把她带回南海普陀山紫竹林。

从此，小青就恢复原形，也恢复了男性真身。小青在玉净瓶里苦苦修炼，功力日渐增加，喜得他在玉净瓶里跟观音大士又叩了几个响头。但是，随着时日的流逝，他对白蛇的思念也愈加强烈起来。

这天，小青正在修炼，耳畔似乎又传来了姐姐白素贞的叹息声，修炼之时本应心无旁骛，这一个似有似无的声音一下子扰乱了他的心神，突然血气上涌,一口鲜血吐出喷在了玉净瓶壁之上,小青立时昏了过去。

回头再说一时气绝昏倒的许仙,已经被法海弄回金山寺里,也不知道法海叽里咕噜地念了些什么,只见躺在他脚前的许仙手指微微动了一下,口里突然大叫了一声"娘子"!声震屋瓦,余音不绝,饶是法海功力醇厚,也被他这一声凄厉的大喊给镇住了,一愣之际,许仙又再次昏了过去。

无奈,法海只得再念咒语,他要救活许仙,这么好的修行苗子,不让他做自己的徒弟,不是白费心思了吗?他法海才不做这等傻事。

于是,他加速驱动神咒,一心想速速渡化许仙,哪知道竟忘了许仙是凡胎肉体,即便是九转还魂咒,也只能分时刻来,并且还不能久,最多不能超过一炷香的时间。法海无故加速驱动九转神咒,恰恰忘了这一点,等他念完神咒,才发现,许仙已是面色乌黑、气若游丝了,法海不由大吃一惊。这一惊非同小可,第一,许仙与佛门有极深渊源,他不能死;第二,许仙应该有与白蛇同列仙班、重归仙位的天命;第三,许仙还有抚养幼子的责任。如果,许仙就此死掉,那法海也会犯妄杀无辜的大戒,更会触犯天条。因此,许仙这个将死的症状把法海吓得汗水直流,他必须要在48个时辰内救活他,要不然他法海就真没有机会了。

这暂时按下不表。

且看塔中的白素贞又是什么光景呢?自从被法海压在塔中之后,她做了无数次的努力,在气血最弱的时候,她差点就被法海的镇妖神咒给断了心脉,好在此咒语一次只能镇压一个人,没有办法同时施展在两个人身上,因此小青才得以与法海缠斗并最终分散了他的精力,白素贞才得以保住性命。

无谓的抗争,只能使她更加虚弱疲劳,白素贞突然想起了什么,她立马跪下,面向南海,口中喃喃自语,叩头如捣蒜般地祈祷着:"观音娘娘救我出去吧,我要见我的儿子、我的官人,求求菩萨大发慈悲吧。"正伤感祈祷之际,只见菩萨跨空而来:"白素贞,只因你无故水漫金山,害死无辜生灵,你已经触犯天条。你自毁誓言,虽情有可原,但法不留情,你知道吗?"

"观音娘娘,小的知道错了,我愿意接受惩罚,但是,士林还小,我要照顾他,你放了我吧,等士林长大,小的自来领罪。"

“白素贞,这是天意,你好好修炼吧。待时机成熟,你夫妻母子自有相聚之时……”说完,菩萨已经遁去。

“那要到什么时候啊,菩萨娘娘?”白素贞追着问。

“这是天机,白素贞,切记我言,回去吧。”菩萨的声音在空中回荡。

白素贞跌回地上,思念如潮水般在她的脑海里翻腾着,无助、悲哀、无奈齐聚心头。想起与小青同游,向官人借伞的快乐;想起三人一起在保和堂卖药施贫的幸福;想起大姑姐许娇容的善良淑德,姐丈李公甫的粗犷豪放,保和堂里左邻右舍的热情厚道……一幕幕前尘往事,在她脑海里千千万万遍地重现,她心碎无比,万念俱灰。自此,她再也不修炼什么玄功了,整日里不是哭哭啼啼,就是恍恍惚惚,不吃不喝,唯一心愿,只求速死,解脱痛苦。

不知过了多久,白素贞迷迷糊糊中,只见官人正向自己奔来,口里大叫道:“娘子!我在这里,我在这里……”

白娘子也兴奋地奔向他:“官人,官人……”

二人热泪盈眶地紧紧抱在一起,旁边的小青笑眯眯地看着……

一会儿,她又看见她的官人倒在法海脚前,她想跑过去救他,却老是被法海阻挡住,她急得怒火中烧,但又毫无办法……

一会儿,她又看见小青跑过来,喊着:“姐姐,姐……姐……”声音回荡在耳际,但自己老也追不上她。一会儿又换了一个场景,只见小青恢复了真身,满嘴血污地倒在地上……

不一会许娇容也来了。“姐姐,姐姐把士林抱来,他该换尿布了。”

“姐姐,士林该喝奶了……”

白素贞闭着眼睛,口里胡乱地说道。

此时,整个钱塘县好像炸开了锅,一条千年白蛇被法海收服,镇压于雷峰塔内的消息不胫而走,人们议论纷纷。当人们知道那条白蛇就是保和堂的白娘子之后,纷纷涌上街头,一起向县衙走去,敲响鸣冤鼓,要求县太爷做主,找法海释放白娘子。

县太爷受理了大家的请求,着李公甫带两个衙役同去金山寺,请回法海,释放白娘子。李公甫接到县太爷令,速速带着两个衙役往金山寺赶去不提。

却说许仙再次昏厥,法海只得吐出自己的灵丹,当年白蛇就是因为偷吃了法海的一粒灵丹而得罪法海，才导致了自己的这个悲剧。如今许仙性命攸关，法海也只有做权宜之计，把灵丹吐入许仙口中，先救活他再说。

这边小青倒了下去，观音菩萨立马感应到了，心里一惊："作孽啊，这畜生恁多年了，还过不了那情关。"心中如此想，又不得不救他。只见观音菩萨把玉净瓶口倒过来，把小青放了出来，还好，没有大碍。菩萨柳枝一扬，照着小青身体扫去，小青立马醒转过来，跪在地上叩谢菩萨。

"小青，不必谢我，这是天意。如今你姐姐白素贞有难，你速速前去救她。"

"啊！"小青转头就走。

"小青，慢着！"菩萨立马制止。

"菩萨。"小青含泪回头。

"小青，带上这个，本尊教给你使用方法，但你只有半个时辰的时间，半个时辰之内你必须救活她，但是事成之后，你必须回来，不然你就会永远消失，魂飞魄散，都记好了？"说完，菩萨从柳枝上摘下两片叶子交给小青。

"是，菩萨。"小青二话不说，接过柳叶直向雷峰塔而去。

金山寺外，自发集结的人们把法海围在中心，要求释放白娘子的声音一浪高过一浪。

"阿弥陀佛！乡亲们，不是法海无情，而是白蛇自毁誓言，水漫金山，造成无数杀孽，老衲替天行道，不敢违逆，大家还是请回吧。"

"不行，我们就知道她是活观音，救了无数人命，才不管她是人是妖精呢！"

"阿弥陀佛，大家回吧，白蛇此劫一过，自会重返人间施药救人的，回吧，回吧。阿弥陀佛。"

恰好李公甫带着两个衙役赶到，见法海执意不放人，便要抄出家伙找法海算账，本来自己和妻弟一家生活得好好的，结果法海不仅弄得妻弟一家妻离子散，而且把自己家也搞得鸡犬不宁，说他没有气那是骗人的。他刚要动手就被两个衙役给拦了下来。

"我说公甫啊，太爷叫我们请，不是抓哦，再说，你动手能打过法海吗？他可是得道高僧呀。"

李公甫只好按下怒火，又见人们自发组织起来都无法让法海就范，他李公甫能有多大的把握战胜他?

再说小青降下一个云头，直奔雷峰塔而来。只见他右手一扬，一片柳叶顿时化作一把钥匙，直接向雷峰塔门扎去，塔门无声自开。门开处，白素贞已是毫无生气，恢复成一条小白蛇软软地躺在地上。青儿一个健步跨过去，把它捧在手心，一只手握着白蛇把它放在自己的贴心处，另一只手捏着另一片柳叶，把柳叶往空中一抛，柳叶如极速飞转的陀螺，绕着他和白蛇旋转了三周。

奇迹出现了，只见小青周围一圈白光，一闪一闪地向空中扩散着，而光圈闪一次，扩散一次，怀里的小白蛇就增长一尺，闪光一次小白蛇就增长一尺，最后光圈停止了，小白蛇也停止了增长，直到它又恢复了人形。

睁开眼睛，白素贞发现自己躺在一个男人怀里，一把推开了他，怒喝道：“你是谁?”同时手也没有闲着，本能地使出千年修炼的神掌向小青打去，而小青只顾救白素贞，没有料到她恢复后有此一着，着着实实被她打了一掌。

“姐姐……是……是我……”小青本来因走火入魔有内伤，在没有防备的情况下又挨了白素贞一记千年神掌，他哪里吃得消？好在他已经在观音菩萨处修炼了一阵子，才没有五脏六腑碎裂。

听到这声“姐姐”，白素贞才真正恢复了意识，她没有想到小青会恢复男身来救她，她后悔地大呼一声：“小青，青儿……”

小青缓缓睁开眼睛，苦涩地笑了笑：“姐姐，快，快扶我起来！”他指着那两片柳叶，白素贞把柳叶放在小青手掌上，顷刻间柳叶化作一只飞船，风驰电掣地向南海飞去……

许仙不知什么时候醒了过来。他翻身坐起，发现法海被人群围住，跳起来就扯住法海扭打，平时的斯文一扫而光，拳头雨点般向法海招呼过去，激动的人们从来没有见过文弱的许相公如此疯狂，混乱的人声反而被他的举动给压了下来。

“法海，还我娘子！还我娘子！”

“阿弥陀佛，许仙，这是天意，你命中有二十年给我做徒弟，你逃不了，天意不可违，不可违……”长长的语音刚落，金山寺前突然大雾弥漫，黑尘滚滚，伸手不见五指。

原来这是法海在使障眼法，为了避开人们的纠缠，法海用障眼法遮住了人们的视线之后，带着许仙不知土遁到了哪里。

救不出白娘子，人们也只好散去，离开金山寺各自回家去了。

后来，法海又回到了金山寺，不知道他用什么办法说服了许仙，最终许仙还是做了他法海的徒弟。

小青被两片柳叶化成的飞船载到南海普陀山紫竹林，被观音菩萨救治好后，在紫竹林每日修炼，功力是一天比一天增长，此时的小青，再也不是当年的小青了。

白素贞自被青蛇救醒后，知道天意不可违，从此断了逃出雷峰塔的念想，再也不寻死觅活了。偶尔除了偷偷用离魂术脱离本体去看看士林外，还偷偷去看过许仙，知道他跟着法海做了徒弟，过得很好，她从此放下这段情缘，潜心修炼，以期重归人间。

许士林就被姑姑许娇容收养着，二十年后中了状元，知道母亲的故事后，他一步一跪，积聚了文曲星的能量，终于拜倒了雷峰塔，救出了母亲。一家团聚之后，白娘子带着许仙去了趟南海普陀山紫竹林，拜见了观音菩萨，但是许仙因为与法海、士林的尘缘未了，被观音菩萨送回金山寺继续修行，而白娘子又和小青在一起了。

魏家强（四川 · 自贡）

人蛇情未了

一、美女垂青

话说法海唆使许仙给白素贞喝下雄黄酒，迫她现出了白蛇的原形，许仙又惊又怕，连夜躲入金山寺。此后，法海以许仙为诱饵，设圈套捉住了白素贞，将她镇压在雷峰塔下。

为救白素贞，小青藏身焦山，夜以继日地苦练本领。三年后，小青法力大长，终于打败法海，把他逼入蟹壳，并救出了白素贞。

许仙逃入金山寺当天，法海就软硬兼施，让许仙剃度做了和尚。白素贞被压在雷峰塔下后，许仙幡然醒悟，深悔辜负了妻子对自己的一片痴情，这三年来，他一直苦苦思念着素贞。听说白素贞获救，许仙央求小青马上带自己去见她，当面赔罪。小青将许仙的请求转告白素贞，白素贞断然拒绝。

白素贞咬牙切齿，恨恨地对小青道：“这许仙是个忘恩负义的薄情郎，我再也不想见到他！”

小青劝道：“依我看，许仙确有悔意，姐姐就再给他一次机会吧。”

白素贞摇了摇头，斩钉截铁地说道：“我决不会原谅这薄情郎！从今往后，你休要在我跟前提起他！”

小青见白素贞铁了心，只好回到金山寺，将情况告诉了许仙。

许仙听后垂泪道：“既然素贞不能原谅我，那我就继续当和尚，在金山寺了却残生吧。”

小青道：“这又何苦，许相公还年轻，不如另结良缘吧。”

许仙摆了摆手，叹道：“除了素贞，我不会再娶第二个女子！是我对不起素贞，我要用全部的余生，在佛祖跟前认真忏悔！"

小青听后，若有所思地点点头，随即飘然离去。

打这天起，许仙心如止水，在金山寺继续当和尚。

转眼过了半年。

这日，许仙去大雄宝殿收拾香案，发现有个身穿白衣的少女一直目不转睛地盯着自己。那白衣少女十七八岁，身材婀娜，貌美如花，在她的身旁，站着个穿青衣的丫鬟。许仙被白衣少女看得浑身不自在，赶忙低下头，匆匆退出大雄宝殿，返回了禅房。

过了约半个时辰，那青衣丫鬟满面春风地走进禅房，对许仙笑道："恭喜师傅！贺喜师傅！"

许仙一怔，不解地问："请教姑娘，贫僧喜从何来？"

青衣丫鬟没有回答，却反问道："刚才，在大雄宝殿，师傅可曾看见我家小姐？"

许仙想起那白衣少女，便点了点头。

青衣丫鬟又问："师傅觉得，我家小姐长得如何？"

许仙感觉这话问得唐突，但还是照实答道："你家小姐端庄秀丽。"

青衣丫鬟拍手笑道："一个清俊儒雅，一个端庄秀丽，真是天作之合！天作之合！"

许仙听得一头雾水，讷讷地问："什么天作之合？"

青衣丫鬟解释道："我家小姐相中了师傅，想与师傅结为伉俪，特命我来说媒。"接着，她道出了事情的原委：那白衣少女姓黄名月娥，父亲官居国子监祭酒。黄月娥一心想嫁个清俊儒雅的美男子，但寻寻觅觅，始终未能如愿。今日，黄月娥来金山寺进香，偶然撞见许仙，立刻被他秀朗的风姿深深吸引，认定这人便是自己的如意郎君。于是，她让丫鬟玉儿前来说媒。

许仙听罢，红着脸摆手道："贫僧乃出家之人，这说媒之事，实在荒唐得很！"

玉儿嫣然一笑，说道："我已经打听过了，师傅是被人胁迫，不得已才出家当和尚。现在，正好趁此机会还俗，与我家小姐相亲相爱。"

这时，许仙的脑海中蓦地浮现出白素贞的倩影，便板起脸冲玉儿正色道："贫僧已看破红尘，请姑娘转告黄小姐，说媒二字，休要再提！"言毕，盘腿坐到蒲团上，捻着佛珠诵起了经文。

玉儿见状，含笑退出了禅房。

二、富商招婿

光阴荏苒，匆匆又过了半年。

有一天，方丈亲自来找许仙，对他说道：“盐商杨百万的女儿得了一种怪病，懒进饮食，夜不成寐，请了许多名医诊治都不见效，杨百万听说你医术高明，想请你去救治他女儿。”

许仙本是个郎中，虽然削发为僧，但仍没忘记悬壶济世的职责，听完方丈的讲述，他当即背起药箱直奔杨府。

仔细给杨小姐诊过脉后，许仙发现她一切正常。更奇怪的是，杨小姐满面红光，压根不像久病的模样。咦，这是咋搞的？许仙满腹狐疑，皱着眉头退出了杨小姐的闺房。

来到花厅，杨百万请许仙落座，迫不及待地问：“你看小女如何啊？”

许仙道：“令爱脉象沉稳，气血通畅，不似懒进饮食夜不成寐。”

“我所问的，并非这个。”杨百万眨着眼睛，笑道，“我想知道，你怎么评价小女的容貌？”

许仙道：“令爱的容貌，美丽得很。”

杨百万脸上漾满了笑，又问：“那么，你瞧我这府宅如何？”

许仙道：“贵府房舍众多，雕梁画栋，非常气派。”

杨百万继续问：“你可晓得，我家有多少金银？多少良田？”

许仙好生纳闷：自己是来给杨小姐治病的，可杨百万对女儿的病情只字不提，却东拉西扯，谈些与此毫不相干的话，这是为啥呢？

见许仙没吭声，杨百万把刚才的问话重复了一遍。

许仙挠着头皮，道：“这个，这个我倒不清楚。”

杨百万道：“那就让我来告诉你吧，我家的金银，起码能装满十辆大车。至于良田，嘿嘿，光镇江城外就有一千多顷。”

许仙愣愣地瞅着杨百万，不明白他为何要向自己炫富。

看许仙一脸茫然,杨百万呵呵笑道:“许仙,跟你说实话吧,小女根本就没病。”

许仙惊呆了,怔了半晌才期期艾艾地问:“那,那你把我叫来做什么?”

杨百万笑着解释了原因:他的女儿听说金山寺有个叫许仙的和尚,年轻俊雅,风度翩翩,便以进香为名,跑到金山寺偷偷观瞧。不料这一看,杨小姐就爱上了许仙,发誓非他不嫁。杨百万膝下只有这么一个女儿,对她百依百顺,见女儿执意要嫁许仙,杨百万只好设计诓来许仙,当面向他提亲……

讲到这儿,杨百万笑眯眯地向许仙提醒道:“倘若你答应做杨家的女婿,那么,将来我名下所有的财产都是你的!”

许仙摇头道:“贫僧已皈依佛门,视金银如粪土,视美色如枯槁!”说完,长身而起,头也不回地走出了杨府。

三、公主逼婚

冬去春来,不觉又是一年。

这日,许仙外出采买香烛。经过扬子江畔时,他发现那儿吵吵嚷嚷,一座高台周围黑压压地聚满了人。只听有个男子兴奋地喊道:“看啊,欣悦公主出来了!”随着这声喊,人群顿时沸腾起来。许仙目不斜视,只顾低头往前走。这时,无数声音同时发出一声亢奋的尖叫,接着许多人一起伸长胳膊,蹦着、跳着去空中争抢……

没等许仙弄清是咋回事,就见一个毛茸茸的绣球从天而降,不偏不倚正好砸在他的脑袋上。

周围的人见此情形,个个目瞪口呆,等他们回过神来,全都笑喷了。有的说:“哎呀呀,这和尚艳福不浅!”有的说:“高丽国添了个光头驸马!”还有的说道:“嘿嘿,总该等到他长出头发再入洞房吧!”正闹得不可开交时,两名侍卫分开人群,拥着一位身穿官服的老头赶到了许仙跟前。

老头把许仙上下打量了一番，指着落在地上的绣球问：“刚才，你被它击中了么？”

许仙点了点头。

老头立刻躬身施礼，笑道：“参见驸马！”

许仙瞧瞧绣球，又瞅瞅老头，莫名其妙。

老头解释道：“我是高丽国的宰相，陪敝国的欣悦公主来贵国游玩，欣悦公主尚未婚配，因见镇江人杰地灵，遂萌生了在此抛绣球招亲的念头。刚才绣球击中了阁下，这是前世注定的姻缘啊！”说着，高丽宰相伸手做了个请的动作，对许仙道：“现在，请阁下去见欣悦公主吧！”

许仙尚未反应过来，就被两个侍卫簇拥着来到了欣悦公主跟前。

欣悦公主十八九岁，柳眉杏眼，面若桃花，美得犹如天女下凡。她将许仙细细端详了一番，娇羞地点点头，凑近宰相耳语道：“我很满意，就选他当驸马。”

宰相走上前，扯起许仙的衣袖笑道：“驸马爷，我们下午就乘船回高丽，你跟我们一起走吧！”

许仙慌得手足无措，结结巴巴说道：“我，我是出家人，不，不能当驸马。”

可是，宰相不听他这一套，吩咐侍卫架起许仙，登上了停在扬子江畔的高丽大船。随即，大船扬帆起航，朝着高丽国驶去。

许仙急得团团转，再三向欣悦公主表示，自己不能做她的丈夫。

“就因为你是和尚吗？”欣悦公主瞪起了明若秋水的杏眼，不以为然地说道，“但是，你可以还俗呀！”

许仙低下头，叹道：“其实，真正的原因，是我早有了心上之人，除了她，我决不会再娶第二个女子！”

欣悦公主沉下脸，冷哼道：“你已被我的绣球抛中，就是我的丈夫了。从今往后，你愿意也罢，不愿意也罢，都得忘掉那个心上人！”说完，一甩袖子进了自己的船舱。

此时，船已驶入一望无际的海洋，许仙没辙了，可是，他决不愿背叛心爱的白素贞。最后，他心一横，纵身跳入了大海……

许仙呛了好几口又苦又涩的海水，意识渐渐模糊，失去了知觉。

也不知过了多久，许仙悠悠醒转，发现自己躺在一张温暖舒适的大床上,床边站着笑容可掬的白素贞和小青。

许仙又惊又喜,抓着白素贞的手,激动地问:"娘子,真的是你吗?!"

白素贞微笑点头。

许仙忽然记起自己已经投海自尽,便嗫嚅道:"难道,难道这是在阴间?"

小青"扑哧"一声笑了,说道:"你压根就没死!"接着她指了指白素贞,解释道:"喏,是欣悦公主把你从海里救上来了。"

"欣,欣悦公主?"许仙盯着白素贞,惊呆了。

小青道出了内中隐情:白素贞嘴上说从此不想再见许仙,但心中仍对他怀着眷恋。小青瞧出了这一点,便和白素贞一起设计考验许仙,看他是否真心悔改。随后,白素贞和小青先变成黄月娥、玉儿,去金山寺进香,用美色引诱许仙。接着,她们又幻化成杨百万父女,以万贯家财试探许仙。最后,她们施展法术,乔装成高丽国公主及其随从,上演了一出抛绣球选驸马的好戏……

许仙这才恍然大悟,他轻轻摩挲着白素贞的手,眼巴巴问道:"娘子,你原谅我了吗?"

白素贞满含深情地点了点头。

陈俊鹏(浙江·宁波)

后 记

2017 中国故事节·“白蛇传传说”(全国)故事会经过大半年的征稿和审读,终于落下了帷幕,共有 40 篇优秀作品被列入“中国好故事”。

本次活动可以用三个“感动”来总结:

1. 共收到来自江苏、上海、浙江、北京、天津,以及湖北、湖南、广东、广西、江西、河北、安徽、黑龙江、内蒙古、陕西、山东、山西、云南、四川、辽宁、甘肃等 20 多个省份近百个城市的作品。参与面如此广泛,是我们意想不到的。作者对“白蛇传传说”故事的了解及创作的认真程度,让我们非常感动。

2. 共收到新创作故事 163 篇,老故事 17 篇,近 80 万字。新创作故事都是紧紧围绕传统“白蛇传传说”故事主线,在相关情节上进行演绎和拓展,故事内容不仅富有新意,而且符合传统白蛇传故事的审美和价值观。大家通过经典民间传说,以新编的手法,与时俱进地进行文化传承,也让我们非常感动。

3. 活动时间紧,无论是初审还是终审的专家,在短短的几天内审读完几十万字,打分并且写故事评价,工作量十分巨大。他们的敬业与辛劳不言而喻,这种对传统文化的责任和担当,更是让我们感动。

由于时间关系,出版前没有给作者修改时间,敬请作者谅解;编委会为了尊重作者的创作思想,本书所收编故事其情节基本未作改动,书中如有不到之处,敬请读者批评指正!

编者

2017 年 11 月